Gallmeister

# LA DENT
# DU SERPENT

## DU MÊME AUTEUR, CHEZ LE MÊME ÉDITEUR

*À vol d'oiseau*, Gallmeister, 2016
*Steamboat*, Gallmeister, 2015
*Tous les démons sont ici*, Gallmeister, 2015 ; Points, 2017
*Molosses*, Gallmeister, 2014 ; Points, 2016
*Dark Horse*, Gallmeister, 2013 ; Points, 2015
*Enfants de poussière*, Gallmeister, 2012 ; totem n°36
*L'Indien blanc*, Gallmeister, 2011 ; totem n°26
*Le Camp des Morts*, Gallmeister, 2010 ; Points, 2017
*Little Bird*, Gallmeister, 2009 ; Points, 2016

# Craig Johnson

# LA DENT
# DU SERPENT

Roman

Traduit de l'américain
par Sophie Aslanides

Gallmeister

Collection
NOIRE

Titre original : *A Serpent's Tooth*

Copyright ©2013 by Craig Johnson
By arrangement with the author
All rights reserved

© Éditions Gallmeister, 2017,
pour la présente édition

ISBN 978-2-35178-121-0
ISSN 1952-2428

Photo de couverture © Joe McDonald/Getty Images
Photo de l'auteur © Craig Johnson
Conception graphique : Valérie Renaud

*À N.B. East (1938–2011),*
*Qui m'a appris l'importance des mots.*

Combien la dent du serpent est moins cruelle
que la douleur d'avoir un enfant ingrat !
SHAKESPEARE, *Le Roi Lear*, Acte I scène 4

Afin de rester fidèle au texte original, la traductrice a choisi de conserver les noms des personnages indiens ; l'auteur ayant parfois fondé des jeux de mots sur ces noms, il paraît cependant utile d'en fournir au lecteur une traduction approximative.

Henry Standing Bear : Henry Ours Debout

Melissa Little Bird : Melissa Petit Oiseau

# 1

Je gardai les yeux rivés sur le bouquet orange et noir qui ornait le revers de Barbara Thomas pour ne pas avoir à regarder autre chose.

Je n'aime pas les enterrements, et cela fait un moment que j'ai cessé d'y assister. Je considère la cérémonie comme une forme de déni, et quand ma femme est décédée et que ma fille, Cady, m'a dit que, à sa connaissance, aller à l'enterrement de quelqu'un ne l'avait jamais fait revenir, j'ai tout simplement renoncé.

Mme Thomas avait été élue reine du bal de fin de promo au lycée de Durant l'année où Truman avait fait en sorte de porter le chapeau, d'où la présence de l'ornement un tantinet voyant épinglé sur son tailleur beige, à la fois strict et propret. La semaine suivante se jouerait le match tant attendu des Durant Dogies contre leurs ennemis jurés, les Worland Warriors ; une frénésie d'orange et noir s'était emparée de toute la ville.

Assister à l'enterrement de quelqu'un qu'on connaît est moins insupportable qu'être présent à celui de quelqu'un qu'on ne connaît pas. On est planté, là, on écoute des discours sur un parfait inconnu, et chaque fois, j'ai l'impression d'avoir laissé passer ma chance.

Je l'avais certainement laissée passer avec Dulcie Meriwether, qui avait été une des citoyennes modèles de Durant – après tout, je suis le shérif du comté d'Absaroka, alors les citoyens modèles vivent et trépassent souvent sans que je m'en aperçoive. C'était un bel après-midi d'octobre, j'étais adossé à la grille qui entourait la Première Église méthodiste, et j'étais là pour parler d'anges plutôt que pour faire l'éloge de Dulcie Meriwether – ou l'enterrer.

Je tendis la main et redressai le bouquet de Barbara Thomas.

Dans le Wyoming, l'une des tâches qui incombe à un représentant élu est de comprendre ses électeurs, d'écouter les gens – les aider à résoudre leurs problèmes – même s'ils ont une araignée au plafond. J'écoutais Barbara me parler des anges qui l'aidaient chez elle dans ses travaux, ce qui pour moi constituait une preuve qu'araignée il y avait bien, si ce n'est même deux.

Je jetai un coup d'œil vers Mike Thomas, qui m'avait demandé de tendre une embuscade à sa tante en ce début d'après-midi dans les hautes plaines. Il voulait que je lui parle, et il pensait que la seule manière d'organiser une rencontre fortuite avec moi était que j'accepte de l'attendre devant l'église au moment où ils sortiraient pour aller déjeuner.

J'essayais de ne pas regarder l'autre personne appuyée à la grille, mon adjointe, Victoria Moretti, qui, bien qu'elle tentât de surmonter une gueule de bois consécutive à des excès commis aux bacchanales de la Fête basque la veille, avait décidé de profiter de ma présence en ville un dimanche. La seule personne sur laquelle je pouvais me concentrer était donc Barbara, quatre-vingt-deux ans, cheveux blond platine impeccablement coiffés, et à l'évidence, folle à lier.

— Alors, quand les anges ont-ils commencé à travailler dans votre maison, madame Thomas ?

— Appelez-moi Barbara, Walter.

Elle hocha vigoureusement la tête, comme si elle refusait de nous laisser penser qu'elle était cinglée.

"Bonne chance", aurait dit Vic.

— Il y a environ deux semaines, j'ai fait une petite liste, et soudain la balustrade du porche a été réparée.

Elle jeta un coup d'œil malveillant au cow-boy bien habillé, veste bleu marine et cravate, qui se trouvait sur ma gauche, son plus jeune neveu.

— Il est difficile de faire avancer les choses à la maison, avec Michael qui vit si loin.

Si mes souvenirs étaient fidèles, l'atelier de sculpture de Mike se trouvait à la périphérie de la ville, et je savais qu'il ne vivait qu'à trois kilomètres vers l'est, mais je n'allais pas m'en mêler. J'ajustai le col de ma chemise en flanelle, savourant le bonheur de ne pas porter mon uniforme, tout en me disant que mon plaisir de la journée n'irait pas au-delà.

— Alors, les anges sont venus et ont réparé la balustrade ?

— Oui.

— Autre chose ?

Elle hocha à nouveau la tête, avec enthousiasme.

— Plein de choses. Ils ont nettoyé mes gouttières, fixé la porte à moustiquaire derrière et réparé le toit de l'abri de la pompe.

Vic soupira.

— Bon sang, vous voudriez pas les envoyer chez moi ?

J'ignorai mon adjointe – une tâche difficile. Elle portait une robe d'été, sûrement pour défier l'arrivée de l'automne, et un joli morceau de jambe bronzée était visible entre le haut de ses bottes et le bas de la robe.

— Avez-vous vu les anges de vos propres yeux, madame Thomas ?

— Barbara, s'il vous plaît.

Elle secoua la tête, résignée face à ma méconnaissance des choses célestes.

— Ce n'est pas comme ça que ça marche.

— Ah bon ? Et comment ça marche ?

Elle colla ses paumes l'une contre l'autre et se pencha en avant.

— J'écris ma petite liste, et les choses se font. C'est un signe de la divine providence.

— Un signe de la divine sénilité, plutôt, marmonna Vic à mi-voix.

Barbara Thomas poursuivit sans se laisser interrompre.

— J'ai un carnet dans lequel je note, par ordre d'importance, les choses qui doivent être faites. Je le laisse sur le comptoir, et hop.

Elle s'écarta un peu et me regarda, rayonnante.

— Les voies du Seigneur sont impénétrables.

Elle marqua une pause pour contempler l'église qui se trouvait derrière moi puis changea de sujet.

— Vous assistiez au culte ici, n'est-ce pas, Walter ?

— Oui, madame. J'accompagnais ma défunte femme.

— Mais vous n'y êtes pas allé depuis son décès ?

Je pris une grande inspiration pour alléger le chagrin qui m'étreignait la poitrine chaque fois que quelqu'un parlait de Martha.

— Non, madame. Nous avions passé un accord : elle prendrait soin de l'autre monde si je prenais soin de celui-ci.

Je lançai un coup d'œil à Mike qui lissait sa moustache en s'efforçant de ne pas sourire.

— Et on dirait que ces derniers temps, il se passe suffisamment de choses ici pour retenir mon attention. (Je repris :) Alors, vous ne les avez jamais vus ?

— Vu qui ?

— Les saints bricoleurs, Bon Dieu.

Barbara parut contrariée.

— Demoiselle, vous feriez bien de surveiller votre langage.

Je détournai l'attention de Barbara pour couper court au flot de commentaires incendiaires qui risquait de déferler sur elle.

— Donc, vous n'avez jamais réellement vu les anges ?

— Non.

Elle réfléchit, les yeux rivés sur les craquelures du trottoir, où les rares brins d'herbe qui avaient tenté leur chance avaient abandonné tout espoir de se frayer un chemin.

— Ils prennent un peu de nourriture dans le réfrigérateur, de temps en temps.

Je ne la quittai pas des yeux.

— De la nourriture ?

— Oui.

Elle réfléchit encore.

— Et parfois, ils prennent une douche.

— Une douche.

Elle hocha la tête à nouveau.

— Mais ils nettoient toujours après leur passage. Je le remarque seulement parce que les serviettes sont humides ou qu'il manque quelques morceaux de poulet pané.

Je tentai de croiser le regard de Mike, mais il examinait les berges de Clear Creek de l'autre côté de l'allée de graviers, un peu plus loin, à la recherche de truites, probablement ; il aurait préféré être ailleurs. Je revins à la vieille dame.

— Du poulet pané.

— Oui, il semblerait que les anges aiment vraiment bien le poulet pané de Chester.

Je m'appuyai contre la grille et contemplai, moi aussi, les reflets dansants de la lumière sur l'eau, les feuilles dorées des trembles éparpillées tourbillonnant comme une flottille égarée.

— Je vois.

— Et les Oreos. Les anges aiment les Double Stuf Oreos, aussi.

— Autre chose ?

— Le soda, surtout le Vernors Diet Ginger Ale.

— Vous devez vous retrouver avec une sacrée note au supermarché, pour nourrir ces bataillons. (Je souris et choisis mes mots avec le plus grand soin.) Barbara, quand ce genre de choses se produit... je veux dire, vous faites votre liste, ensuite vous vous couchez, et quand vous vous levez, tout est réparé ?

— Oh non, je dresse ma liste le matin, puis je m'en vais faire les courses ou jouer au bridge au club, et quand je reviens, tout est fait.

— Dans la matinée ?

— En milieu d'après-midi, oui.

Je sortis ma montre de ma poche ; il était une heure dix.

— Alors, si je me rendais chez vous maintenant, il y aurait des chances que je surprenne les anges en plein travail ?

Elle eut l'air un peu inquiet.

— J'imagine que oui.

— Que leur avez-vous donné à faire aujourd'hui ?

Elle réfléchit.

— Il y a une fuite au niveau du siphon sous l'évier de la cuisine.

Vic ne put retenir sa langue.

— Attendez. Les anges travaillent le dimanche ?

Je regardai la vieille dame, gentille mais cinglée.

— Où vont-ils chercher le matériel un dimanche ? Buell Hardware est fermé.

Elle plissa les yeux.

— Je leur achète le matériel, Walter. Dieu pourvoit à beaucoup de choses, mais je ne crois pas que cela inclue les pièces détachées de plomberie.

— Hmm…

Je me redressai et elle parut troublée.

— Où allez-vous?

— Je crois que je vais aller faire un tour du côté de chez vous pendant que Mike et vous allez déjeuner. (Je haussai les épaules.) Peut-être que nous pourrons obtenir quelques conseils d'ordre divin pour Vic.

Barbara Thomas replia les doigts de ses mains comme des oiseaux aux ailes brisées et parla d'une toute petite voix.

— Je préférerais que vous n'y alliez pas, Walter.

J'attendis quelques instants puis lui demandai:

— Et pourquoi donc?

Elle marqua une pause, un peu contrariée, puis leva vers moi des yeux humides.

— Ils travaillent bien, il ne faut pas les interrompre.

— Tu crois qu'il y plus de fous dans notre comté qu'ailleurs?

Nous roulions vers l'ouest, vers la maison de Barbara Thomas, et je baissai la ventilation dans le Bullet afin que le courant d'air ne fasse pas remonter la robe de Vic encore plus haut sur ses cuisses parfaites tandis qu'elle calait ses bottes de cow-boy contre le tableau de bord.

— Par habitant?

— Globalement.

J'orientai une bouche de ventilation vers le chien, qui haletait sur le siège arrière.

— Eh bien, la nature ayant horreur du vide, les bizarreries sont attirées par les grands espaces. Parfois, elles perdurent là où rien d'autre ne le pourrait. (Je me tournai vers elle.) Pourquoi?

— Cela nous inclurait, nous aussi?

— Techniquement, oui.

Elle regarda à travers le pare-brise, le visage un peu troublé.

16

— Je ne veux pas finir toute seule dans une maison en train de faire des listes pour mes amis imaginaires.

Je pris à gauche sur Klondike Drive et m'attardai sur le fait que Vic semblait encline aux réflexions philosophiques, ces derniers temps.

— J'ai comme l'impression que cela n'arrivera pas.

Elle me regarda.

— J'ai remarqué que tu n'avais pas proposé de partager tes expériences du monde des esprits avec elle.

Vic faisait allusion aux événements que j'avais vécus à Cloud Peak au printemps, une expérience que je n'étais pas certain d'avoir complètement digérée.

— Cela ne me paraissait pas pertinent.

— Mon œil.

Je la regardai à mon tour et vis qu'elle était en train de se masser la tempe du bout des doigts.

— Comment va ta tête ?

— J'ai une migraine atroce, merci d'avoir posé la question.

— Ça t'ennuie si je te demande ce qui s'est passé à la Fête basque ?

Elle ajusta la position de ses bottes et avoua.

— J'ai été traumatisée.

— Par quoi ?

— La cavalcade des moutons.

Je crus avoir mal entendu.

— La quoi ?

— La cavalcade des putain de moutons, que tu as réussi à rater hier en prenant ta journée.

— La cavalcade des moutons ?

Elle se frotta l'arête du nez.

— Tu m'as bien entendue.

— Que s'est-il passé ?

— Je n'ai pas envie d'en parler. Tu n'as pas envie de parler de tes amis imaginaires, et je n'ai pas envie de parler de la cavalcade des moutons. (Elle se mit à tripoter la lanière de sa botte.) Mais sache que je ne ferai plus jamais la Fête basque.

17

Je haussai les épaules en passant devant la YMCA et continuai ma route sur la descente, passai devant Duffy, l'antique locomotive dans le parc à côté du jardin d'enfants. Je tournai à droite sur Upper Clear Creek Road, puis m'arrêtai à l'ombre d'un peuplier de Virginie jaunissant, à côté de la boîte aux lettres de Barbara Thomas.

— On y va à pied ?

— Il y a de l'ombre ici, et le chien a chaud.

Je baissai légèrement les vitres pour lui donner un peu d'air.

— En plus, j'aime bien prendre les anges par surprise. Pas toi ?

Elle ouvrit la portière et se glissa dehors, tout en tirant sur sa robe. Bottes et robe courte – une tenue pour laquelle j'avais un faible.

— Je n'ai pas tout à fait les vêtements qui conviennent à la course à pied.

Je refermai la portière doucement et contournai le pick-up par l'avant.

— Je croyais que les anges, ça volait.

— Ouais, et la merde, ça flotte.

Nous prîmes l'allée de graviers qui descendait en pente raide, se terminait devant l'un de ces anciens garages du début du siècle construit juste à côté de la toute petite maison à bardage de bois qui, autrefois, avait été le quartier général du T Bar T Ranch, avant que les terres ne soient grignotées par l'invasion de l'immobilier. Il y avait un grand nombre de parterres de fleurs surélevés et de paniers suspendus. Je devais admettre que les anges en question faisaient un sacré boulot, surtout en cette saison.

Les yeux couleur vieil or de Vic brillèrent.

— Une entrée dans les règles ?

Je contemplai son sourire carnassier et me dis qu'on pouvait sortir le policier de Philadelphie, mais qu'on ne pouvait pas sortir Philadelphie du policier.

— C'est probablement un gentil voisin qui rend service à la vieille dame, alors évitons de lui faire une peur bleue.

— Comme tu veux.

Elle s'avança vers le porche et je regardai la robe d'un violet passé se balancer sur ses hanches tandis qu'elle marchait à grands pas, sans arme.

— Je passe par-devant.

Avec un soupir, je partis vers l'arrière, me glissant entre le minuscule garage et la maison. Je regardai par la fenêtre de la cuisine et m'immobilisai en voyant une paire de jambes dépasser du placard sous l'évier, dont les portes étaient ouvertes. Sur les jambes, un pantalon de travail vert olive, du genre de celui que portent les agents d'entretien, et les pieds étaient chaussés de lourds brodequins, sans chaussettes.

Je secouai la tête et poursuivis mon chemin, me demandant quel homme du quartier pouvait bien jouer le bon Samaritain. Je gravis les quelques marches en béton qui menaient à la cuisine, appuyai sur le bouton à côté de la porte à moustiquaire réparée la veille et m'annonçai :

— Très bien, monsieur le mystérieux bricoleur qui…

La suite de la phrase resta coincée dans ma gorge tandis qu'un jeune homme extrêmement mince surgissait comme un diable de sous l'évier et se jetait contre le réfrigérateur voisin. J'eus quelques secondes pour l'examiner – il était étrange, on aurait dit un épouvantail avec son pantalon beaucoup trop grand attaché à la taille par un morceau de corde en chanvre et sa chemise de travail brune deux fois trop grande elle aussi. Ses yeux étaient du bleu le plus profond que j'aie jamais vu – presque bleu cobalt, grands ouverts et enfoncés dans leurs orbites. Il avait quelque chose d'un prince de sang noble, mais peut-être était-ce sa coupe de cheveux blonds à la Prince Vaillant.

Je levai une main rassurante et m'éclaircis la voix.

— Heu… Salut.

Mes paroles ne l'apaisèrent que très brièvement. Il bondit pour s'enfuir et percuta de plein fouet Vic qui était debout dans l'embrasure de la porte menant au salon et à la porte d'entrée. Il força le passage, mais même avec le nez en sang, elle eut le bon réflexe – il faut le lui reconnaître – de s'accrocher à sa jambe de pantalon et se laisser traîner dans son sillage.

— Salopard!

En quatre pas je les avais rejoints, à l'instant même où le pantalon tombait de ses hanches étroites. Il fila dans le salon, se cogna sur la demi-cloison et s'échappa par la porte. Impuissant, je le regardai dévaler les marches du porche et filer comme un crotale.

Je ne me donnai même pas la peine de faire semblant de le poursuivre. Je retournai dans la cuisine, pris un torchon posé sur le robinet et le mouillai. Du congélateur, je sortis de la glace et je la tendis à mon adjointe qui se remettait debout. Elle me regarda.

— Si j'avais eu mon arme, je l'aurais descendu, ce petit con.

— Est-ce qu'il t'a frappée?

— Pas lui mais son genou, quand il m'a fait tomber.

Je lui tins la tête en arrière et l'adossai contre le comptoir de la cuisine.

— C'est la première fois de ma vie que je vois quelqu'un d'aussi effrayé.

Elle tint le torchon contre son nez, et sa voix me parvint étouffée.

— Et encore, attends que je lui mette la main dessus.

Je tirai sur le fil du téléphone à cadran, composai le 911 et ôtai le torchon pour évaluer les dégâts. La zone commençait à enfler, mais il ne semblait pas y avoir de fracture.

— Tu vas te retrouver avec deux beaux cocards…

Le téléphone collé contre mon oreille s'éveilla tout à coup.

— Bureau du shérif du comté d'Absaroka. S'agit-il d'une urgence?

— Ouaip, Vic va tuer un gamin de quinze ans.

— Shérif?

Je tendis l'oreille tandis que le combiné amélioré de Ruby s'installait sur l'épaule de mon interlocuteur.

— Double Tough, c'est toi?

Je ne savais jamais qui venait de Powder Junction pour tenir la permanence du week-end. Santiago Saizarbitoria, un de mes autres adjoints, était parti deux semaines à Rawlins pour voir de la famille.

— Ouaip, il se passe quoi?

— J'ai un fugitif par ici, vers Upper Clear Creek Road, et j'apprécierais que tu lui mettes la main dessus avant Vic.

Je l'entendis se précipiter pour contourner le bureau de ma standardiste.

— Quel genre de fugitif, Walt?

— Sexe masculin, type caucasien, environ quinze ans, cheveux blonds, yeux bleus comme un passerin indigo – et il s'est envolé.

Double Tough était prêt à raccrocher.

— C'est noté.

— Encore une chose.

— Ouaip, chef?

Je récupérai le pantalon sur le comptoir, à l'endroit où je l'avais posé.

— Il est en slip.

Pour la première fois dans la conversation, mon adjoint en eut la chique coupée.

— Eh bien, ça devrait faciliter un peu les choses.


CE ne fut pas le cas.

Nous fouillâmes tout le quartier, une fois, puis une deuxième fois. Rien. Nous étions de retour au bureau et Vic, qui tenait un paquet de petits pois surgelés sur son nez, me regardait refermer l'album photo de la promotion de l'année passée au lycée de Durant.

— Il n'est pas là-dedans.

Ses yeux étaient à peine visibles au-dessus du sachet de petits pois.

— T'es sûr?

— Absolument.

— Tu ne t'es pas trompé sur son âge?

— Je ne crois pas.

Je tendis la main et caressai les oreilles du chien; il aimait la fraîcheur relative qui régnait dans nos bureaux déserts et le calme du dimanche après-midi.

— Et toi, j'imagine que tu n'as pas eu le temps de l'observer en détail.

Elle grimaça pour essayer de détendre ses muscles faciaux et regarda fixement le pantalon du fugitif posé sur ses genoux.

21

— Tu veux dire, est-ce que j'ai chopé le numéro du bélier maigrichon qui m'a percutée ? Non.

— Alors, il n'est pas d'ici.

Elle examina l'intérieur du pantalon.

— Peut-être.

Elle posa le sac de petits pois sur les taches de sang séché qui
constellaient le col de sa robe.

— Quoi ?

— Tu es sûre que tu ne veux pas aller faire une radio de ton nez ?

Elle refusa ma proposition d'un geste de la main.

— Alors, ce gamin ?

— Il avait l'air bizarre.

Sa voix résonna, pleine de sarcasme.

— Vraiment ?

Je me remémorai l'image fugace du jeune homme affolé et la
gardai quelques instants à l'esprit.

— Cette manière dont il est resté planté, un moment, ouvrant
et fermant constamment les mains, le regard fuyant, en appui sur
l'avant des pieds...

— Il est gogol ?

Je soupirai et me massai l'arête du nez.

— Non... seulement bizarre.

— On demande aux services sociaux ?

Je composai le numéro et écoutai la voix de Nancy Griffith me
proposer de laisser un message sur le répondeur. Je renonçai et raccrochai. Je sortis l'annuaire du tiroir du haut de mon bureau et fis
défiler les pages jusqu'à G.

— C'est beaucoup plus facile quand Ruby est dans le coin.

Je posai mon index sur le numéro de Nancy et attrapai à nouveau
le téléphone. Elle décrocha à la troisième sonnerie. Je lui décrivis le
jeune homme, elle ne l'avait jamais vu.

— Tu es sûre ?

— Certaine. La description ne correspond à aucun de nos
patients actuels. Tu as essayé la Wyoming Boys' School ?

— À Worland ?

— Rien n'est impossible.

Je l'écoutai étouffer un rire et me rappelai que Martha et elle avaient chanté ensemble dans la chorale de l'église.

— Hé, tu vas au match de foot vendredi ? demanda-t-elle.

— Pourquoi ? Il y a un problème ?

Elle prit son temps avant de répondre.

— Faut-il toujours qu'il y ait un problème quand tu es invité quelque part ?

— D'habitude, c'est le cas.

— C'est la fête de fin d'année et ils vont retirer ton numéro.

— Oh…

— Ils retirent celui de Henry Standing Bear aussi. Personne ne t'en a parlé ?

Il y eut une nouvelle pause, mais elle ne fut pas assez longue pour que j'aie le temps de trouver une réponse ou une excuse.

— Je crois que tout le monde au lycée apprécierait que vous soyez présents tous les deux à la mi-temps pour la cérémonie.

— Vendredi… heu… je vais voir ce que je peux faire. Merci Nance.

Je raccrochai et regardai Vic remettre les petits pois de moins en moins surgelés sur son nez.

— C'était quoi, toute cette discussion ?

— Laquelle ?

— À propos de vendredi.

— Rien.

Je continuai à penser à l'étrange jeune homme tout en contemplant l'album des Durant Dogies posé sur mon bureau.

— Il habite forcément dans la région.

— Est-ce qu'elle t'invitait à sortir avec elle ?

— Quoi ? (Je lui lançai un regard.) Non.

Son ton devint un peu plus acerbe.

— Alors, qu'est-ce qui se passe vendredi ?

— Un truc de football, ils vont retirer mon numéro.

Elle prit une expression amusée.

— Tu déconnes.

— Non. Celui de Henry aussi.

— Je veux y aller.

— Non.

— Allez, j'ai jamais été à ces trucs quand j'étais ado. (Elle réfléchit.) Je suis jamais sortie avec un footballeur au lycée.

Je me laissai distraire un instant.

— Tu sortais avec quel genre de gars ?

— Des gars de trente-sept ans qui s'appelaient Rudy avec une moustache et une fourgonnette. Des gars qui faisaient flipper mes parents. (Elle me regarda.) Je veux y aller, et je veux un petit bouquet à la boutonnière, comme Babs.

Je ne répondis pas et m'écroulai sur le fauteuil face à mon bureau.

— S'il te plaît, dis-moi qu'on ne va pas sillonner le quartier en minibus avec des affiches AVEZ-VOUS-VU-CE-GOGOL-À MOITIÉ-NU ?

— Je me suis dit qu'on pourrait demander à quelques voisins.

— Ou on pourrait poser quelques pièges à fouine avec des Double Stuf Oreos comme appâts. (Elle se mit debout.) Mais je ne crois pas qu'on soit obligés de faire ça.

Elle descendit sa main et brandit le pantalon. À l'intérieur de la ceinture, on pouvait lire : BELLE FOURCHE - SERVICE DE COLLECTE DES ORDURES.

Je passai quelques coups de fil supplémentaires aux services du comté de Butte, dans le Dakota du Sud, qui étaient ouverts le dimanche après-midi, mais ils n'avaient pas connaissance d'une disparition, alors nous allâmes retrouver Double Tough posté à l'entrée de l'allée menant au T Bar T.

— Rien ?

L'ancien contremaître pétrolier était bâti comme un pilier de béton. La première fois que je l'avais rencontré, il avait reçu une balle et avait négligé de le mentionner dans la conversation ; il ne l'avait dit que bien plus tard, d'où son surnom.[*]

— Nan, et j'ai posé la question à tous les voisins dans un rayon de cinq cents mètres.

---

[*] *Tough* signifie dur, dur à cuire, résistant. Double Tough l'est doublement. (Toutes les notes sont de la traductrice.)

— Personne n'a entendu parler de lui, et personne ne l'a vu ?

— Nan.

Je jetai un coup d'œil en direction de la petite maison blanche aux volets rouges.

— Je vais retourner voir Barbara et lui dire que je vais inspecter les lieux. Restez donc par ici tous les deux, à l'ombre, à surveiller le chien.

Au moment où je partais, j'entendis Double Tough demander à Vic des nouvelles de son nez. Ce n'était pas parce qu'il était doublement coriace qu'il était doublement malin. Je montai les marches du porche et fis part à Mme Thomas de mes intentions.

— Vous n'êtes pas obligé, Walter.

— Je me sentirais mieux si je le faisais. Si vous ne connaissez pas ce jeune homme, si vous ne savez rien à son sujet, ce serait peut-être mieux qu'on ait au moins une petite conversation avec lui.

Elle hocha la tête, mais sans grand enthousiasme.

Tandis qu'elle refermait la porte, j'allai jusqu'au petit garage et entrai par la porte latérale donnant sur l'allée qui faisait le tour de la maison. Il abritait un redoutable cabriolet Mustang de 1969, flanqué d'écussons sur lesquels on lisait COBRA JET. À moitié recouvert d'une bâche, il était la dernière acquisition automobile de Bill Thomas avant sa mort, en 1971. Cette voiture n'avait probablement que mille kilomètres au compteur et excitait la convoitise de tous les hommes du comté en âge de conduire.

Sur ma droite se trouvait un établi avec une collection de petits pots remplis de vis et de clous qui devaient dater de l'époque de Fort Fetterman, mais de nombreux outils donnaient l'impression d'avoir été utilisés récemment, des morceaux de bois avaient été rangés sur les poutres du toit, et je découvris, dissimulée, une pile de très vieux exemplaires de *Playboy*. En dehors de cela, l'endroit paraissait intact.

Je refermai la porte derrière moi et me rappelai que Barbara avait mentionné un abri à pompe. Nous vivons dans un climat désertique, et étant donné que le jardin était très vert et que les bordures étaient pleines de fleurs, l'eau devait bien venir de quelque part.

Suivant un chemin envahi de liserons vers la berge de Clear Creek, je tournai en direction du pont. Je vis le toit à deux pans de l'annexe dont les bardeaux avaient été réparés récemment, parvenant même à repérer l'endroit qui avait été restauré.

L'herbe était plus haute lorsque je quittai le sentier, et je me frayai un passage à travers la végétation jusqu'à la petite dalle devant l'abri. Un verrou était vissé dans la porte, mais le cadenas rouillé n'était pas fermé ; je l'enlevai et tirai sur la poignée en bois pour ouvrir la porte. La cabane avait probablement été un fumoir à une époque, ce qui expliquait la légère odeur de bois calciné ainsi que les points de rouille sur les poutres qui devaient correspondre aux endroits où on avait fixé des crochets à viande.

Une petite pompe de deux chevaux et demi montait l'eau de la rivière dans une machine dont les tuyaux de cinq centimètres de diamètre sortaient du sol puis s'y enfonçaient à nouveau. Je contournai la pompe, posai la main sur la canalisation de sortie et sentis le flot d'eau froide qui circulait à l'intérieur.

Mes yeux s'habituant à la pénombre, je vis que contre le mur en face était calé un lit pliant, le genre de ceux qu'on utilise comme lit d'appoint. Sur le grand matelas était posée une couverture militaire, tirée et bordée si serré qu'on aurait pu y faire rebondir un rouleau de pièces.

Lorsque j'approchai du lit, mon pas résonna différemment sous mes semelles, et je reculai : je vis sur le plancher le vague contour d'un objet carré. Je m'accroupis et balayai de la main un peu de poussière. Je découvris un petit crochet sur un côté, l'attrapai et soulevai le couvercle de ce qui se révéla être un vieux bidon de lait enfoui dans la terre meuble. Il faisait noir dans la cavité, et je regrettai de ne pas porter mon ceinturon où j'accrochais ma fidèle Maglite ; j'enfonçai ma main dans le récipient.

La première chose que je trouvai fut un magazine, *Gun Buyer's Annual*, daté de cette année. C'était un guide encyclopédique de toutes les armes disponibles sur le marché privé. La couverture en papier glacé présentait toute une collection de fusils de chasse, de carabines, et de semi-automatiques, dont les photos étaient passées tant le magazine avait été manipulé. Je l'ouvris, presque chaque page était cornée.

Je le posai à côté de moi et plongeai à nouveau la main dans le trou ; cette fois, j'en sortis un exemplaire de *Playboy*, daté de janvier 1972. Il était aussi défraîchi que l'almanach des armes à feu, et je dus admettre que Marilyn Cole, appuyée contre une bibliothèque avec un roman entre les mains et quasiment aucun autre accessoire, avait encore de l'allure malgré le fait que la photo datait de plus d'un quart de siècle et qu'elle était pliée en trois parties égales.

Je déposai l'objet qui, en comparaison avec le visuel obscène de l'encyclopédie des armes, me semblait à peine pouvoir prétendre au qualificatif de porno très soft et je plongeai à nouveau la main dans la cavité. Cette fois j'en sortis un volume très vieux, d'un noir complètement passé, orné de lettres dorées – le Livre de Mormon. Je tournai lentement la couverture, et remarquai qu'il avait été publié en 1859 et qu'il portait une inscription manuscrite sur la première page : "Pour mon fils Orrin, Homme de Dieu, Fils du Tonnerre – de la part de ta mère qui t'aime, Sara."

Je calai le vieux livre sous mon bras et remis la main dans le trou, mais je n'y sentis rien d'autre. Je le fouillai consciencieusement, il était vide. J'y rangeai tout sauf le livre, refermai le couvercle et, du bout du pied, étalai un peu de poussière. Je me remis debout, sans lâcher le livre, et contournai la pompe pour pouvoir examiner une dernière fois la pièce au sol de terre battue. Je passai la porte, la refermai et raccrochai le verrou en prenant garde à le laisser exactement comme je l'avais trouvé.

Lorsque je retournai chez Barbara Thomas, je grattai à la porte à moustiquaire pour m'annoncer et attendis que Barbara apparaisse de l'autre côté du fin grillage, son visage pixellisé en un millier de petits carrés. Je brandis le livre et lui demandai :

— Qui est Orrin ?

Elle prit appui sur le cadre de la porte et, sans un mot, porta son autre main à sa bouche.


— Je ne sais pas d'où il vient.

Je regardai Double Tough prendre un autre cookie dans l'assiette posée sur le comptoir. Barbara, Vic, le Livre de Mormon et moi étions rassemblés autour de la table, essayant d'éclaircir la situation.

— Alors, quand l'avez-vous vu pour la première fois ?

— Comme je l'ai dit, il y a environ deux semaines.

— Vous avez aussi dit qu'il était un ange.

Elle cligna des yeux et regarda par la fenêtre de la cuisine qui donnait sur Clear Creek et l'abri au bord de la rivière.

— J'ai… je me suis peut-être embrouillée.

Vic avait remplacé les petits pois dégelés par une poche de froid, et heureusement, sa voix sortit très étouffée du torchon.

— Amen, ma sœur.

— Lui avez-vous parlé ?

— Non.

— Où a-t-il trouvé le lit et la couverture ?

Elle réfléchit sans quitter la fenêtre des yeux.

— J'avais remarqué que des choses avaient disparu dans le garage, mais je n'avais pas fait le lien entre les deux. (Son regard revint se poser sur moi.) Vous pensez vraiment qu'il vit là-dedans depuis deux ou trois semaines ?

— Je dirais que c'est très vraisemblable. Comment procédez-vous exactement pour lui donner à manger ?

Elle regarda Double Tough qui dévorait un nouveau cookie.

— Je laisse la nourriture sur le comptoir, c'est tout.

Mon adjoint, un peu gêné, nous fit part de son avis.

— Flocons d'avoine et pépites de chocolat, ils sont vraiment bons.

La vieille dame me regarda dans les yeux.

— Est-ce qu'on ne pourrait pas le laisser tranquille ?

Je m'éclaircis la voix.

— Hmm… non, c'est impossible. Il ne s'agit pas d'un chat perdu, madame Thomas. Il faut que nous sachions qui il est et d'où il vient. Il y a peut-être des gens qui sont à sa recherche. Vous comprenez ?

— Oui, je comprends.

Je pris le livre et l'ouvris à la page de titre.

— Je pense qu'il est mormon et qu'il s'appelle Orrin.

Vic ne put résister à la tentation.

— Orrin le mormon ?

28

Je l'ignorai et poursuivis.

— Si ça ne vous ennuie pas, je vais poster mon adjoint chez vous ce soir, en espérant que le jeune homme revienne.

Elle approuva d'un signe de tête, regardant d'abord Vic, puis, plus longuement, Double Tough.

— Ce sera parfait.

Je me levai et donnai mes ordres à mon adjoint de Powder Junction.

— Je passerai vers onze heures pour te relever, si ça te va.

Il saisit un autre cookie et acquiesça.

— Ouais.

— Et essaie de ne pas manger tous les cookies.

Il ne répondit pas, mais s'installa à côté de la fenêtre de la cuisine, colla sa paire de jumelles tactiques sur ses yeux pour observer la petite annexe au bord de la rivière, et continua à mâcher.

Vic donna la croûte de sa pizza au chien et prit une canette dans ma réserve de Rainier, dont elle but une bonne rasade.

— Putain, si seulement il y avait quelqu'un dans le coin qui sache faire la pizza correctement.

Elle s'essuya la bouche sur le dos de sa main et passa ses doigts sur la tête du chien.

— J'ai cherché dans la base de données du FBI s'il y avait des infos sur Orrin le mormon, mais jusque-là, il y en a autant que sur le Saint-Esprit. J'ai laissé un message à l'église des Saints des Derniers Jours – incroyable qu'il y en ait une ici – chez l'évêque Drew Goodman, et j'ai même interrogé les services sociaux dans l'Utah, mais pour l'instant, personne n'a jamais entendu parler de ce gosse.

Je bus une gorgée de ma bière et feuilletai la Bible mormone.

— Ce livre vaut probablement une fortune.

— Et que fait-on du pantalon voyageur de Belle Fourche ?

Je posai ma canette.

— Je vais passer un coup de fil à Tim Berg, le shérif de là-bas, pour voir s'il sait quelque chose sur le pantalon ou le gamin.

Elle colla sa canette contre ses lèvres et son visage se fendit d'un sourire carnassier.

— Le porte-crayon sur pattes ?

— Ouais.

Pendant les cours dispensés à l'Association nationale des shérifs, Tim avait l'habitude, restée célèbre, de fourrer d'innombrables crayons et stylos dans sa barbe, puis de les oublier.

Elle leva les yeux vers la vieille horloge Seth Thomas accrochée au mur de mon bureau, dont les aiguilles marquaient 10 h 45.

— J'envisageais de rester dans le coin et de te sortir le grand jeu, mais mon nez me fait un mal de chien, alors je vais peut-être le ramener à la maison et aller me coucher.

Elle prit une nouvelle gorgée de bière puis colla la canette fraîche entre ses yeux.

— J'ai l'air de quoi ?

Je contemplai les deux petites ailes violettes qui commençaient à se déployer sous ses paupières inférieures.

— De quelqu'un qui aurait pu devenir champion*…

— Ouais. Eh ben, si jamais je mets la main sur Orrin le mormon, je vais cogner sur sa tête comme sur un bongo.

Elle se leva et s'étira, la robe remonta sur ses cuisses tandis qu'elle se mettait à chanter avec un fort accent italien à la Rosemary Clooney :

— *Come on-a my house, my house. I'm-a gonna give you candy***.

Je lui souris.

— Je croyais que ton nez te faisait mal.

Elle recula vers l'entrée de mon bureau et tenta de m'attirer en agitant son index en crochet.

— C'est le cas, mais je viens de me rappeler un supermoyen de ne plus y penser.

Je rassemblai les vestiges de notre festin improvisé, écrasai quelques canettes et les jetai dans la boîte vide – je savais que je me ferais incendier par Ruby si je laissais des canettes de bière dans la poubelle du bureau.

---

\* Référence à une célèbre réplique de Marlon Brando dans *Sur les quais*, d'Elia Kazan.
\*\* Viens chez moi, viens chez moi, je te donnerai des bonbons.

— Il faut que j'aille remplacer Double Tough dans vingt-cinq minutes.

— Allez, vite fait, bien fait ?

Je refermai la boîte, la pris et contournai mon bureau pour la rejoindre.

— Quelles sont les nouvelles des jeunes mariés ?

Son visage s'assombrit derrière les cocards et je vis soudain l'orage gronder et les éclairs fuser dans les pupilles vieil or.

— Quoi ?

— Je t'avais prévenu.

— Quoi ?

Elle s'appuya contre le chambranle de la porte et descendit le reste de sa bière.

— Chaque fois que je parle de nous, tu parles d'eux.

Elle se redressa et me regarda, en posant la canette vide, telle une cheminée, sur la surface plane de la boîte de la pizza,

— Je ne vais pas me taper tout Freud pour essayer de comprendre, alors, arrête. OK ?

— OK.

Elle tourna les talons, passa devant le bureau de Ruby et s'arrêta pour faire une révérence, laissant tomber ses cheveux qu'elle avait laissés pousser et éclaircis par endroits.

— Au fait, t'as perdu le droit à ton petit coup vite fait.

Elle disparut dans l'escalier, et j'entendis les lourdes portes battantes en verre se refermer lorsque je m'écriai :

— J'avais compris...

Le chien, qui espérait probablement une autre croûte de pizza, apparut à mes pieds tandis que je descendais les quelques marches menant aux cellules et à la porte de derrière.

— Bon, tu viens avec moi à la benne ?

Je jetai un coup d'œil par-dessus mon épaule et remarquai qu'il s'était assis.

— J'imagine que ça veut dire non ?

Il ne bougea pas.

— Eh bien, d'ici quelques minutes tu vas aller chez Barbara Thomas, que ça te plaise ou non.

J'ouvris le lourd vantail en métal et le calai soigneusement avec le morceau de parpaing que nous utilisions à cet effet, et qui épargnait à tous les membres du bureau le détour humiliant pour retourner jusqu'à la porte principale, que Vic avait appelée "la marche de la honte et de l'ignorance".

Au loin, j'entendis mon adjointe griller nos deux feux rouges clignotants et traverser la ville à toute vitesse.

La Rainier en équilibre sur la boîte, j'avançai vers la benne au moment précis où une brise soudaine se leva ; elle fit tomber la canette de la surface en carton, qui devint un virevoltant métallique, partit en bondissant sur la route, et la traversa en direction de la clôture de l'école élémentaire de Meadowlark.

— Zut.

Je glissai les détritus sous le couvercle en plastique, puis partis récupérer l'objet. Je me disais que si les canettes de bière n'étaient pas autorisées dans les corbeilles du bureau du shérif, elles ne devaient probablement pas avoir plus le droit de traîner autour des clôtures de l'école élémentaire.

La petite vagabonde continuait à cogner contre le grillage, et je dus m'y reprendre à deux fois avant de réussir à l'attraper. Fatigué tout à coup de cette longue journée, je posai mon coude sur la barre supérieure de la clôture et profitai un instant de la fraîcheur du soir. La saison était bien avancée et les nuits devenaient plus froides. Je repensai à ce que Nancy avait dit, essayai de me souvenir de mon numéro, autrefois, puis me rappelai d'appeler l'Ours et de lui parler des honneurs qui allaient nous être rendus vendredi soir.

Je frissonnai un peu et me dis que la première gelée ne tarderait pas ; je changerais de chapeau, porterais celui qui était en feutre. Je laissai mon esprit errer à nouveau, cette fois vers ce que Vic avait dit, me demandant si elle avait raison. Son plus jeune frère avait épousé ma fille il y avait quelques mois, et j'entendais de moins en moins parler de Cady. Creusant un peu la dimension freudienne de mes propres dérobades, je me demandai si cette angoisse s'était mêlée à mon inquiétude grandissante quant à ma relation de plus en plus proche avec mon adjointe. Je ne me considérais pas comme particulièrement prude, mais notre différence d'âge et le fait que j'étais son supérieur me revenaient constamment à l'esprit.

Ces derniers temps, elle s'était montrée d'humeur assez changeante, et je ne savais pas trop quoi en penser.

Je laissai mon regard se promener sur la pelouse fraîchement tondue de l'école élémentaire lorsque je remarquai quelqu'un sur la balançoire, dans la cour ; son corps fendait l'air froid, chaque effort accompagné du cliquetis des chaînes auxquelles était suspendue la balançoire. La personne me tournait le dos, mais je voyais qu'elle était maigre, étonnamment blonde – et qu'elle ne portait pas de pantalon.

# 2

Il fallait que mon timing soit parfait du premier coup, parce que je n'aurais qu'une seule occasion.

Restant derrière lui, j'avais traversé la pelouse sans faire de bruit et j'espérais pouvoir encaisser l'impact quand il repartirait en arrière. Il ne devait pas peser plus de cinquante-cinq kilos tout mouillé, mais sa vélocité s'ajoutait à son poids.

Me disant que je ne disposais que d'une fraction de seconde avant qu'il pique à nouveau un sprint, j'avais accroché une menotte à mon propre poignet et je tenais l'autre ouverte, prêt à la refermer. Selon mon estimation, même en étant très rapide, Orrin ne parviendrait pas à traîner mes cent dix kilos très loin.

J'étais peut-être à trois mètres derrière lui lorsqu'il atteignit son point culminant, prêt à repartir en avant. Je l'entendais fredonner tout en fendant l'air, et je bondis pour me placer un peu en décalé par rapport à l'angle de sa trajectoire, dans l'espoir de ne pas absorber la totalité de la force acquise par son mouvement, mais ce ne fut pas franchement un bon choix.

J'avais été défenseur de première ligne à l'USC, enquêteur des marines pendant la guerre du Vietnam, et j'avais encaissé pas mal de coups, mais c'était dans un passé plutôt lointain, à une époque où j'étais bien plus jeune et en bien meilleure forme physique. L'impact de son corps maigre dans ma poitrine ne fut pas trop douloureux, mais il avait replié un de ses pieds sous le siège et son brodequin alla se ficher directement dans mon entrejambe.

Le hasard faisant parfois bien les choses, la menotte s'était placée sur le bras du gamin, qui n'était pas aussi gros que l'articulation de son coude, et elle s'était refermée. J'étais tombé en arrière et je l'avais entraîné dans ma chute, mais à peine avions-nous touché le sol qu'il s'était remis debout et, comme je l'avais prévu, était parti en trombe. Il ne réussit à faire bouger que mon bras, et pensant peut-être avoir plus de chance en changeant de trajectoire, il essaya de filer en me piétinant au passage. Mon bras fut entraîné dans son sillage, mais à cet instant précis, la seule chose que je pouvais faire, c'était me masser l'entrejambe et rester immobile comme un boulet au bout de sa chaîne.

Il avait dû atteindre la limite de ma patience parce que je me souviens avoir contracté mon biceps et attiré son visage tout près du mien.

— Il va falloir que tu arrêtes ça. Tout de suite.

Il avait l'air terriblement effrayé, mais il continuait à donner des coups de pied, alors je finis par me mettre debout, enfin, encore plié en deux, et prononçai mon dernier mot sur le sujet.

— Arrête.

Il sursauta et recula brusquement ; j'étais sûr qu'il croyait que j'allais le frapper.

Je pris une grande inspiration.

— Est-ce que ça va ?

Il s'agita, balança son bras libre d'avant en arrière et regarda ma poitrine, avant de finalement hocher la tête.

— Oui.

Sa voix était plus aiguë que je ne l'aurais cru, mais j'étais juste content qu'il soit en état de parler.

— Comment t'appelles-tu ?

Il lança un regard éperdu autour de lui, cherchant toujours un moyen de s'échapper, sans en voir aucun, puis il parut se recroque-viller et marmonna :

— Cord.

Je me redressai de toute ma hauteur et son visage fut envahi de terreur. Je décidai qu'il valait mieux ne pas offrir à mes administrés le spectacle d'un homme adulte en train de se pétrir l'entrejambe, menotté à un adolescent ne portant rien d'autre qu'une chemise dans la cour de l'école élémentaire, à presque minuit.

— Allez, Cord, on va te chercher des vêtements.

———

Je le ramenai dans mon bureau, l'installai sur le fauteuil et attachai la menotte à l'accoudoir. Le chien nous observait de l'autre bout de la pièce avec beaucoup d'intérêt.

— Je vais… je vais te chercher des vêtements. Attends-moi ici, je reviens tout de suite.

Je me rappelai vaguement que Ruby avait fait une collecte de vêtements pour la Ligue des femmes méthodistes un mois auparavant et qu'il restait encore quelques sacs contenant quelques habits en bas. Je parviendrais peut-être à y trouver une tenue qui irait au jeune homme.

Passant devant le bureau de ma standardiste avec le chien sur mes talons, je m'arrêtai un instant pour téléphoner à Double Tough et l'informai que la grande chasse au mormon avait pris fin. Tandis que j'étais en train de lui parler, le chien et moi entendîmes du bruit provenant de l'extrémité du couloir. Je me retournai et vis que le gamin, toujours attaché au fauteuil, était tombé en essayant de s'enfuir par la porte de derrière.

— Faut que je te laisse.

J'allai jusqu'au couloir, l'attrapai et le rassis sur le siège, puis j'empoignai l'ensemble et repartis jusqu'à mon bureau. Je posai le fauteuil et son occupant à leur place, appelai le chien, lui donnai l'ordre de rester là, ce qu'il fit.

— Nous sommes dans l'unité cynophile du bureau du shérif du comté d'Absaroka, et il est entraîné à faire face à toutes les situations. Je ne peux pas dire ce dont il serait capable, mais je te conseille de ne pas bouger. Est-ce clair ?

Il hocha la tête.

— Oui.

— Bien.

Je jetai un coup d'œil au chien, qui devait se demander de quoi je pouvais bien parler.

— Reste. Et… garde.

Il inclina la tête, me regardant comme si j'étais un idiot – ce qui était le cas, bien entendu.

Le gamin surveillait le chien comme si l'animal risquait de lui planter ses crocs dans la gorge d'une minute à l'autre – ce qu'il ne ferait pas, bien sûr, mais un hochement de tête valant bien un clin d'œil dans la plupart des cas, je tournai les talons et m'en allai. Je descendis l'escalier et fouillai dans les sacs où je trouvai un T-shirt des Denver Broncos et, plus important, un pantalon de survêtement gris troué sur un genou seulement. Je m'apprêtai à remonter lorsque j'entendis un autre fracas. Arrivé en haut des marches, près de la porte d'entrée, j'aperçus Double Tough qui venait de mettre la main sur le gamin et le siège.

Le colosse leva la tête, une expression comique sur le visage, tandis qu'il réinstallait le garçon sur sa chaise.

— On dirait que vous allez pouvoir ajouter vol de propriété municipale à la liste des infractions de ce jeune homme.

Je rejoignis le petit groupe. Le chien était là aussi, agitant la queue.

— Eh bien, tu fais un drôle de chien de garde.

Nous remportâmes le prisonnier et son trône dans mon bureau, où je lui enlevai ses menottes. Je l'emmenai jusqu'aux toilettes, celles qui n'avaient pas de fenêtre, lui tendis les vêtements, et le poussai à l'intérieur.

— Habille-toi.

Je refermai la porte derrière lui.

Dégainant un sachet en plastique plein de cookies aux flocons d'avoine, Double Tough croisa ses pieds chaussés de godillots râpés, s'appuya contre le mur et me sourit.

— Servez-vous.

J'obéis.

— Vous allez appeler les services sociaux ?

Je réfléchis un peu.

— Pas à minuit. Je vais juste attendre demain matin puis rappeler Nancy Griffith.

Il laissa passer quelques instants.

— Si vous voulez, je reste dans le coin. Il ne se passe rien à Junction, et la copine de Frymire est venue lui rendre visite.

— Je croyais qu'il l'avait épousée.

— Pas encore.

Il mâcha son cookie.

— Ne t'inquiète pas, je vais rester. (Je remarquai la mine déçue de mon adjoint.) À moins que tu tiennes à rester, toi.

Je marquai une courte pause.

— C'est un peu tranquille, à Powder Junction ?

— Se passe pas grand-chose en dehors de quelques péquenauds qui se baladent en voiture du côté d'East Spring Draw en incommodant les voisins… (Voyant mon expression, il ajouta :) Rien de sérieux. C'est des nouveaux, ils sont un peu bizarres, des Texans. (Il lança un coup d'œil vers les toilettes.) Vous allez le mettre en cellule pour la nuit ?

— Ouaip.

Il s'étira et bâilla, se passa la main sur le visage.

— Vous feriez bien de fermer la porte à clé.

IL contempla la cellule ouverte, puis me regarda, et je fus frappé par la jeunesse de ce garçon. Je lui donnais quinze ans, mais il était fort possible qu'il soit encore plus jeune.

— On ne peut pas te faire confiance, sinon, je t'aurais laissé dormir sur le banc dans le hall d'accueil. (Je lui fis signe d'entrer.) Mais les couchettes sont bien plus confortables, je sais de quoi je parle.

Il enroula ses doigts autour des barreaux de la porte ouverte.

— Et si je promets ?

— Pardon ?

Il garda le regard fixé sur ma poitrine.

— Si je promets de ne pas m'enfuir ?

— Eh bien, si j'en crois tes antécédents, je dirais que je ne te connais pas assez pour te faire confiance.

Il réfléchit une seconde, puis les mots se déversèrent de sa bouche comme d'un télescripteur.

— "Du reste, ce qu'on demande des dispensateurs, c'est que chacun soit trouvé fidèle." (Il me regarda droit dans les yeux une fraction de seconde.) Les Corinthiens 4:2.

Je soutins son regard et le poussai doucement.

— Entre dans la cellule. (Puis j'ajoutai :) Walt Longmire, 0 h 15.

Il entra mais se retourna quand je fermai la porte. Je le rassurai :

— Ne t'inquiète pas, je vais empiler quelques couvertures et dormir juste là.

— Puis-je récupérer la Bible ? Je l'ai vue posée sur votre bureau.

J'envisageai de discuter sémantique religieuse avec lui, mais me contentai de verrouiller la porte, puis j'allai chercher les couvertures et son livre dans mon bureau. Je le lui tendis entre les barreaux.

— Qui est Orrin ?

La réponse manqua de naturel, comme lorsqu'il avait cité les Écritures.

— L'Ange de la mort, le Danite : Homme de Dieu, Fils du Tonnerre.

— Hmm. (Je hochai la tête, et soudain, ressentis une immense fatigue.) Dors.

— Je préférerais lire.

Je sentis mes épaules s'affaisser ; malgré tout, je saisis, dans le coin de la pièce, une vieille lampe dont je m'étais servi précisément pour le même usage, la rapprochai des barreaux, l'allumai et dirigeai le faisceau vers l'intérieur de la cellule.

— Voilà.

J'éteignis les tubes fluorescents du plafond, retirai le matelas de la couchette de l'autre cellule, le posai sur le sol et y empilai les couvertures en ajoutant un oreiller. Je m'assis, enlevai mes bottes et me couvris. Le gamin était installé sur la couchette au fond de la cellule, le nez plongé dans son livre.

— Ne t'inquiète pas, on te sortira de là demain.

Il continua à tourner les pages de la Bible mormone, le visage tout près du volume, mais j'entendis distinctement sa voix haut perchée :

— En fait, tout va bien.


— Alors, c'est lui, Orrin le mormon ?

Je parlai sans repousser la couverture qui était tirée par-dessus ma tête.

— Je crois qu'il s'appelle Cord.

— Comme une corde sans e ?

— Oui, je crois.

Je dégageai mon visage et levai les yeux vers mon adjointe, dont le visage était orné de deux magnifiques cocards.

— Ouh la…

Elle s'appuya contre les barreaux et regarda le gamin, le pouce accroché sur la crosse de son Glock.

— Ouais, je sais, je sais… on dirait que j'ai fait dix rounds au Blue Horizon.

Je la regardai sans comprendre.

— Une salle qui accueille des combats de boxe à North Philly. (Elle désigna le jeune homme endormi.) Il parle ?

Je me redressai et calai mon dos contre le mur.

— Oui.

— Est-ce que tu as réussi à tirer de lui autre chose qu'un prénom ?

— Pas vraiment.

Elle montra le livre posé à côté du gamin.

— Qui est Orrin ?

Je répétai le mantra que Cord avait énoncé la veille au soir.

— L'Ange de la mort, le Danite : Homme de Dieu, Fils du Tonnerre.

Vic haussa les épaules.

— Est-ce qu'Orrin doit dire ça chaque fois qu'il décroche le téléphone ?

— Je ne crois pas.

— Qu'est-ce qu'il fait avec le livre d'Orrin ?

Je bâillai.

— Nous n'avons pas eu l'occasion d'échanger sur ce point.

Elle regarda le jeune homme respirer pendant un moment, et son visage s'adoucit un tout petit peu.

— Nancy, des services infernaux, est là. Tu veux libérer le ravi de la crèche pour un entretien ?

— Je voudrais parler à Nancy d'abord.

Elle s'écarta de la cellule et remonta le couloir.

— Alors, debout. Je vais te chercher une tasse de café, et je te retrouve près du bureau de Ruby.

41

Lorsque j'arrivai au banc de la salle d'accueil, je tenais encore une couverture enroulée autour de moi ; je m'écroulai contre la thérapeute qui dirigeait les services sociaux puis me laissai glisser jusqu'à ce que ma tête soit posée sur ses genoux confortables.

— Je voudrais prendre un engagement.

Elle me regarda de ses grands yeux bruns très doux.

— T'engager à quoi faire ?

— À dormir un peu plus, pour commencer.

Nancy avait été une bonne amie de Martha. Et je devais beaucoup à son savoir-faire dans la gestion des aspects les plus délicats des tâches domestiques et parentales auxquelles j'avais dû faire face au fil des ans.

— Nous avons récupéré un petit veau orphelin qui a été abandonné sur la route.

Sans me quitter des yeux, elle se mit à chanter :

*Whoopee ti yi yo, git along little dogies*
*It's your misfortune and none of my own*
*Whoopee ti yi yo, git along little dogies*
*You know that Wyoming will be your new home*.

Vic nous regarda, ébahie.

— Putain, c'est quoi ça !

Nancy sourit.

— C'est le chant des supporters du lycée de Durant.

Vic leva les yeux au ciel.

— Voilà qui risque fort de faire trembler de peur les adversaires.

Je l'interrompis.

— Je crois qu'il vit dans la petite annexe de Barbara Thomas depuis deux semaines.

Pensive, Nancy commenta :

— Je serais contente de vivre chez Barbara, c'est une belle maison.

---

* Whoopee ti yi yo, tenez bon, petits veaux orphelins / C'est votre infortune, pas la mienne / Whoopee ti yi yo, tenez bon, petits veaux orphelins / Vous savez, vous serez bien dans le Wyoming.

— Il s'appelle Cord, et apparemment, rien n'indique que quelqu'un est à sa recherche. Il se promène avec le Livre de Mormon sur lui et il cite les Écritures.

— Quel âge a-t-il ?

Je m'assis par terre, à côté des confortables chaussures noires et plates de Nancy.

— Une quinzaine d'années, peut-être.

Elle leva les yeux vers Ruby et Vic.

— Il y a beaucoup de groupes dissidents de l'Église de Jésus Christ des Saints des Derniers Jours, des groupes fondamentalistes polygames qui se sont séparés des mormons, comme celui de Warren Jeffs. Il y en a pas mal dans l'Utah, mais aussi quelques-uns dans le sud du Colorado, en Arizona, au Texas et même un dans le Dakota du Sud.

Elle soupira et se tourna vers moi.

— Tu as déjà entendu parler des "garçons perdus" ?

Vic fut la première à répondre.

— Le film de vampires ?

— Non.

Je risquai une autre piste :

— *Peter Pan* ?

Elle secoua la tête à nouveau.

— Des adolescents que les mormons bannissent. Ils se font éjecter de ces sectes sous le prétexte fallacieux d'un comportement déplacé, mais la plupart du temps il s'agit de les écarter pour que les hommes d'âge mûr puissent choisir de nouvelles épouses parmi les jeunes femmes.

— Charmant.

— Pour autant que je sache, le groupe polygame le plus proche se trouve dans le Dakota du Sud.

— Notre gamin portait un pantalon qui provenait du Service de collecte des ordures de Belle Fourche.

— Il l'a probablement eu par l'Armée du Salut. (Elle marqua une pause.) Belle Fourche se trouve dans le comté de Butte ?

— Ouaip.

J'attendis un peu.

— Pourquoi ?

— J'ai un ami là-bas qui travaille dans les services scolaires et il a mentionné quelque chose concernant une de ces sectes dissidentes. (Elle réfléchit encore.) Quelque chose comme l'Église fondamentaliste… non, l'Église apostolique de l'Agneau de Dieu.

Vic soupira.

— Eh merde, nous revoilà avec des moutons.

Je me redressai et jetai un coup d'œil en direction de Ruby.

— Vois si tu peux joindre Tim Berg au téléphone quand je reviendrai du Busy Bee. (Je regardai Nancy.) Prendre contact avec ces gens ne fait courir aucun risque à ce garçon, si ?

La thérapeute hocha la tête.

— Il y a des chances que ce soient eux qui l'aient mis dehors. Je ne vois pas pourquoi ils voudraient le récupérer.

— Eh bien, au moins, nous pourrons avoir des informations sur lui.

Je me levai et pliai ma couverture.

— Voudrais-tu rencontrer le petit veau orphelin pendant que je vais nous chercher un petit déjeuner ?

— Quand tu veux. (Elle se leva à son tour.) Est-ce que je dois le faire à travers des barreaux ?

— Les clés sont accrochées à côté de la cellule, mais à ta place, je ne détournerais pas le regard une seconde. Ce gamin se sauve comme le lait sur le feu.

Elle esquissa un salut de la main.

— Pigé.

La propriétaire du Busy Bee Café croisa les bras derrière la porte à moitié ouverte et me fusilla du regard :

— C'est fermé.

J'avais regardé par les vitres et constaté qu'il n'y avait personne à l'intérieur.

— Comment ça ? Tu n'as pas fermé depuis trente ans.

— Mon lave-vaisselle est à nouveau en rade, et je suis épuisée après la Fête basque.

— Quelques sandwiches à l'œuf, ce serait possible ?

— Non.

— Le menu habituel ?

— Non, Walt. Je suis crevée.

Elle me claqua la porte au nez.

— Ouh là.

Je me tournai vers Vic.

— On va au Dash Inn ?

— On dirait, oui. (Elle commença à marcher.) Je suis garée sur Main Street.

Je la rattrapai. Un demi-tour sur les chapeaux de roues et cinq minutes plus tard, nous étions postés devant le guichet extérieur du fast-food local.

— Est-ce que tu vas me raconter la cavalcade des moutons ?

— Non.

— Eh bien, tu buvais avec qui, alors ?

— Pourquoi ? T'es jaloux ?

Je ne mordis pas à l'hameçon, alors elle enchaîna.

— Sancho, Marie et le Morpion.

Le Morpion était le nom que Vic avait donné à Antonio, leur fils.

— Je croyais que Saizarbitoria était à Rawlins.

— Ils ont quitté cette jolie ville samedi matin. Il a dit qu'il prendrait peut-être un ou deux jours de congé. (Elle haussa les épaules.) Ce sont les seuls Basquos que je connais, et le petit commence à devenir assez mignon.

— Je ne savais pas que les petits enfants buvaient du Patxaran.

— Il aurait dû. Ça m'aurait empêchée de tout boire.

La radio accrochée sur le tableau de bord de la vieille voiture de patrouille de Vic se mit à crépiter, et la voix de Ruby crachota dans le poste. Nous la regardâmes de concert.

Parasites.

— J'ai le shérif Berg sur la ligne fixe. Est-ce que tu veux que je te le passe ?

Je détachai le micro et appuyai sur le bouton tandis que la voix métallique de Tim résonnait dans les haut-parleurs. Parasites.

— Qu'est-ce que tu veux, cul-terreux ?

Je connectai le micro.

— Espèce de hippie.

Il poursuivit sans broncher. Parasites.

— Tu as la petite adjointe sexy avec toi ?

Je tendis le micro à Vic.

— Tu as toujours ce minibus Volkswagen psychédélique aux vitres teintées avec lequel tu te gares devant les écoles ?

La voix reprit. Parasites.

— J'l'ai gardé rien que pour toi, chérie.

Je rapprochai le micro de ma bouche, d'où sortaient généralement des discours de meilleure tenue.

— Hé, Tim, est-ce que tu as dans ton comté un groupe appelé l'Église apostolique de l'Agneau de Dieu ?

Parasites.

— Amen, que Dieu me vienne en aide.

— C'est quoi, l'histoire ?

Parasites.

— Oh, ils devaient à peu près un quart de million de dollars en impôts fonciers, qu'ils ont tout à coup réglés le mois dernier. Ils sont en train de fonder une communauté et de mettre en route une laiterie dans le coin nord-est du comté et de l'État. Pourquoi ?

— J'ai un gamin ici qui pourrait bien avoir été banni de chez eux.

Parasites.

— Cheveux blonds, yeux bleus, mince et nerveux, environ seize ans ?

— Oui, il dit qu'il s'appelle Cord.

Parasites.

— Sa mère est venue nous voir il y a à peu près trois semaines en demandant si nous l'avions vu.

— Eh bien, c'est moi qui l'ai.

Parasites.

— Garde-le jusqu'à ce que j'arrive à remettre la main sur sa mère. Elle se trouve dans cette partie du comté qui est assez difficile d'accès.

Vic interrompit notre conversation tout en saisissant le sac de sandwiches sur la tablette devant le caissier.

— Hé, Tim?

Parasites.

— Ouais?

Elle posa le sachet sur la console centrale et poursuivit:

— J'ai entendu dire que tu avais chopé le gars qui avait foutu le feu au motel la semaine dernière.

Parasites.

— Quoi?

Elle démarra la voiture et mit le levier en position DRIVE.

— On m'a dit que tu avais l'ADN du gars et que tu avais bouclé l'affaire.

Parasites.

— Je ne sais pas de quoi tu parles.

— Oh, c'est vrai, les preuves génétiques n'ont pas de valeur dans le Dakota du Sud, tout le monde a le même ADN.

Je raccrochai le micro sur le tableau de bord alors que son rire résonnait encore dans les haut-parleurs. Vic se tourna vers moi.

— Et voilà, le mystère est résolu.

— On dirait.

— Qu'est-ce que tu entends par là?

— Je ne sais pas trop. Bref, qu'est-ce qu'on est censés faire de lui, d'ici là?

Je contemplais la circulation matinale, pas très dense, lorsque j'aperçus, planté à un coin de rue, un homme aux cheveux très longs, à la barbe incroyable, qui nous faisait signe.

Le regard de Vic suivit le mien tandis que j'effleurai mon chapeau à l'intention de l'homme qui portait un sac sur son dos.

— Un autre de tes amis?

Je m'avachis sur mon siège et nous passâmes devant l'homme qui continuait à nous montrer la paume de sa main.

— Nan, mais on avance dans l'automne et le temps est venu pour les auto-stoppeurs de partir vers le sud.

—·—

LORSQUE nous arrivâmes sur le parking, nous vîmes la Subaru bien connue de Dorothy garée sur la place la plus proche de la porte, et une fois à l'intérieur, nous découvrîmes, posée sur le bureau de la standardiste, une grande boîte en carton pleine de gâteaux de chez Baroja, la pâtisserie basque. La propriétaire repentie du café sirotait un café avec ladite standardiste.

Dorothy se tourna vers moi.

— Je me suis sentie mal de t'avoir envoyé sur les roses, alors je suis allée chez Lana vous chercher des gâteaux. (Elle montra les sachets en papier provenant d'un de ses concurrents.) En tout cas, vous n'avez pas perdu de temps pour me remplacer.

Je posai mes achats sur le comptoir et délogeai le chien de l'endroit où il s'était installé au cas où quelqu'un aurait un geste maladroit avec les gâteaux.

— Faut bien qu'on mange, et j'espère que tu as autre chose que des *donuts* parce que tu sais que je n'aime pas ça.

— Vous n'aimez pas les *donuts*?

Cord était assis à côté de Nancy, un beignet au sirop d'érable dans la main.

Je haussai les épaules.

— Je sais que ça peut paraître étonnant…

— Je ne comprends pas.

Mon adjointe balaya d'un grand geste l'ensemble du personnel, l'air exaspéré.

— Les flics, les *donuts*…

Il la regarda, interrogateur, puis s'adressa à moi.

— C'est parce que vous êtes gros?

Vic ricana et un long silence s'installa. Dorothy, tentant de faire diversion, se mit à parler.

— Walt, si tu n'as pas d'objection, je viens de proposer un emploi à ce jeune homme.

Je la regardai.

— Comment ça?

Elle hocha la tête.

— À la plonge.

Mon visage exprima la plus grande incrédulité.

— Dorothy, pourrais-je te parler, ainsi qu'à Nancy, dans mon bureau ?

J'attrapai un des sacs de sandwiches en contournant le bureau de la standardiste et demandai d'un signe à Ruby de garder un œil sur le gamin.

— Si vous voulez bien me suivre.

Vic se joignit aux deux femmes et, enfonçant son doigt dans le trou où la poignée de mon bureau se trouvait autrefois, elle referma la porte derrière nous. Je posai mon petit déjeuner sur mon bureau, enlevai mon chapeau, l'accrochant au chien de mon arme, et croisai les bras.

— Qu'est-ce que vous mijotez, toutes les deux ?

Nancy parla la première.

— Walt, c'était mon idée. Je pensais que ce ne serait pas une mauvaise chose…

— Je viens d'avoir une conversation avec Tim Berg, qui se trouve dans le Dakota du Sud. Il dit que la mère du garçon est venue les voir au bureau du shérif, il y a trois semaines. (Je remarquai qu'elles me regardaient avec un drôle d'air.) Quoi ?

Cette fois, ce fut Dorothy qui parla.

— Walt, Cord a laissé entendre que sa mère était peut-être morte.

Je réfléchis.

— Depuis quand ?

Elles échangèrent un regard puis revinrent à moi. Nancy baissa la voix.

— Cela paraissait assez récent. (Elle se rapprocha de mon bureau.) Walt, ce gamin présente tous les symptômes d'un enfant élevé dans un milieu polygame. Je ne crois pas qu'il y ait quoi que ce soit qui cloche chez lui, du point de vue psychologique, mais…

— Tim dit que la mère venait d'une communauté installée dans la région. Dès qu'il m'aura rappelé, on aura des réponses.

— Je ne vois pas le problème. (Dorothy cala ses poings sur ses hanches et me regarda.) J'ai besoin de quelqu'un, et qu'est-ce qu'il va faire, rester enfermé dans une de tes cellules ?

Je jetai un coup d'œil vers Nancy, qui s'empressa d'ajouter :

— Il me faudra un jour ou deux pour lui trouver une famille d'accueil, alors si Dorothy peut l'héberger…

— Il s'envolera aussi vite que Frank Abagnale Jr.

Dorothy secoua la tête.

— Non.

Vic décida de prendre la parole, et je fus heureux qu'une autre voix sensée résonne dans la pièce.

— Et qui le dit?

— Lui. (Dorothy croisa les bras.) Je le lui ai fait promettre.

Nous restâmes immobiles, à nous regarder, un objet inamovible face à une force irrésistible.

— Il peut rester ici et travailler chez moi jusqu'à ce qu'on règle cette histoire.

Nancy s'approcha elle aussi de mon bureau.

— Walt, si c'est vrai que sa mère est morte ou qu'elle s'est enfuie, alors il a perdu tout soutien dans le groupe et ils ne voudront probablement pas qu'il revienne.

Je jetai mon chapeau sur mon bureau avec un soupir et m'assis dans mon fauteuil.

— D'accord, mais s'il prend la poudre d'escampette, je vous tiens toutes les deux pour responsables.

Je jetai un coup d'œil à la cuisinière en chef et ex-plongeuse du Busy Bee.

— Et j'exige des repas gratuits pendant une semaine.

Dorothy se pencha et me regarda :

— Oh Walt, tu sais bien que les repas gratuits n'existent pas.

Je suppose qu'après ma remarque sur le célèbre faussaire, elle estimait que je le méritais.

Il était cinq heures cinq lorsque Tim rappela, et il n'était pas très content.

— Ils disent qu'ils n'ont jamais entendu parler du gamin, ni de la mère.

Je me balançai en arrière sur mon fauteuil et calai un pied sous mon bureau pour m'éviter l'habituel salto arrière avec vrille complète.

50

— Tu es sûr qu'elle a bien dit qu'elle venait de là ?

— Oui, bon sang.

Je regardai le combiné quelques instants.

— Tu sembles un peu agité, Tim.

Le silence se fit sur la ligne, puis il parla.

— Ça oui, on peut dire que je le suis.

— Je peux te demander pourquoi ?

— Je n'aime pas qu'on pointe des armes sur moi dans mon propre comté.

— Que s'est-il passé ?

Il laissa échapper un profond soupir, libérant une partie de son stress entre ses dents, et je l'entendis s'installer dans un fauteuil.

— Je suis allé là-bas en voiture, et je t'assure, c'est la première fois depuis un bout de temps que je vais jusqu'à la région de Castle Rock, près de la fourche sud de la Moreau, sauf pour voir le pipeline qu'ils ont installé là-bas. (Il déglutit.) C'est un camp retranché, voilà ce que c'est, Walt. Crois-moi, il y a des murs et des clôtures partout, et des miradors, je te jure, des miradors. Bon, ils les appellent des postes d'observation, mais c'est des miradors, voilà ce que c'est. J'ai vu des gars perchés en haut avec des fusils de chasse et, vraiment, je ne suis pas du tout content d'avoir ça dans mon comté.

— À qui as-tu parlé ?

— Un drôle d'oiseau appelé Ronald Lynear. J'ai l'impression que c'est le grand manitou du domaine. À lui, et à un autre type du nom de Lockhart, et un individu patibulaire appelé Bidarte.

Je me penchai en avant.

— Et ils disent qu'ils n'ont jamais entendu parler ni de la mère ni du fils ?

— Ouais, et je sais que c'est des conneries, parce que j'ai toujours le bout de papier qu'elle m'a donné avec les indications pour aller là-bas.

— Est-ce qu'elle t'a fourni une identité ?

Je levai la tête à l'instant où Vic entrait et s'asseyait à sa place habituelle, calant ses bottes habituelles sur mon bureau habituel.

— Walt, ces gens n'ont pas de papiers d'identité. Je lui ai tiré un nom, Sarah Tisdale. Ce qui est curieux, c'est qu'il y avait un numéro de téléphone en bas, sur le papier, auquel je n'avais pas fait attention parce que c'est un numéro d'un autre État. Walt… c'est un numéro du Wyoming.

— Qui commence par 307 ?

— Exact.

— Donne-le moi.

— J'ai déjà essayé d'appeler, mais personne n'a décroché et il n'y avait pas de répondeur, bien entendu.

— Donne-le moi quand même.

Il me dicta le numéro et je le notai en vitesse sur le sous-main de mon bureau, arrachai le morceau de papier et le tendit à mon adjointe.

— On va consulter l'annuaire inversé et trouver de qui il s'agit.

Tout en écoutant l'homme énervé qui me parlait dans le combiné, je posai mon stylo et contemplai la vue tandis que Vic partait chercher l'information dont j'avais besoin.

— Tim… ?

— Ouais ?

Il soupira à nouveau, j'attendis un moment avant de lui demander :

— Qu'est-ce qui te met dans cet état ?

— Walt, tu me connais. Je suis pour la liberté, le droit de porter des armes, et tout… Enfin, le siège de Waco aurait dû être géré bien mieux que ça, mais il fallait bien faire quelque chose.

— Ouaip.

— Et ce qui se passe là-haut du côté de Castle Rock, c'est pas bien. J'y suis monté une première fois il y a environ un an quand on a commencé à avoir des plaintes pour mauvais traitements. Les services de l'enfance voulaient savoir combien il y avait d'enfants et s'ils recevaient une éducation digne de ce nom.

— Hmm…

— On a découvert leur existence parce que quelques femmes sont venues remplir des dossiers d'allocations, prétendant que leur mari était parti alors que les maris en question étaient assis dans leur pick-up dehors, en train de les attendre. (Il y eut un nouveau silence tandis qu'il reprenait sa respiration.) Ces gamins ne vont qu'à une seule école, celle de la vie, et le truc, c'est que la plupart d'entre eux sont des jeunes hommes qui ont à peu près le même âge que celui que vous avez récupéré. Ces gens ont beaucoup d'équipements lourds, plus que ce qu'il faut pour faire tourner un ranch ou une ferme. Ils avaient posé des tuyaux dans la rivière, pour avoir de l'eau et ils n'avaient pas les droits d'irrigation – et tu sais aussi bien que moi qu'il y a plus de morts pour des histoires d'eau que pour des histoires de bonnes femmes dans ce pays.

Je m'adossai dans mon fauteuil.

— C'est vrai.

— Eh bien, les ranchers du coin se sont fichus en rogne, et on est montés là-haut avec des mandats, on est allés sur les lieux. (Il y eut une autre pause.) Walt, mes grands-parents sont venus à la sale époque des années 1930, quand c'était vraiment dur de survivre. J'ai regardé les photos, j'ai entendu les histoires, mais je n'ai jamais rien vu de comparable. Tu lis des articles dans les journaux, mais quand tu vois ça de tes propres yeux, ça n'a rien à voir. Les gens là-haut vivent dans des cabanes – les femmes, les enfants... Des filles de treize ans mariées à des gars de cinquante ans, enfin, je veux dire, pas mariés dans le sens légal du terme, voilà comment ils essaient de faire passer leurs histoires d'allocations. Ils marient ces filles à ces hommes, les unissent, comme ils disent, au cours de cérémonies privées.

Il y eut un nouveau silence, et quand il reprit la parole, sa voix était un peu étranglée.

— J'ai vu cette petite fille... Quelque chose clochait chez elle, une anomalie congénitale. La gamine s'approche de moi et... Bref, on est en train de démonter les tuyaux d'irrigation qu'ils ont installés depuis la rivière, et elle tire sur ma jambe de pantalon, elle veut savoir pourquoi on leur enlève l'eau, parce qu'ils pourront plus donner à boire aux vaches qu'ils vont traire pour vendre le lait et gagner assez d'argent pour manger. Je me suis accroupi, j'ai pris sa petite main dans la mienne et, Walt..., elle n'avait pas d'ongles.

— Je ne sais pas quoi dire, Tim.

— Et ce garçon que tu as trouvé?

— Il dit qu'il s'appelle Cord.

Vic revint et s'assit sur son fauteuil, tenant une grosse liasse de papiers imprimés, l'index coincé au milieu du paquet.

— Il a l'air normal. J'ai demandé à la psychologue scolaire d'effectuer une évaluation et, à son avis, il va bien.

— T'as de la chance.

Je tripotai le bord de mon chapeau, que je fis tourner sur la couronne tout en me disant que ce simple geste était parfois une bonne image de mon boulot dans son ensemble.

— Je te tiendrai informé de ce qui se passe par ici. Et tu feras la même chose pour moi ?

— Oui, bien sûr.

Je raccrochai et regardai les hématomes qui se déployaient comme des ailes de corbeaux sous les yeux couleur vieil or de la Terreur.

— Ça aurait aussi bien pu être moi.

Elle déposa le paquet de feuilles reliées sur mon bureau et l'ouvrit en deux.

— Des ennuis chez nos voisins ?

— Ce groupe polygame au nord du comté… Tim ne sait pas comment gérer le problème.

— C'est une secte, une putain de secte. Le fait qu'ils essayent de se planquer derrière une vraie dénomination religieuse ne fait qu'aggraver leur cas.

— Je croyais que tu pensais que toutes les religions étaient des sectes.

— Certaines sont pires que d'autres. Je sais de quoi je parle, j'ai grandi dans une famille catholique.

Elle tourna le gros volume, le doigt posé sur un numéro à la fin du premier tiers de la liste sur la page.

— Surrey/Short Drop General Mercantile.

Je lus la ligne et attrapai mon téléphone.

— Le numéro de téléphone d'une société ?

— Surrey/Short Drop. Ils sont dans notre comté et je ne sais même pas où ils sont, ni l'un ni l'autre.

Surrey et Short Drop étaient de minuscules villages dans le coin sud-est du comté. Surrey avait reçu son nom d'un rentier exilé, le dernier d'une famille de quatre fils. À la fin du XVIIIᵉ siècle, le premier fils d'un noble britannique héritait de la fortune familiale, le second embrassait une carrière militaire, le troisième entrait dans le clergé, et le quatrième venait à cheval tous les mois à Powder Junction pour chercher son allocation afin de boire tout son saoul dans les hautes plaines. Short Drop, qui se trouvait à un jet de pierre de là, était l'endroit où un membre de la bande de Butch Cassidy avait été arrêté et lynché – d'où le nom de Short Drop, pour pendaison sans chute.

L'autre lieu d'intérêt dans cette région était le tristement notoire Teapot Dome, une minuscule formation rocheuse rendue célèbre par le scandale du même nom et située au-dessus des réserves pétrolières de la marine américaine. L'histoire avait provoqué la disgrâce, méritée, de l'administration de Warren G. Harding dans les années 1920. La vente illégale du Teapot Dome à Sinclair Oil avait été la plus grosse affaire de corruption qui ait agité le pays, jusqu'à ce que, dans les années 1970, une poignée de gars se fassent prendre en train de cambrioler un bureau dans un bâtiment appelé le Watergate.

Je composai le numéro et attendis, persuadé que personne ne répondrait. Quelle ne fut pas ma surprise lorsque quelqu'un décrocha.

— Short Drop Merc.

La voix était adulte, une voix de femme mûre, celle de quelqu'un qui ne risquait pas de tolérer longtemps des bobards.

— Ici le shérif Walt Longmire…

— Eh ben, il était temps.

Je fis une grimace, que je ne destinais à personne en particulier.

— Pardon ?

— Vous êtes le soi-disant shérif de notre comté ?

— Oui, je le suis… et à qui ai-je l'honneur ?

Elle ignora ma question et se lança dans une tirade effrénée.

— Écoutez, j'ai parlé au crétin que vous avez installé à Powder Junction, et il a dit que vous alliez envoyer quelqu'un pour dire un mot à ces tarés, là-bas, près d'East Spring Draw, à côté de Sulphur Creek.

Je me souvenais que Double Tough m'avait parlé de désaccords dans la région, et qu'il ne savait pas trop comment procéder.

— Ouaip, je reprends un peu l'affaire et j'espérais que vous pourriez me donner quelques détails.

— Ils ont menacé un sacré nombre de gens avec un fusil, et on est sur le point d'y aller et de menacer un peu nous aussi.

— Eh bien, ce n'est pas une bonne idée. Je vais envoyer un adjoint sur place, mais pour l'instant j'apprécierais que vous vous contentiez de les éviter.

Son indignation fusa d'un bout à l'autre du comté.

— Ça, ça va être un peu dur, vu qu'ils possèdent cinq mille hectares dans le coin.

— Je leur parlerai moi-même, s'il le faut. D'ici là, je me demandais si vous aviez jamais entendu parler d'une jeune femme qui s'appelle Sarah Tisdale ?

Il y eut une longue pause, et la voix de la femme changea.

— C'est ma fille. Vous avez eu des nouvelles de ma fille ?

# 3

Vic tendit le bras et mit le chauffage en route au moment où je m'engageais vers la sortie à Powder Junction pour prendre la 192 en direction du sud-est, traverser la Powder River, laissant le soleil qui s'attardait sur les sommets des montagnes côté ouest, et me diriger vers Surrey/Short Drop. Avec toute la perversité dont la géographie de l'Ouest était capable, le lieu aux sonorités poétiques de Surrey avait pour ainsi dire été effacé de la carte, mais Short Drop avait, autant qu'on puisse le dire pour une ville de cette taille, prospéré.

Les collines ondoyantes étaient d'un brun tirant sur le kaki malgré l'été arrosé que nous avions eu, et elles luisaient d'un éclat couleur bronze à côté des pentes neigeuses à l'extrémité sud des Bighorn Mountains, mais partout où on regardait se trouvaient des derricks qui, en rythme, extrayaient le brut de la terre. J'avais, dans ma jeunesse, travaillé pendant tout un été comme ouvrier sur un site pétrolier – une des facettes du programme que mon père avait conçu pour m'inculquer ce qu'était la vie quand on n'avait pas fait d'études. Bien que situés à une demi-heure seulement de l'autoroute, les faubourgs de Short Drop auraient aussi bien pu se trouver sur la lune.

— Putain, j'y crois pas.

Je jetai un coup d'œil aux orbites en technicolor de mon adjointe et sentis à nouveau un élan d'empathie.

— Quoi ?

Elle désigna le paysage d'un grand geste.

— Je ne vois pas comment on peut traverser les deux tiers du territoire et s'arrêter ici en pensant : voilà, c'est ici que je veux passer le reste de ma vie. (Elle secoua la tête.) Putain, j'y crois pas.

Je remarquai les contours acérés des ombres projetées par l'angle aigu du soleil, qui faisait tout à coup miroiter tout ce qui nous entourait comme pour nous offrir un dernier éclat avant de mourir.

— Cela ressemble beaucoup au Nebraska, par ici.

— Si c'est censé me donner envie d'y aller, c'est raté.

Nous poursuivîmes notre route et elle ne fut pas plus impressionnée.

— Alors, comment se fait-il que je ne sois jamais venue par ici ?

— Parce que tu n'as pas eu droit au bizutage que la tradition impose à tous les adjoints quand ils nous rejoignent.

Elle sourit en coin.

— Comme il se doit.

La radio se mit à crépiter, et la voix métallique de l'un desdits adjoints résonna dans le haut-parleur. Parasites.

— Shérif, ici la base, répondez.

Vic prit le micro sur le tableau de bord et appuya sur le bouton.

— Qu'est-ce que tu veux ?

Parasites.

— Le gamin est rentré du Busy Bee après sa journée de travail, et je me demandais si je devais l'enfermer ou si je pouvais le faire dormir dans la cellule avec la porte ouverte ?

— Est-ce que Dorothy a toujours le projet de réaménager la pièce au-dessus du garage pour l'accueillir ?

Double Tough prit un peu de temps, probablement pour transmettre la question au gamin.

Parasites.

— Ouais, mais il dit que c'est pas encore prêt.

— Je suis d'accord pour laisser la porte ouverte.

Parasites.

— Et Ruby a laissé le chien ici. Vous voulez que je lui donne à manger ?

Vic reprit le micro en contrefaisant ma voix d'une manière assez remarquable.

— Ouaip, et quand Saizarbitoria arrive, tu peux repartir à Powder Junction.

Parasites.

— Bien reçu.

Elle jeta le micro sur mon tableau de bord contre lequel elle cala à nouveau une de ses bottes.

— Il n'a pas l'air tellement content de revenir par ici, on dirait.

Nous continuâmes à rouler en contemplant les herbes bercées par le vent comme les vagues d'un océan perdu ; le paysage n'avait pas vraiment changé depuis quinze bonnes minutes. Je regardai Vic :

— Laisse-moi deviner…

— Putain, j'y crois pas.

Je grommelai.

— C'est ici que ma famille s'est installée.

— Non, ta famille s'est installée dans un lieu situé à une heure d'ici vers le nord, au pied des montagnes, là où c'est joli.

— Qu'est-ce que tu entends par joli ?

— Vert, avec des variations selon l'altitude.

Victoria Moretti et moi n'étions pas d'accord sur ce qui définissait exactement l'idéal esthétique de l'Ouest américain, et je ne pouvais m'empêcher de remarquer que, dans sa définition, il y avait toujours de l'herbe verte et des arbres – autrement dit, l'Est américain.

Je jetai un coup d'œil alentour.

— Ici, la beauté est plus subtile.

La réponse fut des plus prévisibles.


Nous arrivâmes à la région vallonnée de Pine Ridge et, au fond de la vallée, je vis le vénérable peuplier d'Amérique au feuillage encore fourni qui, racontait-on, avait plus de cent ans.

— Voilà, un arbre. J'espère que tu es contente.

Après avoir quitté la grand-route, je fis entrer le trois-quarts de tonne dans l'agglomération de Short Drop proprement dite, où un panneau en bois portait l'inscription pyrogravée suivante : SHORT DROP, L'ENDROIT OÙ "LAUGHING" SAM CAREY, LE DERNIER MEMBRE DE LA BANDE DE HOLE IN THE WALL DE BUTCH CASSIDY, A FAIT UNE COURTE CHUTE AU BOUT D'UNE LONGUE CORDE.

Accrochée à une des branches géantes du vieil arbre, une corde de chanvre épais se balançait dans la brise, un monument à la gloire d'un acte de violence datant de plus d'un siècle. Vic s'enfonça dans son siège.

— Quelle bande de débiles. Vous arrivez enfin à faire pousser un arbre, et vous y pendez quelqu'un.

Je suivis la route sans goudron qui était devenue Main Street et tournai à droite sur Jackson Street, tandis que Vic contemplait l'école de campagne de Short Drop dont, sans surprise, les équipes sportives étaient surnommées : "The Hangmen" – les Pendus.

— Pourquoi ils s'en donnent la peine ?

Je crus que j'avais compris.

— D'aller à l'école ?

Elle montra du doigt.

— De mettre des panneaux. Il n'y a que quatre rues.

Je traversai la route en terre rouge et me garai devant l'un des bâtiments commerciaux, le Short Drop Mercantile. Je coupai le moteur.

— Nous y sommes.

Elle se pencha en avant et inclina la tête, son regard balayant le magasin, un bar et une caravane ornée d'une enseigne.

— La bibliothèque est dans un mobile home ?

— Au moins, ils en ont une.

Je défis ma ceinture et ouvris lentement la portière. Avec le soleil au couchant, l'air devenait piquant et j'étais content d'avoir emporté ma veste en cuir.

— On y va.

Les quatre bâtiments qui constituaient le centre-ville de Short Drop donnaient sur un trottoir en bois, mais la coursive ne sur-plombait que le magasin et le bar, les seules constructions ayant une vague réputation historique. Les fausses devantures étaient de style ancien, et les nuances de gris bordées de blanc domi-naient. La peinture était un peu écaillée, mais les deux bâtiments étaient en assez bon état, et je dois admettre que ma trajectoire dévia un tout petit peu lorsque je vis le panneau RAINIER dans l'abreuvoir voisin, adéquatement nommé, lui aussi, The Noose – le Nœud coulant.

Vic me rejoignit sur les planches, et nos bottes résonnèrent dans le silence de la ville comme dans un western d'Anthony Mann. Elle s'arrêta quelques instants et, comme un fait exprès, une petite brise soudaine fit voler quelques nuages de poussière au-dessus de la route. Elle parla à voix basse, mais je pus malgré tout entendre :

— Putain, j'y crois pas.

Des caractères anciens s'enroulaient en volutes depuis le bas des vitrines, proposant du matériel de couture, des livres, des munitions et des armes. J'ignorai le panneau manuscrit FERMÉ – BONNE ROUTE, poussai la porte et posai le pied sur un plancher en pin dont les lames gondolées et voilées faisaient plus de trente centimètres de large. Les plafonds étaient hauts, au moins sept mètres, recouverts de plaques d'étain gaufrées. Des ventilateurs noirs aux hélices en bois tournoyaient doucement et les spots nous repérèrent dès que nous entrâmes dans la boutique.

Sur le mur de droite étaient alignées des rangées d'étagères chancelantes, croulant sous le poids de volumes antiques et de livres de poche usés jusqu'à la corde, alignés dans un ordre qui semblait totalement aléatoire. À ma droite se dressait un comptoir, avec une vieille caisse enregistreuse et quelques vitrines dans lesquelles il y avait des produits alimentaires – du pain, des boîtes de conserve, des boîtes de céréales, et des sucres d'orge que je n'avais pas vus depuis que j'étais enfant. À quarante-cinq degrés, une longue console avec quelques fusils sur des présentoirs verticaux, des pistolets dans une vitrine, et au-dessus, la quasi-totalité du mur couvert de munitions. D'innombrables têtes naturalisées étaient accrochées aux murs, certaines venant de lieux aussi lointains que l'Afrique et l'Amérique du Sud. Elles auraient fait la fierté d'Omar Rhoades, mon ami chasseur de gros gibier.

Mon regard s'arrêta sur un énorme buffle d'eau dont la tête était légèrement tournée et qui avait l'air de regarder dans la rue comme s'il risquait à tout moment de sortir du mur et prendre le large.

— Shérif ?

Je me retournai et aperçus une femme qui descendait d'une mezzanine, au fond de la pièce principale. Elle avait la soixantaine et elle portait ce qui était visiblement un fait-tout entre ses mains protégées par des torchons qui tenaient lieu de maniques. Assez belle, d'une carrure respectable, des cheveux châtain clair parsemés de gris, et un peu cachés par des lunettes en forme de papillon, des yeux d'un bleu franc – presque bleu cobalt. Elle jeta un coup d'œil à mon adjointe, qui s'était arrêtée à côté des rayonnages garnis de livres près de l'entrée, puis revint à moi.

— Je vous attendais plus tôt que ça.

J'effleurai mon chapeau.

— Nous sommes venus aussi vite que possible.

Après un bref hochement de tête, elle passa devant moi en contournant l'îlot central, et d'un mouvement de hanche, elle essaya de faire bouger une grande porte aux ornements en fer forgé.

— Est-ce que je peux vous aider ?

Sans attendre, je saisis la poignée en acier et ouvris la porte, découvrant un court passage entre le magasin et le bar voisin.

Sa voix résonna dans son sillage tandis qu'elle s'y engageait.

— Venez donc, je vous offre une bière.

Ne voyant aucune raison de tergiverser, je jetai un coup d'œil à Vic, qui rangea son livre et nous suivit, un sourcil levé, arqué comme le dos d'un chat.

La porte donnait sur le côté gauche du bar, et apparemment, j'allais avoir ma Rainier. Je baissai la tête pour passer sous une grande peau de serpent à sonnettes punaisée sur une planche et continuai en contournant les réfrigérateurs placés à une extrémité d'un bar fait de vieux bardeaux de grange. La surface avait été scellée avec du polyuréthane, sous lequel dormaient à jamais les mues de près de cinquante autres serpents.

— Y a beaucoup de serpents à sonnettes par ici ?

Elle déposa la cocotte sur la surface plane, plongea la main dans un réfrigérateur et posa devant nous deux hautes bouteilles de Rainier glacée.

— Plus maintenant.

Je jetai un coup d'œil aux étiquettes.

— Vous connaissez mes goûts.

— Tout le monde dans ce comté connaît vos goûts, Walt Longmire.

Elle tendit une main et nous adressa un clin d'œil.

— Eleanor Tisdale. Je participais au conseil d'administration de la bibliothèque avec votre femme. Toutes mes condoléances.

— Merci.

Je lui rendis sa poignée de main et du bout de ma botte, j'écartai un tabouret à l'intention de Vic.

— Je vous présente mon adjointe, Victoria Moretti.

Elles se saluèrent et je demandai :

— Vous possédez les deux établissements ?

Elle hocha la tête et ajusta ses lunettes accrochées à une rangée de perles.

— Je m'occupe également de la bibliothèque, mais les gens empruntent aussi des livres dans la boutique.

C'était une femme typique du Wyoming, de cet âge indéfinissable entre trente et cent ans où les femmes trouvent une certaine paix et s'y installent.

— Je garde la porte fermée pour décourager les acheteurs imbibés.

Elle posa des mains qui avaient travaillé dur et dévissa les capsules sans le moindre effort avant de pousser les deux bouteilles vers nous.

— Vous avez trouvé ma fille ?

Vic s'assit à côté de moi, et je tournai les yeux vers la femme.

— Eh bien…

— Elle a des ennuis ?

Je marquai une pause, bus une gorgée et essayai de décider comment j'allais jouer la partie.

— Peut-être.

— Ce ne serait pas surprenant. Ça a toujours été son genre.

Elle appuya ses coudes devant elle, sur le bar et soupira.

— Mon mari était dans le pétrole.

— Était ?

— Dale est décédé il y a environ trois ans. Accident en avion léger au Mexique.

— Je suis désolé.

Elle balaya mes condoléances d'un geste.

— Pas autant que moi. J'ai découvert après sa mort qu'il avait vendu la majorité des terres du ranch familial à ces drôles de gens, là-bas, à East Spring. (Elle réfléchit quelques instants.) Sarah lui ressemblait beaucoup. Son entêtement lui faisait perdre l'esprit. Il lui a dit un jour qu'il n'allait pas garder le ranch pour elle si elle partait, alors, en bonne Tisdale, elle est partie, et il a tenu sa promesse.

Je hochai la tête, sans trop savoir comment répondre à ça.

— Quand avez-vous été en contact avec elle pour la dernière fois ?

Elle me regarda comme si je venais moi aussi de rejoindre les rangs des entêtés au point de devenir idiot, puis elle rit.

— Le 6 août prochain, cela fera dix-sept ans.

Elle croisa les bras et posa ses lunettes papillon sur Vic, avant de revenir à moi.

— Shérif, peut-être que vous feriez mieux de me dire ce qui se passe.

— Heu… Eleanor, si on s'asseyait ?

Elle eut l'air contrarié mais resta debout.

— Ce week-end, un jeune homme est apparu à Durant. Un fugueur, apparemment, d'environ quinze ans. J'ai retrouvé sa trace dans le comté de Butte, dans le Dakota du sud, et le shérif local m'a informé qu'une femme d'à peu près l'âge de votre fille s'était présentée à son bureau sous le nom de Sarah Tisdale pour déclarer la disparition de son fils.

La tension dans le dos de la femme la fit se redresser un peu plus.

— Son fils ?

— Quand j'ai rappelé le shérif et que je lui ai dit que j'avais le gamin, il est allé jusqu'à l'endroit où votre fille était censée se trouver, mais les gens sur place ont prétendu qu'ils n'avaient jamais entendu parler ni d'elle ni de son fils. Fait intéressant, sur le petit papier où elle avait écrit les indications, elle avait ajouté un numéro de téléphone, le vôtre.

Eleanor Tisdale chercha à tâtons un tabouret qu'elle rapprocha pour s'asseoir.

— Vous n'auriez pas des photos, quelque chose qui puisse… ?

De la poche de ma chemise, je sortis le Polaroid que nous prenions toujours pour garder des traces de nos pensionnaires et le lui tendis :

— Voici le jeune homme.

Elle lut le seul mot écrit au marqueur rouge sur la bande en bas.

— Cord ?

— C'est son nom.

Elle prit le cliché d'un geste lent et le tint comme s'il risquait de se désintégrer.

— Nous n'avons pas de photo de votre fille, et, pour être honnêtes, nous ne savons pas où elle se trouve.

— Oh, mon Dieu.

Je baissai la tête pour l'observer attentivement.

— On dirait qu'il vous est familier ?

— Son portrait tout craché.

Elle se leva, appuya sur la touche TICKET NUL de la caisse enregistreuse au bout du bar et revint vers nous en tenant un portrait d'école d'une jolie jeune fille avec de longs cheveux blonds et des yeux d'un bleu profond, couleur saphir.

— Où se trouve-t-il ?

Je pris la photo et l'examinai ; la ressemblance était, comme on dit, troublante.

— Il est en sécurité, à Durant, chez une amie. Je ne voyais pas de raison de l'envoyer dans une famille d'accueil, puisqu'il a une mère qui le cherche et de la famille dans le comté.

— Et depuis, vous avez eu des nouvelles de Sarah ?

— Malheureusement non. J'espérais un peu qu'elle vous en avait donné.

Elle secoua la tête.

— Non. Rien depuis dix-sept ans. Dale, quand il était encore là, refusait même de prononcer son nom. Pour parler d'elle, il disait "cette enfant ingrate". (Son regard partit dans le vague quelques instants et elle commença à réciter un vers qui m'était familier.) "Que toutes les douleurs de sa mère, tous ses bienfaits…"

Elle vacilla, et je terminai pour elle la citation de Shakespeare.

— "Soient tournés par lui en dérision et en mépris afin qu'elle puisse sentir combien la dent du serpent est moins cruelle que la douleur d'avoir un enfant ingrat."

Les yeux cobalt restèrent dans le vague, puis son regard revint se poser sur la photo qu'elle tenait entre ses mains tremblantes.

— Il a quinze ans ?

— Ouaip. (Je la regardai fixer la photo comme s'il s'agissait d'une relique sacrée.) Ça peut coller, du point de vue chronologique, n'est-ce pas ? Que diriez-vous qu'on échange nos photos ? Je vous rendrai celle-ci dès que nous aurons trouvé votre fille, bien sûr.

J'étais sur le point d'ajouter quelques mots lorsque la porte du bar s'ouvrit brusquement, faisant tinter une clochette. L'homme entre deux âges qui se trouvait sur le seuil était très pâle et d'une maigreur effrayante, il avait des cheveux roux et un visage anguleux à moitié caché par la visière d'une casquette noire John Deere. Ses vêtements, une chemise blanc cassé en nylon et un blazer bleu clair, étaient froissés et tombaient comme s'ils étaient accrochés à un cintre déformé. Jeté sur son épaule se trouvait un fusil à pompe très cher, et totalement incongru, muni d'une petite lampe-torche montée sous le canon.

J'entendis la voix d'Eleanor dans mon dos.

— Que puis-je faire pour vous ?

Vic se trouvait dans mon champ de vision, et je me penchai sur ma droite pour observer l'homme. Vic lui lança un bref regard et le classa immédiatement parmi les hurluberlus, un Ichabod Crane version western. Elle but une gorgée de bière.

— Et alors, on ne vous a pas appris les bonnes manières ? (Elle reposa la bouteille sur le bar et marmonna à mi-voix.) Non, manifestement.

Il resta immobile quelques instants, puis se tourna à demi comme pour partir – à l'évidence, il n'était pas très content de voir la quasi-totalité du personnel du bureau du shérif du comté d'Absaroka installé au bar. Son profil se découpa dans l'embrasure de la porte, puis il s'éclaircit la voix comme s'il était sur le point de faire un discours, mais ce fut bref :

— M. Lynear voudrait vous parler.

Eleanor parut surprise.

— Qui ?

Il parut encore plus surpris de sa réponse et avança d'un pas dans le bar, le visage contrarié, comme s'il trouvait tout à fait agaçant de devoir se répéter, sans parler de s'expliquer.

— M. Roy Lynear, le propriétaire-gérant de l'East Spring Ranch, voudrait vous parler.

Je rangeai la photo de Sarah Tisdale dans ma poche de chemise et fis un pas vers lui.

— Qui êtes-vous ?

Dans l'espoir peut-être qu'on lui souffle la réponse, il se tourna à nouveau vers la porte.

— George.

— Et vous chassez la caille à cette heure tardive ?

Il m'accorda un instant d'attention, mais son regard retourna rapidement vers Eleanor. À l'évidence, il avait un côté monomaniaque. Je désignai le fusil accroché à son épaule.

— D'après la loi, il est interdit d'entrer armé dans un établissement servant de l'alcool.

Son regard alla se poser sur Vic, puis revint à moi, et sa voix et son attitude changèrent, d'une manière qui m'en dit long sur lui.

— Elle en porte une dans ce lieu impie, et vous aussi.

Je fis un pas de plus, de façon à ce qu'il soit à ma portée.

— C'est mon adjointe. Peut-être devrais-je me présenter ? Je suis le shérif Walt Longmire – et votre nom complet est… ?

— George Joseph Lynear.

Il resta immobile, nous dévisageant l'un après l'autre avec une espèce de démence dans le regard. Je crus un instant qu'il allait faire quelque chose de stupide, mais non, il recula d'un pas sur le trottoir, à l'extérieur.

— Voilà, vous êtes contents, maintenant ?

Je tendis le bras et lui fermai la porte au nez.

Vic laissa échapper un éclat de rire tandis que je lui parlais à travers la vitre.

— Allez dire à votre famille que vous pourrez revenir quand vous aurez appris les bonnes manières.

Il m'adressa un dernier regard brûlant de haine, puis tourna les talons et partit en direction d'un grand pick-up roue double aménagé, garé perpendiculairement au mien.

Je me tournai vers la propriétaire des lieux.

— Qui est Roy Lynear ?

Elle secoua la tête.

— Je suppose qu'il s'agit de l'homme avec lequel tout le monde a des ennuis, ces dernières semaines. Certains de ses gars…

Elle fut de nouveau interrompue par le tintement de la clochette à la porte, et cette fois je me retournai la main posée sur la crosse de mon Colt, juste au cas où. Le sac d'os amateur de ball-trap n'était pas là, mais à sa place se trouvait un autre individu étrange dont la carrure et la tenue étaient sacrément plus impressionnantes. C'était un homme de type hispanique, grand, athlétique, portant un jean et une veste de costume noirs, aux rouflaquettes tellement fournies qu'elles lui faisaient un visage aussi large que son chapeau de cowboy noir.

Il se hâta de se découvrir pour dévoiler une tignasse de boucles noires.

— *Hola*.

Je lui adressai un regard appuyé.

— Bonjour.

— Je voudrais vous présenter mes excuses. (Il agita son chapeau.) Mon *compadre* a appris les bonnes manières auprès des vaches.

Je hochai la tête.

— Alors, c'est vous, Roy Lynear ?

Il rit, visiblement très amusé par cette idée.

— Oh non, je travaille pour M. Lynear. (Il me tendit la main.) Je m'appelle Tomás Bidarte. Je suis le poète *lariat* de Nuevo Leon.

— Lariat, pas lauréat ?

Il sourit, et ce faisant, découvrit une œuvre de dentisterie créative pesant plus de vingt-quatre carats.

— Ma poésie est destinée à la *cantina* plutôt qu'au salon.

Je saisis la main tendue.

— Que faites-vous d'autre que des rimes ?

Il avait une poigne de fer.

— Je travaille pour M. Lynear.

Je regardai, derrière le *vaquero*, le véhicule dont les feux de position étaient allumés, dans la semi-pénombre de la nuit tombante.

— Eh bien, c'est une drôle d'heure pour rendre visite, surtout armé. Est-ce que Roy est par là ? Je meurs d'envie de faire sa connaissance.

Il continua à sourire, sans cesser de m'observer.

— Je suis sûr qu'il voudra vous rencontrer, shérif.

— Envoyez-le nous.

Bidarte tourna son profil de séducteur cinématographique vers la porte, puis revint à moi.

— Ça, *señor*, ça risque d'être un peu plus difficile à faire.

L'HOMME assis à l'arrière du gros Ford King Ranch flambant neuf mettait à l'épreuve la suspension arrière du véhicule ; il devait peser au moins cent quatre-vingts kilos. Confortablement installé dans ce qui ressemblait à un trône inclinable La-Z-Boy façonné sur mesure, avec des chaussons en peau de mouton bien placés sur les cale-pieds, il portait un peignoir immense à l'air coûteux par-dessus une chemise à carreaux ornée d'un cordon noué par une grosse turquoise, et un bas de survêtement violet marqué TCU*. Et, posé sur sa tête, je vous le donne en mille, un sombrero.

— "La moisson est passée, l'été est fini, Et nous ne sommes pas sauvés."

Vic et Eleanor m'avaient rejoint sur le trottoir en bois, une position qui nous donnait l'avantage d'être à la même hauteur que Roy Lynear.

— Jérémie, 8:20.

Il tourna la tête et me regarda.

— Vous connaissez la parole de Dieu, shérif ?

— J'en connais même des phrases entières.

---

* Pour Texas Christian University.

Il continua de m'examiner, incapable de déterminer si j'étais sérieux ou si j'avais eu la chance de tomber sur l'une des seules citations que je connaissais, puis il désigna l'une de ses énormes jambes.

— Très malaisée, cette goutte. Je vous présente mes excuses pour vous avoir obligé à sortir dans la nuit, mais mes articulations me font si mal que je crains de ne pas pouvoir monter ces marches.

Je remarquai que John Deere sous sa casquette restait de l'autre côté du plateau, le fusil entre les mains.

L'homme obèse continua à me regarder depuis son fauteuil.

— Je suppose que je devrais me présenter. Je suis Roy Lynear.

Vic ne mit pas plus d'une seconde à rétorquer.

— Nous avons beaucoup entendu parler de vous, ces derniers temps.

Il examina mon adjointe, et j'étais quasi certain qu'il était à la fois séduit et ennuyé.

— Ah oui, vraiment?

Il jeta un coup d'œil au renfrogné qui se trouvait derrière lui et au *caballero* qui avait posé une botte pointue aux motifs sophistiqués sur le pare-chocs arrière du char, à côté de la plaque du Texas.

— Par ces deux-là?

À ma grande surprise, le gars d'origine hispanique intervint sans la moindre retenue:

— Dis-moi qui tu fréquentes, je te dirai qui tu es.

Le géant rit jusqu'à ce que sa respiration devienne sifflante.

— Tomás Bidarte que voici est l'un des grands poètes *vaquero*. Il est dans toutes les anthologies, n'est-ce pas, Tom?

L'autre effleura son chapeau.

— Il en faut pour tous les goûts.

Lynear lança un ordre.

— Montre-nous ce que tu sais faire, Tom.

Bidarte sortit un long couteau de la poche arrière de son jean et appuya sur un bouton; la lame effilée comme un stylet bondit et coupa le faisceau des phares sur vingt bons centimètres. Il se nettoyait les ongles tout en parlant:

*Possède plus que tu ne montres,*
*Parle moins que tu ne sais.*
*Prête moins que ce que tu possèdes,*
*Chevauche plus que tu ne marches.*

L'homme assis secoua la tête et donna un coup de pantoufle en direction du poète.

— Ce n'était pas ta plus belle réussite.

— Eh bien, *patrón*, ça vaut ce que vous me payez.

Lynear fit un geste rapide et désigna d'un mouvement de tête l'homme derrière lui.

— Un de mes crétins de fils, George. (Il se pencha un peu en avant et regarda à côté de moi.) Je vous prie de m'excuser, shérif. Madame Tisdale ?

Elle fit un pas en avant et croisa les bras.

— C'est moi.

— Nous n'avons pas été présentés, mais j'ai compris qu'il y avait eu une altercation concernant l'emplacement exact d'une clôture ?

Elle jeta un coup d'œil à George, celui que Lynear venait de rembarrer.

— Mes hommes ont rapporté qu'ils étaient en train de réparer une clôture en fil de fer barbelé près de Frenchy Basin quand un groupe de chez vous est venu les menacer.

Nous écoutâmes tous les cigales qui faisaient crisser leurs pattes tandis que les paroles d'Eleanor restaient suspendues dans la nuit fraîche. J'étais en train de penser que cette situation aurait pu se produire cent ans auparavant, lorsque Lynear tourna les épaules et jeta un coup d'œil à son fils.

— Cela n'arrivera plus. (Puis à nous.) Je vous le promets.

Je regardai ses yeux, enfoncés dans la chair de son visage.

— Vous voyagez bien armé.

— Oh… (Il leva le bras et repoussa son immense chapeau vers l'arrière.) Comme vous le voyez, nous avons passé beaucoup de temps à la frontière, dans le comté d'Hudspeth, pour être exact. Vous connaissez cette région, shérif ?

— Pas vraiment.

— Quiconque pèche transgresse la loi, et le péché est la transgression de la loi. (Il secoua la tête.) C'est une zone de guerre, près de la frontière – un coin oublié de Dieu – et nous avons tout simplement pris l'habitude d'être prêts. (Il désigna mon arme.) Comme vous.

J'approchai une main d'un des poteaux de soutènement et caressai le grain du bois du bout du pouce.

— Il y a une différence entre être prêt et provoquer, monsieur Lynear.

Il sourit.

— Sommes-nous en train de vous provoquer, shérif ?

— On dirait que vos hommes ont peut-être bien provoqué les ouvriers de Mme Tisdale, et j'aimerais autant qu'il n'y ait pas de guerre de territoire dans la partie sud de mon comté.

Son regard resta impassible tandis qu'il continuait à sourire, et l'expression qui se peignit sur son large visage n'était pas séduisante.

— Votre comté.

— Jusqu'à la prochaine élection, j'ai la mission, conférée par les gens de ce comté, de faire respecter les lois qu'ils jugent adéquates.

— Et la loi de Dieu, alors, shérif ?

— Pas vraiment mon domaine, monsieur Lynear.

Il étouffa un rire.

— Oh, si, elle est de tous les domaines, et par ailleurs, il se trouve que je possède une partie de votre comté, shérif. Presque cinq mille hectares, et pour autant que je sache, nous sommes encore dans un pays libre.

Je soupirai, soudain fatigué de cet homme et de ses philosophies bellicistes.

— Respectez les lois du comté, de l'État et du gouvernement fédéral et tout se passera bien, monsieur Lynear, mais si vous démarrez quoi que ce soit avec vos voisins, vous me reverrez.

Il leva la main.

— Je suis un homme dévot à la recherche d'une solitude paisible dans laquelle je puisse faire vivre ma famille. Je ne demande rien au monde et le monde ne me demande rien. (Il hocha la tête comme s'il accordait une bénédiction.) Mais le jour du Jugement dernier viendra, un jour où tous les hommes devront choisir leur camp, et les libertés des uns risquent d'affecter celles de certains autres, hérétiques et impies.

Je laissai George approcher avant de parler, en m'adressant directement à lui.

— Vous devez faire enregistrer ce véhicule dans le Wyoming.

Il regarda son père, me regarda, puis, après avoir hoché la tête imperceptiblement, ouvrit la portière du conducteur. Tomás Bidarte referma son couteau et monta à l'arrière avec son bienfaiteur.

Avant même que le moteur Diesel n'ait commencé à tourner, Vic agita la main et balança un de mes saluts favoris :

— Bonne balade.

Roy Lynear nous contempla d'un air pensif depuis l'arrière du pick-up tandis qu'ils faisaient marche arrière et partaient dans un nuage de gaz d'échappement, sans lancer un dernier adieu. Nous regardâmes le gros Ford sortir de la ville puis prendre la route en direction du sud, ses feux rougeoyant comme des charbons incandescents.

— En voilà un drôle de zèbre.

Eleanor Tisdale soupira.

— Lequel ?

— Vous avez le choix.

Il était près de minuit lorsque nous arrivâmes à Durant, et une fois de plus, tous les feux clignotaient. Au-dessus de Main Street, on avait récemment accroché une large bannière orange bordée de noir, qui annonçait l'épique confrontation de vendredi entre les Durant Dogies, que Vic ne cessait d'appeler les Doggies*, et les Worland Warriors – et le retrait du numéro de Walt Longmire et de celui de Henry Standing Bear, dont les deux maillots étaient soigneusement disposés de chaque côté de la bannière.

* Pluriel de *doggy*, toutou.

— Soixante-neuf, sans déconner ?

Je haussai les épaules et me dis que je n'avais pas promis à Nancy de venir.

— J'avais oublié mon numéro.

— Ça me donne des idées.

Je ne saisis pas l'appât, alors elle reprit :

— Je parie que tu étais populaire.

Je haussai les épaules une nouvelle fois.

— Ça allait.

Elle sourit, lisant la bannière pendant que nous passions en dessous.

— Je parie que ce bon vieux numéro 32 l'était plus encore.

Je pensai à l'Ours et me dis que je ferais mieux d'appeler au Red Pony Bar and Grill si je ne voulais pas me retrouver seul à affronter cette ignominie.

— Henry était le meilleur de tous. Il l'est toujours.

— Je veux quand même un petit bouquet orange et noir aux couleurs de Durant Doggies.

— Dogies.

— C'est quoi, un *dogie*, déjà ?

— Un *dogie* est un veau qui n'a pas de mère.

Elle examina les vitrines en passant, son humeur devenant aussi sombre que les devantures noires.

— Parfaite coïncidence. Tu ne trouves pas préoccupant que Cord se soit enfui d'une secte, ou qu'il en ait été expulsé, et qu'on se retrouve justement avec une secte tout juste installée dans notre comté ?

Je lui lançai un coup d'œil.

— Notre comté ?

— Ouais, enfin… Je ne suis pas élue, mais j'en suis de facto.

— Je croyais que tu étais une Moretti.

— Ha-ha. (Elle enfonça son index dans mon épaule.) Réponds à la question.

— Oui, ça m'inquiète.

Je regardai défiler les bâtiments. Je devais bien admettre que j'aimais voir le siège du comté aussi paisible.

— Et c'est d'autant plus inquiétant que Tim Berg dit que le grand manitou du groupe installé dans *son* comté se fait aussi appeler Lynear.

Elle se tourna vers moi.

— Tu rigoles.

— Non, mais nous n'avons aucune certitude que la communauté de notre Lynear soit une secte.

— Ouais, ouais… la conversation que nous avons eue comportait plus de citations bibliques qu'une réunion de paroisse. (Elle réfléchit.) Tu crois que la mère de Cord serait mêlée à celle-ci plutôt qu'à la communauté du Dakota du Sud ?

— Je ne pense pas, vu que Sarah s'est présentée au bureau du shérif du comté de Butte et que le pantalon que Cord portait venait de Belle Fourche, mais il y a forcément un lien qui explique pourquoi Cord est apparu ici.

— Autre que le fait qu'il a une grand-mère à Short Drop qui à l'évidence n'était pas au courant de son existence ?

— Ouaip.

— Au vu des informations récentes, je trouve qu'il a été très judicieux de ta part de ne pas faire état du lien familial entre les Lynear des deux États devant Eleanor Tisdale.

Elle s'installa confortablement, en coinçant une botte sous son autre jambe.

— Bon, on dirait que tu vas avoir une longue conversation avec le jeune Cord.

— Oui, maintenant que la psychologue du comté m'en a donné l'autorisation.

— Et qu'est-ce que tu vas faire concernant Roy Lynear et sa bande ?

Je soupirai.

— Pas grand-chose, à moins qu'ils ne commettent une irrégularité quelconque.

— Comme de se promener en collant leurs armes sous le nez des gens et de se nettoyer les ongles avec des couteaux aux dimensions illégales ? (Elle songea à la communauté qui se trouvait au sud.) Ton pire cauchemar devenu réalité.

CRAIG JOHNSON

— Celui d'Eleanor Tisdale aussi, puisque, apparemment, son mari leur a vendu la propriété.

Elle hocha la tête distraitement et sourit.

— Alors, quand est-ce qu'on va aller fouiner du côté de l'East Spring Ranch?

Je n'en avais pas vraiment le droit, mais j'étais curieux, surtout à cause du lien probable avec la communauté du Dakota du Sud. Il était aussi possible que je n'aimais pas Roy Lear ni son fils armé jusqu'aux dents, tout simplement; mais d'une façon ou d'une autre, il était important que je sache ce qui se passait dans ce coin perdu et négligé de mon comté.

— Dès demain matin.

— Que fais-tu de la lame espagnole?

Je revis le bonhomme.

— Incongru, non?

— Un teigneux de première, si tu veux mon avis.

— Pourquoi donc?

— Il n'avait pas peur, Walt. Il était attentif, oui, mais pas effrayé. N'importe qui dans cette situation aurait été un tout petit peu intimidé, mais pas lui.

Elle marqua une pause avant de poursuivre, le temps que je passe devant le bureau et que je tourne à gauche sur Fort Street.

— Tu me ramènes chez moi?

— Je pensais que c'était là que tu voulais aller.

— Où vas-tu dormir?

— Dans un lieu sublimement bon marché et étonnamment confortable, la prison du comté. (Je lui lançai un coup d'œil.) Je ferais mieux de relever Double Tough, il a passé sa soirée à faire le baby-sitter.

— C'est pas comme s'il avait autre chose à faire.

Il était vrai que mon adjoint habitait à Powder Junction, à quarante-cinq minutes de route, vers le sud.

— Tu ne crois pas qu'il serait content de rentrer chez lui?

— Pas particulièrement, vu que la copine de Frymire est en visite.

Je réfléchis en prenant à droite sur Desmet.

— Ah oui, c'est vrai, ils partagent une maison.

76

Elle approuva d'un signe de tête.

— Une bicoque de trois pièces au bord de la rivière, d'après ce que je sais. Quoi, tu penses qu'on peut tous se payer une maison avec ce que le comté nous paie ?

Nous poursuivîmes notre route dans un de ces silences que seules les femmes savent installer, lourd, pesant.

— Et sache que je suis tout à fait au courant que tu as négocié le financement de ma maison dans mon dos.

Je me garai devant la petite maison rustique grise avec la porte rouge.

— Je ne sais pas du tout de quoi tu parles.

— J'ai vu les papiers.

Je restai silencieux quelques instants, avant de tenter un rétropédalage prudent.

— J'ai peut-être bien signé un document disant que tu étais employée dans les règles par le bureau du shérif. En bref, j'ai menti.

Elle ne rit pas, garda les yeux rivés sur ses mains. Au bout d'un moment, elle défit sa ceinture de sécurité, se mit à genoux sur la banquette et, après avoir envoyé mon chapeau valser sur la banquette arrière d'un geste vif, elle s'installa sur mes genoux. Elle m'attrapa par les cheveux, me tira la tête en arrière et colla sa bouche sur la mienne ; je sentais déferler sur moi les ondes chaudes de son corps comme des vagues sur une côte rocheuse.

JE poussai tout doucement la porte du bureau du shérif comme un adolescent rentrant chez lui après le couvre-feu, et j'entendis Double Tough ronfler sur le banc dans le hall d'accueil. Je saluai d'un geste le tableau d'Andrew Carnegie, une relique datant de l'époque où notre bâtiment était la bibliothèque municipale, et je montai sans bruit l'escalier en passant devant les photos de tous les shérifs de l'histoire de notre comté, certain que leurs yeux me scrutaient.

Mon adjoint avait pris quelques oreillers et une couverture dans l'armoire à fournitures. Le bruit qu'il faisait était épouvantable.

Heureusement qu'il ne dormait pas dans les cellules avec Cord – le pauvre gamin serait sourd au lever du jour.

Je me rappelai aussi que le lendemain, on serait mardi et qu'il faudrait que j'appelle mon ancien patron, Lucian Connally, au Foyer, pour annuler la soirée échecs, si je devais aller vagabonder à dessein dans le sud du comté.

Toutes ces choses tourbillonnaient dans ma tête au moment où mon pied heurta une canette de Mountain Dew que Double Tough avait laissée par terre.

Je m'immobilisai, le ronflement cessa et il parla.

— Vous êtes privé de sortie.

Je me tournai pour le regarder, enfin, pour regarder la masse sous la couverture de laine grise qui devait être lui.

— Comment va notre pensionnaire ?

— Il dort. (Il enleva la couverture et cligna des yeux.) Chef, vous n'allez pas croire ce que nous avons fait ce soir.

— Je n'ose le demander.

— Vous voyez la vieille télé et le vieux magnétoscope qui se trouvent dans la prison ?

— Ouaip.

Il sourit.

— Je passais par là et j'ai vu un carton de cassettes que Ruby s'apprête à envoyer à l'église. J'étais mal parce que le gamin était là, dans sa cellule, en train de lire la Bible comme s'il était à l'isolement, alors je me suis dit, zut, je vais faire du pop-corn dans le micro-ondes et on va se regarder un film.

— Qu'est-ce que vous avez regardé ?

— Ben… c'est pas comme si on avait beaucoup de choix. C'était que des films de ces dames de la paroisse…

Je m'appuyai contre le comptoir de ma standardiste.

— C'est peut-être une chance.

— *Mon amie Flicka*, celui qui date d'un million d'années.

— Qui se passe dans le Wyoming. C'est Mary O'Hara qui a écrit le livre.

— Ouais, enfin, ils l'ont tourné dans l'Utah… mais peu importe. (Il posa ses pieds par terre et ramena la couverture sur ses épaules comme une cape mexicaine.) Chef, je crois que ce gamin n'a jamais regardé la télé ni vu un film de sa vie, jamais. (Il se leva et appuya un coude sur le comptoir à côté de moi.) Je n'ai jamais vu un truc pareil. Je m'endormais à peu près toutes les dix minutes, mais le gamin, il était scotché devant l'écran. Il riait et pleurait comme si tout ça lui arrivait à lui, là, assis sur sa chaise.

— Il est possible que…

— Il a regardé le film trois fois.

— Je suis désolé.

— C'est pas grave. Après la première fois, je l'ai regardé, lui.

Il se pencha, ramassa la canette que j'avais heurtée avec mon pied et l'écrasa sans le moindre effort, d'une seule main, avant de la jeter dans la corbeille à papier métallique de Ruby.

— J'espère que Ruby ne m'en voudra pas, mais j'ai donné la cassette au gamin. J'ai essayé de lui expliquer que nous avions des nouveaux trucs, les DVDs, mais il s'en fichait… On aurait cru que je lui avais donné le putain de cheval.

— Où est-il?

— Rentré dans sa cellule.

Je bâillai.

— Je vais le voir, ensuite j'irai installer mes pénates dans l'autre cellule. (J'ajoutai:) Vu qu'il n'y a pas de place à l'auberge.

En passant, je jetai un coup d'œil dans mon bureau, mais je ne vis pas le chien et pensai qu'il devait être en train de veiller le jeune homme. J'essayai de me souvenir quel était le premier film que j'avais vu, mais je n'y parvins pas. J'avais grandi dans un ranch dans le nord du Wyoming aussi isolé que possible, à une époque qui semblait remonter à un siècle au moins, mais je regardais la télévision et je ne pouvais me représenter la vie que le jeune Cord avait dû avoir sans téléviseur.

J'arrivai dans la pièce plongée dans la pénombre, longeai le mur sans un bruit jusqu'à la cellule, et fus immédiatement accueilli par un petit aboiement rauque.

— Chut…

J'approchai des barreaux. Double Tough avait dû changer d'avis et finalement décider de fermer la porte. Je la tirai doucement mais découvris qu'elle était verrouillée. Je regardai autour de moi, puis tendis la main et allumai la lumière. Le seul pensionnaire de la cellule était le chien.

# 4

— CELA fait combien de temps, à ton avis ?

Double Tough était agité comme je ne l'avais jamais vu, lui qui était si difficile à agiter.

— Une heure, tout au plus.

Je réfléchis.

— Il est à pied. Il n'a pas pu aller bien loin. Il est parti vers le sud ou vers l'est ?

— Vous suivez une piste et moi l'autre, mais qu'est-ce qu'on fait avec l'autoroute ou les quatre-voies ? Ce petit idiot est tellement ignorant qu'il serait capable de suivre la ligne médiane de la I-25.

Nous approchions des portes, traversant le hall d'accueil où j'avais trouvé Double Tough endormi quelques minutes auparavant seulement.

— Vous voulez appeler des renforts ?

— Non, on va...

Le téléphone posé sur le bureau de Ruby se mit à sonner, et nous échangeâmes un regard. Mon adjoint s'exprima le premier.

— Et si nous ignorions l'appel ?

Je soupirai.

— Ce n'est pas digne d'un shérif.

Je repartis vers le bureau et décrochai.

— Bureau du shérif du comté d'Absaroka ?

Un bourdonnement, qui s'arrêta aussitôt, puis une voix :

— Walt ?

— Ouaip ?

Encore un bourdonnement, puis la voix à nouveau.

— Ici Wally Johnson, du Lazy D-W.

J'avais reconnu sa voix – j'avais entendu Wally de nombreuses fois à l'Association nationale des éleveurs de bétail, où il servait de conseiller juridique.

— En quoi puis-je t'aider, Wally?

Bourdonnement.

— Je suis désolé, je suis sur ce fichu sans-fil, dans la grange. Tu ne vas pas le croire, mais je tiens deux voleurs de chevaux.

J'attendis quelques secondes puis tentai d'établir des priorités.

— Wally, est-ce que nous ne pourrions pas discuter de ça demain?

À son tour de marquer une pause.

— Tu veux que je les laisse partir?

Je réfléchis à l'endroit où se trouvait le ranch de Wally et Donna, juste au sud de la ville, sur une route secondaire.

— Tu veux dire que tu les tiens, là, tout de suite?

— Oui.

Je jetai un coup d'œil à Double Tough et me réjouis de cet heureux hasard; cinq secondes de plus et nous aurions été partis.

— L'un d'eux est-il un gamin maigrichon, blond, aux yeux bleus?

— Ouais, il dit qu'il s'appelle Cord.

— Qui est l'autre?

J'entendis quelques bruits et une conversation étouffée, puis le rancher revint au téléphone.

— Un vieux bonhomme, il dit qu'il s'appelle Orrin Porter Rockwell, même si j'ai un peu de mal à le croire.

Je pensai au Livre de Mormon que possédait le jeune homme:

— Orrin le mormon.

— Pardon, Walt? Fichu téléphone.

— Rien, rien. (J'ajustai le petit accessoire du téléphone de Ruby sur mon épaule.) Tu dis que tu les tiens?

— Ouais. Bruce Eldredge passe la nuit ici avant de retourner chez lui à Cody. Il revenait de chez un ami et nous a dit qu'il y avait deux crétins dans le champ nord en train de courir partout pour essayer d'attraper des chevaux à la main. Bon sang, Walt, ce sont des animaux sauvages. Ils ont de la chance de ne pas s'être pris un coup de sabot dans le crâne.

— Est-ce que tu peux les retenir jusqu'à ce que j'arrive ?

— Bien sûr. Donna les surveille, armée de son fusil, mais le gamin est venu me rejoindre à mon pick-up et m'a donné ton numéro. Il a dit que tu étais probablement en train de le chercher.

— Et l'autre ?

— C'est un gars assez vieux, on dirait un hippie. Il est encore essoufflé d'avoir cavalé derrière les chevaux d'un bout à l'autre du champ… J'ai cru qu'il allait faire une attaque. (Des bruits de conversation.) Quoi ? (D'autres encore.) Oui, òui, c'est probablement vrai.

— Wally ?

Le rancher revint au téléphone et je l'entendis placer sa main en coupe sur le combiné pour que la suite de la conversation reste entre lui et moi.

— Le gamin dit que ça ne ressemble pas du tout à ce qui se passe dans *Mon amie Flicka*. (Il baissa la voix encore plus.) Walt, cela ne fait que vingt minutes que j'ai rencontré ce petit, mais il a un truc avec ce film. Je crois qu'il en a parlé à peu près douze fois, et il trimbale une vieille cassette VHS du film avec lui.

QUAND nous arrivâmes au Lazy D-W, les deux hors-la-loi étaient assis dans le box de vêlage contigu à la grange principale, l'endroit où les cow-boys veillaient sans relâche, au début du printemps, quand les vaches faisaient leur devoir. J'avais vu toutes sortes de boxes de vêlage dans ma vie, certains n'étaient que des remises au sol en terre battue dont le toit incliné était soutenu par un mince poteau, d'autres des bâtiments chauffés avec une chaîne hi-fi et des rangées de canapés confortables où s'installer et tromper le temps pendant les nuits hachées au cours desquelles la plupart des génisses décidaient de grossir le troupeau.

Le Lazy D-W appartenait plutôt à la seconde catégorie, et à travers la vitre de la porte de communication, je vis nos deux apprentis voleurs de chevaux en train de regarder *Mon amie Flicka*. Ils étaient plongés dans une extase studieuse.

Je jetai un coup d'œil à Wally, et surtout à Donna, qui n'avait pas lâché le fusil.

Les rumeurs allaient bon train sur Donna Johnson. Dans mon métier, on ne pouvait pas faire trois pas sans croiser un gars en trench-coat prétendant avoir bossé pour la CIA, mais j'avais entendu ce qu'on disait de Donna, et je le croyais volontiers, pour la simple raison qu'elle n'en parlait jamais.

Jamais.

Elle haussa les épaules.

— C'est le seul endroit où on a un magnétoscope.

J'examinai le vieil homme assis à côté de Cord sur le bord de l'un des canapés en cuir. Il était plutôt petit avec des cheveux gris aux extrémités marron foncé qui descendaient plus bas que ses épaules et une barbe qui allait jusqu'au troisième bouton de sa chemise ; le col avait une patte de boutonnage passée de mode. Il portait autour du cou une écharpe à motifs qui ressemblait presque à un châle de prière.

C'était l'homme qui m'avait fait signe dans la rue à Durant.

Je jetai un coup d'œil à l'écran et je vis Roddy McDowall sur le dos d'un cheval galopant à bride abattue à travers les collines vertes d'un Wyoming de cinéma – autrement dit, dans l'Utah. Rockwell était penché en avant, les poignets posés sur ses genoux et ses mains noueuses serreraient des rênes imaginaires.

On ne voit plus de mains de ce genre, de nos jours. Les doigts étaient épais, et je distinguais les endroits où les jointures, surtout celles de l'index et du majeur, avaient été cassées de nombreuses fois. Un seul genre d'activités pouvait induire une telle mutation ; hippie ou pas, Orrin le mormon n'avait pas toujours été un homme pacifique.

J'ouvris la porte et pénétrai dans la pièce tandis que Double Tough restait à l'entrée.

Cord se leva immédiatement et me sourit.

— Bonsoir, shérif.

Le vieux monsieur nous ignora complètement et commença à imiter les postures du cavalier qui se trouvait à l'écran, reproduisant les mouvements qu'il estimait nécessaires pour que le jeune Roddy reste en selle.

Cord leva les yeux vers moi tandis que j'observai Orrin. Le gamin jeta un regard vers son compagnon puis revins vers moi.

— Il n'a jamais vu le film.

Je souris.

— Tu veux dire, ce film ?

Il sembla tout à coup dérouté.

— Il y en a d'autres ?

Je scrutai le visage du jeune homme juste pour m'assurer qu'il ne me faisait pas marcher.

— Ouaip.

Je regardai Double Tough à la dérobée et le vis placer un pouce et un index aux coins de sa bouche pour s'empêcher de sourire tandis que je me tournais vers le gamin.

— Des milliers, probablement des millions.

Il resta muet, me regardant d'un air soupçonneux, puis désigna le téléviseur.

— Comme celui-ci ?

— Eh bien, pas exactement comme celui-ci, mais je crois qu'il y a une ou deux suites…

— Comment ça, des suites ?

Derrière moi, Double Tough étouffa un rire.

— Heu… Écoute, nous en parlerons plus tard.

Je désignai l'individu totalement absorbé par le film d'un mouvement du menton.

— Tu connais cet homme ?

— Nan.

— Il t'a enlevé ?

— Euh… peut-être bien…

Je posai le gras de mon pouce sur le chien de mon Colt.

— Il t'a enlevé ou pas ?

— Eh bien, il m'a demandé d'aller avec lui, mais je lui ai répondu que je préférais rester, alors il a dit qu'on ferait mieux d'y aller. Et j'ai obéi.

Ça ne tiendrait probablement pas devant un tribunal.

— Où alliez-vous ?

— Il ne me l'a pas dit.

Je secouai la tête.

— Ça t'arrive souvent de suivre des gens uniquement parce qu'ils te disent de le faire ?

Nous nous tournâmes tous deux en entendant le bruit de gorge émis par l'homme qui se faisait appeler Orrin Porter Rockwell lorsque, à l'écran, les chevaux foncèrent dans une clôture et tombèrent, se débattant furieusement. Le regard de Cord revint se poser sur moi.

— Quand c'est lui, oui.

— C'est un de tes amis ?

— C'est mon garde du corps.

Je repoussai mon chapeau sur ma nuque et regardai fixement le jeune homme.

— Tu as un garde du corps ?

Il haussa les épaules.

— On dirait. Il me protège.

— Il était où, ces dernières semaines ?

— Il me cherchait.

Je soupirai et contemplai l'homme à nouveau.

— Eh bien, on dirait qu'il t'a trouvé.

Je fis quelques pas, pour me placer directement dans le champ de vision du vieillard.

Il se pencha sur le côté, puis changea de place sur le canapé, pour trouver un endroit d'où il voyait mieux l'écran. Il m'ignorait totalement.

— Monsieur ?

Son regard ne quittait pas l'écran, alors je tendis le bras derrière moi et appuyai sur le bouton pour éteindre le téléviseur.

Un cri lui échappa à nouveau, il bondit immédiatement sur ses pieds et tendit les mains, mais son geste n'était en rien menaçant ; ses paumes tournées vers le plafond et ses doigts écartés exprimaient plutôt une supplication.

— Monsieur, s'il vous plaît…

Comme le gamin, il avait des yeux bleus fascinants. Mais alors que ceux du gamin ressemblaient à des saphirs, les siens était d'un bleu si pâle qu'ils paraissaient presque blancs. Des opales.

— Le cheval est en danger.

Je restai immobile à regarder ces iris, incapable de m'en empêcher, du moins jusqu'à ce que l'odeur me parvienne et me force à reculer un peu.

— Il va s'en sortir. Du moins, c'était le cas les vingt-sept autres fois où j'ai vu le film.

Je me tournai et appuyai sur le bouton STOP puis sur EJECT, et sortis la cassette avant de la ranger dans l'étui en carton.

Le regard de Rockwell suivait mes mains comme si je tenais le diamant Hope.

— Monsieur Rockwell, je présume?

— Oui, monsieur.

— Le Danite, Homme de Dieu, Fils du Tonnerre?

Il sourit.

— Oui. Vous me connaissez, monsieur?

— Seulement de réputation. Je vais devoir vous emmener avec nous, monsieur Rockwell.

Son sourire disparut.

— Suis-je en état d'arrestation?

— Pas encore, mais j'y travaille.

— Je refuse de me faire arrêter.

Je tendis le bras vers son épaule, mais il se baissa et recula d'un demi-pas.

— Je refuse aussi qu'on pose les mains sur moi.

Nous restâmes là à nous regarder, la confrontation éternelle entre celui qui arrête et celui qui est arrêté, le moment où tout le monde, représentants de la loi et hors-la-loi, doit s'engager. Je souris, presque certain que je n'aurais aucune difficulté à vaincre sa résistance; mais bon, je n'avais pas très envie d'exposer le gamin à une empoignade, alors je me penchai un peu et fixai ses yeux luminescents tandis que je sortais la cassette de son étui.

— Je vais vous laisser regarder la fin de *Flicka*.


— ORRIN Porter Rockwell.

La voix de Double Tough parvint à mes oreilles de l'autre bout de la pièce, étouffée par la couverture que j'avais sur la tête. C'était mon tour d'être allongé sur le banc en bois.

— Tu as trouvé quelque chose?

Je souris tandis qu'il continuait à tapoter sur le clavier de l'ordinateur de Ruby comme un singe essayant de trouver un moyen de faire rentrer les formes carrées dans les trous ronds.

— Ouais…

— Tu t'amuses bien ?

Je l'entendis s'installer confortablement dans le fauteuil.

— C'est un meurtrier.

— Je sais. D'après l'histoire, environ cent personnes et une tentative d'assassinat sur la personne du gouverneur du Missouri, rien que ça.

Je le rejoignis devant l'ordinateur, où s'affichait la photo apparemment prise une quarantaine d'années auparavant de l'homme qui regardait *Mon amie Flicka* au sous-sol. Double Tough me montra l'écran.

— C'est bien lui. En plus jeune, mais c'est lui.

— Plus jeune, forcément. (Je regardai par-dessus son épaule.) Puisque d'après cette page il a deux cents ans.

La ressemblance était troublante – et de fait, totalement impossible.

— Quand j'ai lu le nom dans le livre, ça m'a rappelé quelque chose, mais pas assez clairement pour retenir mon attention. Ensuite, quand Cord a parlé de lui comme il l'a fait, j'ai commencé à faire le lien.

Je tendis le bras, et présentai à Double Tough une des figures historiques les plus étranges, les plus mythiques de l'Ouest américain.

— Voici Orrin Porter Rockwell, le Danite, Homme de Dieu, Fils du Tonnerre, le puissant bras droit des prophètes de l'Église de Jésus Christ des Saints des Derniers Jours, que l'on connaît habituellement sous le nom de mormons, Joseph Smith Junior et Brigham Young.

— Sans déconner.

— Les Danites étaient une sorte de milice des mormons, chargée de commettre ce qu'ils appelaient des expiations par le sang, et Orrin en était l'un des chefs. Mais il a aussi été un montagnard, un as de la gâchette, et même l'adjoint d'un marshal à un moment donné. (Je me penchai un peu plus encore et lus son portrait.)

"Il fut l'instrument le plus terrible qui puisse être manipulé par le fanatisme ; un physique puissant doublé d'un esprit aux conceptions très étroites, aux convictions fermes et d'une ténacité infaillible. Sa carrure faisait de lui un gladiateur ; son humeur, un bûcheron yankee ; sa mémoire, un Bourbon, et son esprit de vengeance, un Indien. Un étrange mélange, qu'on ne peut trouver que sur le continent américain."

Double Tough se redressa et s'étira.

— Il aime aussi beaucoup *Mon amie Flicka*.

— Ouaip, un vrai fan.

— Et comme dirait Lucian, et moi après lui, il est bien fêlé de la cafetière.

— Ça aussi. (Je bâillai.) Je vais demander à Vic de rentrer ses empreintes dans le fichier et nous découvrirons de quel asile il s'est échappé. On partira de là.

— Et le gamin ?

— Je ne sais pas. Sa grand-mère veut le récupérer, mais il faut qu'on trouve sa mère.

— Ce boulot ne revient pas au Dakota du Sud ?

Je joignis les doigts en relevant les pouces pour former une église et son clocher, et enfonçai mon nez dans la porte d'entrée.

— Normalement, oui.


— Putain, j'y crois pas.

Je soulevai mon chapeau et regardai mon adjointe, qui, malgré le paysage, semblait apprécier le fait de conduire mon pick-up, puis je me tournai vers la Nation cheyenne plongé dans la lecture de l'antique exemplaire du Livre de Mormon.

— Laisse-moi deviner. Ce paysage sublime ne rencontre pas ton approbation esthétique.

J'avais dit à Henry Standing Bear qu'on retirait nos numéros au lycée ce week-end et la conversation décousue qui avait suivi avait inclus la balade dans le Dakota du Sud. L'Ours avait décidé de se joindre à nous.

Vic hocha la tête.

— Quelle est la prochaine agglomération dans ce pays oublié du temps ?

Je jetai un coup d'œil alentour, pour prendre mes repères.

— Beulah, à la frontière de l'État.

— Est-ce que le paysage change beaucoup à la frontière ?

— Pas vraiment.

Tout en secouant la tête, je remarquai la mutation de ses cocards, du noir au violet et jaune.

— Tu n'es jamais venue par ici ?

— Jamais sobre.

Elle adressa un petit sourire à elle-même et à Henry dans le rétroviseur, puis elle reprit :

— Alors, qu'est-ce qu'il y a à Beulah, en dehors d'une station Shell ?

— Le Ranch A.

— Qu'est-ce que c'est que ça, le Ranch A ?

Je relevai mon chapeau pour faire écran au soleil qui tapait à travers la vitre de ma portière et me dit que la portion endormie du voyage était probablement terminée.

— A pour Annenberg.

Elle émit un petit éclat vieil or par-dessus les ombres violettes et jaunes.

— Annenberg comme dans les Annenberg de Philadelphie ?

— Ouaip. (Je montrai le côté droit. Juste de l'autre côté de ces douces collines verdoyantes se trouve l'un des plus beaux ranches de tout le Wyoming.) À l'évidence, les Annenberg ont trouvé que ça valait la peine de s'y installer.

Je remis mon chapeau sur mon visage tandis que l'Ours portait l'estocade finale.

— Peut-être que tu devrais sortir un peu plus.

Le bureau du shérif du comté de Butte se trouve à Belle Fourche, dans le Dakota du Sud, sur la portion principale de la Route 85, mais la maison de Tim Berg se situait hors de ce sentier battu. C'était une belle demeure rustique donnant sur Hanson Park, qui devait presque tout aux bons soins de Kate, la rousse flamboyante qu'il avait épousée. Du vert sapin et du bois huilé, avec des paniers suspendus et des plates-bandes en espaliers qui, grâce au riche terreau du Dakota du Sud, explosaient comme des feux d'artifice végétaux.

Tandis que Vic garait le pick-up, Henry et moi franchîmes le bord peint du trottoir, et j'agitai une main vers la femme en bermuda et débardeur marqué Sturgis, qui m'ignora complètement, partit vers le coin de la maison en poussant sa brouette et disparut.

Je laissai mon bras retomber le long de mon flanc au moment où Vic nous rejoignait sur la pelouse taillée au cordeau.

— Quelqu'un que tu ne connais pas ?

Je haussai les épaules et traversai le trottoir, montai les marches et frappai à la porte à moustiquaire.

— Ouvrez, au nom de la loi.

De l'intérieur nous parvint une voix d'homme.

— La loi règne ici aussi.

— Eh bien, tenons un congrès.

— J'ai la bière.

Le shérif du comté de Butte buvait une Grain Belt Nordeast, assis à la table de la cuisine, en regardant la retransmission complète de la série *Duck Dynasty* sur A&E, sur un minuscule téléviseur noir et blanc qui recevait visiblement aussi bien que celui que j'avais dans ma maison avant que Cady ne me fasse installer DIRECTV.

— En train de regarder une réunion de famille, Tim ?

Il tendit le bras et coupa le reality show.

— Tu sais, Walt, même les femmes dans cette émission ont une barbe. Ou peut-être est-ce la mauvaise qualité de l'image.

Il échangea une poignée de main avec Henry puis leva les yeux et aperçut Vic. Sous sa barbe, son sourire s'épanouit largement ; on aurait dit un hérisson au comble du bonheur, et la ressemblance avec Orrin Porter Rockwell ou avec les personnages de l'émission de télé était assez marquée.

— Hé, salut, la belle !

Elle lui enleva d'un geste sa casquette des Minnesota Vikings et déposa un baiser sur sa tonsure.

— Toi, t'es ici en train de boire de la bière et de regarder une émission incontournable pendant que ta femme fait tout le boulot dehors ?

— On dirait, oui. (Il descendit la Grain Belt et remit sa casquette.) Vous voulez une bière ?

— Nan, on bosse.

Je tirai une chaise et m'assis, l'Ours et Vic m'imitèrent.

— Rien d'autre sur la mère du gamin ?

Il hocha la tête.

— Quelques petites choses. Les gars de la communauté dans le nord continuent à dire qu'ils ne savent pas qui elle est, mais la bibliothécaire d'ici, Pat Engebretson, dit qu'il semblerait que c'est la même femme qui est venue consulter les annuaires téléphoniques. Elle cherchait le numéro qui était écrit en bas du petit papier que tu as eu.

— C'est celui de sa mère, qui ne l'a pas vue depuis dix-sept ans. Elle vit à Short Drop, dans le sud du comté d'Absaroka.

Tim hocha la tête.

— Eh bien, Pat dit que des jeunes gars se sont pointés dans un pick-up Chevy couleur flux alvin et l'ont fait sortir de là *toot sweet*.

Je contemplai sa bière et regrettai d'avoir choisi de m'en passer.

— On sait qui ils étaient ?

— Eh bien, lors de ma petite confrontation avec les gars là-haut, ils avaient un pick-up qui correspondait remarquablement à cette description.

Henry sourit, croisant ses bras puissants sur sa poitrine.

— Ils ne se montrent pas très discrets, on dirait.

Tim prit une feuille d'essuie-tout sur le rouleau posé sur la table et essuya sur la bouteille de bière la condensation qui tachait le set de table.

— Pas leur genre.

— Autre chose ?

— Ouaip. J'étais dans le nord en train de parler à certains des ranchers du coin où ils font passer le Dakota Access pipeline...

Vic l'interrompit.

— Le quoi ?

— Le Dakota Access pipeline ou Bakken pipeline. Ils le font passer par ici, contourner les Blacks Hills, puis partir vers chez vous, jusqu'à la zone de stockage de brut, au centre de l'Oklahoma – deux cent mille barils de pétrole par jour. Du moins, c'est ce qui est prévu quand ils auront terminé ici, dans quelques années. Bref, j'étais en train de parler à Dale Atta, qui a un ranch au nord d'ici, et il m'a dit qu'il avait vu le même pick-up sur la crête qui se trouve entre sa propriété et la leur. Le véhicule était encore là quand il a fini vraiment tard, ce soir-là. Le lendemain matin, il avait disparu.

— Où se trouve le ranch ?

— C'est plus facile de te montrer que de t'expliquer. (Il repoussa la bouteille de bière.) Mais d'abord, je voudrais te présenter quelqu'un. (Il se leva et se dirigea vers la porte de derrière.) On peut aller à pied, ce n'est pas très loin.

Henry, Vic et moi échangeâmes un regard puis nous suivîmes Tim. Kate, qui avait fini de décharger le compost dans le coin près de la clôture, au fond du jardin, se tourna et passa devant nous en poussant sa brouette vide.

Tim leva la main.

— Je vais les présenter à Vann Ross.

Elle s'arrêta et nous dévisagea tous avant de repartir.

— Tout ça va mal finir.

Nous la regardâmes s'éloigner puis nous tournâmes vers Tim, qui se frottait la barbe.

— Elle n'approuve pas cette enquête.

Je pris une profonde inspiration, puis soufflai par le nez.

— Ma femme et moi avions ce genre de désaccords.

Il eut soudain l'air intéressé.

— Comment se terminaient-ils ?

— Mal.


PASSANT par un portail au fond, nous arrivâmes dans ce qui avait probablement été une ruelle, mais qui, abandonnée depuis long-temps, n'était plus qu'un sentier envahi par la végétation longeant les jardins de toutes les maisons donnant sur Hanson Park.

Tout en marchant, je demandai

— Qui est Vann Ross ?

Tim sourit.

— Oh, il vaut mieux que je laisse Vann parler.

Au bout du pâté de maisons, la rue butait sur un coteau. Il y avait une clôture comme celle des autres terrains, peut-être pas en aussi bon état, mais plus haute. De l'angle du sentier, on voyait que la structure de la maison était à peu près de la même génération que celle des Berg, mais elle n'avait pas aussi bien vieilli. Certaines fenêtres étaient cassées, et on avait l'impression qu'elles avaient été rafistolées avec du carton. De grandes portions de bardeaux avaient disparu sur le toit, et les gouttières rouillées pendaient au bord des avant-toits.

Je regardai Tim frapper au portail.

— Hé, Vann, c'est Tim Berg, j'ai des gens avec moi qui aimeraient te rencontrer.

Pas un bruit ne nous parvint de l'intérieur.

Vic avança une explication.

— Peut-être qu'il n'est pas là.

Tim frappa à nouveau.

— Il est toujours à la maison. Hé, Vann !

On entendit un bruit, on aurait dit que quelqu'un cognait l'intérieur d'une vieille baignoire en fer, puis on marmonna ; le portail s'ouvrit devant nous avec un cliquetis métallique. Dans l'entrebâillement d'une dizaine de centimètres apparut un elfe très bronzé et très ridé portant un short hawaïen orné de fleurs d'hibiscus roses et bleu ciel.

— Bonjour Timothy, comment vas-tu ?

Le shérif hocha la tête.

— Je vais bien, Vann, et toi ?

— Bien, très bien.

Tout en tirant sur les poils de ses sourcils, il regarda derrière Tim, vers Vic, la Nation cheyenne et moi.

— Qui sont tes amis ?

— Juste des gens qui voudraient voir ce que tu fais.

Vann Ross nous regarda de nouveau, et plus particulièrement Henry.

— Ils ne sont pas du gouvernement ?

— Non.

Il parut satisfait et ouvrit la porte assez grand pour que nous puissions tous entrer.

J'ai vu beaucoup de choses bizarres depuis que je suis shérif du comté d'Absaroka, quand j'étais au Vietnam, et même pendant les années que j'ai passées en Californie, mais rien n'aurait pu me préparer à ce que je découvris dans le jardin de Vann Ross. Il y avait tout un bric-à-brac entassé contre la palissade et, à intervalles réguliers, des poteaux avaient été plantés pour tenir ce qui semblait être des filets de camouflage, du genre de ceux qu'on utilisait dans l'armée pour cacher des véhicules, des avions et autres équipements de manière à ce qu'ils ne soient pas repérés du ciel. Tout ceci était assez étrange, mais beaucoup moins que ce qui occupait l'essentiel du jardin : douze vaisseaux spatiaux parfaitement conçus, d'un réalisme effrayant.

Ils avaient des formes et des tailles différentes, mais tous semblaient faits en aluminium aéronautique, avec des trappes et des postes de pilotage vitrés récupérés sur des avions.

Henry et moi échangeâmes un regard.

Vic marmonna.

— Bordel de merde.

On aurait dit que les vaisseaux avaient été construits en suivant les vieux dessins de science-fiction que j'avais vus sur les couvertures de *Popular Mechanics* et *Astonishing Stories*, certains allongés comme des cigares futuristes, d'autres en formes de soucoupes et qui auraient pu illustrer sans peine le projet Blue Book de l'US Air Force.

Le visage de Vann s'éclaira en voyant nos expressions abasourdies, tandis que Tim s'approchait du véhicule le plus proche, baptisé *The Dan*.

— On dirait que tu es sur le point de finir le dernier.

Le tout petit bonhomme qui me paraissait avoir au moins quatre-vingts ans rejoignit le shérif et tapota la surface en aluminium riveté.

— Il est presque prêt.

Il sourit, dévoilant deux rangées de dents parfaites.

— Je crois que c'est ma plus belle réussite.

*The Dan* semblait être le vaisseau principal et faisait environ dix mètres de long, avec de grands hublots en forme de larmes qui avaient très probablement été soustraits à un hydravion PBY Catalina. Je longeai l'objet, me penchai pour passer sous le bord d'une soucoupe voisine, et regardai à l'intérieur ; j'aperçus des rangées de sièges en plastique équipés sur les côtés de poignées destinées aux passagers.

— Les sièges ont été pris sur des Subaru Brats. Ils étaient à l'arrière…

— Je me souviens.

La main toujours posée sur son œuvre, je hochai la tête. Il désigna les stabilisateurs aérodynamiques à l'arrière du vaisseau.

— Bien sûr, quand il sera fini, je le dresserai pour le décollage.

— Bien sûr.

Je profitai de l'instant pour le regarder de près et examinai son visage. Il avait très certainement dans les quatre-vingts ans, mais son ossature était fine. Une petite fossette creusait le bout de son nez et des boucles de cheveux gris s'échappaient d'un chapeau informe qui avait peut-être été un Stetson Gun Club dans une vie antérieure. À l'évidence, il passait beaucoup de temps à l'extérieur, travaillant sous la réverbération des vaisseaux, parce que sa peau était grillée comme un grain de café.

— Vous avez fabriqué tout ça vous-même, monsieur Ross ?

Il hocha la tête et sa voix prit une ferveur nouvelle, tandis qu'il se remettait à tirer sur ses sourcils.

— Oui. Chacun porte le nom d'une des douze tribus d'Israël.

Henry s'approcha, et je jetai un coup d'œil à Tim, mais il regardait le bout de ses bottes et souriait.

— Depuis combien de temps êtes-vous sur ce projet ?

— Depuis 1957.

L'Ours hocha la tête avec solennité.

— Étonnant.

J'examinai le vaisseau en détail, mais j'avais beau chercher, je ne voyais ni entrées d'air ni pots d'échappement.

— Où se trouvent les moteurs ?

Il sourit devant tant de naïveté.

— Il n'en a pas besoin, il montera grâce au pouvoir divin.

— Ahh.

Il jeta un coup d'œil autour de nous.

— Je suis désolé de prendre autant de précautions. Parfois je récupère des pièces à la base de l'Air Force d'Ellsworth, de l'autre côté de Rapid City, et je crains qu'ils s'offusquent de me voir ainsi fouiller leur décharge depuis des années et des années.

Je passai le doigt sur un joint.

— J'imagine.

Il remarqua mon intérêt.

— J'ai utilisé du mastic à gouttières costaud pour résister aux rigueurs du voyage interplanétaire.

J'approuvai, l'air avisé.

— Une sage précaution.

Il paraissait en attendre davantage, alors j'ajoutai :

— Mon père disait toujours que le dollar supplémentaire que coûtait le tube en valait la peine.

Il se remit à malmener ses sourcils.

— Vous voyez, Adam reviendra sur terre pour nous emmener lors de l'enlèvement et nous acheminer vers les douze planètes qui nous ont été réservées.

— Ouah.

Je ne savais vraiment pas quoi dire d'autre.

Son regard se porta à nouveau sur Henry.

— Oui, et quand la grande bataille commencera entre les races blanche et noire, il reviendra, et ceux qui sont de véritables croyants partiront avec lui.

L'Ours regarda l'elfe.

— Il s'agit d'Adam, d'Adam et Ève ?

— Oui. (Il tapota le bras de Henry.) Vous voyez, les Lamanites vont nous aider à l'emporter sur les hommes à peau sombre.

Henry me regarda.

— Avons-nous une idée de la date ? demandai-je.

Il parut un peu déçu que je pose la question, et il infligea une véritable torture à ses sourcils.

— C'était censé être le nouveau millénaire en 2000. Il y avait eu deux ou trois occasions avant celle-là, mais 2000 était le grand rendez-vous. Ensuite, en 2003, nous n'avons pas été heurtés par la planète Nibiru…

— Exact.

Je hochai la tête tandis que Vic et Tim se joignaient à la conversation.

— Le 21 décembre 2012, ça n'a pas marché non plus, mais je n'ai pas perdu espoir.

Henry eut une mimique réconfortante.

— On ne doit jamais perdre la foi.

Vic se mêla à la conversation.

— Vann, Tim me parlait de votre talent extraordinaire, avec les chiens…

Il se tourna à nouveau vers moi, agitant la tête frénétiquement.

— Pendant mon temps libre, j'apprends aux chiens à parler. J'utilise la télépathie mentale, et j'arrive à leur faire dire des mots comme bonjour, écureuil et hamburger.

— C'est un vieil excentrique relativement inoffensif qui reste dans son coin et écrit des éditoriaux dans le journal signés l'Unique, le Puissant et le Fort, le Lion de Judée, et le Roi d'Israël. Il appelle aussi souvent les émissions de la radio locale.

Vic fit la moue.

— Eh bien, faudra me donner la fréquence.

— Vous avez vu comme il est bronzé?

Nous retournions à pied chez Tim en suivant le sentier.

— Ouaip, je me suis dit que ça devait venir des heures passées à travailler sur les vaisseaux. Est-ce qu'il a fait toute la ferronnerie lui-même, le soudage, le rivetage?

Henry intervint.

— Et le mastic, n'oublie pas le mastic.

Tim hocha la tête et fourra ses mains dans les poches de son jean.

— Oui, il a tout fait. Il est très apprécié dans le quartier. On peut lui apporter n'importe quoi, et il le répare. Mais vous avez vu ce bronzage ? (Berg s'arrêta et se tourna en biais pour nous regarder.) Eh bien, il n'a pas toujours été aussi aimé. Il y a environ vingt ans, l'Unique, le Puissant et le Fort a eu une révélation. Dieu est venu lui annoncer que les vrais croyants allaient être emmenés à la ville d'Hénoc, sur l'étoile du Nord. Apparemment, Dieu lui a dit qu'ils devaient se préparer : pour éviter d'être brûlés en rentrant dans l'atmosphère terrestre, ils doivent être bronzés intégralement.

Vic couvrit son visage de sa main.

— Vous avez remarqué que c'est toujours les gens que vous ne voulez pas voir nus qui se mettent à poil ?

— Hmm. (Tim repartit et nous le suivîmes.) On raconte que, à l'époque, Vann était marié à deux femmes, Noemi et Big Wanda, et qu'ils avaient des enfants. Ils s'installaient tous sur le toit de la maison, nus comme des vers. Ça a fait du bruit.

— Je veux bien le croire.

— Ils ont commencé à prier activement pour que Dieu leur envoie une soucoupe volante au milieu de la nuit, et comme elle n'arrivait pas, Vann leur a dit qu'il avait peut-être raté le lieu de l'atterrissage et qu'ils devaient tous aller dans le parc pour attendre le vaisseau là-bas.

Tim s'arrêta devant son portail et défit le verrou.

— Le vieux shérif, Pete Anderson, racontait qu'il avait dû se passer de drôles de choses. Big Wanda a prétendu avoir couché avec un extraterrestre, ce que Vann a interprété comme une résurrection de sa femme. Là-dessus, il a eu une autre révélation : pour se transmettre la résurrection entre eux, il devait coucher d'abord avec l'une de ses femmes puis l'autre. C'est seulement lorsqu'il a eu des instructions divines lui ordonnant de baiser avec son chien qu'il a commencé à avoir des doutes.

Tim rentra, et Vic se tourna vers l'Ours et moi.

— Vous vous rappelez ce que j'ai dit, que tous les gens cinglés vivaient dans notre comté ?

— Ouaip.

— J'ai changé d'avis.

Nous suivîmes Tim et je m'arrêtai pour m'assurer que le verrou était bien refermé.

À ma grande surprise, Kate se trouvait assise à une table ronde, sous un parasol, et nous attendait avec cinq verres et un pichet de thé glacé. Tim et elle avaient une conversation animée et il tira une chaise pour s'asseoir.

— … parce que c'est mon boulot.

Elle secouait la tête tandis que nous approchions.

— C'est juste un vieux monsieur inoffensif et je ne comprends pas pourquoi il fallait que tu ailles le voir et le mettre dans tous ses états.

— Nous ne l'avons pas mis dans tous ses états. En plus, il aime bien montrer ses vaisseaux. (Il jeta un coup d'œil à Vic.) En particulier aux jolies filles. Faut reconnaître que ça surpasse largement "tu veux pas monter voir mes estampes?"!

— Effectivement, en paroles du moins. (Vic promena ses glaçons dans sa bouche avec sa langue.) C'est quoi, un Lamanite?

La Nation cheyenne se versa un verre, puis il me tendit le pichet.

— Les Lamanites sont des Indiens, les ennemis jurés des Nephites, les deux groupes étant, d'après le Livre de Mormon, des descendants des juifs persécutés de Jérusalem qui ont immigré en Amérique en 600 avant J.-C.

Je souris et me versai un verre de thé glacé.

— Alors, tu es juif?

— Imagine ma surprise.

Il ajouta un peu de citron dans son thé et reprit:

— En 428 après J.-C., il y a eu une guerre entre les deux tribus, et nous, les Lamanites, avons exterminé les Nephites. Ensuite, mille quatre cents ans plus tard, un ange du nom de Moroni, le fils de Mormon, un Nephite, apparaît à Joseph Smith et lui donne les tables en or à traduire.

Vic se pencha vers moi.

— Tu te souviens de tout ce que je raconte sur le fait que la religion catholique est barrée?

— Ouaip.

— J'ai changé d'avis là-dessus aussi.

L'Ours posa son verre sur la table comme pour conclure.

— Et c'est comme ça qu'a commencé le mormonisme.

D'un air soupçonneux, Tim lui demanda :

— Comment se fait-il que tu saches tant de choses sur les mormons ?

— J'ai lu le Livre de Mormon pendant le trajet entre Durant et Belle Fourche.

Berg passa une main sur sa barbe.

— Ça fait beaucoup de lecture.

— Je lis vite.

J'interrompis la conférence de théologie.

— La rencontre avec Vann Ross a été tout à fait divertissante, Tim, mais je me demandais juste : pourquoi sommes-nous allés le voir ?

— Eh bien, disons que j'ai réfléchi à cette bande installée au nord de la ville, surtout quand j'ai vu le fameux pick-up jaune-flux alvin passer dans notre rue. Vann Ross, il est là depuis les années 1950, comme il l'a dit lui-même. (Il réfléchit un instant.) Sauf que je crois qu'il y a eu une période où il était dans un hôpital psychiatrique à Lincoln, dans le Nebraska…

D'un ton un peu sec, Kate l'interpella :

— Où veux-tu en venir ?

— Je me rappelle son arrestation à cause de la petite sauterie dans le parc, quand on a fait les papiers. Tout le monde ici l'appelait Vann ou M. Ross depuis si longtemps que, à mon avis, personne ne savait quel était son vrai nom.

Le ton de Kate se durcit encore un peu.

— Qui est… ?

Le regard de Tim accrocha le mien.

— Lynear.

Vic fut la première à réagir.

— Eh merde.

Tim hocha la tête.

— Ouaip.

— Alors, il est de la même famille que les individus avec lesquels tu as eu ta prise de bec, et que celui que nous avons vu à Short Drop ?

— Celui dont vous me parliez, Roy, c'est son fils, et les fils de Roy s'appellent George, qui est dans votre comté, et Ronald, qui est chez moi.

— Bon sang.

Vic étouffa un rire.

— Bon, alors, on a Van Ross, le roi des fous complètement satellisé qui habite à côté, un petit-fils cinglé qui vit dans une communauté ici dans le comté de Butte, et le fils et un autre petit-fils qui se sont installés dans notre comté, plus un gamin de quinze ans, le petit-fils de quelqu'un d'autre, qui est mêlé à toute cette histoire ?

Je bus un peu de thé glacé.

— Ouaip.

Henry rassembla ses cheveux noirs et les attacha avec le lien en cuir qu'il gardait dans sa poche de chemise pour ce genre d'occasion.

— Sont-ils tous aussi… hauts en couleurs que M. Vann Ross Lynear ?

Nous approuvâmes tous d'un signe de tête, tous sauf Kate.

— La question que je me pose est la suivante : sur quel crime enquêtons-nous exactement ?

Je réfléchis.

— Dans l'immédiat, je me concentre sur la mère disparue, Sarah Tisdale.

Henry grogna.

— Hmm. Et la prochaine étape ?

Je me tournai vers lui puis vers Tim.

— Tu dis qu'un rancher dont la propriété jouxte celle de la communauté a vu des gars se balader par là ?

— Oui.

— Sur sa propriété ou la leur ?

— Malheureusement, la leur.

Je m'appuyai au dossier de ma chaise et je l'entendis répliquer par un grincement.

— Quelles chances avons-nous d'avoir un mandat rapidement ?

— Autant que de décoller avec un des engins de Vann Ross.

— C'est toujours le problème avec les mandats.

Je m'adressai à Vic et la Nation cheyenne.

— Vous savez que nous nous trouvons au centre géographique des États-Unis ?

Elle échangea un regard avec Tim et Kate puis revint à moi.

— Tu n'as pas tout à coup une envie pressante de construire des vaisseaux spatiaux, quand même ?

— Belle Fourche, dans le Dakota du Sud, est le centre géographique des États-Unis.

Vic ne se départit pas de son air dubitatif.

— Je croyais que c'était le Kansas.

— C'est contigu, mais depuis 1959...

Tim, qui me regardait d'un air un peu bizarre, lui aussi, termina ma phrase.

— Hmm... ouaip, quand ils ont rattaché l'Alaska et Hawaii. Il y a un grand bureau d'informations touristiques à côté de la rivière.

— Mais le vrai centre géographique est plus haut vers le nord, n'est-ce pas ?

Il acquiesça puis soupira.

— À une trentaine de kilomètres, à peu près.

Henry, qui commençait à comprendre, se joignit à la conversation.

— J'ai toujours rêvé de voir ça.

Tim se pencha pour regarder le soleil, qui depuis un moment avait dépassé son zénith.

— Il nous reste tout l'après-midi pour y aller.

Je jetai un coup d'œil à Kate, puis m'adressai à lui.

— Tu ne viens pas.

Il monta immédiatement sur ses grands chevaux.

— Écoute, Walt. Dis donc...

— Nous visitons la région, nous nous sommes perdus, et ça sera bien plus difficile à faire passer si nous sommes accompagnés du shérif du comté.

Je m'adressai à Vic :

— N'est-ce pas que tu as toujours rêvé de voir le centre géographique de ton pays ?

Elle commença par secouer la tête, puis finit par répondre par l'affirmative tout en couvrant son visage de ses deux mains.

— Putain, j'y crois pas.

# 5

Pour aller au ranch de Dale Atta, il suffisait de suivre la Route 85 puis de prendre Camp Creek Road. Tim avait appelé pour annoncer notre visite, et quand nous arrivâmes, l'aimable rancher avait déjà griffonné un plan pour nous expliquer comment nous rendre dans les prés de fauche éloignés où il travaillait lorsqu'il avait aperçu le pick-up de ses voisins. Il nous avertit : la route, ou ce qui tenait lieu de route, était assez mauvaise jusqu'à la crête, et il n'y avait qu'une seule voie pour monter et descendre.

J'essayais de manœuvrer entre les fossés pour éviter les endroits où il risquait d'y avoir des canalisations d'irrigation à pivot central, tandis que nous longions le cours d'une rivière au débit important. Vic surveillait les alentours, à la recherche du pick-up en question.

— C'est quoi, le flux alvin ?

Henry me devança, bien qu'il eût toujours le nez fourré dans le Livre de Mormon.

— La diarrhée des veaux.

— Beurk.

Nous poursuivîmes à petite vitesse en cahotant sur quatre roues motrices, pour faire le moins de dégâts possible au champ du rancher.

— Alors, je cherche un pick-up couleur chiasse ?

— Exact.

— Est-ce que je vous ai fait part de l'ampleur de ma désillusion concernant la vision romantique du Far West ?

Je désignai les étendues infinies qui se déployaient autour de nous.

— Et pourtant te voici au beau milieu du grand Ouest.

Je traversai un pont qui avait été fait à partir d'un vieux wagon de marchandises, ce qui n'était pas rare dans notre coin du monde, et j'arrivai devant un grillage en fil de fer barbelé auquel était accroché un panneau métallique où on pouvait lire : DÉFENSE D'ENTRER, PROPRIÉTÉ PRIVÉE, puis LES CONTREVENANTS SONT PASSIBLES DE POURSUITES.

Je ralentis pour m'arrêter et regardai la paire de cocards sur ma droite.

— Ça vous dit d'enfreindre la loi ?

Elle ouvrit la portière et descendit.

— Quand tu veux, comme tu veux.

Je fus surpris de constater qu'il n'y avait pas de cadenas et je la regardai soulever le loquet et libérer le poteau auquel la clôture était attachée, l'ouvrant assez grand pour que je puisse passer, tandis que la Nation cheyenne me lançait depuis la banquette arrière :

— Alors, comment elle a eu ses yeux au beurre noir ?

Finalement, ses cocards n'étaient pas aussi sérieux que je l'avais cru, mais il y avait encore sous ses yeux des traces couleur arc-en-ciel.

— Le fugitif s'est échappé en la piétinant au passage.

— Et elle ne l'a pas abattu ?

— Elle n'était pas armée.

L'Ours grogna.

— Il a eu de la chance.

Je franchis l'ouverture puis la regardai remettre le portail en place, en se plaçant à l'extérieur. Elle comprit rapidement son erreur, repassa de l'autre côté, glissa la boucle sur le poteau et la descendit pour fermer le portail.

Elle remonta en voiture.

— Je vous interdis d'ouvrir la bouche.

Le chemin était défoncé et hérissé d'un certain nombre de rochers que nous dûmes franchir tout doucement, mais nous finîmes par atteindre la crête, un lieu désert où ne poussaient que quelques bosquets de pins, rabougris et courbés par les puissantes rafales de vent.

Je dirigeai le Bullet sur la droite, où j'avais repéré un endroit entre des arbres dépenaillés, et m'arrêtai. Le vent soufflait si fort qu'il fut difficile d'ouvrir la portière, et une fois que j'y fus parvenu, j'attrapai mes jumelles dans la poche derrière mon siège. J'enfonçai mon chapeau sur ma tête et dirigeai les jumelles vers le nord-ouest, dans la direction d'où semblaient provenir les rafales. Je vis la terre fraîchement retournée aux endroits où Tim avait dit qu'ils installaient le pipeline, le long d'une diagonale qui allait du nord-est au sud-ouest vers le Wyoming. La surface des hautes plaines, d'une résistance trompeuse, portait les marques de la présence de l'homme depuis presque aussi longtemps que ces mêmes hommes étaient marqués par elles.

Henry se rapprocha du centre de la crête et Vic vint me retrouver à l'arrière du pick-up.

— Putain, j'y crois pas.

— C'est un paysage vraiment désolé.

La Nation cheyenne s'était dirigé vers l'ouest, vers un petit amas de pierres en rond, alors je suivis un sentier à peine tracé et marquai un arrêt avant d'arriver à la cuvette de terre arable. De là, j'aperçus Henry qui avait les yeux rivés sur l'une des tours mentionnées par Tim. Elle était bâtie au coin d'une autre route de campagne près du flanc de la colline qui montait jusqu'à la crête. Elle était entourée de quelques arbres qui faisaient semblant d'être verts et elle était peinte pour se fondre dans le paysage.

— Tu vois quelque chose ?

— Oui. Quelqu'un nous observe avec des jumelles.

Henry, bien entendu, n'avait pas besoin de ce genre d'équipement, mais je ne voyais pas le moindre mouvement dans la zone, en dehors d'un petit nuage de poussière à l'horizon, au loin. Je collai les jumelles sur mes yeux et fis la mise au point. J'eus à peine le temps d'apercevoir un individu à l'une des fenêtres de la tour avant qu'il ne disparaisse. Puis mon regard fut attiré par un véhicule qui filait sur la route poudreuse, mais il était encore trop éloigné pour que je puisse l'identifier. Je tendis les jumelles à Vic lorsqu'elle arriva près de nous.

— Garde l'œil là-dessus, et dis-moi si c'est bien ce que je pense.

Elle colla les jumelles contre ses yeux.

— Comment ont-ils pu nous repérer aussi rapidement ?

L'Ours lui montra la tour de guet, puis il pivota et s'approcha du coin de terre battue que nous avions dépassé. Je lui emboîtai le pas. On voyait des traces de pas, ainsi que des marques de pneus à l'endroit où ils avaient fait marche arrière.

À mi-voix, il dit :

— Pourquoi se garer à reculons ? À moins qu'on ait à décharger quelque chose…

Sur le côté abrité d'une motte de terre de la taille d'un poing, une petite ligne de poudre entre quelques tiges d'herbe à bison attira mon regard.

Vic lança par-dessus son épaule, en forçant sa voix pour se faire entendre dans le vent.

— Est-ce que flux alvin, c'est un genre de jaune boueux ?

— Ouaip.

— C'est bien eux.

Je soupirai.

— Combien leur faut-il de temps pour arriver en bas et monter le chemin que nous avons pris ?

— À la vitesse où ils vont, dix minutes, max.

Henry plissa les yeux.

— Pas assez de temps pour déterrer ce qui pourrait être un corps, même si nous savions où creuser.

J'allai voir mon adjointe.

— Hé, est-ce que tu as du rouge à lèvres sur toi ?

Elle enleva les jumelles de ses yeux et me regarda.

— Oui, mais à mon avis, c'est pas une couleur qui te va.

— Donne-moi le bouchon, tu veux ?

Elle obtempéra ; Je retournai auprès de l'Ours et m'accroupis. Je ramassai un peu de la poudre blanche en poussant avec mon doigt pour la mettre dans le capuchon en plastique puis je reniflai mon doigt.

— De la chaux ?

— Oui.

Je rangeai soigneusement le contenant improvisé dans la poche de ma chemise et me dirigeai vers mon pick-up. J'interpellai Henry.

— Viens, il vaudrait mieux qu'ils ne nous surprennent pas exactement ici.

Nous entreprîmes de descendre de la crête, sans pouvoir accélérer à cause des pierres. Nous étions arrivés à la dernière partie, mais j'étais presque sûr que nous ne réussirions pas. Lorsque nous fûmes parvenus à la clôture, je les vis approcher, venant de la route de l'autre côté. J'estimai qu'en mettant les gaz nous allions les croiser sur le pont.

J'arrivai au portail, m'arrêtai et me tournai vers Vic.

— Défais le fil de fer mais ne te fatigue pas à le remettre. Jette-toi à l'arrière quand je passe.

— OK.

Elle bondit à la vitesse de l'éclair. L'Ours sortit du pick-up lui aussi.

— Où vas-tu ?

J'eus droit au sourire de loup.

— Tu crois que je vais rester à l'intérieur et manquer la fête ?

Henry referma la portière, et je regardai Vic actionner la targette sur le portail et jeter la clôture sur le côté avec suffisamment de force pour que je n'aie pas la moindre difficulté à passer. Je les entendis tous les deux sauter à l'arrière et j'atteignis le pont, mais le Chevy attaqua la côte en rugissant. Il était déjà à mi-chemin sur le pont avant que j'aie le temps d'y arriver. Il s'arrêta dans un grand crissement de pneus à quelque trente centimètres de mon pare-chocs et écrasa son klaxon.

Ils étaient quatre, deux dans l'habitacle et deux debout sur le plateau. Ces derniers tenaient des carabines Winchester ; le passager brandissait un revolver et il m'adressa ce qu'il devait prendre pour un sourire menaçant. Le conducteur semblait être le plus âgé de la bande, à peine dix-huit ans, et il lâcha l'embrayage à petits coups, faisant bondir le demi-tonne à deux roues motrices d'une manière agressive.

Visiblement, ils n'étaient pas intimidés par les étoiles qui ornaient mes portières, ni par la rampe lumineuse sur le toit.

L'avant-garde.

Une bande.

J'entendis un bruit métallique sur le toit de l'habitacle et regardai dans le rétroviseur, et je pus admirer les jambes de Victoria Moretti écartées en position de tir, Henry à côté d'elle, appuyé sur le toit. Je ramenai mon regard sur le Chevy et attendis, sans les quitter des yeux.

Au bout d'un moment, le passager, dont la tignasse noire lui retombait sur le visage, se pencha et cria :

— Reculez !

Je secouai la tête. Non.

Il y eut un bref échange avec le conducteur, qui avait la même coiffure que son passager, en blond – cela devait être la tendance du mois.

— On peut vous obliger !

Je ne bougeai pas et le conducteur fit faire un nouveau bond au demi-tonne, qui n'était plus maintenant qu'à quelques centimètres de mon pare-chocs. Il fit vrombir le moteur gonflé, l'échappement pétaradant – pas de silencieux.

Le problème avec les jeunes, c'est qu'ils confondent puissance et couple. La plupart des gens pensent que la puissance, qui peut donner des vitesses maximales plus élevées, est le plus important – mais ce qui vous permet de les atteindre, c'est le couple. Ni l'un ni l'autre n'étions susceptibles d'atteindre notre vitesse maximale sur la longueur du pont, et l'adage de Mark Twain me revint en mémoire : le tonnerre est impressionnant, il fait beaucoup de bruit, mais c'est la foudre qui fait le travail, même si c'est un kilomètre après l'autre.

Je tirai le sélecteur de vitesses vers le bas et avançai en première, en mode quatre roues motrices à bas régime. Il réagit en lâchant l'embrayage de son pick-up pour venir percuter mon pare-buffle recouvert de caoutchouc, monté en saillie.

Je gardai une pression constante sur l'accélérateur, juste assez pour maintenir le trois-quarts de tonne à sa place. Ma manœuvre ne fit qu'accentuer la colère de l'autre, et il fit rugir probablement l'équivalent de quatre cents chevaux ; du coup, l'arrière du Flux alvin Express laissa échapper une fumée bleue et partit un peu sur le côté.

Grave erreur.

J'attendis qu'il atteigne le point extrême de l'équilibre puis fis avancer le large nez de mes six cent dix joules de couple.

Il poussait avec deux roues, moi, avec quatre.

Il était temps que ces jeunes gens prennent une leçon de physique.

Lentement, un centimètre après l'autre, je le fis reculer en biais. Le gamin écrasa la pédale de frein, mais je l'avais déjà mis en mouvement et il y avait peu de chance, étant donné ma supériorité en poids, qu'il puisse m'arrêter.

La roue arrière côté conducteur fut la première à quitter le pont, et je dois admettre que je trouvai assez amusante l'expression sur les visages des passagers à l'arrière. Je maintins la pression et les regardai sauter du pick-up. Le Chevrolet continua à reculer.

Les deux qui se trouvaient dans l'habitacle avaient une conversation assez animée, et elle s'envenima encore lorsque la roue avant côté conducteur passa également par-dessus bord. Je continuai à pousser, et le Chevy était à deux doigts de tomber sur le flanc dans le petit cours d'eau un mètre plus bas. Le dialogue s'était transformé en hurlements d'adolescents lorsque le passager bavard commença à s'agiter pour ouvrir la portière et sauter du pick-up.

C'est à ce moment-là que j'entendis quelqu'un marcher sur le toit de mon camion. Une paire de pieds chaussés de mocassins descendit sur le capot. La Nation cheyenne posa une main sur le pare-buffle et sauta d'un bond agile sur les larges planches du pont.

Je lâchai l'accélérateur et le regardai atteindre la portière du pick-up en train de basculer avant que le gamin ne parvienne à l'ouvrir.

Les deux jeunes qui avaient abandonné le navire se trouvaient un peu à l'écart, les armes toujours à la main mais indécis sur la manière de se comporter. L'un d'eux esquissa un pas en avant, puis se ravisa.

Le passager bavard commit l'erreur de brandir son pistolet vers l'Ours, qui le lui prit d'un geste et le jeta tranquillement dans la rivière. Je vis les veines saillir dans le cou du gamin lorsqu'il se déchaîna contre Henry, qui resta là, à le regarder. Au bout d'un moment, il dut s'interrompre pour inspirer, et Henry en profita pour dire quelque chose, qui déclencha chez le conducteur la même réaction affreusement bruyante.

La Nation cheyenne se tourna pour nous regarder, haussa les épaules, puis nonchalamment, presque dédaigneux, il se pencha et attrapa le bas de caisse à deux mains. Je ne sais pas combien le véhicule pesait ni quel effort il fallut déployer, mais le Chevy se souleva, tressauta une fois, puis, dans un mouvement gracieux, bascula sur le flanc et tomba dans la boue dans un geyser d'éclaboussures.

Les roues droites n'étaient qu'à un mètre du pont et le côté sec de l'USS C-10 dépassait les planches du pont d'une cinquantaine de centimètres. Les deux gamins qui se trouvaient dans le camion s'agitaient pour sortir par la vitre côté passager au moment où Vic et moi allâmes rejoindre Henry pour constater les dégâts.

— Je croyais que tu essayais de les sauver.

Il soupira.

— Moi aussi.

Les jambes et les pieds du passager étaient un peu mouillés, mais le conducteur était complètement trempé. Leur pick-up eut deux ou trois soubresauts avant que le moteur n'expire dans sa tombe aquatique. Le passager, qui, à y regarder de plus près, était peut-être bien d'origine hispanique, fut évidemment le premier à parler.

— Vous allez devoir payer pour ce que vous avez fait !

Je jetai un œil en direction des deux qui étaient toujours plantés au bout du pont, et j'observai Vic, qui, l'arme à la main, se tournait vers eux.

Je revins aux deux commandants du U-boat.

— J'en doute.

Le conducteur gémit.

— Vous nous avez fait tomber du pont !

Je désignai la Nation cheyenne.

— C'est lui tout seul.

L'autre reprit sa rengaine.

— Ben, quelqu'un va devoir…

Je dressai un index.

— Vous savez, à l'époque où j'ai fait ma formation à l'académie de police à Douglas, dans le Wyoming, longtemps avant que vous soyez nés, l'une des premières choses que m'a apprises un vieil instructeur bourru sur les relations avec le public, en l'occurrence vous, c'est qu'on peut discuter aussi longtemps que vous voulez, à la fin, je gagne.

Ils semblaient à bout d'arguments, alors je continuai.

— Si vous continuez à brailler, je vais vous embarquer tous les quatre, vous emmener à Belle Fourche, et vous jeter en prison pour avoir interféré avec un représentant de la loi dans l'exercice de ses fonctions, sans parler de brandir des armes d'une manière tout à fait illégale.

Je sentis Vic me regarder en coin. Elle adorait quand j'inventais des lois, et je l'entendais presque se demander s'il y avait une manière de brandir des armes d'une manière légale.

J'attendis quelques secondes rhétoriques avant de tendre la main.

— Voudriez-vous de l'aide pour sortir du véhicule ?

Le passager envoya un crachat qui atterrit entre nous.

— On a pas besoin de votre aide.

Je haussai les épaules, fusillai du regard la paire d'hommes armés au bout du pont, puis repartis vers mon camion suivi de la Nation cheyenne et de mon adjointe, lorsque le conducteur nous interpella :

— Hé, vous voulez pas nous ramener ?

Je m'arrêtai et regardai Henry et Vic, puis me tournai vers le gosse.

— Où ?

Nous étions un peu serrés avec quatre personnes en plus dans l'habitacle, mais au moins, je les avais obligés à me donner toutes leurs armes, qui étaient rangées dans la boîte à outils, sur le plateau du Bullet.

L'Ours avait les bras allongés sur les dossiers, les mains posées sur les épaules des gamins assis à l'arrière, parmi lesquels se trouvait le conducteur du pick-up. Le passager qui nous avait menacés de son pistolet était installé entre Vic et moi, et je devais admettre que voir le plus bavard de la bande, manifestement imperméable à toute manifestation d'autorité, totalement impressionné par ma très jolie adjointe était assez drôle. Nous roulions depuis dix minutes et je n'étais pas certain qu'il l'ait regardée une fois dans les yeux.

Elle cala son coude sur l'accoudoir et l'observa, le menton dans la paume. Je le sentis se rapprocher de moi sur la banquette pour essayer de mettre de la distance entre elle et lui.

Je m'éclaircis la voix et décidai de tendre une perche au gamin.

— Alors, comment tu t'appelles ?

Il se racla la gorge.

— Edmond. (Il jeta un coup d'œil à Vic.) Eddy.

— Eddy quoi ? demandai-je, m'attendant un peu à ce qu'il dise Lynear.

— Lynear.

Un rire étouffé nous parvint de l'arrière, mais je ne regardai pas assez vite dans le rétroviseur pour savoir qui avait trouvé ça drôle.

— Et comment s'appellent les autres Joyeux Compagnons ?

— Il y a mon grand frère, qui conduisait le camion avant qu'il tombe dans la rivière. Il s'appelle Edgar Lynear…

À mon œil aiguisé, ils ne se ressemblaient pas du tout.

— Vous êtes frères, tous les deux ?

Il haussa une épaule.

— Ben… plutôt demi-frères.

— Je vois.

Il se tourna.

— L'autre dans le coin, là, c'est Merrill Lynear, et celui qui est de notre côté s'appelle Joe.

Joe alla jusqu'à tendre une main par-dessus mon épaule, et je la serrai.

— Tu es un Lynear, toi aussi ?

Il acquiesça d'un signe de tête. Eddy resta tourné sur la banquette, et je devinais bien qui il regardait ; à l'évidence, il était moins dangereux de regarder des guerriers cheyennes d'un mètre quatre-vingt-quinze que des adjointes italiennes d'un mètre soixante-cinq qui remplissaient avantageusement leur chemise d'uniforme.

— Vous êtes un vrai Indien ?

Henry attendit quelques secondes puis répondit :

— Pur sang. (Il lui tendit la main.) Je suis Henry Standing Bear, Bear Society, Dog Soldier Clan.

Eddy lui serra la main.

— Ouah.

Joe posa la question suivante :

— Vous êtes en état d'arrestation aussi ?

Vic rit, et la voix de Henry se teinta de douceur.

— Non, le shérif est un de mes amis.

Eddy se tourna pour me regarder.

— Vous n'êtes pas le shérif. On l'a déjà vu, il a une grande barbe.

— Je suis un autre shérif, d'un autre comté, d'un autre État. (Je marquai une pause.) Vous n'avez pas lu les insignes sur mon pick-up ?

Pas de réponse, et une pensée déprimante me traversa l'esprit.

— Les gars, je peux vous poser une question ?

Personne n'émit d'objection, alors je m'exécutai.

— Nous sommes en semaine. Comment se fait-il que vous ne soyez pas en classe ?

— On va plus à l'école.

Je leur jetai un coup d'œil. Ils paraissaient tous avoir à peu près le même âge que Cord.

— Aucun de vous ?

Eddy, qui était visiblement le porte-parole du groupe, secoua la tête.

— Nan, on a tous eu notre diplôme, et maintenant qu'on appartient au Premier Ordre, on a des places garanties dans le Royaume Céleste. (Il regarda par la fenêtre et enclencha son discours de ce ton automatique que nous connaissions bien désormais.) Nous gardons l'enceinte de l'Église apostolique de l'Agneau de Dieu, pour garantir la sécurité des fidèles : le berger pour ses brebis.

— Bêêê…

Il se tourna et pour la première fois, il regarda dans les yeux celle qui émettait des bruits d'animaux.

— Vous êtes non-croyante ?

Vic soupira.

— Me raconte pas de conneries. Je suis une catholique convalescente, et nous possédions pratiquement la totalité du monde connu quand des gars comme vous ont commencé à promettre des planètes aux gens et à porter des drôles de sous-vêtements.

Heureusement, Eddy interrompit le débat théologique en levant la main pour montrer une bifurcation en T juste après une croix ornée de fleurs en plastique, du genre de celles qui marquent l'endroit où des victimes d'accident ont perdu la vie – j'en avais vu beaucoup, surtout sur les routes qui menaient à la Réserve, assez pour m'accompagner jusqu'à la fin des temps. De l'autre côté du carrefour se trouvait une fille à l'air frêle. Elle trônait dans une robe à fleurs cousue main et un bonnet, assise à une petite table sur laquelle il y avait des gâteaux apparemment faits maison.

— Prenez à droite.

Me rappelant que je n'avais pas mangé de tels gâteaux depuis un moment, je ralentis. Le gamin dut mal comprendre ma manœuvre.

— Heu… vous pouvez nous déposer ici, ça ira bien.

Je contemplai la route de terre défoncée qui disparaissait à l'horizon.

— Je crois que je préfère m'assurer que vous êtes bien rentrés.

— Ça va faire des ennuis.

Je tournai la tête pour le regarder.

— Pour qui ?

Il jeta un coup d'œil vers ses copains.

— Pour nous. Ils ne vont pas être contents qu'on ait bousillé le pick-up, qu'on se soit fait prendre nos armes et qu'on vous ait… amenés chez nous.

Vic haussa un sourcil.

— Quoi, vous allez perdre votre strapontin céleste et devoir rester debout jusqu'à la fin des temps ?

Je ne lui laissai pas le temps de répondre.

— Qu'est-ce qui se passe si on vous dépose ici ?

— On rentre à pied, ou en stop si quelqu'un passe par là.

— L'important, c'est que vous ayez vos armes et que vous ne nous ayez pas conduits jusqu'au saint des saints ?

La voix de Henry gronda à l'arrière.

— Ça fait deux sur trois.

Eddy hocha la tête puis baissa les yeux.

— D'accord, mais à une condition. (Il me regarda.) Si vous répondez à quelques questions, je vous déposerai ici, mais il faut vraiment que vous y répondiez, et que ce soit la vérité. (Je me garai au bord de la route, juste en face de la table garnie de pâtisseries.) Et je vous préviens, je suis un expert pour détecter les mensonges.

Il se retourna vers ses demi-frères, les consulta d'un regard, puis acquiesça.

— OK.

— Est-ce que l'un de vous a déjà entendu parler d'une femme de votre communauté qui s'appelle Sarah Tisdale ?

Personne ne dit rien.

— Une femme blonde avec les yeux bleus, d'environ trente ans ?

Je pris, dans ma poche de chemise, la photo d'école qu'Eleanor m'avait donnée au bar pour la leur montrer.

— Elle doit avoir environ dix-sept ans de plus que sur cette photo.

Toujours rien.

Je mis le sélecteur de vitesses sur DRIVE.

— Attendez.

La voix venait de l'arrière, et je me tournai vers l'un des gamins, le conducteur, le demi-frère d'Eddy appelé Edgar. Je lui montrai la photo.

— Tu la connais ?

Il regarda les autres, et Eddy s'empressa de dire :

— Ta gueule.

Je commençai à tourner le volant pour nous remettre sur la route.

— Pas Tisdale.

Je m'arrêtai et me tournai vers Edgar, après avoir intimé le silence à Eddy d'un regard.

— Elle aurait un autre nom ?

— Lynear.

Je posai mon menton dans ma main ; bien sûr, forcément. J'attendis quelques instants, puis j'ouvris la portière et descendis.

— Edgar, si on allait se promener un peu tous les deux ?

En passant derrière le Bullet, je saluai la fillette d'un geste de la main. Elle devait avoir à peu près dix ans. Henry et Vic avaient laissé descendre Edgar et maintenant ils rassemblaient le reste de la petite troupe du côté du pare-buffle.

J'emmenai le jeune homme dégingandé sur le côté de la route, à quelque distance du Bullet et de la fille. Nous nous arrêtâmes à la croix fleurie, victimes de notre éducation, ne voulant pas piétiner la tombe symbolique.

— Est-ce que tu sais où elle se trouve ?

— Non, monsieur. (Il marqua une pause et regarda du côté de ses demi-frères.) Elle a été bannie.

— De l'Église apostolique de l'Agneau de Dieu ?

— Oui, monsieur.

Je relevai la tête et le regardai. Je ne voyais toujours pas la moindre ressemblance entre lui et son demi-frère.

— Quand ?

Il haussa une épaule.

— Il y a environ un mois.

Ce qui coïncidait avec sa visite au bureau du shérif du comté de Butte, quand elle était à la recherche de son enfant disparu.

— Pourquoi a-t-elle été chassée ?

— À cause de son fils.

— Cord ?

— Oui, monsieur.

J'examinai la croix ornée de lys bleus et de chrysanthèmes en plastique.

— Il a été chassé, lui aussi ?

— Oui, monsieur.

— Pourquoi ?

— Il a été jugé défaillant.

Je commençai à me lasser de cette langue d'église codée.

— Ce qui signifie ?

— Il n'a pas été choisi comme l'un des trois fils de l'Unique, le Puissant et le Fort.

Je soupirai.

— Et qui est-ce ?

— Roy Lynear.

Je frottai l'arête de mon nez, tentant de chasser le mal de tête qui s'immisçait, et revis l'homme obèse et dominateur que j'avais rencontré l'autre soir, à l'arrière du pick-up aménagé.

— Donc, Sarah Tisdale était mariée à Roy Lynear?

— Oui, monsieur. (Il s'interrompit puis reprit, baissant la voix.) Cord appartient à la lignée qui doit hériter du manteau de la suprématie céleste dans la vraie Église du Seigneur, mais il s'est rendu coupable d'apostasie et s'est détourné du droit chemin.

Je savais bien qu'il y avait quelque chose qui me faisait aimer Cord. Il essayait de se sortir de cette maison de fous, et sa mère avait été excommuniée pour avoir tenté de le retrouver.

Quel monde.

J'observai l'adolescent que j'avais devant moi et m'interrogeai sur tout le bien que pouvait faire la religion, et tout le mal aussi.

— Ça t'ennuie si je te pose une autre question?

— Non.

— Si vous êtes tous parents, comment se fait-il que vous ne vous ressembliez pas du tout?

Il regarda autour de lui, gêné.

— Nous sommes des garçons perdus. On a été chassés des communautés de Hildale dans l'Utah, de Colorado City, en Arizona, et d'Eldorado, au Texas. M. Lynear nous a adoptés et nous a offert un endroit où vivre.

C'était un petit quelque chose en faveur de Roy Lynear, mais je n'étais quand même pas convaincu. Mes rêveries s'interrompirent lorsque je le vis regarder un tourbillon de poussière qui approchait de l'horizon sur la route droite comme une flèche.

— Oh non.

Je suivis son regard.

— Quelqu'un que tu connais?

Je ramenai le gamin près du pick-up et nous retrouvâmes le petit groupe devant le pare-buffle.

Henry, qui ne manquait jamais rien ni de près ni de loin, regardait à l'horizon et m'annonça:

— On a de la compagnie.

— Hmm.

Je croyais avoir laissé tout le monde derrière moi lorsque je traversai la route pour rejoindre la fille assise sur la chaise devant la petite table, mais quand j'y arrivai, je remarquai qu'Edgar m'avait suivi. J'examinai l'étal, qui se composait de sacs en plastique pleins de biscuits, de gâteaux et d'un fabuleux assortiment de tartes.

La fille leva les yeux et, sous le bord de son bonnet, je distinguai ses traits mongoliens. Son visage ressemblait à une pleine lune dans un ciel nocturne ; lorsqu'elle remarqua la présence du jeune homme à côté de moi, sa gorge émit un croassement enthousiaste :

— Salut, Edgar !

— Salut sœurette.

Elle bondit de sa chaise et contourna la table à toute vitesse pour le rejoindre. Il la ramena doucement à son siège.

— Tu es ici depuis ce matin ?

Elle serra la main de son frère et répondit, la voix chevrotante :

— Depuis… tôt ce matin.

Lorsqu'elle se tourna vers moi, je vis que ses lèvres étaient gercées, et examinant les lieux, je ne vis ni couverture, ni glacière, ni bouteille d'eau, rien pour que la petite puisse se nourrir ou boire.

— Voulez-vous acheter des biscuits ?

Je fus presque submergé d'une vague d'émotions en me rappelant Melissa Little Bird, une jeune fille que je connaissais, victime du syndrome d'alcoolisme foetal, la fille de Lonnie Little Bird, le chef de la tribu des Cheyennes du Nord.

— Oui… hmm, oui, volontiers.

Elle récita les prix de tous les articles d'une liste très longue, puis me sourit, ses yeux presque complètement fermés au-dessus de ses joues rebondies.

Je pris mon portefeuille dans la poche arrière de mon pantalon.

— Tu as soif ?

Elle réfléchit puis se tourna vers Edgar, cherchant son approbation. Le jeune homme sourit et hocha la tête.

— Tu peux répondre toute seule, comme une grande.

Elle s'adressa à moi.

— Oui... ?

Je fis signe à l'Ours, qui se trouvait toujours au milieu de la route.

— Hé, Henry, tu veux bien aller voir dans la glacière qui se trouve sous le siège et me passer un soda ?

Il s'exécuta, sans quitter des yeux le véhicule qui approchait, puis me lança la canette de Coca-Cola. Je calai mon portefeuille sous mon bras et attrapai l'objet, tapotai le dessus pour dissiper la concentration de gaz, puis tirai doucement la languette avant de le lui tendre.

Elle regarda la canette, puis Edgar.

Le jeune homme détourna les yeux un instant, puis me dit :

— On n'est pas censés boire des sodas.

Je désignai la boisson que la fille tenait dans ses mains, remarquant tout à coup qu'elle n'avait pas d'ongles.

— Je crois que, dans le cas précis, vous ne devriez pas vous en inquiéter.

Il sourit et lui fit signe qu'elle pouvait boire ; elle obéit.

J'ai bu avec un grand plaisir un certain nombre de liquides dans ma vie – la bière Rainier que j'ai découverte pendant mon adolescence et que je bois toujours, la bière Tiger que je descendais par litres pour compenser mes suées au Vietnam, le Pappy Van Winkle Family Reserve de vingt-trois ans d'âge que mon ancien patron, Lucian Connally, gardait planqué dans un placard. Mais je suis certain de n'avoir jamais pris autant de plaisir que cette fillette qui goûtait du Coca pour la première fois de sa vie.

— Ça me chatouille le nez !

Son frère lui sourit, et moi aussi, mais le visage du jeune homme changea d'expression à l'arrivée d'un Suburban marron récent, aux vitres teintées. Nous regardâmes comme un mauvais présage le nuage de poussière soulevé par le véhicule qui passait à côté de nous pour s'arrêter un peu plus loin.

Quatre hommes descendirent du 4 x 4 et se postèrent à côté des portières, pour surveiller tout à la fois Henry, qui était toujours au milieu de la route devant eux, Vic avec les autres garçons à côté de mon pick-up et notre petit groupe, autour de la table couverte de pâtisseries.

L'homme qui sortit par la portière passager était grand, vêtu d'un costume sombre, avec des cheveux roux ramassés en banane sur son front et bien lissés derrière ses immenses oreilles. Le conducteur était plus mat, plus grand, plus âgé, barbu et trapu. Il portait une chemise habillée et un chapeau de cow-boy en paille qui ressemblait à du plastique blanc. Pas de saison.

Je restai sans bouger, mon portefeuille à la main, et j'attendis.

L'un des autres hommes avait la quarantaine et portait un polo noir ; il était sorti d'un siège arrière, côté conducteur, et il prenait garde à ne pas perdre de vue l'adjointe du shérif du comté d'Absaroka, ni Henry Standing Bear, Bear Society, Dog Soldier Clan, toujours planté au milieu de la route.

L'homme à la banane et l'autre au chapeau en plastique ignorèrent Henry et s'avancèrent vers moi avec le quatrième homme, lui aussi en polo noir et pantalon de toile. Sauf erreur de ma part, c'était le gros bras.

Le grand roux fut le premier à parler, et il le fit avec lenteur, comme si cela le fatiguait de s'adresser à de simples mortels de façon qu'avec nos facultés limitées nous puissions comprendre et obéir.

— Bonjour, je suis Ronald Lynear. Y a-t-il un problème ?

J'attendis qu'ils arrivent à côté de moi, le nez plongé dans mon portefeuille, faisant semblant de compter mes billets tout en focalisant mon attention sur le jeune Edgar et sa sœur.

— Non, j'achète des gâteaux, c'est tout.

Lynear jeta un coup d'œil en direction des étoiles qui ornaient mes portières, évitant ostensiblement du regard la Nation cheyenne, qui se tenait maintenant face à nous, ses bras musclés croisés sur la poitrine. Ronald tendit la main – une main féminine, aux longs doigts et aux ongles manucurés - pour me signifier que je pouvais ranger mon portefeuille.

— Pas besoin de payer. Je serais heureux de faire un don au… au bureau du shérif du comté d'Absaroka. (Il garda sa main sur la mienne jusqu'à ce que je lève les yeux.) Je vous assure.

Il jeta un coup d'œil en direction du colosse debout à côté de lui et fourra ses mains dans ses poches de pantalon.

— Voici mon ami et conseiller spirituel, Earl Gloss.

Je regardai rapidement l'Ours, toujours debout sur la route, un petit sourire flottant sur ses lèvres.

— Et mon conseiller spirituel, c'est lui.

Ronald Lynear salua Henry d'un geste puis revint à moi.

— Il est Amérindien ?

— Cheyenne du Nord, pour être exact.

Il hocha la tête et reprit, plus fort :

— Nous sommes impatients de bénéficier de l'assistance des Lamanites lors des prochaines guerres apocalyptiques qui nous opposeront aux enfants de Satan à la peau noire.

Le sourire de Henry s'épanouit et sa voix, même s'il ne la forçait pas, porta comme un couperet malgré le vent.

— Je n'y compterais pas, à votre place.

Le regard de Lynear se durcit un peu, mais il essaya de le cacher en se tournant vers moi.

— Où se trouve exactement le comté d'Absaroka, si vous voulez bien me pardonner cette question ?

— Dans le Wyoming.

— Oh, et qu'est-ce qui vous amène dans notre bel État ? (Il désigna la table et les deux jeunes qui n'avaient pas bougé.) À part les gâteaux ?

— Je cherche une femme.

Il ne parut pas du tout surpris.

— Et en quoi puis-je vous aider ?

— Elle s'appelle Sarah Tisdale, et j'ai des raisons de croire qu'elle appartient à votre communauté.

Il se tourna pour discuter avec l'homme âgé.

— Earl, avons-nous entendu parler de cette femme ?

Gloss s'empressa de répondre.

— Pas à ma connaissance, monsieur Lynear.

Je les gratifiai d'un long regard très appuyé.

— C'est étrange, parce qu'elle a demandé au bureau du shérif du comté de Butte qu'on recherche son enfant, Cord. J'imagine que vous n'en avez pas entendu parler non plus ?

Lynear se tourna à nouveau, et je commençais à trouver qu'il ressemblait à un pirate consultant le perroquet perché sur son épaule.

— Earl ?

Le barbu secoua la tête.

— Non, jamais entendu parler de ce garçon.

Je regardai fixement Gloss.

— C'est drôle, je n'ai jamais dit que c'était un garçon.

Il regarda derrière moi, vers Edgar, qui se trouvait toujours à côté de sa sœur. La petite serrait la canette contre sa poitrine, et tous deux avaient les yeux baissés.

— Edgar, où étais-tu passé ? Où est ton pick-up ?

Je m'interposai.

— Ils ont eu un accident. Personne n'est blessé, mais le pick-up est tombé dans le lit d'une rivière à côté d'un de vos miradors.

À son tour, il marqua une pause et rectifia :

— Postes d'observation.

Je jetai un coup d'œil à Edgar, toujours plongé dans la contemplation des quelques brins d'herbe à ses pieds, puis revins à Ronald Lynear.

— Et qu'observez-vous, exactement ?

— Le Seigneur récompense ceux qui sont préparés.

— Je crains d'avoir poussé les garçons du pont, mais je me ferai un plaisir de payer les dégâts. Nous étions en train de les raccompagner chez eux.

— Je suis certain que ce ne sera pas nécessaire, shérif.

Sans le quitter des yeux, j'élevai la voix suffisamment pour être entendu de tous.

— Je suis un homme honnête, monsieur Lynear, et je paierai pour mes erreurs. Par ailleurs, j'ai de la place dans mon véhicule pour les enfants et j'aimerais bien voir où ils habitent.

— Nous sommes une communauté qui tient à son intimité, shérif. Je suis sûr que vous comprendrez que nous ne vous invitons pas.

Il ordonna d'un geste à Gloss d'aller chercher les enfants, et légalement, je ne pouvais pas faire grand-chose. Il le savait bien.

Le grand type me cogna l'épaule en guise d'adieu et me contourna avec un petit sourire narquois, mais il commit une erreur tactique en poussant le bouchon un peu loin juste après. Il poussa brutalement

Edgar vers son soi-disant père, puis d'un geste méchant, fit tomber la canette de soda des mains de la fillette.

— Nous n'autorisons pas nos enfants à boire ces saloperies.

Henry me fit plus tard la remarque que l'homme aurait pu mieux s'en sortir même s'il avait eu la moindre idée de ce qui allait se passer ensuite. L'Ours prétendit qu'il aurait même pu ne pas tomber, mais j'en doute. Dans les faits, lorsque mon poing fermé heurta le côté de sa tête et l'envoya valser dans le fossé, il tomba sur le sol comme un bouvillon ligoté.

La Nation cheyenne, qui savait toujours ce que j'allais faire avant que je le fasse, s'était déjà avancé pour bloquer l'autre passager sorti de l'arrière du 4x4, et je constatai que Vic avait défait la bride sur le holster de son 9 mm et qu'elle fixait l'un des polos noirs, qui se détourna pour me regarder.

Des plumes commencèrent à chatouiller l'intérieur de mes poumons et une fraîcheur m'envahit le visage, tandis que mes mains se figeaient. Je me tins face aux deux autres hommes, les doigts posés sur la table, en pensant à la sœur d'Edgar qui était restée assise toute la journée, sans provisions et sans eau, et qui serait probablement laissée là jusqu'à ce qu'elle n'ait plus rien à vendre.

— Je n'ai pas encore acheté mes gâteaux.

# 6

Mon expérience m'a appris qu'une des meilleures façons de s'attirer les bonnes grâces de son personnel, c'est de débarquer avec deux ou trois boîtes de gâteaux et de les déposer dans le hall d'accueil, près du bureau de Ruby. C'était ce que j'avais fait, et je ruminais dans mon bureau, ma vieille tasse des Denver Broncos ébréchée remplie de café tiède.

Elle était posée sur une pile de magazines. J'avais allongé mon avant-bras sur le bureau, calé mon menton dessus, et je tournais lentement la tasse que je tenais par l'anse en examinant la faïence d'une propreté douteuse, tachée de résidus de café.

— Tu pourrais t'en acheter une autre.

Je continuai à fixer des yeux mon unique récipient à usage professionnel.

— Je n'en veux pas d'autre.

La Nation cheyenne était appuyé contre le chambranle de ma porte et buvait du café lui aussi.

— Alors, qu'est-ce que tu veux ? (Il remarqua les magazines empilés sous mon bras.) Ça t'ennuie que je te demande pourquoi tu as sur ton bureau un exemplaire de *Playboy* daté de janvier 1972 ?

— J'envisage de me mettre à l'aérographe.

J'attendis un moment puis je lui demandai de me rendre un service.

— Hé, tu crois que tu pourrais emmener M. Rockwell se promener assez longtemps pour que je puisse avoir un entretien avec Cord au sujet de sa mère ?

— Oui. (Il attendit, me regardant persévérer dans la contemplation de ma tasse, puis demanda :) Serais-tu déprimé parce que tu as manqué ta soirée échecs avec Lucian hier ?

— Non.

— Serait-ce parce que les Durant Dogies vont retirer ton numéro ?

— Non.

Il décolla sa puissante épaule du chambranle et s'attarda encore.

— Serais-tu furieux contre toi-même parce que tu as balancé un crochet fulgurant qui a fait mordre la poussière à ce fermier ?

Je réfléchis.

— Peut-être bien.

— Certaines personnes ont besoin de ce genre de leçon.

— Ça ne va pas faciliter la vie à ce garçon et à sa sœur.

Il but un peu de café.

— Qu'est-ce que tu en sais ? Peut-être que maintenant qu'il a été malmené, il y a moins de chances qu'il malmène à son tour.

— Ce n'est pas comme ça que ça marche, et tu le sais.

Il contempla sa tasse, qui visiblement appartenait à Vic – on y lisait en caractères gras PHILLY-PHILE ET PHIER DE L'ÊTRE.

— Tu pourrais les arrêter.

— Tim Berg pourrait les arrêter.

— Oui.

Je me redressai, m'appuyai contre mon dossier et calai mon pied sous mon bureau pour ne pas imiter Buster Keaton. J'écoutai le cri des oies et jetai un coup d'œil par la fenêtre juste à temps pour apercevoir les extrémités d'un grand V volant vers le sud.

Sans se départir de son sourire, il reprit :

— Elles sont complexes, les arcanes du cœur humain.

— Oui.

Henry se tut et nous restâmes quelques instants silencieux.

— Tu sais que le cœur n'est qu'un organe myogénique, n'est-ce pas ?

Je soupirai et me levai, laissant les exemplaires de *Playboy* sur mon bureau, mais je gardai le magazine sur les armes, le pliai et le fourrai dans la poche de mon pantalon.

— Je sais qu'il peut supporter un poids considérable.

L'Ours me suivit tandis que je sortais de ma tanière pour entrer dans le bureau qui était entre-temps devenu un souk. Ruby s'était procurée, je ne sais comment, des assiettes en carton, des couverts en plastique et même une pelle à tarte dont elle se servait pour couper des parts de tarte aux noix de pécan.

— Comment sont les gâteaux ?

Saizabitoria, qui venait de rentrer, et Vic partageaient un sachet de cookies, assis sur un banc à côté de l'escalier. Le Basque était très content.

— On devrait y retourner et en acheter d'autres.

— J'ai tout acheté. (Je me tournai vers Ruby.) Ai-je besoin de demander où se trouvent nos deux pensionnaires ?

Elle jeta un coup d'œil à la vieille horloge Seth Thomas accrochée au mur au-dessus de l'escalier.

— Eh bien, c'est le matin, il est 8 h 43, et je dirais qu'ils sont en bas en train de regarder la séance de 8 h 43 de *Mon amie Flicka*.

— Entre la séance de 7 h 13 et celle de 10 h 03 ?

— Exactement.

Lorsque Henry, Vic, Sancho et moi arrivâmes à la dernière marche, les deux étaient encore subjugués par le téléviseur sur le chariot. Je remerciai la bonne étoile accrochée sur ma poitrine d'avoir permis à Frymire de dénicher un lecteur compatible avec les DVDs et les bandes VHS. Beaucoup de nos formations et mises à niveau dataient de l'époque des cassettes, à mon grand désespoir.

— Comment va le cheval ?

Nous arrivions vraiment à point, au moment où la musique du générique de fin commençait à retentir, et les deux hommes se tournèrent vers nous. Rockwell se leva, comme il le faisait toujours dès que Vic entrait dans la pièce, ce qui la rendait très perplexe.

— C'est intéressant, l'histoire ne change que très peu chaque fois que la machine la raconte.

— Vous allez vous rendre compte qu'elle est exactement la même.

Le vieil homme secoua la tête.

— Non. Les différences sont subtiles, mais elles existent vraiment.

— Hmm.

J'allai dans la salle de réunion, rapportai une chaise et m'assis. Vic et Santiago firent de même, mais Henry resta au pied de l'escalier.

Rockwell examina la Nation cheyenne.

— Vous avez un sauvage avec vous.

Je jetai un coup d'œil par-dessus mon épaule.

— En fait, c'est le plus civilisé de nous tous.

Henry s'appliqua à saluer notre fou d'un geste de la main.

— J'espérais que vous iriez vous promener avec lui le temps que j'aie une petite conversation avec Cord.

Rockwell, essayant probablement d'évaluer ses chances de survie, observa l'Ours.

— Et où irions-nous ?

La Nation cheyenne répondit :

— Juste au coin de la rue.

L'Homme de Dieu, Fils du Tonnerre se leva, prit son manteau sur la chaise à côté de lui, et pour la première fois, je remarquai qu'il boitait légèrement.

— Les cookies étaient délicieux, mais je prendrais volontiers un vrai petit déjeuner.

Henry me lança un coup d'œil, puis revint à Rockwell.

— D'accord.

Nous observâmes tous le duo improbable tournicoter au pied de l'escalier, la Nation cheyenne comprenant enfin que le montagnard n'allait pas laisser le sauvage marcher derrière lui.

Nous les regardâmes monter, puis je me tournai vers le jeune homme. Il était aussi sérieux que d'habitude, mais il paraissait un peu fatigué après ses quatre séances de *Flicka*.

— Comment ça va, petit ?

— Bien. (Il sourit.) J'ai faim, moi aussi. Est-ce qu'on peut avoir autre chose à manger ?

— Oui, bientôt, mais avant je voudrais que nous parlions quelques minutes, ça te va ?

— Oui, monsieur.

Je m'appuyai au dossier de ma chaise en plastique thermo-formée pour ne correspondre à la forme de personne.

— Je crois que j'ai rencontré hier certains de tes amis dans le Dakota du Sud.

— Qui ?

— Eddy, Edgar, Merrill et Joe Lynear.

Il sourit de plus belle.

— Oui, je les connais.

— J'ai aussi rencontré d'autres membres de la congrégation – des aînés, comme vous devez les appeler. (J'attendis quelques secondes.) Aurais-tu une idée de la raison pour laquelle ils ont dit qu'ils ne te connaissaient pas ?

Il baissa les yeux, et je le regardai fixement, essayant de deviner ce qui se passait dans sa tête.

Il parla lentement.

— Quand on est banni du Premier Ordre, on perd sa place dans le Royaume Céleste et on est considéré comme un traître. S'ils ont décidé que je n'existais pas, c'est ce que je peux espérer de mieux.

— Et le pire serait… ?

— La mort.

Je lançai un regard en coin à Vic et Sancho.

— Ils essayaient de te tuer pour avoir quitté l'Église apostolique de l'Agneau de Dieu ?

— Pour avoir témoigné contre l'Église.

— Est-ce que… (Il fallait que je choisisse mes mots soigneusement.)… à ta connaissance, ils ont déjà tué quelqu'un ?

— Je ne l'ai jamais vu de mes yeux, si c'est ce que vous voulez dire, mais des gens ont commencé à disparaître, surtout depuis que la situation a changé.

— Des gens comme toi ?

Il réfléchit avant de répondre.

— Pour moi, c'est différent.

— De quel point de vue ?

— Je suis l'Unique.

— Comment cela ?

— Dans la lignée, je suis l'Unique des Trois.

Je soupirai.

— Quels trois ?

— L'Unique, le Puissant et le Fort.

Je sentais la migraine me guetter, avec tout ce galimatias.

131

— Qui sont les deux autres ?

— Mes frères. (Avant de se reprendre :) Mes demi-frères, George et Ronald.

Je repensai à la manière dont Eddy avait parlé d'Edgar, et essayai de ne pas penser à la complexité des liens généalogiques au sein de l'Église apostolique de l'Agneau de Dieu.

— Et eux, ils appartiennent toujours à l'Église ?

— Oui. Vous voyez, les enseignements de mon père sont différents de ceux de l'Église des Saints des Derniers Jours. Eux, ils croient, suivant la proclamation de Joseph Smith Jr en 1832, qu'un chef de l'Église viendra pour mettre de l'ordre dans la maison de Dieu, qu'il sera l'Unique, le Puissant et le Fort. Selon mon père, ils commettent une erreur, ils ne voient qu'un homme, alors qu'en réalité, il y en aura trois.

— Alors tu es l'Unique, et tes frères George et Ronald ont les titres de Puissant et de Fort ?

— Oui.

Je calai mon menton dans une main et, la bouche cachée derrière mes doigts, je repris :

— Voyons, je récapitule : ton père est Roy Lynear ?

— Oui.

— Et sait-il où tu te trouves ?

— Non, je ne crois pas.

Je tendis un pouce par-dessus mon épaule.

— Alors, qui a envoyé ton garde du corps, M. Rockwell, le Danite, Homme de Dieu, Fils du Tonnerre ?

— Je ne sais pas.

Je levai la tête et le regardai.

— As-tu discuté de cela avec M. Rockwell ?

— Oui, et il refuse de me le dire.

— Eh bien, je verrai ça avec lui. D'ici là... tu te souviens de la conversation que tu as eue avec Nancy Griffith, la psychologue scolaire ?

— Oui, monsieur.

— Elle m'a rapporté que tu avais mentionné qu'il était possible que ta mère soit morte. (Il resta muet, mais fixa l'écran éteint de la télévision comme s'il pouvait y trouver du réconfort.) Et que cela se serait peut-être produit récemment.

Il s'éclaircit la voix, puis cligna des yeux et hocha la tête avec une assurance déconcertante.

— Elle est morte.

Je laissai cette affirmation flotter quelques instants avant de reprendre.

— Je suis désolé de devoir te poser ces questions, Cord, mais comment le sais-tu ?

Son regard se détourna du mien une seconde.

— Elle ne m'a pas cherché.

— Il y a quelques semaines, elle s'est rendue dans le bureau du shérif du comté de Butte, elle te cherchait.

Il hocha la tête, et continua à fixer l'écran.

Je regardai à la dérobée Vic et Saizarbitoria, assis au bord de leur siège.

— Si elle a été tuée, à ton avis, qui l'a tuée ?

Il hésita.

— Je… je ne sais pas trop.

— Je crois que tu sais.

Je passai la main dans mon dos et sortis le catalogue d'armes à feu que j'avais rangé dans ma poche.

— C'est à toi ? (Il acquiesça en silence et je feuilletai les pages cornées.) Tu as entouré beaucoup d'armes très puissantes. Tu as une idée des personnes contre lesquelles tu voudrais t'en servir ?

Son regard alla se poser à nouveau sur le téléviseur, aussi inexpressif que l'écran noir.

— Je me mets en colère, parfois.

— C'est normal, ça arrive à tout le monde.

J'attendis, mais apparemment, il n'avait rien à ajouter.

— Cord, si quelqu'un a fait du mal à ta mère, tu sais, j'ai le pouvoir de faire quelque chose.

Nous restâmes silencieux quelques instants, puis il parla à nouveau.

— Ces chevaux, là-bas, au ranch… Ils n'étaient pas gentils comme Flicka.

Je souris devant ce brusque changement de conversation.

— Ce sont des chevaux presque sauvages, ils n'ont pas beaucoup d'interactions avec des êtres humains.

Ses lèvres bougèrent, mais c'est seulement après quelques secondes qu'un mot sortit.

— Vous… vous pensez qu'ils peuvent la sentir?

— Sentir quoi?

— L'odeur de la mort. Vous croyez qu'ils peuvent la sentir sur nous?

Je ne savais pas trop comment répondre à cette question et je découvris que ma main était montée jusqu'à ma mâchoire inférieure.

— Qu'est-ce que tu entends par l'odeur de la mort?

Il baissa les yeux, et si je n'avais pas su de quoi il parlait, j'aurais juré qu'il bavardait sur le temps qu'il faisait.

— Un jour, on avait fait des bêtises et ils nous ont emmenés dans un ranch d'élevage au Texas, celui de M. Lockhart.

— Et qui est monsieur Lockhart?

— L'un des aînés de l'Église. Il est grand comme vous mais il a des cheveux tout courts.

L'homme rencontré plus tôt, avec le polo noir et la coupe militaire.

— C'était un des endroits où on nous emmenait quand on faisait des bêtises. (L'air qu'il inspira résonna dans ses poumons comme une plaque de tôle dans la bise.) Il y avait un râtelier métallique qui contenait les bêtes…

— Une cage de contention?

Son regard croisa le mien avant de redevenir fuyant, et sa voix s'assourdit en un murmure presque inaudible.

— C'était pour maintenir les bêtes en place, la tête entre les barreaux. (Ses yeux cobalt restèrent baissés.) Ils avaient une tronçonneuse, et ils nous ont obligés à couper la tête aux vaches. (Il déglutit, sa voix sortit éraillée.) Alors qu'elles étaient toujours vivantes… ils prétendaient que ça allait nous endurcir.

Je n'avais jamais rencontré l'évêque Goodman de l'Église des Saints des Derniers Jours et je n'avais même jamais franchi les portes du temple qui s'était installé dans le magasin de moquettes, aujourd'hui disparu, au coin sud de la rocade de Durant qui rejoignait l'autoroute.

— Il a une connaissance quasi encyclopédique de l'histoire de l'Église mormone et de ses préceptes.

Henry Standing Bear et moi étions en train de déjeuner avec le pasteur au Busy Bee Café, et lorsque les portes battantes me le permettaient, je voyais Cord qui lavait la vaisselle comme un fou. Le fou dont nous parlions à cet instant, Orrin Porter Rockwell, était endormi sur une couchette dans ma cellule.

— Donc, il est mormon.

— Pas seulement. (Goodman jeta un coup d'œil à l'Ours.) Quand votre ami est entré dans l'église, j'ai cru que j'avais une vision. Non seulement il est l'incarnation vivante du personnage historique sur le plan physique, mais sa perception de l'Église date exactement de cette période.

— Ce qui veut dire ?

L'homme grand et corpulent à la tignasse indisciplinée ajusta ses lunettes et se pencha en avant.

— L'Église mormone des Saints des Derniers Jours a connu un certain nombre de réformes, y compris le rejet de la polygamie en 1890 sous peine d'excommunication, mais il ne paraît pas être au courant. Sa connaissance de l'Église s'est arrêtée aux alentours de 1880, semble-t-il. De plus, il semble connaître personnellement Joseph Smith, Brigham Young et Ina Coolbrith... Il m'a même parlé d'une conversation qu'il avait eue avec l'explorateur Richard Francis Burton alors qu'il séjournait chez l'évêque Lysander Dayton dans un village des environs de Salt Lake, et comment, sans tenir compte des objections énoncées par le pasteur, il s'était fait apporter une bouteille de Whiskey Valley Tan. Rockwell et Burton ont passé la nuit là, à boire ensemble, et Rockwell a conseillé à l'homme venu de l'Ohio de dormir avec un fusil de calibre 12 à double canon, de monter son camp à bonne distance de tout feu et d'éviter la piste principale parce que la région était infestée d'Indiens blancs. Sans vouloir vous offenser… (Il se tourna vers Henry.) Vous savez, ces individus qui se faisaient passer pour des Indiens afin de pouvoir dévaliser les voyageurs sur la route menant à la Californie.

L'Ours lui rendit son regard.

— Il n'y a pas de mal.

L'évêque se redressa sur sa chaise et secoua la tête.

— Cet homme est un véritable puits de connaissances historiques.

Je bus une gorgée de café.

— Évêque Goodman, vous ne pensez pas vraiment que…

— Non, bien sûr que non, mais si la démence de cet homme l'a poussé à faire des recherches sur le véritable Orrin Porter Rockwell au point où il est peut-être devenu l'un des experts les plus compétents au monde, alors il faut vraiment qu'il écrive la biographie du personnage… (Il sourit.) À défaut d'une autobiographie.

— Peut-être que vous devriez l'écrire.

— Peut-être bien. (Il réfléchit.) Vous avez une idée du temps qu'il va passer dans notre petite ville ?

Je haussai les épaules.

— Oh, entre soixante-dix-huit mois et quatre-vingt-dix-sept, si c'est le gouvernement qui décide. (Le pasteur eut l'air troublé.) Un enlèvement, quel qu'il soit, est un crime fédéral de première catégorie.

— Allez-vous l'inculper ?

— Non, s'il se tient tranquille. Visiblement, il bat complètement la campagne, mais il semble adorer Cord et le gamin l'appelle son garde du corps, alors je ne pense pas qu'il constitue un danger.

Henry leva la main pour attirer l'attention de Dorothy et lui demander de remplir sa tasse.

— Qu'est-ce que tu as trouvé dans IAFIS ?

Je vis l'expression ahurie sur le visage de Goodman.

— Le fichier national des empreintes digitales, Integrated Automated Fingerprint Identification System.

— Ah.

Je regardai l'Ours et haussai les épaules.

— Rien.

Il parut surpris.

— Ça alors.

— Je ne vois pas pourquoi tu t'étonnes. Ça arrive tout le temps sur la réserve.

— Oui, mais ce gars est un Blanc. (Il se tourna vers Goodman.) Sans vouloir vous offenser.

L'évêque acquiesça d'un signe de tête, toujours absorbé dans l'idée de coécrire une épopée religieuse historique.

— Il n'y a pas de mal.

Nous avions dépassé les deux pâtés de maisons qui constituaient le centre-ville de Durant quand la Nation cheyenne brisa le silence.

— C'est la vieille veste que tes parents t'avaient offerte ?

J'avais finalement reconnu que les températures baissaient et je daignais porter la veste en question.

— Ouaip.

Nous poursuivîmes notre chemin.

— J'essayais de me rappeler si j'avais jamais vu ton père dans une église.

— Tu peux toujours essayer.

— Jamais ?

Je secouai la tête.

— Jamais.

— Pourquoi ?

— Il ne croyait pas à la religion en tant qu'institution. (Je réfléchis.) En fait, il ne croyait pas à grand-chose en tant qu'institution.

— Ta mère, si.

— Ouaip.

Il me regarda de plus près.

— Et toi ?

— Comment ça, moi ?

— Cette affaire semble t'affecter, peut-être plus que d'autres, et je me demandais juste si cela avait quelque chose à voir avec l'aspect religieux.

— Je ne sais pas. (Je soupirai.) Je ne suis pas entré dans une église depuis la mort de Martha, tu le sais. J'ai fréquenté plus de huttes de sudation que d'églises ces cinq dernières années. (Il hocha la tête mais ne dit rien.) Comme pour tout, je pense que la religion en tant qu'institution – et c'est le cas pour la plupart des entreprises humaines – est une bonne chose tant qu'elle fait le bien, et une mauvaise quand elle fait le mal.

— Et tu penses que ces gens sont mauvais ?

— Je crois que les chefs le sont, oui. (Le vent balaya Main Street et je regardai les feuilles frémir.) On m'a toujours dit que la religion devait être un réconfort, pas une menace. Je crois que ces gens-là ont perverti une chose censée être sacrée et qu'ils l'ont transformée en arme. (Je pris une grande inspiration et remplis mes poumons d'air frais.) À mon avis, on a affaire à une crise de hiérarchie, et à une certaine folie mégalomane. Il suffit de voir le patriarche qui monte sur son toit à poil et construit des vaisseaux spatiaux dans son jardin.

Il sourit.

— Et tu préférerais te débarrasser d'eux ?

Je m'arrêtai et considérai fixement les fissures du trottoir et celles de mon raisonnement.

— Oui.

— Pourquoi ?

— Parce que je n'approuve pas leurs méthodes.

— Leurs méthodes ou leurs croyances ?

Je me tournai pour le regarder.

— Eh bien, les unes sont responsables des autres, non ?

Il continua à sourire, et je continuai à marcher.

— Et arrête de me sourire comme ça.

— Alors, que vas-tu faire ?

— Eh bien, personne ne menace Cord…

— Surtout parce que tu n'as pas formellement annoncé à son père, qui réside dans la partie sud de ton comté, qu'il est auprès de toi.

— C'est la prochaine étape.

— Alors, tu te concentres toujours sur la femme disparue ?

— Ouaip.

Nous continuâmes à avancer.

— En parlant de femmes disparues, tu as eu des nouvelles de ta fille, récemment?

— Non. (Je m'arrêtai pour le regarder à nouveau.) Et toi?

— Non.

Nous reprîmes notre marche.

— Je crois qu'elle est contente d'avoir acheté l'ancienne tannerie. Il y a beaucoup de place et comme ils vont bientôt être trois...

Il fourra ses mains dans ses poches au moment où nous commencions à monter les marches menant au tribunal.

— Le bébé doit naître en janvier, c'est ça?

— Ouaip.

— Lola?

— Lola. (Je marquai une pause.) Je ne sais pas si elle l'a dit à Michael. Je crois qu'elle veut que ce soit une surprise.

Une drôle d'expression passa, fugace, sur son visage.

Je détournai le regard et me mis à contempler la banderole tendue au-dessus de la rue qui annonçait les festivités imminentes.

— Je t'en ai parlé, je suis préoccupé par quelque chose que Virgil m'a dit dans la montagne.

— Le Virgil vivant ou le Virgil mort?

Je levai un sourcil.

— Je n'ai pas encore décidé. (Je jetai un coup d'œil vers les Bighorns, couvertes d'une couche de neige fraîche.) Il m'a prédit des choses. Il m'a annoncé que tout ne se passerait pas bien dans ma vie.

— N'est-ce pas le cas pour tout le monde?

— Ces prémonitions semblaient un peu plus sinistres.

Je regardai la brise ébouriffer ses cheveux – un vent qui semblait nous pousser vers le sud-est, nous éloigner des montagnes.

— Peut-être qu'avec l'âge je deviens un peu craintif.

Il monta quelques marches puis se tourna vers moi.

— Tu es vraiment inquiet?

— Oui, je crois.

— Et que voudrais-tu faire?

Je réfléchis et secouai la tête.

— Rien. Je ne peux pas faire grand-chose à part appeler Cady et lui dire que j'ai un mauvais pressentiment, et qu'elle devrait rester à la maison et se cacher dans un placard.

— Je ne crois pas qu'elle obéira.

— Moi non plus.

— Tu accordes beaucoup de crédit aux prophéties indiennes ?

Je grognai.

— De plus en plus, ces temps-ci.

Il redescendit et posa une main sur mon épaule.

— Alors, je vais en émettre une. Tout va bien se passer pour elle.

Je le regardai, voulant le croire.

— Tu le promets ?

— Oui. Il y a deux choses que je sais sans l'ombre d'un doute.

— Lesquelles ?

Il reprit son ascension.

— Que l'avenir est incertain et qu'il peut changer.

Je lui emboîtai le pas.

— Et l'autre ?

— Ce qui importe le plus dans une danse de la pluie.

— Et c'est quoi ?

Il lança par-dessus son épaule.

— Le timing.

— Ils ne m'ont pas encore livré mon putain de petit bouquet.

L'Ours me regarda. Nous nous étions arrêtés sur le seuil du bureau de Vic.

— Elle veut venir à la cérémonie vendredi soir et elle veut un petit bouquet.

— Noir et orange, comme les Doggies.

— Dogies.

— On s'en fout.

— Rockwell ?

Elle ferma la session sur son ordinateur et se balança sur sa chaise.

— Le Cousin Itt est de retour dans la cellule, et il communie avec une puissance supérieure entre deux visionnages de *Mon amie Flicka*.

Je fis un pas.

— Je vais avoir une conversation avec lui et, ensuite, je file à Short Drop pour parler avec Roy Lynear de son fils et des lieux où pourraient se trouver Sarah.

Son intérêt fut immédiat.

— Je peux venir?

— Si tu promets de ne tirer sur personne.

Elle me servit le petit sourire espiègle qu'elle réservait aux situations les plus musclées de notre métier.

— Croix de noix croix de chair si je mens je m'envoie en l'air.

Pas du tout rassuré, je les laissai discuter des points de détails sur la meilleure façon de tirer sur quelqu'un et m'en allai vers les cellules.

Rockwell lisait le vieux Livre de Mormon et il était assis sur la couchette, la porte ouverte, ses cheveux grisonnants effleurant le bord du matelas qu'ils dépassaient largement. Il ne bougea pas lorsque j'entrai mais continua à se concentrer sur sa lecture.

— Je vois que vous avez récupéré votre livre.

Enlevant sa paire de lunettes cerclées de métal doré, il nota mentalement le numéro de la page et referma doucement le volume.

— Il me réconforte.

— Il vaut probablement une fortune, avec cette inscription de Sara Rockwell.

Il replia ses lunettes et les rangea dans la poche de son gilet.

— Ma mère.

— Hmm. (Je marquai une pause.) Ouaip. (Je pris une chaise.) Justement, parlons-en.

Il posa le livre à côté de lui.

— Ce n'est pas la première fois que je fais un séjour en prison, shérif Longmire.

— Je sais qu'Orrin Porter Rockwell a passé huit mois dans la prison d'Independence, dans le Missouri.

Il hocha la tête vigoureusement.

— Un endroit affreux, où même les chiens auraient refusé de manger ce qu'on nous servait.

Sa performance était parfaite, et je commençai à me demander si on ne pourrait pas trouver au vieux bonhomme un emploi dans une troupe d'acteurs spécialisés dans les reconstitutions historiques dans l'Utah.

— Rockwell était là-bas parce qu'il avait tenté d'assassiner Lilburn Boggs, le gouverneur du Missouri.

Il secoua la tête et ses cheveux blancs se balancèrent.

— Encore une accusation infondée. Pour preuve, le fait que l'homme a survécu. Si j'étais le coupable, cela n'aurait pas été le cas. (Il se pencha en avant.) Je vais vous exposer mes théories sur les personnes impliquées dans cette tentative d'assassinat. Ce n'était autre que le commerçant, Uhlinger, qui m'a accusé d'avoir volé la poivrière qui a été découverte ce soir-là.

— Hmm.

— Je n'aurais jamais surchargé l'arme – quand on la charge trop, elle tombe quand on tire. Un autre point : j'avais tellement d'armes à ma disposition, pourquoi en aurais-je volé une à un marchand du coin qui a commencé par prétendre qu'il avait été dévalisé par des esclaves noirs, ensuite par moi ? (Il rit.) Oh non, si vous pouvez trouver un coupable qui fasse l'unanimité du public, ce que nous étions, nous, les mormons, en ce temps-là – et c'est ce que Philip Uhlinger est parvenu à faire –, alors vous êtes libre comme l'air du proverbe.

— Hmm.

— Vous ai-je raconté comment j'ai pêché depuis la fenêtre du premier étage de la prison Centennial avec des beignets de maïs ? Je n'ai jamais attrapé d'habitant du Missouri, mais j'ai eu beaucoup de touches !

— Monsieur Rockwell… (Je soupirai ostensiblement pour qu'il prenne bien conscience de mon humeur.) Excusez-moi pour ce que je vais dire, mais je trouve très difficile de croire que vous allez bientôt avoir deux cents ans.

Il sourit et je vis un éclat briller dans ses yeux opalescents.

— On dirait que je n'en ai pas plus de cent cinquante, pas vrai ? (Il se pencha en avant.) Je m'appelle Orrin Porter Rockwell, je suis né le 28 juin 1813 à Belchertown, comté de Hampshire, Massachusetts, et j'ai été baptisé au Temple Nauvoo le 5 janvier 1846.

Je pinçai l'arête de mon nez entre mon pouce et mon index.

— Alors, c'est votre histoire et vous n'en démordez pas ?

— Elle est étrange, n'est-ce pas ?

Je le regardai.

— Ouaip, c'est sûr.

— Je vais essayer de vous expliquer, shérif. (Il se pencha encore un peu plus et posa ses coudes sur ses genoux.) J'ai reçu une bénédiction du prophète Joseph Smith en personne.

— Ah oui ?

Son visage s'éclaira.

— Comme vous l'avez dit, je venais de passer huit mois au fond d'un cachot pestilentiel dans le Missouri. Sale et affamé à l'extrême, je retournai à Nauvoo et arrivai sans prévenir à une fête de Noël donnée dans la maison du grand prophète. (Il se leva, débordant d'enthousiasme.) Je me rappelle les lueurs douces et dorées des lampes à huile du salon lorsque j'arrivai dans la pièce, et le visage resplendissant du prophète. Il y avait d'autres hommes aussi, les gardes du corps de Joseph, qui s'emparèrent de moi, craignant que je m'en prenne au grand homme. (Il rit.) Précaution tout à fait raisonnable, quand on considérait mon apparence, mais Joseph s'est avancé et a posé ses mains sur ma tête, me disant que tant que je garderais la foi, et tant que je ne couperais pas mes cheveux, ni balle ni lame ne me toucherait jamais.

— Comme Samson.

— Exactement, mais quelque chose a dû se passer au moment où le prophète posait la main sur moi car je vieillis beaucoup moins vite que les autres. Autant que je sache, au cours des deux cents dernières années, je n'ai vieilli que de quarante ans ! (Je le regardai fixement.) J'ai quatre-vingt-cinq ans et je suis fort comme un roc – n'est-ce pas miraculeux ?

— C'est le mot qui convient.

Son regard se durcit sous les sourcils broussailleux.

— Vous ne me croyez pas.

J'ouvris les mains, paumes vers le ciel.

— Vous devez admettre que votre histoire est assez fantastique.

— Elle l'est !

— Alors, comment expliquez-vous que les registres mentionnent le décès d'un certain Orrin Porter Rockwell en 1878, mort de cause naturelle, puis enterré dans le cimetière de Salt Lake City ?

— C'est une croyance fondamentale dans notre religion qu'aucun véritable fidèle ne sera enterré dans la terre sans un monument visible digne de ce nom pour indiquer le site, et ce n'est pas moi, monsieur, mais c'est le véritable Orrin Porter Rockwell qui se tient devant vous. (Il franchit le seuil de la cellule et s'accroupit à demi à côté de moi.) L'enterrement de l'homme sans nom fut une ruse maligne de l'Église destinée à empêcher la populace de harceler le prophète pour qu'il continue à exercer ses pouvoirs miraculeux comme il l'avait fait avec moi.

Je le regardai.

— Je vois.

— Vous ne me croyez toujours pas ?

— Non.

— Que puis-je faire pour vous convaincre ?

Je soupirai comme je le faisais toujours lorsque j'avais épuisé mes ressources face à des fous.

— Pour être honnête, pas grand-chose.

D'un geste nonchalant, il alla fouiller sous son gilet à chevrons, dans la poche intérieure, à côté des lunettes vintage, et sortit un Colt 1860 Army au canon raccourci, le fit pivoter d'un mouvement de la main adroit et rapide et me le tendit, la crosse en premier.

— Tenez, tirez-moi dessus, si vous voulez.

Je restai à contempler le pistolet à poudre noire, très inquiet de la dextérité dont l'homme venait de faire preuve.

Il tapa sur sa poitrine avec sa large main, m'indiquant la cible.

— Vous ne me ferez aucun mal, je vous l'assure.

Je pris le gros pistolet et examinai le magnifique poli brillant de l'arme ancienne.

— Vous avez cet objet sur vous depuis que vous êtes arrivé ici ?

Il hocha la tête.

— Oh oui, je ne sors jamais sans être armé. (J'ouvris le barillet avec mon pouce et sortis les balles.) Sincèrement, vous pouvez me tirer dessus autant que vous voulez.

Je posai l'arme sur mes genoux et enfouis mon visage dans mes mains.

— Monsieur Rockwell, avez-vous d'autres armes sur vous ?

Je posai soigneusement la pétoire sur mon bureau, à côté du reste – un Colt Navy de calibre 44, un Derringer, une affreuse paire de poings américains, deux couteaux de longueur moyenne et un couteau Bowie terriblement acéré avec les initiales OPR gravées dans la poignée en pacanier.

Vic leva la tête vers moi.

— Tu ne l'avais pas fouillé ?

— Nous ne l'avons jamais formellement arrêté. (Je secouai la tête.) C'est entièrement ma faute.

Je m'écroulai dans mon fauteuil et les regardai tous les deux, Saizarbitoria et elle.

— Il prétend toujours être LE Orrin Porter Rockwell de renommée nationale. (Je désignai l'assortiment d'armes.) Mais maintenant que nous avons son armement complet, je crains que la situation soit un peu différente.

Ruby rejoignit Sancho, debout dans l'embrasure de la porte, tandis que Vic s'installait dans le fauteuil face à moi et posait ses bottes sur le coin de mon bureau, comme toujours.

— Alors, nous mettons Orrin le mormon dans le train express pour Evanston ?

L'image de l'hôpital psychiatrique situé dans le sud-ouest du Wyoming m'apparut.

— L'idée me déplaît, c'est quand même un vieux bonhomme gentil.

La voix de Vic nous parvint étouffée – elle parlait derrière son poing collé contre sa bouche, essayant de ne pas éclater de rire.

— C'est un vieux bonhomme gentil armé jusqu'aux dents.

Ruby ajouta sa contribution.

— Et il est très serviable.

Nous nous tournâmes tous vers elle ; elle se sentit obligée de détailler.

— Il sort les poubelles, lave les tasses à café. Il a même ratissé les feuilles sur la pelouse devant le tribunal ce matin.

Santiago croisa ses bras sur sa poitrine.

— Ce n'est pas pour changer de sujet, Walt, mais il a déjà mentionné qui l'avait envoyé ?

— Non, j'ai pensé que la priorité était de le désarmer.

Le Basque se montra conciliant.

— Comment a-t-il réagi quand tu lui as confisqué ses armes ?

— Il a été déçu. (Je les regardai tous puis contemplai le butin étalé sur mon bureau.) Pas déçu de voir partir ses armes, mais plutôt que nous ayons décidé de les lui prendre. Il m'a dit qu'il avait été marshal autrefois et qu'il serait heureux de nous aider dans notre enquête.

Ruby s'approcha d'un pas mais frissonna comme si les armes risquaient de s'activer toutes seules.

— Est-ce que tu l'as interrogé sur la fille Tisdale ?

— Oui, et il a refusé de me donner une réponse claire.

— Comment a-t-il pris de se faire arrêter ?

Le silence se fit dans la pièce.

Vic leva les yeux.

— Dis-moi que tu l'as arrêté.

Le silence s'alourdit.

— Oh, Walt.

Elle se leva et sortit tandis que Ruby et Sancho s'écartaient pour la laisser passer.

— Où tu vas ?

Sa voix nous parvint du hall.

— Arrêter ce fils de pute.

Je regardai les autres membres de mon personnel.

— Je n'ai pas pu m'y résoudre. Il a deux cents ans et il a l'air tellement déprimé.

Santiago hocha la tête et s'approcha de mon bureau.

— Elles sont chargées ?

— Ouaip.

Il saisit le Colt Army et l'examina de près.

— On dirait bien que c'est un vrai.

— Je crois que c'en est un. On peut vérifier avec les modèles et les numéros de série du fabricant. Je ne suis pas un expert, mais je jurerais que c'est une pièce authentique.

Il passa son doigt sur le fil du couteau Bowie.

— Forgé en acier damas. On dirait qu'il a été aiguisé sur un cercle de tonneau.

Je hochai la tête.

— Une pratique habituelle dans les années 1800.

Vic revint à la porte, le visage un peu empourpré d'avoir couru.

— J'imagine que personne ne sera étonné d'apprendre qu'il a disparu…

# 7

— Je n'aurais jamais cru que poursuivre un vieillard boiteux de deux cents ans d'âge serait aussi difficile.

Nous étions dans la rue, derrière le bureau du shérif, et regardions en direction des arbres qui bordaient Clear Creek, au-delà de Meadowlark Elementary. Vic suivit mon regard qui se perdait vers les Bighorn Mountains.

— Peut-être qu'il va retrouver Virgil White Buffalo et résoudre nos deux problèmes en même temps.

— Au moins, il n'est plus armé.

Elle ricana.

— Pour autant qu'on sache.

Il était presque midi et Rockwell, si tel était son nom, n'avait probablement pas dû aller bien loin.

— Des idées ?

— Au cas où tu ne l'aurais pas remarqué, je passe mes journées à essayer de ne pas penser comme une cinglée.

— Et quand on a besoin de lui, notre pisteur indien n'est pas là.

— Je parie qu'il est passé au Red Pony avant de rentrer chez lui. (Elle marqua une pause.) C'est ballot, hein ?

Je réfléchis à la situation et essayai de deviner quelles pouvaient être les motivations et les intentions du vieil homme.

— Où est Cord ?

— J'imagine qu'il est toujours en train de trimer au Busy Bee. (Elle se tourna vers moi.) Tu ne penses pas que…

Je commençai à traverser le parking du tribunal pour me diriger vers l'escalier qui descendait vers Main Street.

— C'est la raison pour laquelle il est ici.

CRAIG JOHNSON

Elle se mit à marcher rapidement à côté de moi pour compenser ses pas plus petits et se maintenir à ma hauteur.

— Alors, nous savons pourquoi il est ici ?

Tout en tenant ma droite, je descendis l'escalier.

— Cord dit qu'il est son garde du corps. Si seulement je savais qui l'a envoyé.

Mon adjointe sauta quelques marches pour m'intercepter.

— Mais ce Rockwell a essayé de l'enlever.

Je m'arrêtai juste à temps avant de nous envoyer rouler au bas de l'escalier.

— C'est vrai.

— Et il partait vers le sud, ce qui aurait tendance à pointer vers Orson Welles dans son trois-quarts de tonne.

— Roy Lynear, le père.

— Qui essaierait de retrouver son fils pendant que nous cherchons le Saint-Esprit.

— Peut-être bien, mais son père est précisément celui qui l'a chassé.

— Ça ne veut pas dire qu'il ne veut pas que quelqu'un garde un œil sur lui.

— Eh bien, Rockwell n'a manifesté aucune velléité d'enlever Cord depuis qu'il est en contact avec nous. J'imagine qu'il se dit que Cord est presque autant en sécurité que s'il était enfermé.

Elle lança un coup d'œil par-dessus son épaule.

— Alors, pourquoi est-ce qu'on court vers le Busy Bee ?

— Parce qu'on ne sait jamais. (Je pressai le pas.) Descendons cet escalier. J'ai beaucoup trop de conversations sérieuses sur ces marches.

Lorsque nous arrivâmes sur le trottoir, Saizarbitoria apparut dans sa voiture de patrouille et se pencha pour descendre manuellement la vitre côté passager.

— Je veux une nouvelle voiture.

Vic éclata de rire.

— Chacun son tour.

— Je ne plaisante pas. Il y a un gars à Story qui a un 4 x 4 avec régulateur de vitesse et vitres électriques. Je veux bien en payer

150

la moitié. (Il baissa la tête pour pouvoir me regarder.) Elle est blanche, en plus. S'il vous plaît ?

— Dépose une demande officielle et je verrai ce que je peux faire. (Je posai mes avant-bras sur le rebord de la portière.) Rien sur le fugitif ?

— J'ai lancé un avis de recherche et je me suis dit que j'allais faire un tour jusqu'à l'église juste au cas où il déciderait d'y aller.

— Bonne idée.

— Ruby a appelé Ferg en renfort, et il est sur la Route 16, prêt à se diriger vers les montagnes pour s'assurer qu'il n'est pas parti par là. (Il posa un poignet sur le volant et jeta un coup d'œil vers le centre-ville.) Il est super vieux. Où est-ce qu'il aurait bien pu aller ?

Il déboîta, alluma ses lumières et mit en route sa sirène. Les quelques voitures qui se trouvaient sur Main Street s'écartèrent pour le laisser passer.

— Si tu comptes le prendre par surprise, c'est raté, Sancho.

Vic se tourna vers moi, les pupilles vieil or dilatées au maximum, et avança une botte Browning dans un geste provocant.

— Hé, Walt ?

— Non, tu ne peux pas avoir un nouveau véhicule.

Elle se mit à tapoter ma poitrine de son index qui pouvait être aussi dur qu'une matraque, puis ralentit son mouvement jusqu'à ce que je sente à peine le bout de son doigt.

— Tu sais qu'elle est morte, n'est-ce pas ?

Je la regardai, ahuri.

— La mère, Sarah Tisdale, celle dont tu fais dépendre toute cette enquête. Tu sais qu'elle est morte.

— Pas forcément.

— Au bout des vingt-quatre premières heures, les gens qui disparaissent… tu connais les statistiques. (Elle se campa sur ses deux jambes, croisa les bras et détourna les yeux vers la chaussée, ce qui m'offrit un court répit du feu de ses rayons vieil or.) Trois semaines que personne n'a eu de ses nouvelles ? Je ne sais pas qui l'a tuée, Walt, mais elle n'est plus de ce monde.

— Peut-être qu'elle…

— Non, impossible. (Elle se rapprocha et me regarda de très près.) Arrête. (Elle passa ses doigts le long des revers de ma veste.) Je te connais et ne crois pas que je n'apprécie pas cet aspect de ta personnalité. (Sa main se posa sur mon cœur.) Je me dis parfois que c'est là que se trouve ta véritable force, dans ce putain d'espoir que tu as toujours, mais j'ai aussi vu l'après, quand ça ne se résout pas comme tu l'entends et qu'on te regarde tous ramper pour t'extraire des décombres. (Elle tapota mon cœur avant de laisser son bras retomber.) Je te préviens juste que c'est comme ça que ça va se passer.

Je hochai la tête et levai les yeux pour découvrir le jeune garçon debout sur le trottoir à environ trois mètres de nous.

— Salut Cord.

Vic se tourna et le regarda.

— Bon sang.

Il baissa la tête et nous vîmes le léger soupir déchirer sa maigre poitrine. Personne ne bougea, puis il releva la tête et il nous adressa un petit sourire tordu

— Salut.

Vic retira sa main de ma poitrine et la tendit vers lui.

— Je suis désolée, petit.

Il hocha la tête.

— Ça va.

Le jeune homme dégingandé passa à côté de nous et s'avança vers les marches tandis que Vic me lançait un regard implorant. Je m'éclaircis la voix et l'interpellai.

— Hé, Cord, est-ce que ça te ferait plaisir de rencontrer ta grand-mère ?

Il s'immobilisa et regarda en arrière, le visage troublé.

— Hein ?

— Ton père c'est Roy Lynear, et ta mère est Sarah Tisdale ? (Son regard trahit son incompréhension.) C'est le nom de jeune fille de ta mère, le nom qu'elle avait avant d'épouser ton père. Tisdale. Est-ce qu'elle t'aurait parlé de membres de ta famille qui vivraient ici, dans le comté d'Absaroka ?

Il baissa la tête et acquiesça.

— Ouais, mais elle ne m'a jamais donné de noms.

— Mais c'est bien la raison pour laquelle tu es venu ici, n'est-ce pas ? Tu voulais les trouver.

Il me regarda fixement quelques instants, et hocha de nouveau la tête.

— Est-ce que tu voudrais rencontrer ta grand-mère ?

Il détourna le regard un moment, puis revint à moi. Ses yeux avaient la couleur de la peur.

— Est-ce qu'elle a envie de me voir ?


NOUS n'avancions guère dans nos recherches pour retrouver Rockwell, alors je saisis l'occasion d'une balade vers le sud dans l'espoir de le trouver au bord de la route comme cela nous était arrivé précédemment. Pensant que le gamin serait content d'avoir de la compagnie sur la banquette arrière, je récupérai le chien auprès de Ruby ; ma seule inquiétude désormais était qu'il risquait d'user la fourrure du molosse à force de le caresser.

— Alors, as-tu une idée de l'endroit où M. Rockwell a pu aller ?

Il secoua la tête en me regardant dans le rétroviseur.

— On ne veut pas lui faire de mal. Peut-être qu'on ne l'arrêtera même pas, mais ce serait probablement une bonne chose si nous savions où il se trouve.

Il regarda le chien, qui soutint son regard.

Vic, à l'évidence encore gênée que Cord ait surpris notre conversation, était à demi tournée sur son siège pour tenter d'engager la conversation avec le jeune homme.

— Alors, qu'est-ce que tu vas faire avec tout l'argent que tu gagnes au Busy Bee, Cord ?

Je le surveillai du coin de l'œil dans le rétroviseur tandis qu'il continuait à caresser le chien.

— J'économise.

— Pour quoi faire ?

— Je ne sais pas.

Mon adjointe replia une jambe sous elle.

— T'acheter une voiture ?

— Je ne sais pas conduire.

— Et comment tu vas faire pour rencontrer une fille si tu n'as pas de voiture ?

Il haussa les épaules.

— Il faut avoir une voiture pour avoir une fille ?

Elle sourit, dévoilant sa longue canine.

— Ça fait pas de mal.

Je m'interposai.

— Surtout si tu as une moustache et que tu t'appelles Rudy.

Elle tendit le bras et me donna une tape sans me regarder.

— T'as déjà eu une petite amie ?

— Une fois, presque.

— Qu'est-ce que ça veut dire, presque ?

Il parut gêné.

— J'ai fabriqué un collier pour une fille que je connaissais, mais elle avait été promise à son oncle, qui était un des aînés. (Il ramassa une touffe de poils de chien sur la banquette et la lâcha dans l'air.) C'était un vieux.

Vic me lança un coup d'œil avant de ramener son attention à Cord.

— C'est complètement tordu, soit dit en passant.

Je crus que la tête du gamin allait exploser.

— Vous savez que vous irez en enfer, n'est-ce pas ? Enfin, c'est pas grave, j'y vais aussi, en enfer.

La voix de Vic prit un ton différent et, sans cesser de l'observer, elle reprit :

— Qu'est-ce qui te fait dire ça ?

— Toute ma famille est dedans, et ils iront au paradis, alors qu'est-ce qu'il me reste ?

— Et s'ils avaient tort ?

— Je ne crois pas que ce soit possible.

— Écoute. (Elle gesticula entre nous deux.) Notre gagne-pain dépend du fait que tout le monde se trompe parfois, crois-moi. (Elle posa à nouveau le regard sur lui.) Alors, tu économises pour faire quoi ?

Il se tortilla un peu, apparemment étonné de l'attention sincère que Vic lui portait – la sensation m'était familière.

— Je ne sais pas, peut-être pour m'acheter une arme.

Je repensai au magazine que le gamin avait enfoui dans la cachette de la petite maison au bord de la rivière et, inconsciemment, relâchai la pédale d'accélérateur. Le regard de Vic me rappela à l'ordre. Un silence lourd remplit le pick-up tandis que je roulais vers le sud.

— Pourquoi as-tu besoin d'une arme ? Tu nous as, nous.

Il cessa de caresser le chien et me regarda.

— Je ne vous aurai pas toujours, alors, j'aurai besoin d'une arme.

Mon adjointe changea un peu de position, et le couinement de son ceinturon vint appuyer sa question fort à propos.

— Tu veux descendre qui ?

Sans broncher, il répondit :

— Personne en particulier, je veux juste qu'on me laisse tranquille.

— Ça m'arrive à moi aussi, de ressentir ça.

Je ris.

Elle m'ignora.

— Cord, il y a des gens qui croient facilement des choses et suivent volontiers des ordres, et puis il y a les autres, comme nous, qui ont des envies et se mettent en rogne. Qui posent des questions. Je suis de ces gens-là, et je crois que je m'en suis pas trop mal sortie. (Elle pointa un index menaçant sur moi.) Et toi, je t'interdis de l'ouvrir.

— Je n'ai rien dit.

— Bref. (Son regard s'adoucit.) Juste pour que tu saches : il y a de la place pour tout le monde sous le soleil.

J'avais envie de l'embrasser, mais je me contentai de rouler tandis que le soleil de l'après-midi dardait ses rayons horizontaux sur les collines ondoyantes.


CORD se pencha en avant tandis que nous arrivions aux abords de Short Drop, les yeux rivés sur le peuplier d'Amérique auquel était accrochée la corde qui se balançait dans la brise.

— Ils ont pendu quelqu'un ici ?

— Il y a longtemps, ou au moins, ils le croient.

— Ils n'en sont pas sûrs ?

Je pris la sortie et entrai dans la toute petite ville.

— Autrefois, une ville qui prétendait avoir pendu un hors-la-loi avait presqu'aussi bonne réputation que si elle l'avait vraiment fait.

— Je ne comprends pas.

— Nous sommes dans une région d'élevage, et au xixᵉ siècle, il y avait beaucoup de vols de bétail, alors si une ville avait la réputation de réprimer durement les actes criminels, les voleurs étaient moins tentés de passer à l'acte.

Son regard était toujours fixé sur la corde lorsque nous passâmes devant.

— Alors, ils n'ont pendu personne pour de vrai.

Je garai le pick-up devant le Short Drop Mercantile.

— Je n'ai pas dit ça.

Eleanor était sur les planches lorsque nous descendîmes, et si solide qu'elle fût, je la vis vaciller un tout petit peu avant de se cramponner d'une main à une poutre du porche lorsqu'elle aperçut le jeune homme.

Je laissai sortir le chien, et il baptisa un virevoltant qui s'était logé contre les marches.

— Bonjour.

Vic contourna le camion avec Cord, une main posée sur son épaule, et je regardai la gorge d'Eleanor Tisdale se serrer.

— Heu… Salut.

Cord me lança un coup d'œil puis posa à nouveau son regard sur elle, une seconde, avant de baisser les yeux et contempler le gravier à ses pieds.

— Bonjour, madame.

Retrouvant son sang-froid, elle lâcha le poteau et s'avança vers nous.

— Est-ce que ça vous dirait d'entrer boire un soda pour faire passer le goût de toute cette poussière que vous avez respirée ? (Elle tourna les talons, et ajouta :) Vous pouvez amener le grizzly, si vous voulez.

Le chien et moi suivîmes Vic et Cord qui montaient les marches, et nous entrâmes tous dans le petit magasin où, bizarrement, des piles de livres de plus de un mètre de haut jonchaient le plancher aux larges lames de chêne. Eleanor se fraya un chemin dans le labyrinthe et se planta au milieu des colonnes comme un prêtre au service de la littérature.

— J'ai un problème.

Je hochai la tête tout en me penchant pour attraper un volume particulièrement ancien sur la pile la plus proche.

— Je sais, c'est difficile d'allonger des étagères.

— J'assiste à des ventes aux enchères et des liquidations judiciaires et la seule chose à laquelle je ne peux pas résister, ce sont les livres, alors j'ai décidé de réduire mon cheptel et d'apporter ce que j'ai en trop à la bibliothèque.

J'ouvris le volume à la page de titre et lus : *The Works of Hubert Howe Bancroft, Volume XXV, History of Nevada, Colorado, and Wyoming, 1890.* Je refermai doucement l'épaisse couverture reliée en cuir et la calai contre ma poitrine.

— Est-ce que ce livre est à vendre ?

Elle me sourit avec toute la chaleur d'un vendeur de tapis marocain.

— Vous savez ce qu'il vaut ?

— Oui.

— Vingt-cinq dollars.

J'examinai la tranche marbrée des pages.

— Ce n'est pas ce qu'il vaut.

— Je n'étais pas en train de négocier le prix, j'essayais juste de voir si vous connaissiez sa valeur. (Elle émit un profond soupir et ramassa un autre livre sur une tour à côté d'elle.) J'ai dépassé le stade où je me préoccupe du prix des choses. Je veux juste m'assurer que les objets beaux et importants sont entre les mains de gens qui vont les apprécier. (Elle ouvrit le livre qu'elle tenait.) *Tensleep and No Rest*, Jack R. Gage, première édition et signée, en plus. Vous savez qu'il a été le gouverneur du Wyoming pendant deux ans ?

— Oui.

Elle passa un pouce sur la reliure.

— Il ne valait pas grand-chose comme gouverneur, mais c'était un sacré bon écrivain. (Elle me lança le livre et je l'attrapai.) Douze dollars.

Je restai planté là avec les deux livres, à contempler les piles qui nous entouraient – des mines littéraires n'attendant que l'occasion de faire exploser les esprits.

— Hmm… Accepteriez-vous par hasard de fermer la porte à clé et de ne plus jeter des livres jusqu'à ce que j'aie le temps de les passer en revue ?

— Tous les livres seront partis d'ici dimanche après-midi. Je ferme boutique et je vends la marchandise – tout ce qui ne va pas à la bibliothèque, bien sûr. (Elle lança un coup d'œil à Cord, qui avait en main sa propre sélection.) Tu as trouvé quelque chose qui t'intéresse, jeune homme ?

Son regard monta lentement du livre ouvert.

— C'est aussi un livre ?

Les yeux de la propriétaire se mirent à briller.

— Je ne sais pas trop de quel livre tu parles.

Il releva le volume de manière que nous puissions voir les collines verdoyantes, le jeune garçon et le cheval que nous connaissions bien.

— Oh, *Mon amie Flicka*. Est-ce un livre qui t'intéresserait ?

Il parut gêné.

— Je… heu… je ne sais pas très bien lire.

Vic lui prit le livre des mains et feuilleta quelques pages.

— Première édition, première impression, signée et datée.

La propriétaire-gérante se retourna pour me regarder.

— Ma mère était une amie de Mme O'Hara, quand elle vivait à Laramie.

Je contemplai les piles, me disant qu'il devait y avoir près de deux mille volumes.

— Je renouvelle ma demande.

Elle tendit les mains.

— Tout sera parti ce week-end.

Elle tourna les talons et s'en alla vers la lourde porte qui conduisait au bar.

— Venez, les rafraîchissements, c'est par ici.

Nous la suivîmes jusqu'au saloon, et Eleanor attrapa quelques canettes de soda dans le réfrigérateur derrière le bar et les posa sur le comptoir.

— Madame Tisdale, nous envisagions d'aller faire un tour du côté de l'East Spring Ranch et de jeter un œil alentour, et je me demandais si vous voudriez bien garder Cord et le chien avec vous ?

Elle considéra le jeune homme assis sur le tabouret au bout du bar, le nez plongé dans le livre, le doigt suivant les lignes pendant qu'il lisait très lentement en bougeant les lèvres.

— Hé, jeune homme.

Il tourna la tête et il la regarda avec un grand sourire.

— Tu crois que tu peux transporter des livres ?

Il hocha la tête avec enthousiasme.

— Oui, madame.

Je fis signe à Vic et nous nous dirigeâmes vers la porte d'entrée du bar, mais pas avant que je ne me sois arrêtée auprès d'Eleanor Tisdale.

— Vous savez ce que vaut cet objet, n'est-ce pas ?

Elle sourit en regardant son petit-fils dont les lèvres bougeaient au fur et à mesure de la lecture.

— Je sais ce qu'il vaut pour lui.


— Tu lui avais parlé de *Mon amie Flicka* ?

Je roulai vers le sud et l'est de la petite ville, et la route ondulait, suivant les vallonnements du pays de la Powder River.

— Il se peut qu'on en ait parlé.

Elle examina la pile qui se trouvait sur la banquette entre nous, attrapa le plus lourd des volumes et se mit à examiner le Bancroft.

— C'est une sorte d'histoire de l'État ?

— C'est l'histoire de l'État, la seule.

Elle feuilleta les pages, s'émerveillant des mots imprimés sur le papier, ses doigts les effleurant comme du braille.

— "Même le serpent, tout à la fois emblème de la vie éternelle et du mal volontaire, n'était pas absent, s'installant dans les habitats souterrains du chien de prairie pour échapper à la chaleur torride des sables, où parfois il rencontrait ce pensionnaire étrange, le hibou, qui lui aussi cherchait à s'abriter du soleil brûlant des plaines. Cette région regorgeait de vie dans un temps où l'homme blanc, pour ce que l'homme rouge en savait, n'existait pas."

— Pas mal, pour un historien, tu ne trouves pas ?

En silence, elle contempla le paysage ou plutôt, selon ses termes, l'absence de paysage.

— Pourquoi elle n'a pas mentionné la fermeture du magasin quand nous y sommes allés la dernière fois, d'après toi ?

— Ça paraît soudain, effectivement. (J'admirai son profil, dont les traits était à la fois raffinés et dangereusement affûtés.) Sa décision a peut-être un rapport avec les nouvelles de sa fille et de son petit-fils.

— Comment ça ?

— Parfois, on passe sa vie à croire qu'on fait quelque chose, alors qu'en réalité, tout ce qu'on fait, c'est attendre. Peut-être que ce qu'Eleanor attendait est arrivé.

— Ouais, bon… Je ne connais rien à ces histoires de relations mère-fille.

— Hmm.

Elle referma le livre soigneusement et regarda les chiffres romains qui ornaient le dos.

— Vingt-cinq tomes ?

— Ouaip.

— Tu crois que la vieille chouette les a tous ?

— On dirait bien.

— Alors, ils valent quoi ?

— Des milliers de dollars.

— On y retourne et on cambriole le magasin ?

Je souris.

— Ce serait contraire à la loi.

Elle s'installa confortablement et posa ses bottes sur le tableau de bord.

— Nous en avons assez fait pour la loi, et regarde où ça nous a menés.

— Où ça ?

160

Elle ouvrit grand les bras et, avec un certain sens théâtral du geste, désigna le paysage environnant.

— Nulle part.

Nous avions pris à gauche, juste après un autre mémorial de bord de route, pour nous retrouver sur un chemin de graviers conduisant à un portail fait de rondins attachés ensemble, au-dessus duquel un portique annonçait EAST SPRING RANCH. Ce n'était pas tout à fait le bout du monde, mais on en était suffisamment près pour pouvoir y envoyer un télégramme, sans toutefois espérer de réponse.

J'ignorai les panneaux nous informant que nous nous trouvions sur une propriété privée et que les intrus n'étaient pas les bienvenus, et je progressai vers ce qui ressemblait à une des tours que nous avions vues dans le Dakota du Sud. Une fois au pied de l'édifice, je me rendis compte qu'un grillage de plus de trois mètres de haut surmonté de trois fils de barbelés entrecroisés nous barrait le passage à gauche comme à droite.

Nous sortîmes du Bullet et, à la vue du paysage désolé, j'eus la sensation étrange d'être retourné dans l'armée. Une brise froide descendait des montagnes, et ajoutait à l'air piquant que je sentais contre mes dents. Je soupirai comme je le faisais toujours lorsque j'éprouvais cette impression, m'approchai du grand portail pourvu d'une paire de roues et remarquai la présence d'un petit Interphone sous un couvercle en plastique destiné à le protéger des intempéries.

En inspectant de plus près la tour en bois peinte en vert, je repérai une petite caméra de sécurité installée sous les avant-toits.

— Si ça se trouve, on est filmé pour *La caméra cachée*.

Vic s'approcha du grillage puis traversa le chemin.

— Elle n'est pas équipée d'un détecteur de mouvement, et elle n'est peut-être même pas branchée.

— Comment le sais-tu ?

— Les fils déconnectés qui pendent derrière.

Elle retourna au portail et à l'Interphone, souleva le cache en plastique et appuya sur un bouton.

— Bonjour, avez-vous trouvé Jésus-Christ, votre sauveur personnel ? Nous sommes en mission et nous avons entendu dire que vous mijotez des trucs vraiment haineux en Son nom, bande d'enculés. (Au bout d'un moment, elle se tourna vers moi, les sourcils relevés en point d'interrogation.) On dirait qu'il ne fonctionne pas.

— Est-ce qu'il y a des fils qui pendent derrière là aussi ?

— Non, mais il ne fait aucun bruit, pas de parasites, rien, gros malin.

Je la rejoignis et examinai l'Interphone, puis les trois cadenas sur le portail.

— On dirait qu'ils sont sérieux quand ils disent ne pas vouloir de visiteurs.

— T'as apporté ton coupe-boulons ?

— Malheureusement non.

Elle regarda dans mon dos, vers la route où un break Plymouth Satellite de 71 marron avec les ressorts à lames visibles sur les essieux apparut à la bifurcation.

— Voilà de la compagnie.

Le véhicule s'arrêta et le nuage de poussière qui le suivait le dépassa et vola dans notre direction, nous dissimulant en partie.

— C'est ça, la couleur flux alvin ?

— Non, plutôt bronze d'automne, me semble-t-il. (Elle me lança un regard incrédule.) J'en avais une pareille.

Elle continua à me regarder fixement puis marmonna à mi-voix :

— Le bon père de famille.

La conductrice, une femme âgée très corpulente, aux traits hispaniques et vêtue d'une robe à fleurs bleu clair, sortit de la camionnette, s'approcha du mémorial et redressa la couronne de fleurs en plastique attachée à la croix en bois improvisée. Ses mains étaient jointes au niveau de sa taille et sa tête était baissée.

Elle continua ses petites affaires pendant un long moment, et Vic finit par parler.

— Elle prie pour gagner sa place au paradis ou quoi ?

Je la contournai pour me diriger vers la femme.

— Certaines personnes en ont plus besoin que d'autres.

Entendant probablement nos voix, la femme releva la tête et elle nous regarda à travers un mince rideau de poussière. Peut-être était-ce la robe, peut-être était-ce le paysage environnant, mais j'avais l'impression que ce regard était ancien – qu'il venait d'une autre époque, d'un autre temps.

J'attendis tandis qu'elle retournait lentement à sa voiture dont elle n'avait pas coupé le moteur. Elle s'installa sur son siège, enclencha une vitesse et s'avança vers l'endroit où nous étions garés, nous bloquant le passage. Je levai la main et lui fis signe de bouger. Elle s'arrêta et alla jusqu'à regarder la route derrière elle pour voir s'il n'y avait pas de circulation, ce qui était absurde vu l'endroit où nous nous trouvions, puis elle tourna la tête vers moi et avança son break.

Je m'approchai et posai une main sur l'aile en me penchant pour regarder à l'intérieur ; Vic me contourna et, suivant le manuel du parfait policier, se posta derrière l'épaule gauche de la conductrice.

Son visage bouffi était entouré de mèches de cheveux noirs, gris aux racines, échappées du chignon qu'elle portait haut sur sa tête, et je voyais à peine ses yeux noirs. Sa voix était étonnamment aiguë et indubitablement espagnole.

— *Sí ?*

J'inspectai l'intérieur, dont la banquette arrière était couverte d'une quantité de sachets de denrées en vrac, boissons et articles de droguerie dans des sacs en plastique, et remarquai, posées à côté d'elle, ce qui semblait être deux douzaines de boîtes de cartouches calibre 12, de balles de .30-06, de .357 Magnum, et des .50 BMG.

— Je ne savais pas que Sam's Club à Casper vendait des munitions, en particulier des .50.

Sa main tira sur le plastique pour recouvrir les munitions comme si ça suffisait à les faire disparaître.

— *No hablo inglés.*

La fumée bleu noir du moteur poussif montait du bas de caisse et j'espérais que nous pourrions obtenir quelques réponses avant de mourir asphyxiés.

— Eh bien, *señora*, ça va être difficile pour vous d'avoir un permis de conduire en bonne et due forme.

— Oh, j'ai le permis, monsieur l'agent.

Mon adjointe ne put se retenir.

— Et à l'évidence plus d'anglais qu'on ne l'aurait cru d'emblée.

Je souris.

— Je suis shérif.

Elle répéta.

— Shérif.

Je tendis la main et elle la serra de sa main gonflée et moite.

— Je m'appelle Walt Longmire. (Je désignai ma complice sans crime.) Voici mon adjointe, Victoria Moretti. Et vous êtes ?

— Big Wanda.

— Wanda, puis-je jeter un coup d'œil à ce permis de conduire ?

Elle hésita une seconde, puis tendit le bras à nouveau et attrapa un sac à main d'une taille impressionnante ; elle le posa à côté d'elle et en sortit un portefeuille turquoise plein de billets. Elle chercha parmi plusieurs cartes, puis sortit un permis de conduire du Texas et me le tendit.

Je l'examinai avant de le lui rendre.

— Madame Bidarte.

Je repensai à l'homme grand et maigre que j'avais rencontré au bar et continuai à sourire, juste pour qu'elle sache que je ne la chassais pas.

— Auriez-vous par hasard un lien de parenté avec le poète Tomás Bidarte ?

Elle hocha la tête vigoureusement.

— *Sí*, lui mon fils.

— Vous devez être fière.

Je me rappelai aussi les remarques du shérif Berg sur les deux femmes qui avaient été mariées au fêlé de l'espace Vann Ross – l'une d'elle s'appelait Big Wanda.

— Eh bien, je suis à la recherche de Roy Lynear, et on m'a dit qu'il habitait à cette adresse…

Ses yeux, ou ce que je pouvais en distinguer, ne cillèrent pas.

— Lui mon mari mais pas ici.

C'était une manière de rester en famille.

— Roy Lynear est votre mari.

— *Sí.*

— Vous avez donc été mariée avant ?

— *Sí.*

Je hochai la tête en repensant à ce que Tim avait dit sur les femmes dans les communautés polygames, qui déposaient des plaintes pour abandon afin de recevoir des allocations des services sociaux.

— Ce permis de conduire a presque quatre ans, madame. Si vous résidez dans le Wyoming, il faut que vous en fassiez établir un nouveau.

Elle ne dit rien, rangea le document dans le portefeuille qu'elle laissa posé sur ses genoux.

— Votre mari… il n'est pas au ranch ?

— Non.

Je regardai autour de moi comme si je pouvais apercevoir l'homme en question.

— Où est-il, alors ?

— *Sur* Dakota.

Je hochai la tête.

— Pour voir de la famille ?

— *Sí.* Père de lui malade.

Elle bougea un peu sur son siège et regarda longuement la pendule de son tableau de bord ; j'aurais été prêt à parier qu'elle était arrêtée.

— J'ai nourriture dans le voiture, je dois partir.

— Ça vous ennuierait qu'on vous suive dans la propriété ?

Elle regarda à nouveau le tableau de bord et je vis qu'elle était de plus en plus agitée.

— Vous ne pouvez pas. Non.

— Alors, cela ne vous ennuie pas de répondre à quelques questions ici, n'est-ce pas ? (Son regard fouilla l'intérieur de la voiture sans trouver d'échappatoire immédiat.) Pourriez-vous couper votre moteur ?

Elle secoua la tête frénétiquement, essayant toujours d'éviter mon regard.

— Si je coupe moteur, lui démarre plus.

Je levai les yeux vers Vic, qui avait reculé d'un pas pour ne plus prendre les gaz d'échappement en pleine figure.

— Eh bien, je vais essayer d'être bref. Wanda, nous cherchons une femme qui s'appelle Sarah Tisdale. Est-ce que vous la connaissez ?

Son regard alla se poser sur Vic puis revint au tableau de bord.

— Non.

— Non vous ne la connaissez pas, ou non vous préférez ne rien dire ?

Sa respiration s'accéléra.

— Connais pas.

— Et Sarah Lynear ?

Elle marqua une brève pause puis regarda Vic à nouveau, et je commençais à me demander ce qui l'attirait ainsi.

— Non.

— Eh bien, c'est étrange, vu qu'elle était également mariée à votre mari.

Je me penchai et posai mon bras sur sa portière, sortis la photo de ma poche de chemise et la lui tendis.

— Vous êtes toutes les deux mariées au même homme et vous n'avez jamais entendu parler d'elle ?

Wanda jeta un très bref coup d'œil au cliché puis se mit à tapoter le volant comme si elle lui intimait l'ordre de partir.

— Elle pas mariée avec mon mari.

Je continuai à tenir la photo de la femme blonde devant elle.

— Peut-être que vous devriez regarder plus attentivement.

Elle bougea pour ranger le portefeuille dans son sac, qu'elle ouvrit plus qu'elle ne l'avait voulu, dévoilant la crosse Pachmayr d'un revolver Smith & Wesson sur lequel sa main s'attarda.

Tenant toujours la photographie devant elle, je posai doucement mon autre main sur la poignée en bois de cerf de mon Colt et défis la languette de sécurité ; mon geste ne passa pas inaperçu aux yeux de Vic. Pendant que je parlais, mon adjointe sortit le Glock de son holster mais le garda collé à sa cuisse, où il ne pouvait être

LA DENT DU SERPENT

repéré par la femme à moins qu'elle se retourne pour regarder derrière elle.

— Madame Lynear, je vais vous demander de sortir très lentement votre main de votre sac et de placer vos deux mains sur le volant.

Elle ne bougea pas.

— Madame Lynear, j'exige que vous obéissiez maintenant.

Dans sa carrière – et c'est à la fois la beauté et l'horreur de sa vie –, un représentant de la loi rencontre des moments où il est sidéré par ce que les gens sont capables de faire. Je regardai, comme dans un film au ralenti filtré par l'adrénaline, comme si chaque geste avait été écrit à l'avance, Wanda sortir sa main du sac, passer la marche arrière et écraser la pédale de l'accélérateur.

Je tombai à la renverse et Vic se jeta sur le côté, leva son 9 mm et visa la Plymouth qui fonçait sur le chemin de terre vers le carrefour.

— Attends !

Elle continua à viser avec le Glock mais tourna la tête légèrement pour me lancer :

— Je vise le radiateur et/ou le moteur asthmatique.

Je me relevai et la rejoignis, en regardant la voiture qui battait en retraite.

— Je ne crois pas que ça va être nécessaire.

Nous observâmes la bête majestueuse, toujours sautillante sur les barres de sa suspension, reculer en trombe sur le macadam et déraper sur le bord opposé de la route, la proue dressée en l'air comme une baleine couleur bronze automnal.

— Elle souffle.

Vic ne rangea pas son arme et me suivit, tandis que les pneus labouraient le bas-côté essayant d'accrocher le revêtement les roues avant tournant à gauche et à droite, semblables aux pattes d'une tortue renversée sur le dos.

Au bout d'un moment, le moteur geignit et les pneus arrière trouvèrent une prise, catapultant la Plymouth sur la route ; Vic et moi nous égaillâmes comme des poulets pour sortir de sa trajectoire.

Nous regardâmes le véhicule accélérer jusqu'à près de soixante-dix kilomètres à l'heure et filer vers l'horizon. Vic me rejoignit au milieu de la route et rangea son arme.

— Sommes-nous sur le point de nous embarquer dans la course-poursuite la plus lente de l'histoire du cinéma ?

Je soupirai.

— Je crois bien.

Nous rattrapâmes le break en trois minutes environ. J'avais allumé ma rampe lumineuse, mais j'avais renoncé à la sirène pour ne pas amplifier la frayeur déjà grande de la femme.

Vic allongea son dossier et posa mon chapeau sur son visage.

— Combien de temps avant qu'elle soit à sec ?

— La frontière du Nebraska.

— Pas la peine de me réveiller.

Je roulai tranquillement derrière la Plymouth ; un rancher un peu troublé rangea son pick-up sur l'accotement et nous regarda passer, l'air ahuri. Du fond de mon chapeau, la voix de Vic me parvint :

— Alors, celle-ci rentre dans la catégorie des courses-poursuites à vitesse lente ?

— Si on doit rouler plus lentement, autant marcher.

J'examinai la route devant nous et me dis que bientôt le véhicule allait entrer dans le comté de Campbell. Je pouvais soit appeler Sandy Sandberg et lui demander, à lui ou à la patrouille de l'autoroute, d'installer un barrage, et devenir ainsi la risée de toute la communauté des représentants de la loi du Wyoming, soit continuer comme ça jusqu'au Nebraska.

Il y avait au sommet d'un col un passage où la route décrivait un léger S, ce qui était peut-être bien le seul trait un peu créatif entre ici et Scottsbluff. Périodiquement, Big Wanda regardait dans son rétroviseur et me fixait. Que croyait-elle que j'allais faire ? Lui tirer dessus ? D'accord, elle avait une arme, mais à mon avis, elle n'avait pas l'intention de l'utiliser.

Je gardais les yeux rivés sur son rétroviseur – c'est vous dire comme j'étais près –, et vis qu'elle continuait à m'observer alors que nous approchions du virage – le seul, j'en étais certain, entre ici et les Grandes Plaines. Je klaxonnai et tendis mon index pour qu'elle s'arrête. Vic repoussa mon chapeau et se redressa.

— Elle est tombée en panne ?

Je klaxonnai à nouveau, mais Big Wanda ne regardait pas la route. Sans prêter la moindre attention à ce qu'il y avait devant elle, la tête penchée sur le côté, elle me surveillait encore dans le rétroviseur quand sa roue avant droite sortit de la route. Je la vis tourner rapidement la tête et donner un brusque coup de volant vers la gauche, ce qui aurait pu être bon sur n'importe quelle autre portion de cette route longue de deux cents kilomètres, mais pas sur celle-ci.

L'avant-gauche du véhicule piqua du nez dans le gravier, et elle tourna promptement le volant à droite, mais la terre était lourde et la pente, raide. Nous regardâmes le gros break Plymouth monter sur deux roues. L'espace d'une seconde, je crus qu'il allait retomber sur ses quatre roues, mais le mastodonte continua à se retourner comme un gros chien mollasson, dans le tonneau le plus lent que j'aie jamais vu. Il s'arrêta sur le toit, puis glissa à flanc de colline pour s'immobiliser dans une légère dépression de l'autre côté du fossé.

Je me rangeai sur l'accotement, au-dessus du break. Vic était déjà sortie de son côté et elle descendit le coteau avec moi, entre les touffes d'herbes sèches et de sauge fanée. La Plymouth crachota deux ou trois fois tandis que le carburateur tentait d'envoyer de l'essence vers le ciel, puis, miraculeusement, cessa et ronronna tranquillement.

— Elle va avoir besoin d'aide pour sortir de là.

Vic tenait toujours son arme prête.

— Tu t'y colles.

Je lui fis un signe pour qu'elle passe du côté passager tandis que je contournais l'arrière, regardant toutes les provisions éparpillées sur le toit.

— Madame Lynear ?

Pas d'autre réponse que le bruit du moteur.

Vic avait bien avancé de l'autre côté, pliée en deux de manière à ne pas être trop visible, mais suffisamment proche pour voir la conductrice. Elle marqua une pause et dirigea son 9 mm vers la voiture, prenant un instant pour lever son autre main et me décrire, le pouce et l'index tendus, ce qui ne pouvait être qu'une arme.

Avec un soupir, je sortis le.45 de mon holster et m'écriai à nouveau, élevant la voix pour être certain qu'elle m'entendrait malgré le bruit du moteur – à l'évidence, celui-ci marchait mieux à l'envers.

— Wanda, vous n'avez pas encore de gros ennuis. Si vous jetiez cette arme par la portière, je suis sûr que nous nous sentirions tous bien mieux !

Pas de réponse, mais Vic continua à avancer.

C'est à peu près à ce moment précis que le revolver à canon court tomba par la portière côté conducteur.

Je me précipitai et découvris Big Wanda en train d'étouffer, pendue au siège de la Plymouth, le visage violet et encore plus bouffi. Je saisis la poignée de la portière, mais le haut était enfoncé dans la terre. Sa main se tendit vers moi, et elle m'attrapa par le bras tandis que je fourrais la main dans ma poche arrière pour attraper mon vieux couteau Case. Je passai par-dessus son épaule pour atteindre la ceinture, mais elle dut mal interpréter mes intentions et penser que j'essayais de lui trancher la gorge, et elle se mit à taper sur mes mains. Je m'efforçai de me rapprocher de manière que la sangle soit plus accessible, tout en évitant son cou. Elle continuait à s'étrangler et à me frapper. Je réussis enfin à repousser ses bras, à passer à côté de sa tête et à trancher la ceinture. Ses cent quarante kilos s'écroulèrent d'un coup, arrachèrent la portière et s'écrasèrent… sur moi.

Elle toussa, cracha, prit quelques inspirations frénétiques, et j'avais le plus grand mal à respirer moi-même avec cette poitrine particulièrement imposante qui me recouvrait la moitié du visage. Son regard croisa le mien et elle chuchota :

— *Lo lamento… Lo siento, por favor.*

Vic avait ouvert l'autre portière et une partie des provisions se déversa sur le sol. Elle se pencha dans la voiture, le visage barré d'un grand sourire, plaça le sélecteur de vitesses sur PARK et coupa le moteur. Le gros Satellite finit par rendre l'âme dans un hoquet, un sifflement prolongé, et enfin un crachotement. Sortant la clé du contact, Vic la jeta à côté de mon visage.

— Apparemment, elle ne voulait vraiment pas couper le moteur.

# 8

— Est-ce que je t'ai dit récemment à quel point je détestais le mauve ?

— Non, pas récemment.

Nous nous trouvions à notre place familière dans le hall du Durant Memorial Hospital, attendant les trois mousquetaires de la médecine, Isaac Bloomfield, sa doublure, David "Boy Wonder" Nickerson, et Bill McDermott. J'écoutai le tic-tac de l'horloge et contemplai la moquette et les murs assortis.

— Je suppose que c'est censé apporter de l'apaisement.

— Comme la défécation.

— C'est mieux que le flux alvin.

Elle se leva et traversa le hall en passant devant le bureau de la réceptionniste où la petite-fille de Ruby, Janine Reynolds, remplissait de la paperasse et essayait de ne pas s'endormir.

J'avais le même problème et je pensais même à m'étendre sur le canapé pour dormir un peu quand mon adjointe revint, planta ses poings sur ses hanches et me regarda de ses yeux encore cerclés de traces multicolores.

— Nous ne lui avons pas tellement mis la pression, pourtant.

— Non, effectivement.

— Elle n'arrêtait pas de me regarder quand on lui posait des questions sur Sarah, là-bas, sur la route. Tu as remarqué ?

— Oui.

Elle se pencha et sortit la photo de ma poche – la familiarité avec laquelle elle traitait ma personne et mes vêtements confinait à l'indifférence.

Elle examina la photo.

— Je ne ressemble pas du tout à cette femme.

— Non.

— Alors, pourquoi elle me regardait ?

— Je ne sais pas. (Je réfléchis quelques instants.) Tu avais une arme, elle en avait une aussi…

— Tu en avais une, mais elle t'a à peine regardé.

— Peut-être que c'est un truc culturel, elle n'était pas habituée à voir une femme policier.

Elle ricana.

— Une Mexicaine au Texas ? Elle tutoie probablement toutes les forces de police du coin.

Je plaidai l'épuisement et m'enfonçai un peu plus dans l'antique canapé qui avait pris la forme de l'angoisse et de la tristesse.

— Je ne sais pas et je suis rincé.

— Comment sommes-nous censés les informer qu'elle est avec nous… on accroche un mot au barbelé ?

Le silence retomba et je sentis la tension qui raidissait son corps lorsqu'elle s'assit à côté de moi sur le canapé. Deux minutes plus tard, elle était profondément endormie.

La conscience tranquille.

Je dus m'assoupir moi aussi, mais mal à l'aise et à moitié réveillé, et j'écoute mes parents confronter leurs points de vue sur la religion. Ma mère, une méthodiste convaincue, est assise à la table du petit déjeuner avec mon père. Elle est telle qu'elle est toujours dans mes rêves, à contre-jour, le soleil qui entre par la fenêtre de la cuisine éclaire ses pupilles en biais et fait paraître ses yeux d'autant plus transparents, comme sa vaisselle en porcelaine bleue, mille fois lavée mais jamais passée. Elle est comme ça, plus belle chaque année qui passe. Nous en sommes tous surpris, mais c'est comme ça, et elle l'accepte ; rien de flagrant, juste le lent perfectionnement de son apparence. Elle n'a jamais été petite, et elle a gardé sa haute taille, son visage n'est pas marqué de rides, le creux de ses joues et le dessin de ses sourcils font ressortir son trait le plus remarquable – ses yeux.

Elle pose sa tasse de café sur la soucoupe et le seul bruit qui résonne dans la pièce baignée de la chaleur printanière, ce dimanche matin-là, est celui de la céramique heurtant la porcelaine.

Mon père chuchote, mais sa voix porte jusqu'à l'escalier où je suis assis, en pyjama.

— Si tu le forces à continuer à y aller, il te détestera de l'obliger. (Un silence. Je me penche pour mieux les entendre.) Il est à un âge où il faut qu'il prenne ce genre de décision lui-même.

— Il est trop jeune pour prendre ce genre de décision lui-même.

— Il est plus mûr que tu ne le crois.

Je calai mes talons nus sous mes fesses et attendis sur les marches en bois que mon père avait fabriquées comme tout le reste de la maison.

— Il te détestera par la suite.

Le clic de la porcelaine, à nouveau, indiquant un calme intérieur que nous n'avons ni lui ni moi.

— Il n'est pas du genre à détester.

— Il t'en voudra, si tu préfères.

Un silence.

— Tu es sûr qu'il ne s'agit pas d'une différence d'ordre théologique entre nous…

— Je n'ai pas de théologie.

— Oh si, tu en as une.

J'ENTENDIS quelqu'un déglutir et je relevai la tête, réveillé, pour découvrir Saizarbitoria qui, penché au-dessus de moi, sirotait un café dans un gobelet en polystyrène

— Hé, chef.

Je bâillai en veillant à ne pas secouer la tête de Vic encore endormie, appuyée contre mon épaule.

— Salut.

— Vous parliez dans votre sommeil.

— J'ai dit quelque chose d'intéressant ?

— Une histoire de bleu porcelaine.

Il but une nouvelle gorgée de café et je jetai un coup d'œil à la pendule dont les aiguilles se traînaient encore au beau milieu de la nuit.

— Qu'est-ce que tu fais ici si tard ?
— Des nouvelles de l'État voisin.
— Ah oui ?
— Tim Berg m'a dit de vous informer qu'un certain Vann Ross Lynear est mort.

La nouvelle fut un choc, même s'il avait un âge canonique.

— Ça, c'est une surprise.
— Il est tombé de son toit en tenue d'Adam.

La voix de mon adjointe résonna contre mon épaule, puis Vic vint se nicher plus confortablement.

— Ça, c'est pas une surprise.

Je lui lançai un coup d'œil puis revint à mon adjoint.

— Quelque chose ne serait pas net ?
— Vous voulez dire, en dehors du fait qu'il était nu quand il est tombé ? (Il me regarda à nouveau.) Tim Berg n'a rien dit, mais il a précisé que vous ne devriez pas retourner à Belle Fourche dans l'immédiat, qu'il y a un mandat d'arrêt contre vous. (Il finit son café.) Vous avez malmené les gens de la communauté dans les Black Hills, chef ?

— Il s'agit d'un malentendu à propos d'une canette de soda.

Il jeta un coup d'œil vers le comptoir de l'accueil, où Janine avait succombé et dormait, la tête posée sur ses bras croisés.

— Rappelez-moi de ne pas vous contrarier quand vous allez à la fontaine à eau.

Je pensai à ce que Wanda avait dit avant que la situation ne dégénère, là-bas, à l'entrée de l'East Spring Ranch.

— Est-ce que Tim est au courant que Roy Lynear et ses acolytes se trouvaient dans le Dakota du Sud hier ?

— Pas que je sache.
— Voudrais-tu le lui dire ?

Saizarbitoria regarda autour de lui, cherchant une poubelle.

— Pas à deux heures du matin.
— Aucune nouvelle d'Orrin Porter Rockwell ?
— Disparu dans les pages de l'histoire.
— Et Cord ?

Il avait trouvé la poubelle et il y mettait son gobelet.

— Enfermé pour sa propre protection avec le chien, endormi, un exemplaire de *Mon amie Flicka* posé sur la poitrine.

— Comment était le café ?

Il plissa les yeux, les muscles de sa mâchoire gonflant comme les jarrets d'un cheval.

— Mauvais. Je ne le conseille pas.

COMME je m'en doutais, Wanda s'en sortait bien. Elle avait pris un coup sur l'épaule et à la gorge, mais en dehors de cela, elle n'avait qu'une petite commotion ; elle resterait en observation jusqu'au lendemain.

J'étais agité, je n'avais pas envie de rentrer chez moi ni au bureau. Minuit était passé depuis longtemps, et je tournicotais en ville comme un adolescent. Les yeux rivés sur le feu rouge clignotant, je restai là, au carrefour entre Fort Street et Main Street, et réfléchis à ce qu'était ma vie. C'était ce que devaient faire les gens à trois heures du matin – réfléchir à leur vie. Les parents : partis. L'épouse : partie. Et une fille jeune mariée qui pourrait aussi bien être partie.

Cinq heures à Philadelphie. Trop tôt pour appeler.

Le chien me manquait.

L'intérieur de mon pick-up s'éclaira légèrement et je me dis que j'allais voir une apparition quand je remarquai, dans mon rétroviseur, les phares d'un semi-remorque. Le chauffeur était probablement intimidé par les étoiles et les gyrophares et n'avait pas osé klaxonner le shérif cinglé qui était arrêté au feu depuis au moins trois minutes.

Je sursautai en entendant frapper à ma vitre et vis un homme debout sur la route portant une casquette IGA.

Je baissai ma vitre et posai un coude sur le rebord.

— Bonsoir.

Il parut hésiter.

— Bonsoir… (Il regarda en direction de son camion, qui tournait au ralenti derrière moi, et des rues désertes du siège du comté.) Des problèmes ?

Je me frottai le visage de mon autre main.

— Dans mon boulot, à peu près tout le temps.

Il ne sembla pas trop savoir comment répondre.

— Oh.

Je regardai, de l'autre côté de la rue, les bureaux de Wilcox Abstract, hébergés dans un bâtiment abîmé deux fois par les voitures de conducteurs qui ne faisaient pas attention.

— À votre avis, les plus gros ennuis, dans la vie, viennent de ce qu'on fait ou de ce qu'on ne fait pas ?

Il eut un tout petit mouvement de recul.

— Je n'en sais rien.

— Moi non plus.

Il déglutit.

— Hé, shérif.

— Ouaip.

— Vous saviez qu'il y avait quelqu'un à l'arrière de votre pick-up ?

J'ouvris ma portière, descendis et défis la languette de sécurité au-dessus de mon Colt. Le couvre-benne était détaché au coin gauche.

— Vous êtes sûr ?

Le chauffeur routier hocha la tête.

— Ouais, y a une main qui est sortie et qui essayait de bien remettre la bâche.

Je refermai mon holster et, d'une voix forte, appelai :

— Monsieur Rockwell ?

Une voix étouffée nous parvint de sous la bâche.

— Oui, monsieur.

— Voulez-vous sortir de là ?

— Pas particulièrement.

— Je préférerais que vous sortiez.

Sa main apparut au coin de la bâche, et il repoussa un bout de toile, me sourit, puis se tourna vers le chauffeur du poids lourd.

— Maudit soit votre regard acéré, monsieur.

L'homme me regarda.

— Faut qu'j'y aille.

Il tourna la tête d'un côté et de l'autre pour vérifier qu'il n'allait pas être renversé par une voiture, ce qui était peut-être un peu trop prudent vu que les rues de Durant était plutôt désertes à trois heures du matin.

Rockwell et moi le regardâmes opérer une marche arrière avec son gros camion et nous contourner, prendre à gauche et sortir de la ville.

Le vieil homme s'émerveilla de la taille du véhicule lorsqu'il passa à côté de nous.

— Mon Dieu, il est gros comme une maison…

Il se mit debout avec peine, ses cheveux longs et sa barbe démesurée plus négligés qu'à l'accoutumée, et il se tourna pour me regarder.

— Monsieur, vous conduisez beaucoup.

— Depuis combien de temps êtes-vous là-dessous ?

— Depuis cet après-midi.

Je défis les autres attaches, abaissai le hayon et tendis la main pour l'aider à descendre.

— J'imagine que vous avez faim.

Il me regarda.

— Vous êtes un sacré numéro, vraiment. (Il lissa son pantalon et frissonna.) J'ai un peu froid et soif, surtout, mais je mangerais volontiers quelque chose.

J'envisageai de le ramener à la prison, mais en toute honnêteté, je n'avais pas envie de réveiller Cord. Je désignai le siège passager.

— Grimpez.

Il contourna le pick-up tandis que je refermais la portière derrière moi. Je mis ma ceinture, et lorsque je levai la tête, je le vis toujours debout à côté de la portière. J'appuyai sur la commande de la vitre et le regardai :

— Il y a un problème ?

Son regard allait de moi à la poignée de la portière.

— Je ne sais pas comment faire.

Il fallait qu'on découvre de quel asile il s'était échappé.

— Vous tirez ce truc noir en biais.

Il obéit, et la portière du pick-up s'ouvrit d'un coup. Il se glissa dans l'ouverture et monta sur le siège.

— Stupéfiant, vraiment stupéfiant.

— Vous êtes déjà monté dans mon pick-up, pour rentrer du Lazy D-W où vous aviez essayé de voler les chevaux.

Il secoua la tête.

CRAIG JOHNSON

— Nous avions seulement l'intention de les emprunter. (Il tira la portière derrière lui, mais pas assez fort pour qu'elle se referme.) Et ce n'est pas moi qui ait ouvert la portière.

Je soupirai.

— Eh bien, vous allez devoir l'ouvrir à nouveau et la refermer plus fort.

Il regarda fixement l'intérieur de la portière.

— C'est le levier un peu à l'avant, tirez-le vers vous et poussez la portière.

Il finit par y arriver et je pris la direction du Maverik sur la rampe d'accès à l'I-25.

— Vous allez aimer cet endroit, les propriétaires sont des mormons. (Je sortis et lui rappelai :) Le levier, devant.

J'initiai Orrin Porter Rockwell aux merveilles du burrito congelé, du four à micro-ondes et de la *root beer* – dans cet ordre. Nous arrivâmes à la caisse, et je glissai un billet de cinquante dollars au gamin boutonneux qui faisait la nuit.

— Désolé, c'est tout ce que j'ai.

Rockwell tendit la main et posa quelques doigts sur le billet, avant de l'examiner de près.

— Ulysses S. Grant sur le billet de l'Union ?

— Ça fait un moment, déjà.

Le gamin prit le billet, détailla le portrait du dix-huitième président des États-Unis, puis leva les yeux vers le vieillard.

— Un de vos copains, papy ?

— C'était un ivrogne.

Le jeune homme passa un marqueur dessus pour certifier son authenticité.

— J'en sais rien.

Cette fois Rockwell réussit à fermer la portière et, tandis que je le regardais, il dévora son burrito avec enthousiasme.

— Alors, vous étiez dans le pick-up quand la femme a eu l'accident ?

— De quelle femme s'agissait-il ?

— Wanda Bidarte Lynear.

Il regarda le tableau de bord, et je voyais bien qu'il choisissait ses mots avec soin.

— Je ne la connais pas. (Il réfléchit un peu.) Ce nom sonne espagnol.

Se tournant à demi, il me regarda de ses yeux pâles et balança un pouce vers l'arrière de mon pick-up.

— J'étais pas trop mal, là, derrière, sous la bâche, mais pas aussi bien qu'ici.

— Hmm. (Je continuai à le regarder manger.) Et Vann Ross Lynear, vous avez entendu parler de lui ?

— Non, monsieur.

— Et Roy Lynear ?

Il continua de manger sans que je le quitte des yeux, mais il s'interrompit une seconde et secoua la tête.

— Je ne le connais pas non plus.

Je tendis la main et pinçai le bras de Rockwell.

— Aïe. (Il me regarda.) Et puis-je vous demander pourquoi vous avez fait ça ?

— Juste pour m'assurer que vous êtes là pour de vrai. J'ai eu quelques soucis de ce genre, récemment.

Il réfléchit puis hocha la tête d'un air entendu.

— Des visions ?

Je pensai à Henry Standing Bear et souris.

— C'est comme ça qu'un de mes amis les appelle.

— Peut-être que vous êtes l'Unique. En tous cas, vous avez la taille adéquate.

Je le regardai, ahuri.

— Pardon ?

— L'Unique, le Puissant et le Fort.

Je ris.

— Je ne suis pas mormon, je suis à peine méthodiste.

Il retourna à son burrito.

— Dommage.

Je continuai à le regarder quelques instants puis enclenchai la marche arrière, sortis du parking du magasin et pris la rampe d'accès à l'I-25 vers le sud.

— Eh bien, allons vous présenter à Roy Lynear, donc.

———•———

— Du pétrole ?

L'ondoiement caractéristique de la Powder River donnait le ton à la topographie de la partie sud de mon comté, où les Bighorn Mountains relâchaient leur emprise et laissaient les collines s'aplanir en prairies.

La région avait été la source de revenus de l'un des plus grands holdings pétroliers du pays, mais cette époque était révolue et, aujourd'hui, les réserves du Teapot Dome n'étaient qu'un banc d'essai, loué à de nombreuses compagnies pétrolières pour qu'elles y expérimentent de nouvelles méthodes.

Je suivis le regard de Rockwell qui s'était fixé sur une pompe à balancier au loin, du côté de la porte principale de l'East Spring Ranch.

— Ouaip.

Les têtes de cheval se balançaient en rythme, suivant le tempo géothermique, mais elles ne pompaient probablement pas beaucoup de pétrole. Toute la zone avait été mise en vente par le gouvernement fédéral, mais personne ne s'était manifesté. À l'inverse, l'autre grande réserve de pétrole de la marine dans les Elk Hills, en Californie, s'était vendue à plus de trois milliards et demi de dollars, la plus grande opération de privatisation d'une propriété fédérale de l'histoire.

Le Teapot, lui, était pour ainsi dire vide.

Debout devant la clôture, je jouai avec le trousseau de clés du break que je tenais à la main et me dis que c'était une bien mauvaise idée.

J'attrapai les clés et regardai la breloque – un portrait de Jésus en hologramme qui bougeait quand j'inclinais l'objet dans un sens et dans l'autre. D'abord, c'était le Messie, le visage pensif et prophétique, les yeux baissés ; ensuite, Il regardait son Père, le visage barré d'un filet de sang qui coulait de la couronne d'épines qu'il portait sur la tête. Le genre de bibelot kitsch macabre qu'on vendait dans les boutiques de souvenirs au Mexique.

J'examinai les clés une par une et en découvris trois petites qui se ressemblaient ; toutes trois étaient marquées Master Lock.

Rockwell, qui était à côté de moi, examina la clôture puis le porte-clés affreux que j'avais dans la main.

— Je ne pensais pas que les méthodistes, en plus de tous leurs défauts, donnaient dans l'idolâtrie forcenée.

J'inclinai l'image holographique d'avant en arrière pour l'amuser.

— Ce n'est pas à moi.

Je tendis le bras, défis le cadenas du haut, puis celui du milieu, et enfin le dernier, et poussai le portail sur ses roulettes.

Pas de sirènes, pas de projecteurs. Rien.

Nous remontâmes dans le Bullet – Rockwell y parvint plus facilement, cette fois. J'avançai, puis m'arrêtai et sortis pour refermer le portail, sans le verrouiller au cas où nous serions obligés de battre en retraite rapidement. Je me remis au volant et pris le temps d'observer le tracé du chemin de terre rouge fraîchement nivelé qui s'enfonçait dans la nuit. Je me retrouvais au moment précis où, comme chaque fois que je me lançais quelque chose de stupide, j'allais devoir me décider sur la nature exacte de mon entreprise.

À vue de nez, il me restait trois heures avant le lever du soleil. À l'évidence, j'avais dû penser très fort, parce Rockwell entendit tout.

— Qu'est-ce qu'on fait ici ?

— C'est une très bonne question. (Je ris et lui jetai un coup d'œil.) Officiellement, nous sommes là pour informer deux hommes que leur femme et mère respective a eu un accident de voiture.

— La fameuse Wanda Bidarte Lynear ?

— Ouaip.

Il fouilla du regard la pénombre de la plaine.

— Ai-je raison de supposer qu'il y a quelque chose de clandestin dans notre arrivée ?

— Si vous saviez…

— Oh, tant mieux. Autrefois, ce genre d'activités était ma spécialité.

Il hocha la tête, un petit sourire aux lèvres, et, moi je la secouai, désabusé.

Je repartis. Sur notre droite, à l'horizon, une lueur commençait à apparaître ; peut-être n'avions-nous pas trois heures, en fait. Un chemin défoncé partait vers l'est, mais la route principale virait sur la gauche, et je me dis qu'il valait mieux voir où elle aboutissait. Près d'un kilomètre plus au nord, nous arrivâmes à une ravine qui descendait sur la droite ; une route tracée récemment menait à un vieux ranch et à une grange entourés de quelques peupliers. Il y avait plusieurs autres dépendances, ainsi qu'un certain nombre de hangars en tôle et bâtiments préfabriqués qui étaient assez répandus dans notre région parce qu'ils étaient peu coûteux et pouvaient être montés en peu de temps.

Le ranch et la grange semblaient dater des années 1920, mais tout le reste était visiblement récent.

Les seules lumières provenaient d'une série de lampadaires disposés dans l'espace entre la maison et la grange, et un rectangle puissamment éclairé se dessinait devant la porte ouverte d'un des très grands hangars en tôle. J'eus l'impression qu'il y avait du mouvement à cet endroit, des ombres semblaient circuler à l'intérieur.

Tout en dirigeant le Bullet vers la droite, je me demandai ce qu'ils pouvaient bien trafiquer à cette heure de la nuit. Je me garai le long d'une vieille clôture en bois derrière laquelle se déroulaient des kilomètres de fil d'étendage où étaient suspendus des tas de vêtements de femme et d'enfant, accrochés avec des pinces à linge ; vu la quantité, il devait y avoir près d'une douzaine de femmes et une trentaine d'enfants qui habitaient là.

J'entrouvris la portière et regardai Rockwell.

— Je préférerais que vous restiez dans le pick-up. Je ne sais pas trop de quelle manière nous allons être reçus.

Il rit dans sa barbe, et cette fois, il n'eut aucun mal à trouver la poignée et à l'actionner.

J'avançai vers l'entrée du hangar. Le capot d'un camion Peterbilt modèle 357 était ouvert et une demi-douzaine d'hommes au moins travaillaient sur ce qui semblait être une énorme foreuse mobile.

Je reconnus immédiatement deux hommes – George, le fils de Roy Lynear, et Tomás Bidarte, l'autre homme que j'avais rencontré au Noose. Je fus surpris de constater à quel point le poète hispanique semblait à son aise avec le gros moteur Diesel.

Je ne vis pas le père, mais je me doutais qu'il devait se trouver dans les parages.

Orrin Porter Rockwell s'arrêta à côté de moi dans l'embrasure de la porte, et rapidement l'un des hommes que je ne connaissais pas avertit George en lui donnant un petit coup ; celui-ci leva la tête, descendit d'un bond du marchepied du camion et s'avança vers nous, une clé de serrage dans la main.

— Qu'est-ce que vous faites ici ?

Il lança un coup d'œil à gauche et tapa la paume de sa main graisseuse de son formidable outil.

— Et comment vous êtes entrés ?

J'attendis quelques instants, puis ne répondis pas, du moins, pas de la manière qu'il voulait.

— Monsieur Bidarte ?

Au son de ma voix, Tomás leva la tête. Il était facile de voir la ressemblance entre sa mère et lui, indépendamment de la différence de poids. Tout était dans le regard, ce regard qu'elle avait lancé à la décoration sur la tombe près du portail d'entrée. Il y avait quelque chose dans l'absence de mouvement, une immobilité surannée, sans la moindre intention, juste une attente légèrement agaçante.

— Oui ?

— Monsieur Bidarte. (Je me tournai vers George.) Est-ce que Roy Lynear se trouve ici, lui aussi ?

— Qu'est-ce que ça peut vous faire, qu'il soit là ou pas ?

Je me demandai si, parmi les gens qui avaient fait la connaissance de George, il s'en trouvait qui n'avaient pas eu envie de lui enfoncer les dents au fond de la gorge.

— Il faut que je parle à votre père.

Il eut un sourire narquois, qui semblait être son expression favorite.

— Et pour quoi faire ?

Une voix sonore nous parvint, venue du côté droit.

— Qui est-ce, George ?

— Ce shérif, là. (Il détailla Rockwell.) Et un genre de clochard.

Rockwell me regarda, et je fus heureux de l'avoir désarmé.

— C'est le shérif Longmire, monsieur Lynear.

Une seconde plus tard, le père reprit la parole :

— Eh bien, venez donc par ici, shérif.

Je contournai George, faisant en sorte que la pointe de mon épaule passe aussi près que possible de son menton, et dépassai deux énormes caisses à outils sur roulettes couvertes d'autocollants, presque tous en espagnol. Rockwell me suivit, mais il semblait incapable de détourner les yeux de Bidarte, qui resta sur le marchepied du camion béant.

Roy Lynear était installé dans un autre de ses fauteuils inclinables, ceux conçus pour deux personnes, ou au moins une et demie, mais qui, en l'occurrence, était rempli à ras bords par le corps de l'imposant personnage. Il trônait dans un espace ressemblant à un salon miniature, avec un ancien tapis navajo disposé sous le fauteuil en faux cuir. Sur ses genoux se trouvait ce qui paraissait être un manuel d'utilisation pour une plateforme de forage et – incroyable – une canette de Coca light.

— Bonjour shérif. (Il referma le manuel.) Une visite surprise au milieu de la nuit ?

Il jeta un coup d'œil à Rockwell qui se trouvait juste derrière moi.

— Vous ne me donnez pas l'impression de dormir, alors j'imagine que je ne trouble pas votre repos.

Il agita la main en direction de l'engin de forage.

— L'eau d'ici est nauséabonde, alors nous creusons un nouveau puits. Je vous assure que toutes les démarches administratives ont été faites et les autorisations sont en ordre.

— Je n'ai pas le moindre doute sur ce point.

Je me retournai vers le moteur Caterpillar de cinq cent cinquante chevaux-vapeur et tous ses accessoires.

— Avec cet engin, vous allez creuser un sacré puits.

— Puisque nous n'avons pas le choix de notre lieu de vie à cause de nos convictions religieuses, nous estimons qu'il est préférable pour nous de vivre en autarcie. Le coût pour sous-traiter ce genre d'activités est prohibitif. (Il désigna le mode d'emploi.) Avec nos fonds limités, nous sommes obligés d'acheter ce que nous pouvons en fait d'équipement, et de nous débrouiller.

J'examinai le Peterbilt.

— J'ai travaillé un été comme ouvrier – d'accord, c'était il y a un moment, déjà –, mais cette machine est vraiment impressionnante.

— Les apparences peuvent être trompeuses. (Lynear rit et agita le livre à nouveau.) Surtout quand on constate qu'elle refuse de démarrer.

Il posa le manuel sur une petite table qui, j'en étais sûr, avait été placée là exactement dans ce but.

— Dites-moi, qui est votre ami ?

Je me sentis bête de le dire, mais tant que nous n'avions pas découvert qui était notre fou, j'étais obligé d'utiliser le nom qu'il nous avait donné.

— Eh bien… je vous présente… hem… Orrin Porter Rockwell.

L'homme obèse, totalement fasciné, se souleva un peu dans le siège rembourré et regarda attentivement celui qui se tenait debout à côté de moi.

— La ressemblance est tout à fait incroyable.

Après un long silence embarrassé, il se tourna vers moi.

— Je ne savais pas que le bureau du shérif avait coutume de se déplacer avec une troupe d'acteurs spécialisés dans les reconstitutions historiques.

J'ignorai le commentaire et abordai une des raisons qui m'amenait là.

— Mes condoléances pour votre père.

Il haussa les épaules.

— Il était très âgé, et je crois qu'il arrive un moment où on ne devrait plus monter sur le toit de sa maison de deux étages. (Il plissa les yeux sans cesser de me regarder.) J'ai appris que vous aviez rencontré mon fils Ronald et quelques-uns des siens, y compris M. Lockhart et M. Gloss, dans le Dakota du Sud.

— C'est exact.

— J'ai aussi appris qu'un mandat d'arrêt a été émis contre vous.

— J'ai appris ça, moi aussi.

Je fis un pas en avant et me rendis compte que les hommes qui travaillaient sur le camion avaient tous rejoint George au bord du tapis, derrière nous, et que Rockwell s'était retourné pour leur faire face.

— Et je crains d'être porteur d'une mauvaise nouvelle, monsieur Lynear.

— Laquelle ?

— Avez-vous une épouse qui s'appelle Wanda ?

— Big Wanda est l'une d'entre nous, oui.

— Mais pas une épouse ?

— Pas la mienne, non.

J'attendis quelques instants avant de poursuivre.

— Elle s'est présentée comme une de vos femmes.

Il secoua la tête.

— Non. Wanda et moi n'avons jamais été officiellement mariés, mais apparemment, vous avez de ses nouvelles ? Nous avions peur car il semblerait qu'elle ait disparu.

— Qui serait son parent le plus proche ou son descendant direct ?

— Tout cela a l'air bien sérieux. (Il regarda derrière moi, en direction des hommes rassemblés.) Tomás ici présent, que vous connaissez, est son fils.

Je me tournai vers lui.

— Monsieur Bidarte, votre mère a eu un accident de la route.

Il me fixa sans ciller.

— Comment cela s'est-il passé ?

Je m'avançai vers lui.

— Voulez-vous m'accompagner à l'extérieur, monsieur ?

George fit un pas en avant.

— Vous nous dites ce qui s'est passé, et vous nous le dites ici, et maintenant.

Je l'ignorai et m'adressai à Tomás.

— Monsieur Bidarte ?

Il avait baissé un peu la tête mais son regard resta rivé au mien.

— *Sí*, vous pouvez parler.

— On se trouvait au portail d'entrée du ranch quand madame Bidarte est arrivée. Je suppose qu'elle revenait de Casper où elle était allée faire des courses. Nous avons échangé quelques mots à propos d'une femme disparue, Sarah Tisdale, et j'ai demandé à madame Bidarte ses papiers. J'ai remarqué qu'elle transportait un pistolet sans permis dans son sac à main et, avant que je puisse intervenir, elle a passé la marche arrière et elle est partie. Elle est partie dans le fossé à très faible vitesse. Elle va bien, mais on l'a emmenée au Durant Memorial où elle se trouve en observation.

Bidarte prit une grande inspiration et examina ses bottes.

— Je vois.

— C'est exactement le genre de persécution auquel nous devions faire face au Texas, et maintenant, une femme innocente a été blessée, intervint George, qui se pencha, m'empêchant de voir Bidarte, tandis que les autres se resserraient autour de lui.

— Où se trouve sa voiture ? ajouta-t-il.

Je fis un pas en avant et posai une main sur la poitrine de George, l'écartai de mon chemin et m'adressai à Tomás.

— Je suis vraiment désolé, mais il faut que je vous pose des questions qui sont personnelles. Vous êtes sûr que vous ne voulez pas sortir avec moi ?

George repoussa ma main d'un geste brusque.

— Vous lui parlez ici, où on peut tous entendre ce que vous avez à dire. Le dernier d'entre nous qui vous a parlé…

— Ça suffit.

Je m'avançai vers lui et regardai sa bouche ouverte se figer, tandis que mon nez s'arrêtait à moins de cinq centimètres de son front.

— Vous dites encore un mot et je vous arrête pour entrave dans une enquête en cours. Plus un mot.

Je me retournai, pris Bidarte par le bras et le conduisis vers la porte, où nous serions hors de portée, à défaut d'être hors de leur champ de vision. Rockwell me suivit puis se retourna pour regarder le groupe d'hommes, George Lynear au premier rang, le visage rouge comme une cloque prête à éclater.

Dans la semi-pénombre de la porte, je voyais briller les yeux de Tomás. J'essayai de le rassurer.

— Elle va bien.

Il lui fallut quelques instants pour répondre.

— Oui.

— Voyez-vous une raison pour laquelle votre mère aurait pu vouloir nous échapper comme elle l'a fait ?

Il déglutit et se frotta les yeux avec ses pouces, son visage se durcit.

— C'est une femme simple venue de la campagne. Elle a été violentée par un *soldado* là-bas, au Mexique, quand elle était petite, et mon frère a été tué par des gardes de sécurité de la Pemex[*]. Il est possible que… en voyant des uniformes…

Je hochai la tête.

— C'est peut-être une circonstance atténuante, mais c'est en entendant le nom de Sarah Tisdale qu'elle a cherché à s'enfuir. (Il ne dit rien.) Elle a réagi comme si elle connaissait son nom, et peut-être même la femme.

Sa mâchoire se serra et je sus que je n'en apprendrai pas plus.

Je le regardai croiser les bras sur sa poitrine et lui dis avec douceur :

— Je suis certain que vous souhaiteriez venir à Durant voir votre mère.

— Certainement.

Je repartis avec lui dans le hangar et quelque chose d'étrange se produisit – Rockwell lui tendit la main, et Bidarte, qui n'hésita qu'un instant, la serra. Puis il alla jusqu'au gros camion, sans adresser la parole à personne, remonta sur le marchepied, et s'absorba dans le travail.

Je m'approchai du groupe et me tournai pour regarder Roy Lynear.

— J'ai remarqué le nombre de vêtements d'enfant accrochés aux cordes à linge, monsieur Lynear. Je suppose que, si ces enfants ne fréquentent pas les écoles publiques du comté d'Absaroka, ils sont inscrits auprès des services sociaux de l'enfance de manière que les autorités du comté puissent veiller à leur bien-être.

Il soupira.

---

[*] Petroleo Mexicano, entreprise publique chargée de la gestion du pétrole au Mexique.

— Je suppose qu'il s'agit de la pique finale ?

Je posai la main sur la crosse de mon arme.

— Je ne dirais pas finale.

Tandis que je tournai les talons, prêt à partir, Rockwell m'emboîta le pas et le regard qu'il lança à George Lynear fut peut-être ce qui poussa le gueulard à enfreindre la règle que j'avais posée.

— Je veux quand même savoir où est notre voiture et comment vous êtes arrivés ici.

J'aurais pu l'ignorer, j'aurais pu laisser passer, mais je ne le fis pas. Je l'attrapai par le bras le plus accessible, que je repliai dans son dos ; la prise l'immobilisa, fermement plaqué contre la porte du hangar, le menton écrasé contre la tôle, le regard vers le ciel. Je lui mis les menottes et le tirai sans ménagement.

— Vous êtes en état d'arrestation.

Les autres restèrent là à nous regarder, mais ils ne firent pas le moindre geste pour me contrer. Je remarquai alors qu'ils ne me regardaient même pas, ils fixaient Orrin Porter Rockwell. Jetant un coup d'œil vers le vieil homme, je vis qu'il tenait, l'air de rien, un .38, contre sa cuisse.

Flanqué de George, j'avançai vers son père, récupérai au fond de ma poche la breloque religieuse et l'assortiment de clés qui y était accroché et lançai le tout sur ses genoux.

— Les clés de Wanda. Il en manque une, parce que la voiture a été saisie pour les besoins de l'enquête. Vous pouvez venir récupérer les provisions. (Je tirai sur le bras de son fils, qui se retrouva sur la pointe des pieds.) Et ça, vous pourrez le récupérer quand vous voudrez après que le juge aura fixé le montant de la caution.

J'attachai les menottes de George à l'anneau fixé dans le plancher du Bullet, repris la route en direction du portail et remontai le canyon jusqu'au plateau qui le surplombait. Une faible lumière commençait à répandre une lueur rosée sur l'horizon, à l'est, et les hauteurs des collines environnantes commençaient juste à rosir aux premières heures du jour.

Encore essoufflé, je me tournai pour regarder Rockwell.

— Vous êtes qui, le Houdini des armes ?

Il me regarda sans comprendre.

— Donnez-moi ce revolver.

Il parut mécontent, mais il sortit le.38 de la poche intérieure de son manteau et me le tendit.

— Attention, il est chargé.

Je soulevai l'accoudoir central et, avec mon pouce, sortis le barillet et fis tomber les balles dans le compartiment de rangement. J'ajoutai l'arme et refermai le couvercle.

— Où l'avez-vous pris ?

Il désigna l'arrière de mon pick-up d'un mouvement du menton.

— Dans la caisse, à l'arrière de votre véhicule. Il y a des fusils, des carabines et toutes sortes d'autres armes, là-dedans.

J'avais oublié tout ce que j'avais confisqué auprès des jeunes du Dakota du Sud.

— Mon Dieu.

Rockwell approuva d'un signe de tête.

— Ses voies sont impénétrables, n'est-ce pas ?

Lorsque nous arrivâmes au portail, je défis les loquets, l'ouvris et sortis de la propriété. Je repensai à ce que j'avais fait, pas vraiment fier, et restai un instant immobile, les mains posées sur le volant. Dans un accès de remords, j'ouvris la portière arrière, tendis le bras et défis les menottes de George.

Je le sortis du pick-up et le regardai fixement. Ses yeux s'écarquillèrent à la pensée de ce qui pourrait bien lui arriver ensuite.

Je le laissai mariner quelques secondes, en remarquant la sueur qui dégoulinait sur son front, puis je le raccompagnai jusqu'au portail et le fis passer de l'autre côté. Je refermai la grille, et la chaîne cliquetait encore qu'il ne m'avait pas quitté des yeux.

Il essuya la sueur de son visage et s'empressa de refermer les trois énormes cadenas. Je raccrochai les menottes à leur place sur mon ceinturon. Il fit un pas en arrière – pour être absolument certain qu'il était hors de portée, j'imagine – et le sourire narquois caractéristique revint.

— Si on vous revoit par ici, comptez sur moi pour vous accueillir.

Je soupirai et rabattis le pan de ma veste pour dévoiler mon.45.

Il resta un moment immobile, les yeux encore plus écarquillés, puis se mit à reculer, avant de tourner les talons et de descendre le chemin en courant.

Je lui criai :

— Quand vous les aurez rejoints, dites-leur que vous vous êtes échappé, ça les impressionnera.

# 9

— On dit qu'avec l'âge on a besoin de plus de sommeil.

J'eus l'impression de revenir d'entre les morts. J'essayai de m'extraire d'un trou, mais une chose immense et couverte de plumes ne cessait de peser sur ma poitrine et de m'enfoncer plus profondément dans la terre. Reprenant mon souffle, je dus m'ébrouer, puis je parlai du fond de mon chapeau.

— En fait, on a besoin de moins de sommeil, ce qui pourrait expliquer le résultat final. (J'ôtai le chapeau de mon visage.) Je croyais avoir verrouillé cette porte.

— Elle n'a pas de poignée. Comment voudrais-tu la fermer à clé ?

Elle n'avait pas tort.

Je me tournai et restai sur le côté, allongé sur la pile de couvertures et d'oreillers que j'avais pris dans la cellule.

— Quelle heure est-il ?

— L'heure de se lever.

Elle s'assit dans le fauteuil face à mon bureau, un tas de papiers coincés sous un bras et une tasse dans chaque main. Elle me regarda, et apparemment, les hématomes multicolores sous ses yeux avaient presque complètement disparu.

— Pourquoi tu n'as pas dormi dans la cellule ? Le gamin part travailler à cinq heures.

— Il n'y avait pas de place à l'auberge. (Je toussai à nouveau, m'attendant presque à voir des plumes sortir de ma bouche.) Je ne sais pas, il y a toutes ses affaires là-bas. C'était comme entrer chez quelqu'un sans permission.

Elle me tendit une tasse.

— Tiens, un peu de lait maternel.

Je me redressai et m'appuyai contre l'une des bibliothèques pour prendre le café. Elle sourit.

— L'équipe est impatiente de savoir comment tu as capturé tout seul l'ennemi public numéro vieux.

Je pris un shoot de caféine et essayai de gagner du temps pour m'éclaircir les idées grâce à une répartie pleine d'esprit.

— Hein ?

Elle pencha la tête vers les cellules en bas, et je remarquai qu'elle portait une casquette, ce qui signifiait qu'elle n'avait pas réussi à dompter sa chevelure ce matin, et donc qu'elle était d'une humeur de chien. Des ennuis en perspective.

— Le Cousin Itt.

— Oh… Ah oui.

Elle but une gorgée de café et prit les papiers de sous son bras.

— Tu l'as trouvé où ?

Je lui dis qu'elle ne me croirait jamais si je le lui racontais, et je lui racontai.

— Putain j'y crois pas.

Je levai une main.

— Dieu m'est témoin.

— Il a passé tout l'après-midi dans le pick-up, même quand on était à Short Drop ?

— Les deux fois.

Elle s'installa confortablement, les papiers sur les genoux, elle croisa les jambes et agita une chaussure à une trentaine de centimètres de ma tête. Je me demandai si elle allait me l'envoyer dans la figure.

— Tu y es retourné ?

Je bus un peu de café.

— Oui.

— Seul. (Elle regarda par la fenêtre, et maintenant, j'étais pratiquement sûr qu'elle allait me mettre un coup de pied.) Au milieu de la nuit.

Je désignai d'un geste les cellules.

— Avec le Cousin Itt.

— Tu l'as emmené avec toi ?

Je bâillai, bien que ce fût probablement un mauvais choix.

— L'idée m'a paru bonne, sur le coup.

Le vieil or se fixa sur moi. C'était probablement le même regard que vous lançait un python avant de vous écrabouiller et de vous manger.

— Et… ?

— Roy Lynear prétend que Wanda appartient à leur communauté, mais qu'elle n'est pas son épouse. Il s'avère en tout cas qu'elle est la mère de Tomás Bidarte.

Elle fit la moue et je dus lutter pour garder ma concentration.

— Le type avec le couteau qu'on a vu au bar ?

— Ouaip. (Je bus encore un peu de café.) Est-ce que tu pourrais te renseigner sur Tomás auprès des autorités mexicaines ? Il a parlé d'un frère qui aurait été tué par des agents de sécurité de la Pemex, et ça m'a paru un peu étrange.

Elle continua à m'observer, perplexe.

— Les autorités mexicaines… ce ne serait pas un oxymore ?

— Oxymore, c'est un peu au sud de Mexico City, non ? (Je souris pour la première fois de la matinée.) Ton espagnol est de quel niveau ?

Elle lança d'une voix forte par-dessus son épaule.

— Sancho, traduction !

Je bus mon café comme si ma vie en dépendait, ce qui était bien le cas.

— À ce point-là ?

Elle tendit le bras, ramassa le tas de papiers et me le tendit.

— Autre chose ?

J'y lançai un rapide coup d'œil : un dossier complet du NCIS* sur toute la famille Bidarte.

— Je te l'avais déjà demandé ?

Elle secoua la tête.

---

\* Le Naval Criminal Investigative Service est une agence chargée d'enquêter sur les actes criminels, terroristes ou d'espionnage portant atteinte à la marine militaire des États-Unis et aux corps des marines.

— J'ai lancé une recherche standard sur Wanda, et les autres membres de la famille sont sortis, un genre de www.vosancêtres. com pour les criminels. (Elle but une gorgée.) On trouve plein de petites ramifications dans cet arbre généalogique.

Je feuilletai les pages puis levai les yeux vers elle.

— Est-ce que je dois mettre une pièce pour avoir la présentation audio ?

Elle posa sa tasse sur le coin du bureau et tendit la main.

C'était un rituel qu'elle avait mis en place pour que je prenne connaissance des rapports et qui fonctionnait seulement si j'avais de la petite monnaie.

— Je crois que je t'aimais mieux quand tu n'avais pas une maison à payer.

Je lui rendis les papiers puis me tortillai pour sortir ma ferraille de la poche de mon jean et finis par déposer le *quarter* dans sa paume ouverte.

Elle glissa la pièce dans la poche de sa chemise – je devais avoir payé un bon tiers du salon, déjà.

— Le premier membre de la famille dont il est fait mention est un certain Philippe Bidarte, une figure importante du commerce du pétrole mexicain dans les années 1920, jusqu'au moment où il s'est acoquiné avec de nombreuses grandes entreprises pétrolières américaines. À cause des révolutions successives, le Mexique changeait de gouvernement toutes les vingt minutes, mais le seul truc sur lequel les révolutionnaires étaient tous d'accord, c'était de virer les gringos du pays. Philippe, qui avait choisi le mauvais camp dans une de ces guerres, s'est retrouvé à jouer les gardes du corps de l'ex-*el presidente*, un vieux croûton manchot du nom d'Álvaro Obregón. Bref, la tête du *jefe* est mise à prix, et Philippe opère un changement de carrière radical : ses gars et lui abattent le vieux bonhomme dans son sommeil.

— Grands dieux.

Je finis mon café et exécutai un moulinet pour encourager la poursuite de la leçon d'histoire.

— Bidarte Senior et ses gars, pour la plupart des membres de sa famille, sont considérés comme des gros bras efficaces dans certains milieux qui ne sont pas entravés par un appendice aussi inutile qu'une conscience. Ils louent leurs services, une sorte d'armée privée, pendant les décennies suivantes, puis, dans les années 1980, ils deviennent le bras armé du plus puissant cartel de la drogue, la Familia Escobar à Chihuahua.

— D'où viennent les chiens.

Elle me regarda fixement.

— Tu t'es levé du pied drôle ce matin, ou quoi ?

— Alors, Tomás et sa mère sont liés au trafic de drogue ?

— Non.

— Non ?

— Non. Eduardo et Wanda ont envoyé Tomás, leur petit garçon chéri – attends, tu vas pas le croire – à l'Universidad de Salamanca en Espagne. (Elle jeta un coup d'œil à ses papiers pour se rafraîchir la mémoire.) On ne sait pas trop ce qu'il fait après avoir obtenu son diplôme, mais des rapports mentionnent ses relations avec le groupe terroriste basque, une organisation qu'on appelle Euskadi Ta Askatasuna, ou l'ETA. Il y a environ vingt ans, le père de Tomás, Eduardo, s'est séparé de la famille Escobar parce qu'il voyait à quel point la drogue minait les affaires autrement vertueuses de la mafia mexicaine. Il s'en va et entre dans l'Église du tendre petit agneau.

— L'Église apostolique de l'Agneau de Dieu.

— Si tu veux.

Je regardai le fond de ma tasse vide.

— Je croyais que tous les mafiosos, quelle que soit leur nationalité, ne voyaient pas ça d'un bon œil. Chez eux, on signe pour la vie, non ?

— À l'évidence, Eduardo a eu le cran de le faire pendant six mois, et il a déménagé pour s'installer aux Estados Unidos. Dans le comté de Hudspeth, au Texas, pour être exacte.

— Six mois… pourquoi est-ce que je n'aime pas ça ?

— Parce que, d'après le shérif de là-bas, on raconte qu'ils lui ont tellement troué la peau qu'on aurait pu en faire une passoire.

— Hmm.

— Attends la suite. Notre homme, Tomás Bidarte, refait surface dans le nord du Mexique, comme The Shadow, et soudain l'entourage d'Escobar commence à disparaître en masse, par voitures entières, par maisons entières, jusqu'à ce que tous les membres de la famille soient exterminés : hommes, femmes et enfants. Bon, il n'y a rien qui prouverait un lien entre Bidarte et tous ces meurtres, mais suivant la bonne vieille tradition mexicaine, suffisamment de gens ont reçu suffisamment d'argent pour que Tomás soit jeté au Penal del Altiplano, la pire prison de tout le Mexique, et y purge une peine qui s'avère être de douze ans. Juste en passant, la durée de vie moyenne des prisonniers là-bas est de cinq ans seulement.

— Il est sorti ?

— Oui, et il a restauré ses liens avec l'Église apoplectique de la Peau de Mouton, qui avait une communauté à cheval sur les deux rives du Rio Grande, à côté d'une petite ville appelée Bosque. Chaque fois qu'ils avaient des ennuis aux États-Unis à cause de la polygamie, ils passaient du côté mexicain, et chaque fois qu'ils avaient des ennuis avec les Mexicains, ils revenaient.

— Qui est ton interlocuteur au Texas ?

— Le nouveau shérif, un gars qui s'appelle Crutchley.

Je me levai, étirai mon dos pour essayer de redonner un semblant d'alignement à mes vertèbres, et remarquai Santiago à la porte de mon bureau.

— Qu'est-ce que tu regardes ?

Son sourire fit apparaître la fossette caractéristique dans sa joue droite.

— Bon sang, j'ai vu des bisons se lever avec plus de grâce.

J'avançai péniblement jusqu'à mon fauteuil et m'assis.

— Attends, tu vas voir, un jour, ce sera ton tour.

Il s'appuya contre le chambranle.

— Quelqu'un a besoin d'une traduction ?

— Tu veux le numéro de Crutchley ?

Vic posa les papiers sur mon bureau et me montra un numéro qu'elle avait gribouillé dans la marge et conclu de ce point final qu'elle apposait partout ; on aurait dit qu'on avait troué le papier avec un pic à glace. Tandis que je composai le numéro, je lançai un regard à mes deux adjoints.

— Bidarte… ça ne ressemble pas à un nom espagnol.

Sans le regarder, Vic claqua des doigts et tendit l'index vers Saizarbitoira, qui répondit :

— C'est basque, ça veut dire "Entre les chemins".

— Il est basque ?

— *Vasco*, approuva Santiago. Au moins en partie, le sang basque est présent dans environ vingt pour cent des généalogies au Mexique.

Elle leva les yeux vers Sancho.

— Fin de la classe.

Il ne bougea pas.

Au bout de deux sonneries, une voix féminine plus nasillarde qu'un mirliton répondit :

— Bureau du shérif du comté de Hudspeth.

— Je voudrais parler à Michael Crutchley. Ici le shérif Walt Longmire du comté d'Absaroka, dans le Wyoming. À qui ai-je l'honneur ?

— Buffy, sa femme. Je crois que j'ai parlé à une femme italienne de chez vous ce matin, à propos des barjos qui se trouvent du côté de Bosque. (Il y eut une courte pause, le temps qu'elle ajuste la position de l'écouteur contre son oreille.) Je suis désolée mais notre satanée standardiste-réceptionniste est à nouveau enceinte et elle ne travaille pas.

Je mis la conversation sur haut-parleur et reposai le combiné à sa place.

— Je suis désolé pour vous.

— Pas autant que moi. En me mariant, j'ai épousé la Bande Crutchley pour le pire et pour le meilleur, mais pas pour le déjeuner.

Aucun de nous ne sut comment répondre et nous attendîmes patiemment tandis qu'elle parlait à quelqu'un à côté d'elle.

— Peut-être qu'il n'a pas envie de te parler, mais qu'il veut me parler à moi.

Une voix d'homme nous parvint :

— Buffy, donne-moi ce téléphone, bon sang.

Encore un peu d'agitation à l'autre bout.

— Hé, shérif, je vous demande d'excuser ma femme, elle pense qu'elle est drôle.

Il y eut un silence et je supposai qu'il rentrait dans son bureau avec le téléphone.

— Comment puis-je vous aider ?

— Je crois que vous avez eu une conversation avec mon adjointe au sujet des gens de l'Église apostolique de l'Agneau de Dieu qui étaient installés dans la partie sud de votre comté.

— Ouais, ils étaient ici jusqu'à il y a environ un an.

— Que s'est-il passé ?

— Oh, arriérés d'impôts, mais si je me souviens bien, tout a été payé il y a deux ou trois mois. Et ils avaient des problèmes avec les services d'aide à l'enfance, qui les harcelaient parce qu'ils n'assuraient pas une éducation correcte à leurs adolescents de sexe masculin. Ils prétendaient qu'ils avaient une école pour eux, mais ces gamins n'étaient même pas capables de dire quelle était la capitale du Texas.

— Hmm.

— C'est Austin, au fait.

Je grognai.

— Merci.

— Bosque se trouve dans le sud du comté. J'ai un budget hyperserré, douze mille kilomètres carrés de crotales cornus, de sable, d'armoise, et une bande de petits cons qui essaient de rejoindre la terre promise. J'imagine que vous n'avez pas ce genre de problèmes avec les Canadiens, là où vous êtes ?

— Il faudrait d'abord qu'ils traversent tout le Montana. (J'attendis quelques secondes.) C'est au nord de chez nous.

Il grogna à son tour.

— Merci.

— C'est quoi, l'histoire d'Eduardo Bidarte ?

— De l'histoire ancienne, comme j'ai dit à votre adjointe. Il est mort depuis vingt ans environ. Le cartel à Chihuahua a décidé de s'en servir comme cible d'entraînement et quand ils ont eu fini de vider leurs chargeurs, ils avaient bien progressé en tir.

— J'ai cru comprendre qu'il y a eu des représailles à grande échelle ?

— Personne n'ignore que le fils, Tomás, a tué toutes les créatures portant le nom d'Escobar, qu'elles marchent, rampent ou volent.

— Mais on n'en a pas la preuve ?

Crutchley rit.

— C'est le Mexique, les preuves ne passent pas la frontière.

— Des liens entre la drogue et l'Église ?

— Non. J'ai des problèmes de drogue à peu près partout, mais pas avec les mormons.

Il laissa passer quelques secondes et, constatant que je ne disais rien, il demanda :

— Qu'est-ce qui se passe, shérif ?

— Pour l'instant, juste un accident de la route.

— Le nom ?

— Wanda Bidarte, récemment devenue Lynear.

— Big Wanda ?

Je regardai fixement la petite lumière rouge sur mon téléphone.

— Vous la connaissez ?

— C'était la femme d'Eduardo et la mère de Tomás. Elle participait activement à à peu près toutes les organisations caritatives du comté. Elle a même commencé à fréquenter l'église catholique ici à San Marcos. On a cru qu'elle allait se reconvertir, mais je crois qu'ils l'en ont empêchée. (Il soupira.) Un contrôle routier, vous dites ?

— Ouaip. Nous lui avons demandé de se ranger et elle a essayé de filer.

— Bon sang. (Une pause.) Elle était déjà nerveuse comme ça.

— C'est-à-dire ?

— Les uniformes la stressent. Je crois me souvenir d'une histoire selon laquelle elle aurait été kidnappée et violée par des soldats quand elle était jeune. Son père les aurait traqués et tués, ainsi que tous les gens qu'ils connaissaient. Apparemment, l'hérédité est lourde des deux côtés.

— Une justice sommaire.

— Ouais. Vous avez trouvé quelque chose dans la voiture ?

— Des provisions, un revolver et une douzaine de boîtes de munitions. Pourquoi vous me demandez ça ?

— Eh bien, dans le sud du Texas, il s'agit toujours de drogues ou de pétrole.

— Je croyais que vous disiez qu'ils n'étaient pas amateurs de drogue ?

— Pour autant que je sache, mais ça peut changer. (Une nouvelle pause.) Alors, c'est tout ?

— Non, j'ai aussi un "garçon perdu" et une femme disparue.

— Les noms ?

— Le garçon en fuite s'appelle Cord, et le nom de la mère est Sarah Lynear, née Tisdale.

— Le nom Lynear n'aide pas vraiment puisqu'ils s'appellent presque tous comme ça dans la communauté.

— Une femme blonde, environ trente ans. J'ai une photo d'elle, mais elle date.

— Si vous voulez la scanner et me la faire passer par e-mail, j'enverrai un de mes gars à Bosque fouiner un peu. (Il y eut un bref silence.) Vous avez bien dit que son nom de jeune fille était Tisdale ?

— Oui.

— Elle a de la famille ? Peut-être un gars dans le pétrole du nom de Dale Tisdale qui est mort dans un accident d'avion ici, il y a quelques années ?

Je me rappelai l'histoire qu'Eleanor nous avait racontée sur son mari et je trouvai l'information intéressante.

— Il doit s'agir du père de cette jeune femme. Y avait-il un lien entre l'Église et lui ?

— Pas que je sache, mais l'accident a eu lieu juste de l'autre côté de la frontière. Je me renseignerai là-dessus aussi.

— J'apprécierais beaucoup.

J'examinai la manchette de ma chemise – usée jusqu'à la corde ; il faudrait peut-être qu'un de ces jours je m'en achète une nouvelle.

— Pouvez-vous me parler de Roy ?

— Lynear ? C'est un sacré numéro. Il se prenait un peu pour le roi du Texas, tout au moins là-bas, dans son petit coin de l'État. Il est assez charismatique, mais j'imagine que c'est nécessaire quand on devient le chef d'une secte. (Il s'interrompit un instant.) Je ne suis pas particulièrement porté sur la religion, mais les rares fois où nous sommes allés là-bas, j'ai remarqué qu'ils n'avaient même pas d'église. Il y avait tous ces baraquements en tôle dans lesquels ils vivaient, et la propriété était défendue comme un bunker militaire. (Il marqua une nouvelle pause.) Vous l'avez déjà vu debout?

— Pardon?

— Il a vécu ici pendant vingt ans et je crois que personne ne l'a jamais vu debout sur ses deux pieds. (Une nouvelle pause.) Bref, maintenant tout ça, c'est votre problème j'ai l'impression, hein?

Je hochai la tête puis me souvins que j'étais au téléphone.

— Ouaip. Si vous pouviez faire les quelques vérifications dont on a parlé et me tenir au courant, ce serait magnifique.

— C'est comme si c'était fait. *Adiós.*

Je coupai la communication et levai les yeux vers Vic et Sancho. Le Basque fut le premier à parler.

— Ça veut dire au revoir.

J'acquiesçai d'un signe de tête.

— Merci. (Je me penchai un peu en avant.) Il y a ces phrases qu'elle a dites: *Lo lamento… Lo siento, por favor.*

Le Basque sourit.

— Littéralement, *lo siento* veut dire "je le sens", mais généralement, on l'emploie pour dire "je suis désolé", surtout avec *lo lamento*, qui est la forme plus traditionnelle, et *por favor*, c'est "s'il vous plaît", bien entendu.

Je jetai un coup d'œil par la fenêtre et contemplai le ciel immaculé.

— Alors, "je suis désolée" et "s'il vous plaît".

— Ouais.

Je repensai à ce que Crutchley avait dit concernant la drogue et le pétrole, et demandai à Sancho:

— Tu as fouillé le véhicule en détail?

— Oui.

— Et…?

— Comme vous avez dit, l'arme, les munitions en quantité, et des provisions.

— Rien d'autre?

Il réfléchit.

— Il y avait des pièces de rechange de voitures, un différentiel arrière et des roulements, mais c'est à peu près tout.

Nous restâmes silencieux quelques instants, et il sourit.

— Alors, notre célèbre figure de l'Histoire de l'Ouest est retournée en cellule ?

Je souris.

— Oui.

— J'ai apporté du thé chaud à monsieur Rockwell. Il semble aimer ça. (Le Basque me rendit mon sourire.) Il est assez séduit par vous. Il dit qu'il n'a pas été arrêté en cent cinquante ans, mais puisque c'est le shérif Longmire, il accepte de se laisser faire.

Vic se tourna vers moi, le regard encore durci par les traces jaunâtres.

— Au moins, cette fois, tu l'as arrêté. (Elle continua à m'examiner.) Tu l'as arrêté, n'est-ce pas ?

Je ne dis rien.

— Oh, bon sang !

Elle se leva, sortit à grands pas de mon bureau et prit la direction des cellules.

Sancho s'installa à sa place.

— J'espère qu'il y est, ça vaudrait mieux pour vous. (Il avait dû remarquer l'inquiétude qui se lisait sur mon visage.) Vous bilez pas, il s'y trouvait il y a quelques minutes. De toute manière, si on le perd encore, il suffit d'amener votre pick-up à la porte de la prison et d'en sortir à nouveau son passager.

— C'est malin.

— Au fait, ils ont appelé, et le fils Bidarte va venir voir comment va sa mère et récupérer les provisions. Apparemment, ils commencent à avoir faim à l'East Spring Ranch. (Sans me quitter des yeux, il poursuivit :) Vous saviez que c'était exactement le même véhicule que dans *The Brady Bunch* ?

Je lui lançai un regard interrogateur.

— C'était une émission de télé.

Je baissai les yeux.

— Il y a quelque chose qui vous tracasse au sujet de cette voiture ?

— L'un des fils, George, semblait plus préoccupé par la Plymouth que par Wanda.

— Eh bien, c'est un connard, non ?

J'approuvai.

— Oh, ça oui, mais il y a autre chose.

— Vous voulez qu'on fasse un numéro genre douaniers à la frontière sur la Plymouth ? C'est un truc que j'ai toujours eu envie de faire.

— Désosser une voiture complètement ?

— Oui. (Il continua à m'observer.) Vous l'envisagez juste parce que ça fera suer la bande Lynear ?

J'inclinai mon fauteuil vers l'arrière, et coinçai une botte sous le coin de mon bureau comme je le faisais toujours.

— Ouaip.

Vic revint, et s'arrêta sur le seuil.

— Il est arrêté. Officiellement. (Ses yeux balayèrent l'espace entre nous deux comme le ferait la queue d'un chat.) Quel est le sujet de la discussion ?

Saizarbitoria répondit :

— Se la jouer douanier tatillon sur le break.

— Juste pour les faire chier ?

Tout le monde connaissait mes méthodes.

— Ouaip.

Elle commença à sourire et la canine juste un petit peu plus longue que les autres apparut à mesure que son sourire s'élargissait.

— J'adore faire chier les gens.

— Emmenez-le à la station Sinclair de Ray. Si vous trouvez quelque chose, appelez-moi.

Sancho sourit, se leva et rejoignit Vic dans le hall.

— Et vous, qu'allez-vous faire ?

Je rabattis mon chapeau sur mon visage.

MA sieste dura quarante-sept minutes avant que Ruby ne frappe à ma porte et me prévienne que Tomás Bidarte était venu rendre visite à sa mère. J'ôtai mon chapeau et sortis avec peine de mon fauteuil.

Le poète-mécanicien basque-mexicain se trouvait seul dans le hall d'accueil, et je pris le temps de le détailler. Il était plus âgé que je ne l'avais cru lors de nos premières rencontres et il ressemblait plus à un poète qu'à un tueur. Tout chez lui était allongé, étiré, mais toujours équilibré – finalement il tenait peut-être plus du toréador que du poète – comme un ressort en acier remonté à bloc.

— Vous êtes venu seul ?

Il gardait les yeux rivés sur le sol, et je remarquai qu'il avait fait une concession à la température plus fraîche en enfilant une veste en cuir noir.

— Non, les autres sont dans le pick-up dehors.

— Voulez-vous charger les provisions ou voir votre mère en premier ?

Il étira les coins de sa bouche avec son pouce et son index, et je fus impressionné par leur longueur, des doigts de pianiste virtuose.

— D'abord, je voudrais voir ma mère.

Je l'emmenai sur le parking, le regardai échanger quelques mots avec trois hommes qui se trouvaient devant un pick-up à plateau relativement neuf que je n'avais pas encore vu. Il y eut ce qui sembla être une courte dispute, puis Tomás revint me rejoindre. Je restai à côté de la porte et regardai les trois hommes ; George Lynear était à la place passager. Il se pencha en avant, me regarda fixement quelques instants, puis s'adossa à nouveau, l'air fâché.

J'envisageai d'aller les voir et de chercher le fusil qu'il tenait l'autre soir, mais décidai qu'il n'y avait aucun soupçon raisonnable qui pourrait le justifier. Pas encore. J'ouvris ma portière et regardai Tomás par la vitre.

— C'est ouvert.

Il releva la tête et me regarda :

— Qué ?

— La portière est ouverte.

Il hocha la tête et ouvrit, monta et la referma derrière lui.

— Des ennuis ?

Il me regarda.

— Quoi ?

Je lui adressai le sourire le plus chaleureux dont j'étais capable.

— Des ennuis avec vos *compadres* ?

— Ce ne sont pas mes amis.

Je restai quelques instants immobile avant de démarrer le Bullet et de partir en marche arrière, dépassant le groupe renfrogné.

— Ce ne sont pas les miens non plus, je crois.

Nous fîmes le court trajet en silence, et je garai mon pick-up à la place réservée aux véhicules officiels, à côté du service des urgences.

— Mon pick-up connaît la route tellement bien que je pourrais jeter les rênes sur le volant et dormir.

— Vous voyez beaucoup de blessés ?

Je tournai la tête et le regardai.

— Pas particulièrement. Généralement, c'est moi, le blessé. (Il ne dit rien.) Et vous ?

— Mon père était dans un domaine qui imposait beaucoup de violence, mais il a pris ses distances avec tout ça. Malheureusement, la violence n'a pas pris ses distances avec lui. (Il se cala sur son siège, apparemment, il avait envie de parler.) Ma mère, pour me tenir à l'écart des affaires familiales, m'a envoyé à l'école. (Il garda les yeux rivés sur le tableau de bord, qu'il ne voyait pas du tout.) Après l'université, et avant tout ceci, je suis rentré à la maison et je me suis retrouvé mêlé aux affaires de mon père. Je crois que c'est peut-être une des raisons pour lesquelles il a changé de carrière – pour nous sauver, ma mère et moi. (Il rit.) J'étais plus jeune, à l'époque, et impressionnable, c'était avant que je sache comment marche le monde.

Il se tut et je fus obligé de demander :

— Et comment marche-t-il ?

Ses yeux se détachèrent du tableau de bord et il me regarda, surpris que je ne connaisse pas la réponse :

— Avec l'argent, toujours.

— Je suppose que dans certains cercles, l'argent est assez important…

— L'argent est tout. La seule chose éventuellement comparable serait le pouvoir, mais le seul chemin conduisant au pouvoir passe par l'argent. (Il lança un coup d'œil autour de lui.) Ce pick-up, votre insigne, votre arme, les serments que vous avez prêtés, ils ne servent qu'à protéger le statu quo du pouvoir et de la richesse, le poids de ce qui est et le poids de ce qui doit être. Tout le reste est illusion.

Le silence s'installa dans le pick-up, et je n'avais pas particulièrement envie de m'engager dans ce débat avec lui, mais ses élucubrations philosophiques prenaient un chemin bien sombre et je me crus obligé de rectifier le tir.

— Je ne suis pas d'accord.

Un sourire dur déforma le coin de sa bouche tandis qu'il sortait le couteau de sa poche arrière et l'ouvrait d'un geste.

— Avec quoi ?

— Avec tout.

Il tendit l'objet magnifique mais usé pour que je puisse le voir.

— Ce couteau, il est mal fichu, déséquilibré, et inutile sauf pour parader – mais c'est le couteau que j'avais en prison, et j'ai un faible pour lui... (Son regard noir se tourna vers moi.) Je sais que vous avez fait des recherches sur moi, shérif. C'était la prudence même. (Il regarda son couteau à nouveau.) C'est un affreux couteau de lancer, mais j'avais beaucoup de temps pour m'entraîner. On se contente de ce qu'on a. (Il rit.) Peut-être que nous sommes tous des illusions.

— Eh bien, vous ne seriez pas le premier à le dire.

— Vous croyez en la primauté de l'amour ou de la famille ?

Je soupirai.

— Heureusement, ces domaines ne relèvent pas de mes compétences.

— Mais pour vous, ce sont des vérités ?

— Oui.

Le sourire devint rigide.

— Ils disparaissent, l'amour, la famille... Sans le soutien de l'argent et du pouvoir, même l'amour et la famille sont condamnés à périr. (Il frotta une main plate aux longs doigts sur son genou, comme s'il le polissait.) Vous avez de la famille ?

— Ouaip.

— Des enfants ?

— Une fille et un petit-enfant en route.

— Une femme ?

— Décédée il y a sept ans, d'un cancer.

— Je suis désolé.

Ses yeux noirs me regardèrent encore quelques instants, puis il défit sa ceinture de sécurité.

— Et votre famille à vous, monsieur Bidarte ?

Il resta là, à regarder à travers le pare-brise de mon pick-up vers l'entrée du service des urgences.

— Je n'ai plus qu'elle.

Isaac Bloomfield nous accueillit devant les doubles portes battantes au fond de la salle d'attente mauve. Je cherchai du regard les deux autres mousquetaires du corps médical, mais à l'évidence, Doc avait décidé de leur donner leur après-midi.

Isaac détailla Tomás à travers ses verres en cul de bouteille.

— Elle est juste là.

Comme lui, nous tournâmes à gauche et suivîmes le couloir jusqu'à la porte de la chambre 22. Big Wanda était calée contre plusieurs oreillers et lisait une Bible des Gédéons qu'elle avait trouvée dans la table de nuit. Elle leva les yeux et ses joues s'arrondirent dans un sourire joyeux lorsqu'elle reconnut son fils.

— Tomasito !

Il se précipita vers le lit et l'enlaça, avant de reculer rapidement pour nous regarder.

— Je voudrais passer un moment seul avec elle, s'il vous plaît ?

— Bien sûr.

J'escortai Bloomfield jusqu'au couloir, et nous arrivâmes au poste des infirmières, désert, où l'horloge murale égrenait bruyamment les secondes et où la cafetière était toujours pleine. Je pris un gobelet en polystyrène sur la pile et me servis.

— Doc ?

— Non merci. (Il attendit un moment, puis ajouta :) Tu as l'air fatigué.

Je posai mon café sur le comptoir et calai mes coudes sur la surface plastifiée en imitation bois.

— Pour répondre à vos observations, je tourne à environ deux heures et demie de sommeil, en ce moment.

Nous nous redressâmes quand nous vîmes Tomás passer les portes.

— Je suis prêt à partir.

— C'était bref.

J'engloutis ce qui passait pour du café au Durant Memorial et jetai le gobelet dans la poubelle.

— Très bien.

— J'emmène ma mère avec moi.

Je lançai un coup d'œil à Isaac, qui parla d'une voix conciliante.

— Je crains que vous soyez obligé d'attendre les vingt-quatre heures qui sont de rigueur dans les cas de commotion, même légère.

Bidarte croisa les bras, et j'entendis le cuir de sa veste crisser comme la peau d'un serpent.

— D'accord, si c'est vraiment nécessaire. (Il se tourna vers moi.) Mais je vais avoir besoin du véhicule qu'elle conduisait.

Le cliquetis de l'horloge au-dessus du poste des infirmières résonna à nos oreilles, du moins aux miennes.

— Heu… ça aussi, ça risque d'être difficile.

J'AVAIS expliqué que la voiture avait été confisquée et qu'il faudrait plus de temps pour la récupérer.

Tomás supervisa le chargement des provisions pendant que George restait dans le camion – c'était une tâche trop avilissante pour lui. Je promis à Bidarte que je prendrais des nouvelles du break pendant qu'ils faisaient des courses à Gillette – j'ajoutai que je laisserais un message à Ruby sur la manière dont il pourrait procéder et je lui donnai ma carte.

Il partit sans dire au revoir.

Je m'en allai à la station Sinclair de Ray, qui avait été la station Shell de Ray, la station Texaco de Ray, et la station Red Crown de Ray encore avant. C'était un petit garage à l'ancienne dont le bureau comportait un mur en briques de verre. La clé des toilettes était accrochée à un collecteur d'échappement, et pour autant que je sache, personne n'avait jamais acheté aucune des barres chocolatées racornies qui se trouvaient sous la vitre sur laquelle était posée la caisse enregistreuse. Personne ne venait chez Ray pour l'ambiance chaleureuse ; on venait pour Fred Ray, un mécanicien automobile extraordinaire.

Je traversai le bureau et passai sous un cabriolet Mustang GT de 1969 aux lignes de requin que je connaissais bien et qui était monté sur un des ponts. Ray était en train de défaire le bouchon de vidange sur le carter du 428 Super Cobra Jet.

Je tendis le bras et posai une main sur l'un des pneus diagonaux d'origine.

— Alors, c'est toi qui entretiens ce bolide pour Barbara Thomas ?

Le menton et la lèvre supérieure tachés de graisse, le mécanicien me sourit.

— Cette voiture n'a que vingt-sept mille kilomètres au compteur, c'est incroyable, hein ?

Il fit basculer un container pour recueillir l'huile et finit de dévisser le bouchon, qu'il attrapa d'une main experte avant que le liquide doré ne puisse l'emporter dans le baril. Il approcha ses doigts de son visage pour examiner le liquide visqueux.

— Elle laisse son neveu la conduire, avec elle à la place passager, environ cent cinquante kilomètres par an, puis elle l'envoie ici pour une vidange et une révision. Le problème majeur dans cette voiture, c'est empêcher que la batterie se décharge.

— Pourquoi ne la donne-t-elle pas tout simplement à Mike ?

Ray éclata de rire.

— Elle a peur qu'il se fasse mal avec. Tu y crois ? Quel âge a-t-il, cinquante ans ? (Il secoua la tête et posa le bouchon de vidange sur le couvercle du baril.) Pour elle, il a dix-sept ans… (Il leva les yeux vers le mastodonte mécanique.) Enfin, peut-être qu'il se tuerait au volant de cette merveille. Je sais que ça pourrait m'arriver, à moi. (Il s'essuya les mains sur un chiffon en coton rouge.) Tu cherches le derby de démolition ?

— Ouaip.

— Dans le box voisin.

Je le remerciai d'un signe de tête, passai dans l'autre partie du garage, et arrivai au milieu d'un déballage chaotique de pièces détachées.

— Bon sang.

La tête de Saizarbitoria apparut au-dessus d'une portière dénudée.

— Il n'y a rien d'autre dans cette voiture que des pièces de voiture.

Je hochai la tête, m'approchai de la banquette arrière sur laquelle étaient posés quelques cartons, et m'accroupis.

— Où est Vic ?

— Là-dessous.

Sa voix résonna en écho sur le sol en béton, et elle sortit de sous la Plymouth, allongée sur un chariot, avec une lampe de chantier dans la main et une tache de graisse noire sur le nez. Elle semblait parfaitement à l'aise.

— Je veux cette Mustang.

— Je l'imagine volontiers. Tout le monde dans le comté veut cette Mustang.

Je la regardai de plus près – elle avait un chiffon noué sur le front comme Rosie la riveteuse, et elle portait une combinaison qu'elle avait dû emprunter à Ray – elle était sexy, comme toujours.

— Tu te fais plaisir, on dirait.

— Parmi les nombreuses affaires infâmes de mon oncle Alphonse, il y avait un garage clandestin sur Christian Street, dans lequel je faisais des petits boulots de lubrification.

— Ça ne m'étonne pas de toi.

Elle sourit et disparut sous la voiture.

— Je savais faire ça très bien.

— Ça ne m'étonne pas du tout.

Je croisai le regard du Basque qui était planté, les poings sur les hanches.

— Alors ?

Il soupira.

— Rien.

Je hochai la tête et me mis à tripoter le couvercle du carton le plus grand posé à côté de moi.

— Bon, il faut qu'on la remonte aussi vite que possible, parce que j'ai promis à Tomás qu'il pourrait la ramener à l'East Spring en fin d'après-midi.

La tête de Vic réapparut comme un diable sorti de sa boîte.

— Tu rigoles.

— Non. (J'ouvris le carton et jetai un coup d'œil à l'intérieur.) Je suis sûr qu'on peut demander à Ray de nous aider.

Plongeant la main dans la boîte, je soulevai un coin de papier journal qui emballait une pièce métallique.

— Qu'est-ce que c'est ?

Saizarbitoria se pencha par-dessus le capot.

— C'est le joug différentiel dont je parlais, celui que nous avons trouvé dans le logement de la roue de secours. Je ne l'ai pas examiné de près, mais il est énorme, et il pèse une tonne, alors je ne crois pas qu'il aille sur la Plymouth.

Des deux mains, j'arrachai le carton et regardai l'énorme pièce, puis la retournai. Sous cet angle, elle ne ressemblait en rien à une pièce détachée automobile pour quelque modèle que ce soit, encore moins pour celui-ci.

Vic sortit complètement de sous le break.

— Mais qu'est-ce que c'est que ce truc ?

J'examinai de plus près l'objet.

— Il s'agit d'un tricône de forage en diamant polycristallin de Hughes.

# 10

Avant que Howard Robard Hughes Jr devienne un grand homme d'affaires, ingénieur, aviateur, producteur de cinéma, philanthrope, ainsi que l'inventeur du soutien-gorge de Jane Russell, et un toqué de première, il hérita à dix-neuf ans de soixante-quinze pour cent de l'empire de Howard Robard Hughes Sr. Comme la plupart des milliardaires, Howard Hughes n'était pas un *self-made man*. Les fondations de sa fortune avaient été bâties sur la tête de forage moderne déjà brevetée par l'entreprise familiale, Hughes Tool, en 1909. L'homme d'affaires texan avait pris la décision lucrative et astucieuse de louer les têtes de forage plutôt que de les vendre après les avoir commercialisées.

Je ne sais pas si Junior est jamais venu dans le Wyoming, bien que la Paramount ait proposé de lui vendre *L'Homme des vallées perdues*, le film tourné à Jackson Hole, parce qu'il avait de loin dépassé le budget prévu. Hughes déclina la proposition sans l'avoir vu. Selon la rumeur, la Paramount s'était résolue à abandonner le film et s'apprêtait à ranger les bobines dans les rayons westerns de seconde zone lorsqu'Howard finit par voir le premier montage du film. Il fit immédiatement une offre, la Paramount changea d'avis, et le reste, comme on dit, relève de l'histoire cinématographique.

Mais si Hughes n'a jamais poussé jusqu'au Wyoming, l'invention de son papa, si. Je l'avais vue à l'œuvre au cours de l'été suivant ma dernière année de lycée, où j'avais travaillé comme ouvrier dans le cadre de la campagne entreprise par mon père pour m'enseigner la valeur des études supérieures. La démarche avait été une réussite, et j'avais passé les quatre années suivantes à l'Université de Californie du Sud à étudier la littérature anglaise pour éviter de retourner dans les champs de pétrole. Jusque-là, c'était un succès.

La tête de forage à deux cônes – et plus important, son descendant, le tricône – ressemblait à la bouche d'un des vers géants de Frank Herbert dans *Dune*, et avec les diamants en plus, on aurait dit la dentition d'un *gangsta*.

Double Tough expliqua tout en détail pour Vic et moi, et son lourd accent des Appalaches convenait parfaitement à la description.

— Cent soixante-dix mille dollars, à peu de choses près.

J'examinai la pièce d'équipement lourd pleine de dents, dont le transport avaient nécessité deux paires de bras jusqu'au poste annexe du bureau du shérif du comté d'Absaroka à Powder Junction – notre version de la Légion étrangère française, et peut-être bien l'endroit le plus déprimant du monde. Je levai les yeux vers l'immense carte jaunie de la région, qui était si ancienne que l'autoroute n'y apparaissait même pas. Je remarquai un lit pliant dans la pièce du fond et devinai que Double Tough devait dormir là pendant que la fiancée de Frymire était en ville.

— Tu n'as jamais envisagé de réaménager un peu cet endroit ?

Il m'ignora, fit tourner une des têtes de l'engin et tripota un des diamants du bout de son ongle épais.

— Du diamant polycristallin, mais quand même du diamant. Bon sang, ce n'est que la deuxième fois de ma vie que j'en vois un, l'autre, c'était en Bolivie.

Je bus une gorgée du café que j'avais versé dans une tasse fendue marquée HOLE IN THE WALL.

— Je mettrai un peu d'argent de nos caisses si tu veux acheter un tapis, par exemple.

La voix de Vic s'éleva dans mon dos.

— C'est toi qui parles de déco intérieure ?

Les muscles des épaules de Double Tough se gonflèrent lorsqu'il empoigna l'objet pour le retourner et, soulevant un peu la visière de sa casquette, examiner les marques du constructeur.

— Hughes Christensen, c'est de la bonne came.

— La Cadillac des têtes de forage ?

Il leva les yeux vers Vic, qui était debout à côté du bureau.

— Plutôt une putain de Lamborghini.

Elle sourit.

— Tu savais qu'ils faisaient des tracteurs avant de fabriquer des voitures ?

— Sans déconner. (Ses yeux brillèrent tandis qu'il caressait la tête de forage.) Les Chinois fabriquent pas mal de trucs pas chers, mais celui-ci, c'est de la supercame. (Il siffla entre ses dents.) Forage directionnel et technologie anti-tourbillon. Ce machin peut traverser à peu près tout ce qu'on veut.

Je posai la tasse sur le coin du bureau.

— Pour chercher de l'eau ?

Il leva les yeux.

— Ouais, mais ce serait comme labourer ton champ avec une Lamborghini. (Il sourit.) La voiture, pas le tracteur. (Il examina la tige de la bête.) Il y a un numéro de bail, ici. J'ai encore des connexions dans le milieu, je peux passer quelques coups de fil et découvrir à qui il a été loué.

— Pourquoi ne pas appeler Hughes Christensen ?

Il haussa les épaules.

— Eh bien, je ne veux pas causer d'ennuis à qui que ce soit…

Je lançai un coup d'œil à Vic, debout à côté du bureau les bras croisés. Elle tendit la main, attrapa le combiné et le lui tendit.

— Putain, vas-y, hésite pas.

L'ancien contremaître haussa les épaules et commença à composer le numéro.

J'allai jusqu'à la vitre de la porte et regardai, à travers la décalcomanie de notre étoile écaillée et décolorée par le soleil, le vieux break garé devant, la cour de récréation en face. Nous n'avions pas prévu que chacun de nos bureaux donne sur une école publique, mais cela s'était fait ainsi.

Vic me rejoignit à la porte tandis que Double Tough parlait au téléphone.

— Pourquoi ils auraient un engin comme celui-ci, et pourquoi il était planqué comme ça ?

— Je ne sais pas.

Elle marqua une pause pour soulever le carton dans lequel se trouvait la pièce. Il était écrasé d'un côté et rempli de journaux mexicains. Sur le côté, on pouvait lire : MISSION TORTILLA ROUNDS, RESTAURANT STYLE, IRVING, TEXAS.

— Tu crois qu'ils l'avaient oublié ?

Tapotant le couvercle du carton du bout du doigt, je ris.

— Si tu avais une pièce détachée valant cent soixante-dix mille dollars…

Elle finit la phrase à ma place en contemplant le véhicule appartenant à l'Église apostolique de l'Agneau de Dieu.

— … dans le compartiment de la roue de secours d'un break déglingué tout droit sorti de *The Brady Bunch*, non, je n'oublierais pas. Je parie que c'est pour ça qu'ils sont plus préoccupés par la voiture que par Big Wanda. (Elle prit un des journaux en boule du carton et l'aplatit.) Ciudad Juárez. Ils font une promo sur les sandales en pneu recyclé.

Elle jeta un coup d'œil autour d'elle et lorsqu'elle se rendit compte que je ne lui prêtais aucune attention, elle me donna un coup de coude.

— Hé.

— Ouaip ?

— Merci de ne pas m'avoir envoyée ici, je crois que je me serais ouvert les veines.

Je contemplai la crasse sur la vitre et me rendis compte qu'elle se trouvait surtout à l'intérieur.

— Moi, j'avais bien aimé quand Lucian m'avait envoyé ici, mais je t'en prie.

— À quoi tu penses ?

— Je me demande comment l'Église apostolique de l'Agneau de Dieu rembourse tout à coup des centaines de milliers de dollars d'arriérés d'impôts dans tous les coins des Hautes Plaines. (Je lâchai un long soupir très lent.) Il se passe quelque chose avec ces gens.

— Ah ouais, tu crois ?

Je croyais, oui, et je me tournai pour regarder Double Tough qui venait de raccrocher.

— Ils vont me rappeler, et je dois admettre que c'était assez marrant de leur dire que c'était en rapport avec une enquête criminelle et qu'ils feraient bien de s'activer.

Je hochai la tête.

— Ils disent qu'ils creusent un nouveau puits d'eau à l'East Spring Ranch. Y a-t-il une raison pour laquelle ils utiliseraient une tête de forage comme celle-ci pour ce genre de tâche ?

Il réfléchit.

— Eh bien, c'est une tête pour la roche. J'imagine que si on tient absolument à forer à un endroit précis, on peut s'en servir quand on tombe sur une grosse couche de pierre.

— Comme ici, dans la partie sud du comté ?

— Je suppose.

Je le regardai de près.

— Tu n'as pas l'air convaincu.

— Je ne le suis pas. Pourquoi ne pas forer ailleurs ? Enfin... (Il désigna le Rockefeller des têtes de forage.) Ce serait du surarmement, d'utiliser une pièce comme celle-ci.

— Tu t'en servirais pour quoi, alors ?

— Je vous l'ai dit : du pétrole, du gaz, quelque chose qui vaudrait plein d'argent.

Je repensai à la description détaillée que je lui avais donnée au début de la conversation.

— Est-ce qu'on pourrait forer pour trouver du pétrole ou du gaz avec le genre de foreuse que je t'ai dit avoir vue à East Spring, celle qui était fixée à l'arrière du Peterbilt ?

— Pas ici, en tous cas. (Il secoua la tête et je regardai son esprit plonger dans la terre, explorer les strates qu'il connaissait si bien.) Tout est à sec par ici, du moins ce qui est facile à extraire. Il faudrait forer à presque quatre mille mètres avant d'arriver au schiste de Niobrara, aux formations Shannon et Sussex au-dessus. C'est-à-dire un puits vertical de trois mille mètres avec peut-être une section latérale de mille cinq cents mètres, et si on ajoute l'équipement nécessaire pour vendre le pétrole, on parle de dix bons millions de dollars pour démarrer. (Il s'assit sur le coin du bureau et posa une main sur la tête de forage d'un geste tendre.) Est-ce que vos amis à l'East Spring Ranch ont autant d'argent ?

— Je ne crois pas.

— En tous cas, il faudrait qu'ils aient fait une demande auprès de la Commission pour la préservation du pétrole et du gaz. Et il leur faudrait un permis, surtout s'ils craignent Dieu et la loi.

— Eh bien, le jury n'est pas parvenu à un verdict sur au moins l'un des deux points.

Vic se joignit à nous et contempla la pièce industrielle.

— Comment ils livreraient le pétrole ?

Double Tough rit.

— Avec des camions-citernes, ou encore mieux, un pipeline.

— Est-ce que tu as vu une activité qui ressemble à ça, par ici ?

— Non, mais en même temps, je ne cherchais pas.

— Mais tu dis qu'il n'y a pas assez de pétrole pour se donner tout ce mal ?

Il secoua la tête.

— Pas pour une exploitation industrielle.

Je me tournai à nouveau vers la porte – un pick-up qui ne m'était pas inconnu, plein à craquer de passagers, s'était garé derrière le break.

— Pour l'instant, je dois aller rendre leurs biens à leurs propriétaires.

Je m'apprêtai à sortir quand je le regardai retourner la tête de forage sur la table avec un gros *poum*.

— Y compris ceci ?

— Non, à moins qu'ils le réclament.

Le téléphone sonna et il tendit le bras pour décrocher.

— Qu'est-ce que vous allez faire ?

Vic jeta le carton sur le sol et m'emboîta le pas tandis que je tournai la poignée et poussai la porte.

— Aller à la pêche.


Roy Lynear était assis sur son trône dans le Super Duty, entouré d'une cour bien maussade.

— Bonjour shérif.

— Monsieur Lynear.

Il se pencha en avant, et je regardai Lockhart, le gars à la coupe militaire, sortir du siège conducteur et se placer à côté de la portière. Un autre homme se positionna au coin avant du plateau et nous regarda, Vic et moi ; au bout de quelques instants, je remarquai son œil enflé et je reconnus le type que j'avais cogné dans le Dakota du Sud.

— Mon chauffeur, monsieur Tom Lockhart. Et monsieur Earl Gloss, dont vous avez déjà fait la connaissance, je crois ?

Je le détaillai quelques secondes, puis mon regard retourna vers le conducteur. La crosse d'un semi-automatique était tout juste visible sous un coupe-vent bleu marine. Je m'adressai à Lynear.

— J'espérais voir monsieur Bidarte. J'espère qu'il se sent mieux.

L'homme énorme lança un coup d'œil à Gloss, qui s'approcha immédiatement du break.

— Je crois qu'il s'est absorbé dans le travail au ranch. Certains hommes réagissent ainsi.

Il essaya de continuer à retenir mon attention, mais je ne quittai pas des yeux l'homme au visage tuméfié qui essayait d'ouvrir la porte arrière, sans succès.

J'envisageai de lancer les clés à Vic, mais elle s'était décalée sur ma gauche pour que Lockhart soit dans son champ de vision. Je partis vers le break. Les yeux de Gloss s'écarquillèrent et il jeta un coup d'œil vers son chef, puis encore vers moi, avant de glisser ses mains dans son dos.

— Juste pour que vous soyez prévenu, je ne laisserai personne poser à nouveau ses mains sur moi.

Je ne lui prêtai pas la moindre attention et continuai à avancer, surveillant les autres du coin de l'œil. Vic se tourna pour faire face à l'autre homme.

— Vraiment ?

Je glissai ma main dans la poche de ma veste lorsque Gloss sortit un .45, un modèle récent et cher, et le pointa vers moi.

— Ne vous approchez pas.

Je n'étais pas trop inquiet, puisque le pistolet n'était pas armé. D'accord, tout tireur adroit pouvait armer le chien s'il y avait une balle dans la chambre, mais j'avais l'impression que Gloss ne faisait pas partie de cette catégorie, du moins pas quand il se trouvait en face d'un représentant de la loi en uniforme et armé.

Il brandit le pistolet un peu plus haut, le dirigeant vers mon visage.

— Je ne répéterai pas.

Parfois, on peut faire tomber une arme en donnant une grande claque sur la main du tireur ; c'est un coup de dés parce que, parfois, cela ne fonctionne pas, et là, on se fait descendre. Mais j'étais remonté comme une pendule, et je pris le risque. Le pistolet de Gloss vola dans les airs et atterrit dans la terre meuble du fossé entre la route et le parking de l'école.

Restant tout près de lui, j'agitai le trousseau de clés sous son nez, puis me penchai pour déverrouiller le coffre du vieux break.

Gloss jeta un coup d'œil en direction de son arme, qui se trouvait à sept ou huit mètres de lui.

— Vous n'aviez aucun droit de faire ça.

Je tournai la clé, la vitre arrière descendit dans un grincement douloureux, puis j'abaissai le hayon.

— En fait, si, j'avais tout à fait le droit. Ce n'est pas parce que vous êtes autorisé à porter une arme que vous pouvez la brandir et menacer un représentant de la loi.

Je lui lançai les clés et reculai d'un pas.

Il jeta un coup d'œil à Lynear puis fouilla dans le break, ouvrant immédiatement la trappe de la roue de secours où avait été caché le tricône. Il sortit sa tête du break et la secoua vigoureusement.

— Vous avez perdu quelque chose ?

— Je n'aime pas rouler sans avoir une roue de secours.

Je me tournai vers Lynear, qui contemplait le spectacle du haut de son trône mobile. Il était facile de voir qui était le cerveau de l'opération.

— Avez-vous réussi à faire fonctionner votre tête de forage ?

Sa tête se pencha de côté.

— Malheureusement, nous y travaillons toujours.

— J'ai reçu un appel du bureau du contrôleur du comté concernant la logistique de votre nouveau puits. Ils voudraient envoyer quelqu'un avec un GPS pour avoir la localisation exacte du site.

Il ne sourit pas.

— Ah bon, vraiment ?

Je continuai, le sourire aux lèvres – je suis comme ça, du genre aimable.

— Je me suis porté volontaire pour faire le boulot.

— Je n'en doute pas.

Je désignai Vic, toujours plantée face au chauffeur.

— Nous serons là demain, si vous pouviez prendre des dispositions pour que quelqu'un nous attende au portail aux alentours de midi.

— Je vais voir ce que je peux faire.

— Sinon, je passerai à travers avec mon pick-up.

Lynear hocha la tête et j'eus l'impression que nous avions progressé dans notre relation, mais notre duel oculaire fut interrompu par Gloss qui s'était écarté du break pour aller récupérer son pistolet au fond du fossé.

— Je ne ferais pas ça, si j'étais vous.

Il s'immobilisa en entendant ma voix.

— C'est mon arme.

— Ouaip, absolument, et nous avons une autre loi ici dans le Wyoming concernant les armes introduites sans autorisation sur la propriété d'une école. Elle prévoit une peine incompressible. Et cette arme est assurément sur le territoire d'une école.

Il jeta un coup d'œil à l'arme automatique qui étincelait dans la poussière comme un trésor inatteignable.

— Eh bien, qu'est-ce que suis-je censé faire ?

— Il vous reste à décider si cette arme vaut cinq à sept ans à Rawlins. La ville est assez agréable, mais je ne suis pas certain que l'hébergement au pénitencier de sécurité maximale soit formidable.

Vic, toujours postée à côté du chauffeur, commenta d'une voix forte :

— Bâtonnets de poisson et pommes noisettes le vendredi.

Je crois qu'elle alla jusqu'à adresser un clin d'œil à Lockhart.

La voix de Lynear résonna de l'arrière du pick-up.

— Earl, je crois qu'il est temps que nous partions.

Gloss fit le grand tour, en prenant soin de passer par l'avant du break pour m'éviter, puis il ouvrit la portière de la Plymouth et monta.

— Je veux récupérer mon arme.

— Dès que j'aurai vérifié les numéros de série et que vous m'aurez montré un port d'arme du Wyoming ou du Texas me prouvant que vous la détenez légalement.

Il claqua la portière et ils auraient probablement quitté les lieux dans un festival de crissements de pneus, de dérapages et de vrombissements si le démarreur du Satellite fatigué n'avait pas expiré dans un ultime cliquetis ridicule.

Je jetai un coup d'œil à Lynear.

— Vous avez des pinces crocodiles, les gars ?

De retour dans mon bureau, Vic examina le Wilson Combat Supergrade Classic de Gloss, actionnant la culasse avec férocité jusqu'à ce que toutes les jolies balles dum-dum de calibre 45 soient étalées sur mon bureau.

— Ça aurait fait mal s'il t'avait tiré dessus, tu sais ?

— Oui.

Elle prit une des balles striées à pointe creuse entre ses doigts.

— Elles font plus mal que les normales, tu le sais, hein ?

— Oui.

Elle était fâchée, mais elle parla à voix basse pour que personne dans le hall ne puisse l'entendre.

— Tu es un con, tu le sais, hein ?

— Oui.

— Si ce salopard t'avait descendu, j'aurais été obligée de tuer tout le monde, ce qui ne m'emmerde pas plus que ça, mais après, j'aurais été forcée de soulever tes cent vingt kilos…

— Je suis descendu à cent onze.

Elle pointa un index vers moi.

— Ta gueule, putain.

— Oui.

— … de gras pour les charger dans ta voiture, et rouler à la vitesse de la lumière dans l'espoir que tu ne te viderais pas de tous tes fluides corporels sur les tapis avant de mourir.

Elle s'adossa dans le fauteuil, ses yeux comme une paire de trous noirs entourés de flamboiements solaires, engloutissant tout, et je n'eus qu'une pensée, elle était diablement sublime – une pensée que je ne devais pas verbaliser au risque de mettre ma vie en danger, très probablement.

Je me détendis un peu.

— Est-ce que je peux parler maintenant?

— Non, tu ne pourras pas parler tant que tu ne te montreras ne serait-ce que vaguement capable de te comporter comme un professionnel rationnel, raisonnable.

Je réfléchis.

— Je ne vais donc pas pouvoir parler jusqu'à la fin de mes jours?

— Non.

Je jetai un coup d'œil par la fenêtre et réfléchis honnêtement à mes actes.

— Je suis désolé.

Elle se jeta en avant et d'une voix sifflante, répondit :

— Ne dis pas ça, ne le dis pas, parce que tout ce que ça va faire, c'est m'énerver encore plus. Et tu veux savoir pourquoi? Parce que tu n'es pas sincère. Tu te balades, là, en roulant des mécaniques, genre je suis invincible. Une attitude qui aurait dû te passer lors de ta dernière petite sortie dans les montagnes.

— C'est comme ça que j'ai perdu presque huit kilos.

— Ta. Gueule. Putain.

Elle était vraiment en colère maintenant, et elle se mit debout, tenant encore le .45 que nous avions confisqué.

— Il y a beaucoup de gens dans le coin qui dépendent de toi, tu sais.

Elle fit les cent pas, puis s'arrêta, prit une longue inspiration et se passa les mains dans les cheveux.

— Beaucoup de gens, et si tu ne veux pas penser à toi, alors peut-être que tu devrais penser à eux.

Elle se gratta le bout du nez avec le canon du semi-automatique.

J'apprenais vite, je ne dis rien.

Sans prévenir, elle jeta le Wilson sur mon bureau, où il heurta mon sous-main en cuir avec un bruit sourd avant de glisser vers moi.

— Cette arme vaut dans les cinq mille dollars. Qu'est-ce que nos gars de *La Petite Maison dans la prairie* fabriquent avec un truc pareil ?

Je levai la main.

Elle me répondit par un geste de la sienne.

— Vas-y.

— Je ne sais pas.

Elle se tourna pour me regarder.

— Tu as grillé ton occasion de parler pour dire ça ?

Je haussai les épaules et l'observai, avant de désigner le pistolet posé sur mon bureau.

— Au risque de te voir charger l'arme citée précédemment pour me tirer dessus, est-ce que tu vas bien ?

Elle se tourna très lentement.

— Qu'est-ce que tu entends par là ? (Je posai la main sur le .45 et le poussai pour qu'il ne soit plus à sa portée.) Je veux juste que les choses soient claires. (Elle tapota sa poitrine du bout de son index.) Je te remonte les bretelles et tu me demandes ce qui ne va pas chez moi ?

— C'est juste que… que tu as l'air un peu à cran.

Elle traversa la pièce pour aller fermer complètement la porte et revint s'asseoir devant moi, sur mon bureau, près de moi et près du pistolet.

— Je. T'emmerde. Encore. J'essaie d'avoir une conversation sérieuse sur tes derniers agissements totalement immatures, et tu as recours à cette vieille tactique macho pour tout mettre sur le compte de mes émotions ?

Je levai la main à nouveau.

Elle leva un pied et posa une botte entre mes jambes, attrapa le devant de ma chemise et m'attira tout contre elle, m'obligeant à saisir les accoudoirs de mon fauteuil pour ne pas perdre l'équilibre.

— Je contrôle parfaitement mes émotions.

Pour preuve, un Vésuve de baisers – une éruption brutale, écrasant tout, de la lave en fusion, ne laissant rien derrière elle que la cendre pétrifiée. Je crus un instant que j'allais suffoquer, lorsqu'elle lâcha ma chemise comme la poignée d'ouverture d'un parachute.

Son visage resta là tout près du mien et je continuai à respirer son haleine, à sentir sa chaleur sur ma mâchoire, et sur mon cou.

— Des questions sur mes émotions ?

— Nan.

Elle poussa du bout de son pied, et je sentis ma botte se décoincer. Et c'est là que je compris que mon fauteuil partait en arrière. Je cherchai frénétiquement à attraper le bord de mon bureau, Vic, n'importe quoi, mais elle s'était déjà remise debout et éloignée, et je m'écroulai sur le plancher, certes recouvert de moquette mais malgré tout impitoyable.

Je restai allongé là, essayant de retrouver mes esprits et de faire rentrer de l'air dans mes poumons ; elle s'approcha et se tint au-dessus de moi, ses cheveux encadrant son visage comme une aura qui n'avait rien de spirituel. L'arrière de ma tête était douloureux, et je serrai fort les paupières pour faire partir la migraine qui commençait à s'installer.

Elle se plia en deux pour me regarder ramper hors des décombres et chuchota d'une voix sensuelle :

— Je ne t'ai pas donné la parole, chouchou.

Bon sang.

En tendant une main, je parvins à effleurer son mollet musclé tandis qu'elle tournait les talons et s'éloignait. Je refermai les yeux pour, me sembla-t-il, un bref moment, et lorsque je les rouvris, elle était partie et une tête différente soufflant une autre haleine, le visage long, très inquiet, se penchait sur moi. Troublé, il passa un grand coup d'une langue large comme un livre de poche sur le côté de ma tête, avec la conviction légitime qu'un bon baiser améliorait toutes les situations, enfin, presque toutes.

Je tendis le bras, attrapai son collier et lui massai l'oreille.

— Comment ça va, vaurien ?

Il secoua la queue et disparut tandis que je remarquais quelqu'un debout sur le seuil de ma porte.

— Walt ?

Je fis de mon mieux pour que ma voix ait l'air totalement normale.

— Ouaip.

— J'ai entendu un gros bruit.

— Ça devait être moi.

Ruby entra, et je remarquai qu'elle portait une paire de chaussures de sport avec des bandes réfléchissantes. C'est drôle, les choses qu'on remarque depuis cette perspective.

— Qu'est-ce que qui se passe ?

— Saizarbitoria veut te parler, et Double Tough est sur la une, une histoire de pièce industrielle de forage…

— Peux-tu me donner le téléphone et dire au Basque où je me trouve ?

— Bien sûr.

Elle posa l'appareil tout entier sur ma poitrine, prit le combiné et me le tendit, un doigt posé sur le bouton, prête à appuyer.

— Ça t'ennuie que je te demande ce que tu fais ?

— Non, ça ne m'ennuie pas.

Nous attendîmes tous les deux.

Finalement, elle appuya sur le bouton puis passa un pouce sur mes lèvres.

— Tu devrais enlever le rouge à lèvres, ça ne te va pas.

Je la regardai se redresser et disparaître par la porte.

— On a de l'aspirine ?

Ajustant le combiné au creux de mon épaule, j'envisageai de me lever, mais ma position n'était pas si inconfortable, alors je parlai.

— Qu'est-ce que tu as pour moi, Double Tough ?

— Salut, chef. Hughes Christensen a rappelé et je peux vous dire qu'ils n'ont jamais fait aussi vite.

— Qu'est-ce qu'ils disent ?

— La pièce est volée.

— Tiens donc.

Il y eut un bruit de papiers froissés et il lut ses notes.

— Le bail initial était avec la Pemex, la compagnie pétrolière mexicaine d'État.

— Une grosse entreprise, on dirait ?

— Grosse au point d'atteindre les quatre cent quinze milliards en actifs.

J'émis un sifflement.

— Comment se sont-ils rendu compte que la pièce avait disparu ?

— Ils ne s'en sont pas aperçus. Elle avait été louée à un sous-traitant privé.

Je remarquai la présence de quelques fissures au plafond de mon bureau et l'écoutai.

— C'est comme ça que ces grosses boîtes travaillent : ils commandent plusieurs machines s'ils ont ne serait-ce que l'intuition qu'ils en auront besoin, parce que contrairement à nous autres, ils n'attendent pas.

— Je vois.

— Mais ensuite, ils se retrouvent avec tout ce matériel qu'ils n'utilisent pas et commencent à réfléchir à la manière de récupérer des fonds. Les petits exploitants ont terriblement besoin de ces équipements, mais les grosses entreprises tiennent tout. Alors ils vont les voir, le chapeau à la main, et les gros les font payer pour rentrer dans leur frais.

— Qui était le sous-traitant ?

— Une entreprise brésilienne encore plus grosse appelée Petrobras, qui a ensuite elle-même sous-loué la tête de forage à une entreprise appelée...

— Ne m'en veux pas, Tough, j'apprécie vraiment tout ce que tu fais mais...

Il éclata de rire.

— Dix-sept autres contrats de location.

— Tu plaisantes.

— Je veux une augmentation.

— Je t'ai offert un tapis.

— La dernière entreprise était... (Il consulta son papier.) DT Enterprises.

— Jamais entendu parler.

— Moi non plus, mais il y a une tonne de petites boîtes comme celle-là par ici. C'est le Far West.

— Et pourquoi tu me dis tout ça ?

— Ces entreprises n'ont généralement pas une comptabilité impeccable, parce que, parfois, c'est pas intéressant pour eux d'avoir une comptabilité impeccable.

— Je t'achèterai une lampe pour aller avec le tapis.

— Vous allez devoir faire mieux que ça, vous allez devoir trouver quelqu'un d'autre pour travailler ici.

Je fus un peu choqué.

— Tu me lâches ?

— Non, mais Frymire oui. Il a déposé une lettre pour vous cet après-midi. J'imagine que sa fiancée et lui vont s'installer dans le Colorado. Il dit qu'il veut bien rester encore une semaine si vous avez besoin de lui.

— Avons-nous besoin de lui ?

— Ben, ça s'anime un peu par ici, mais je crois que je peux gérer.

— D'autres contacts avec les gars d'East Spring ?

— Non, après que vous les avez aidés à redémarrer leur vieux break Plymouth, ils sont repartis, c'est tout.

— Qu'est-ce que tu as fait de la tête de forage ?

— Je l'ai enfermée à l'arrière du Suburban avec mon linge sale par-dessus.

— On dirait qu'elle est à l'abri.

— Je n'y toucherais pas à moins d'y être obligé.

Tout en réfléchissant à certaines choses que le shérif Crutchley avait dites, je repérai une des balles dum-dum du .45 qui avait dû tomber de mon bureau. Je la ramassai et la tins devant mes yeux. Neville Bertie-Clay, l'officier de l'armée britannique qui avait travaillé à Dum Dum près de Calcutta avait mis au point la balle creuse qui encore aujourd'hui portait le nom de l'arsenal. Ces trucs auraient dû s'appeler Bertie-Berties.

— Walt ?

— Ouaip ?

— Autre chose ?

Les Britanniques avaient utilisé ces munitions avec le vénérable calibre 303 contre les Asiatiques et les Africains parce qu'elles avaient

suffisamment de pouvoir pour arrêter et dissuader une charge résolue. La convention de La Haye de 1899 avait décrété que les balles
dum-dum étaient trop meurtrières pour être utilisées contre des
pays européens amis, mais certains services de police les autorisaient
encore parce que, en général, elles ne traversent pas les cibles visées
pour continuer leur trajectoire et blesser d'innocentes victimes.

— Shérif?

J'avais vu ce qu'elles provoquaient au Vietnam, et les poignées de
chair qu'elles emportaient.

— Ouaip. Hé, où est immatriculée DT Entreprises?

Il y eut un silence.

— Au Mexique.

— Où, au Mexique?

D'autres bruits de papiers froissés.

— Chihuahua.

— L'endroit d'où viennent les chiens.

— Je suppose.

— Regarde ce que tu peux trouver sur eux.

— Ça marche. Autre chose?

— Commence à prendre les candidatures, tu veux bien?

Il rit.

— Ouais, OK. Pourquoi vous n'envoyez pas Vic, tout simplement? J'ai mon lit de camp installé au fond.

— Je ne crois pas que ça pourrait fonctionner, mais ne t'inquiète
pas, je vais appeler des renforts.

Il rit à l'autre bout.

— Avec des signaux de fumée ou des tambours de guerre?

Double Tough connaissait mes méthodes.

— Je te tiens au courant.

Je raccrochai, posai le téléphone à côté de moi, croisai les bras
sur ma poitrine et essayai de penser, une fois de plus, à la réduction
de mes effectifs, mais DT Enterprises ne cessait de s'interposer.
Pourquoi ce nom me semblait-il familier? S'agissait-il de quelque
chose qu'un compagnon de Lynear avait mentionné? Je ne croyais
pas. Ce n'était peut-être pas le mot Enterprises qui me rappelait
quelque chose.

DT.

Sancho entra et s'assit sur le coin de mon bureau, un tas de papiers sous le bras, une main en coupe contenant de l'aspirine et dans l'autre un verre d'eau.

— Vous dormez là ce soir ?

Le chien entra à sa suite et s'assit à côté de mon bureau.

— Juste mon fidèle compagnon et moi.

— Redressez-vous et prenez vos cachets. Ordre de Ruby.

Je pris les quatre cachets d'aspirine et le verre, et m'appuyai contre la bibliothèque où j'avais commencé la journée.

— Merci. (J'avalai.) Tout le monde est parti ?

— Cord travaille encore au Busy Bee, et M. Rockwell lit un livre le concernant dans sa cellule. (Il remarqua mon air interrogateur.) Ruby est allée à la bibliothèque et elle a sorti pour lui tous les bouquins qu'ils avaient sur Orrin Porter Rockwell.

— Comment va-t-il ?

— Il est terriblement déprimé depuis que Vic l'a arrêté, mais je crois qu'il apprécie les livres.

Il sourit et je ne pus m'empêcher d'imaginer que ce visage rendrait vraiment bien sur une affiche électorale.

— L'évêque Goodman est passé, et ils ont parlé pendant quatre heures environ.

Je ris.

— Notre évêque est peut-être bien fianchetto-isé.

— Hein ?

— C'est une ouverture aux échecs où le fou contrôle une longue diagonale pour protéger le roi cerné. Bref, je crois que le bon évêque veut écrire un livre sur Orrin Porter Rockwell et le prisonnier en question pourrait lui permettre de raccourcir son travail de recherches préliminaires.

— Il semble connaître une foule de choses sur lui.

— C'est vrai. Rien de nouveau sur qui il est vraiment ?

— J'ai essayé d'obtenir ses empreintes digitales mais il a résisté, alors je les ai récupérées sur un verre d'eau.

Je jetai un coup d'œil sur celui que je tenais à la main.

— Rappelle-moi de ne jamais me fâcher avec toi.

Il prit les papiers qu'il avait coincés sous son bras et les regarda.

— Ça donne des choses intéressantes à lire.

J'examinai le visage du Basque.

— Oh là, pourquoi est-ce que je n'aime pas ça ?

— Eh bien, vous savez que nous sommes limités aux membres de la police et aux criminels dans la base de données des empreintes…

— Exact.

— Eh bien, je n'ai rien.

— Alors, il est clean ?

— Pas exactement.

Il retourna une des feuilles et me la tendit tandis que le chien s'installait et s'étirait, pensant sans doute que nous risquions d'en avoir pour un bout de temps.

Il y avait une photo agrandie, passée, ronéotée, assez comparable à celle qui avait accompagné le CV de Saizarbitoria, alors employé au pénitencier d'État à Rawlins et désireux d'échapper au système pénitentiaire. L'homme de la photo était svelte, jeune, et son corps doté d'une musculature fine. L'intensité de ses yeux clairs comme des opales était difficile à ignorer et avait persisté dans le temps. Ses cheveux étaient si courts sur les côtés qu'on aurait dit que ses oreilles étaient prêtes au décollage – des oreilles que j'avais l'impression d'avoir déjà vues quelque part, sur quelqu'un d'autre.

Le formulaire officiel de la base de l'Air Force d'Ellsworth était une identification militaire datant de 1957 et précisait que toutes les informations qu'il contenait étaient classées secrètes.

— Les services secrets.

— Peut-être ou peut-être pas. (Il tapota les papiers qu'il tenait encore dans sa main.) J'ai un ami aux Archives nationales qui a trouvé ça dans les dossiers et qui m'a expliqué que cet homme était détaché au Civil Air Transport, le service du transport aérien civil, sous l'égide de l'American Airdale Corporation… Vous saisissez ? Air, Dale… ?

— Non.

— Ça va venir. Deux ans plus tard, Civil Air Transport et American Airdale ont changé de nom, et sont devenus la célèbre Air America.

Je fis tomber le combiné du téléphone.

— La CIA ?

— Ça fout la chair de poule. (Il rit.) Jusqu'en 1962, il a participé au soutien aérien dans les opérations de la CIA Ambidextrous, Hotfoot et White Star, puis il a entraîné l'armée royale du Laos. Ensuite, il s'est retrouvé impliqué dans un truc appelé Project 404 en tant qu'attaché de l'air à l'ambassade américaine à Vientiane, puis il a coordonné un soutien logistique à l'armée royale du Laos et aux forces armées hmong sous le commandement du général Vang Pao.

J'étais sûr que ce que le Basque avait découvert était important, mais je commençais à fatiguer un peu de toute la mise en scène.

— Allez... la CIA ?

— Attendez, c'est pas fini. (Son regard se posa sur ses feuilles.) Il a été abattu en 1964 pendant une opération de livraison de *hard rice* dans les montagnes : ils larguaient des armes à l'intention de chefs tribaux qui s'opposaient aux Vietnamiens du Nord. Il a d'abord été porté disparu au combat, mais à la fin de la guerre, en 1973, son nom est apparu parmi les victimes de guerre. OK, on fait une coupe franche, et on arrive à ce membre de l'AmeriCorps VISTA qui, en 1975, au Vietnam, tombe par hasard sur ce Blanc avec une barbe et des cheveux longs. Il refait une route avec une équipe d'ouvriers prisonniers. Il va le voir et lui demande comment il s'appelle.

— Et ?

— Le gars lève lentement la tête, il a du mal à retrouver sa voix et son anglais, et finit par donner au gamin son surnom, *Airdale*.

— Je ne pige pas.

— De Short Drop, Wyoming.

Je le regardai fixement.

— Dale *Airdale* Tisdale.

DT Enterprises.

# 11

HENRY but une gorgée de bière et s'adossa confortablement dans le fauteuil de Ruby.

— La femme qui possède le magasin, sa femme, Eleanor, dit qu'il est mort dans un accident d'avion au Mexique?

Je lui lançai un coup d'œil.

— Ouaip, mais il est aussi censé être mort dans un accident d'avion au Nord-Vietnam. Apparemment, il a pris l'habitude de s'écraser et de mourir à différents endroits du globe.

L'Ours, le Basque et moi avions été surpris de découvrir quelques Rainiers dans la glacière commune et nous étions installés dans l'entrée devant le bureau de Ruby, comme des gamins qui séchaient les cours.

Sancho était sur le banc à côté des marches, et il retournait dans tous les sens la copie du portrait en noir et blanc de Tisdale, puis il tendit le bras et nous força, Henry et moi, à regarder le portrait droit dans les yeux.

— Dites-moi que ce n'est pas lui.

Le truc ressemblait à la photo d'un fantôme. Les yeux étaient exactement les mêmes, mais le vrai trait distinctif était les oreilles – exactement les mêmes que celles de son petit-fils.

— Alors, qu'est-ce qu'il faisait à voler au-dessus du Mexique?

— À vous de me le dire.

L'Ours ajouta.

— Et mort, en plus.

J'y réfléchis.

— S'il est le père de Sarah Tisdale, alors il a fallu qu'il revienne ici dans le Wyoming au moins une nuit.

Saizarbitoria but une gorgée de bière.

— Hmm.

— Tu penses à la même chose que moi ?

Il regarda sa canette.

— Que c'est la pire bière au monde ?

— Ce n'est pas ce que je pense.

La Nation cheyenne étouffa un rire, et je pris une longue gorgée, juste pour le contredire.

— Qu'il travaillait toujours pour la CIA quand il était au Mexique.

Sancho laissa échapper un rot et fit la grimace.

— Des avocats, des armes et de l'argent ?

— Je vais devoir parler à Eleanor Tisdale, même si je n'ai pas très envie de le faire.

Le Basque hocha la tête, frappa sur le banc comme s'il s'agissait d'une porte, et prit une voix de fausset, doucereuse comme celle d'un présentateur.

— Madame Tisdale, nous avons le regret de vous apprendre que nous pensons que votre fille est décédée, mais devinez qui se trouve derrière la porte numéro deux ? (Je soupirai et il enchaîna :) Vous connaissez quelqu'un à la CIA ?

Henry et moi échangeâmes un regard, puis je sortis ma montre à gousset.

— En fait, oui.

WALLY fut surpris de me voir à huit heures ce soir-là devant la porte de la maison principale au Lazy D-W, mais peut-être encore plus surpris de voir la Nation cheyenne. L'homme aux cheveux blancs et à l'allure aristocrate nous conduisit dans leur bibliothèque, où Donna était installée avec un verre à vin plein d'eau pétillante à côté d'elle.

Je remarquai qu'elle retournait, l'air de rien, la première feuille d'une pile d'une taille prodigieuse pour nous empêcher, l'Ours et moi, de voir le titre.

— Tes mémoires ?

Elle rit.

— Quelque chose comme ça.

Son mari et elle échangèrent un regard, puis Wally nous adressa un bref signe de tête et sortit.

Dans la pièce surchargée, je parcourus toutes les piles de livres, les photos, les plaques commémoratives et les récompenses que la femme avait accumulés au fil des ans – Donna avec les présidents Nixon, Kennedy et Johnson ; Donna avec d'anciens sénateurs ; Donna avec des stars de cinéma. Je désignai une photo de Donna et Lyndon B. Johnson debout l'un à côté de l'autre.

— Vous êtes parents ?

Elle sourit.

— Non, mais il m'a donné le meilleur conseil que j'aie jamais reçu sur la vie publique.

— Quel conseil ?

— Tu le connais, Walt. Ne jamais dire non à un repas gratuit ou à la possibilité d'aller aux toilettes.

Près de l'endroit où se tenait Henry se trouvait une autre photographie de Donna en parka et d'un homme en treillis et casquette de l'armée de l'air. L'Ours tendit la main et tapota le verre qui protégeait le cliché en noir et blanc ; les deux personnages posaient devant une montagne couverte de neige.

— Est-ce Larry Thorne ?

— L'homme qui a importé le ski moderne dans l'armée américaine malgré elle. Oui, c'est bien lui.

Donna sourit et approcha son fauteuil, décrocha le cadre du mur, le retourna et le tendit à Henry :

— Mission de récupération. Les corps d'un transport militaire qui s'était écrasé sur un glacier iranien en 1963. La météo était mauvaise, et je lui ai demandé par radio s'il voulait reporter l'opération. Le temps a empiré et la transmission devenait erratique, mais j'ai fini par réussir à les avoir et Larry m'a demandé si nous voulions qu'ils aillent remettre les corps en place… ils étaient déjà montés et les avaient récupérés.

L'Ours prit toutes les précautions pour raccrocher la photo au mur.

— C'est le seul Blanc qui m'ait jamais battu à la course.

— Fort Bragg?

Henry acquiesça.

— Deux fois plus âgé que nous, il nous battait tous à plate couture.

L'Ours jeta un coup d'œil vers la photo; on aurait dit que les traits de l'homme avaient été taillés dans de la pierre à savon.

— Des rumeurs ont circulé disant qu'il était nazi.

Donna rit.

— Il venait de Finlande. (Johnson se réinstalla dans son fauteuil et baissa les yeux.) Lauri Torni. Il a combattu les soviets quand ils ont envahi la Finlande, puis quand les Allemands ont envahi la Russie, les Finlandais ont récupéré ce qu'ils avaient perdu par la faute des Russes. (Elle leva les yeux vers nous.) L'ami d'un ami est un ami, l'ami d'un ennemi... (Elle n'eut pas besoin de finir sa phrase.) Bref, après la guerre, "Wild Bill" Donavan, qui savait ce que valait Torni, l'a récupéré et l'a envoyé en Caroline du Nord, lui octroyant la citoyenneté et le grade de second lieutenant avec un nouveau nom, Larry Thorne. (Elle sourit à la Nation cheyenne.) C'est probablement là que vous l'avez rencontré.

Henry sourit en repensant à l'homme puis se raidit.

— Il a été le premier membre de l'unité spéciale Study and Observations Group à être porté disparu au combat.

C'était la première fois que j'entendais l'Ours utiliser le nom complet de son ancienne organisation, le SOG*. À l'évidence, il se sentait à son aise avec la femme recluse dans son ranch.

— Hé, Donna?

Elle se tourna vers moi.

— Je ne t'ai jamais demandé ce que tu faisais pour le gouvernement, et pour être honnête, je ne tiens pas vraiment à le savoir. Mais il se fait tard et je ne veux pas t'empêcher de te coucher. Je suis confronté à une situation pour laquelle j'ai besoin de ton aide.

Elle ajusta ses lunettes, qui lui donnaient tout à fait l'air d'un professeur de Harvard.

---

* Special Operation Group, unité d'opérations spéciales qui menait des missions secrètes pendant la guerre du Vietnam.

— S'agit-il du garçon scotché à *Mon Amie Flicka* et de l'homme qui l'accompagnait ?

— Eh bien, oui.

Elle hocha la tête et je la vis peser ses différentes options.

— Comment puis-je vous aider ?

J'expliquai l'affaire, indiquant que mon seul intérêt était de découvrir ce qui se passait dans mon comté concernant le garçon, la disparition d'une femme, et l'Église apostolique de l'Agneau de Dieu qui ne m'inspirait rien de bon.

Elle jeta un coup d'œil à un écran d'ordinateur sophistiqué et aux piles de papiers qu'elle avait cachés, l'air de rien, et je ne pus m'empêcher de me dire que ce n'était peut-être pas les premières choses que Donna Johnson avait eu la responsabilité de couvrir.

— Montrez-moi donc ce que vous avez.

Je fouillai dans ma veste et sortis les papiers pliés que Saizarbitoria m'avait donnés – le Basque nous avait suppliés de l'emmener, mais j'avais objecté que si Donna devait nous tuer après nous avoir donné les informations que nous lui demandions, il valait peut-être mieux qu'il soit auprès de sa femme et de son fils.

Johnson les prit, regarda d'abord la photo, puis feuilleta les pages.

— Qui a recueilli ces données ?

— Mon adjoint, Saizarbitoria.

Donna examina les papiers, son regard glissant sur les lignes comme des doigts effleurant les touches d'un piano.

— Ce jeune homme est très doué.

Je hochai la tête et serrai les lèvres.

— Cela signifie-t-il que tu dois nous tuer ?

Donna sourit.

— Pas encore. (Elle me regarda.) Si je fais ça pour vous, vous ne devez en parler à personne, absolument personne. Je ne plaisante pas.

Je gardai mon regard rivé au sien, juste pour souligner la force de mon engagement.

— D'accord.

Elle lança un coup d'œil vers l'Ours, qui se signa.

— Croix de bois croix de fer.

Elle sourit et fit un ultime geste de la tête.

— Bon, ça va prendre un peu de temps, alors, pourquoi ne passez-vous pas à la cuisine, messieurs ? Avez-vous dîné ?

— Des raviolis à l'antilope. C'est moi qui les ai faits.

Assis à la table de la cuisine du Lazy D-W, je devais reconnaître que ce repas improvisé était l'un des meilleurs que j'aie jamais mangés.

— Wally, merci. Vraiment, tu n'étais pas obligé de nous nourrir.

— Oh, cela ne me dérange pas du tout. Ça m'occupe. Le jardinage, c'est terminé pour l'année, et on s'ennuie vite, si loin de la ville.

Je l'observai, prenant plaisir à l'ambiance chaleureusement amicale qui régnait dans sa cuisine. La famille de Donna possédait le ranch depuis aussi longtemps qu'existait le comté et, pour autant que je m'en souvienne, ils avaient tous deux connu ma défunte femme. Être marié à Donna aurait posé problème à beaucoup d'hommes, et à maints égards, mais Wally semblait assumer le rôle avec facilité.

— Néanmoins, c'est gentil de nous offrir ce repas sans avoir été prévenus de notre arrivée.

Henry s'appliqua à manger ses raviolis jusqu'à la dernière miette et lécha consciencieusement sa fourchette.

— C'était délicieux. Je n'aurais pas pu faire mieux – l'antilope, c'est difficile.

Je bus une gorgée de la bière sophistiquée que Wally avait tirée d'un tonnelet et lui sourit.

— C'était le compliment suprême.

Il but un peu de vin et observa l'Ours, puis se tourna vers moi.

— Je suppose que tout ceci est en rapport avec ce jeune homme, Cord ?

J'étais surpris qu'il se souvienne de son nom, mais en même temps, ils n'avaient peut-être pas beaucoup de voleurs de chevaux dans le coin.

— Qui est bordé bien serré dans sa couchette, à la prison.

— Il est toujours obsédé par *Mon amie Flicka*?

— Lui et son ami étaient encore en train de le regarder quand nous sommes partis.

Il hocha la tête.

— Le fou qui pense être Orrin Porter Rockwell?

— Ouaip.

— Tu mènes une vie intéressante, Walt.

— Je rencontre beaucoup de gens. (Je posai ma jolie chope.) Comme ta femme… (Je jetai un coup d'œil alentour, juste pour lui montrer, ainsi qu'à la Nation cheyenne, que je pouvais être discret, moi aussi.) Est-ce qu'elle écrit vraiment un livre?

— Dieu nous vienne en aide. (Il posa un coude sur le plan de travail en bois de cerisier.) Depuis dix ans.

L'Ours nous interrompit.

— Elle n'a pas à avoir honte. Je ne sais pas taper à la machine non plus.

Il rit.

— Ce sont les censeurs de sa boîte. La dernière fois qu'elle leur a rendu six cent cinq pages, ils lui en ont renvoyé deux cent deux.

— Aïe.

— Mais elle a décidé d'attaquer le problème sous un autre angle.

— Ah bon?

— Elle l'écrit sous la forme d'un roman d'espionnage.

— De la fiction?

— Oui. Elle change juste tous les noms pour protéger ceux qui ne sont pas complètement innocents. La plupart des contrôleurs d'information à Quantico sont si jeunes qu'ils n'auront pas la moindre idée de ce que Donna va raconter dans son livre, mais il va certainement en faire trembler plus d'un dans la communauté du renseignement.

Une voix résonna derrière nous.

— Tu divulgues tous mes secrets, chéri?

Il inclina la bouteille de Domaine de la Solitude et lui versa un verre.

— Juste ceux que je connais, ma chère.

Donna s'assit sur le tabouret à côté de lui – le dossier sur "Dale Airdale Tisdale" qu'elle posa sur le comptoir s'était épaissi.

— Je n'ai pas de secrets pour toi.

— Bien sûr que non, chérie. (Il se tourna vers moi.) Les avantages d'épouser une espionne, c'est qu'on sait toujours qu'elle ne dit pas la vérité.

Donna darda son regard sur Henry et moi.

— Je n'étais pas une espionne, je travaillais dans l'administration, une conseillère qui passait des coups de fil et faisait avancer les dossiers.

Je bus de ma bière chic.

— Donna, tant que tu ne commets pas trop d'excès de vitesse et que tu ne signes pas trop de chèques en bois dans le comté, je me fiche de ce que tu fais. Et j'espère que ton livre sera un best-seller. (Je montrai la pile de papiers.) S'agit-il de notre Austin Powers local ?

Elle posa une main qui ne tremblait pas sur le tas et me regarda.

— Tu es sûr que tu veux vraiment voir ça ?

J'attendis une seconde avant de répondre :

— Pourquoi dis-tu cela ?

Elle eut l'air peinée.

— Walt, il y a des choses qu'il vaut mieux ignorer. Je veux dire, savoir qui il est, et qu'aujourd'hui, il n'est plus qu'un vieux bonhomme cinglé, ça ne te suffit pas ?

Je regardai autour de nous comme si la réponse était évidente.

— Non.

Elle hocha la tête.

— Chaque fois qu'un agent de terrain est envoyé en opération, on lui donne un nouveau nom, un nouveau passé, tout. Ces couvertures s'appellent des légendes, et le problème c'est qu'après une longue période d'activité et plusieurs légendes, certains individus manifestent des troubles psychologiques importants – ils deviennent tellement bien leur légende qu'ils oublient qui ils sont, comme un acteur qui endosse son rôle pour toujours. Robert Littell a écrit un très bon livre sur l'un d'entre eux… de la fiction, bien entendu.

Elle sourit.

— Et c'est ce qui est arrivé à Tisdale ?

Donna ramassa les papiers et me les tendit.

— Une des choses qui lui sont arrivées.

Je pris les feuilles, les pliai et les rangeai dans la poche intérieure de ma veste, accrochée à l'arrière de mon tabouret.

— Il pense qu'il est Orrin Porter Rockwell. Qu'est-ce que vous essayiez de faire, infiltrer le Chœur du Tabernacle Mormon ?

Elle éclata de rire.

— Dale Tisdale travaillait vraiment pour la CIA, contrairement à tous les rigolos dans le coin qui prétendent avoir appartenu à l'agence. Juste une fois, j'aimerais avoir un de ces imposteurs en face de moi pour pouvoir lui montrer ce dont la vraie CIA est capable.

HENRY lisait à la lumière du plafonnier tandis que je conduisais.

— Alors, il n'avait pas perdu la tête quand il était au Mexique, ce qui est dommage parce que je crois que moi, j'ai perdu la mienne à Cabo un jour.

La Nation cheyenne examina les papiers.

— Parfois, c'est progressif. Je pense que c'est ce que Donna a essayé de nous faire comprendre.

Je dirigeai le Bullet sur la I-25 en direction du sud dans la nuit fraîche et regardai par la vitre du côté de Henry, vers les montagnes invisibles, trouvant un certain réconfort à les savoir là sans avoir à les escalader.

— Pourquoi la CIA renverrait-elle quelqu'un comme lui en mission ?

— Peut-être parce qu'ils ne savaient pas à quel point son état psychologique s'était dégradé en Asie du Sud-Est ?

Je regardai l'Ours d'un œil torve.

— C'est difficile à rater, un gars avec une barbe et des cheveux qui lui descendent jusqu'aux fesses, qui prétend être une figure mythique de l'histoire de l'Ouest.

Il soupira.

— Comme je l'ai dit, il semblerait que la manifestation Orrin Porter Rockwell de son personnage soit relativement récente.

Disons qu'elle date de son arrestation par les autorités fédérales au Mexique. Il apparaît que la CIA a prétendu qu'il s'agissait d'une opération menée de sa propre initiative et ils ont complètement lâché Tisdale.

— Pour la seconde fois au moins. (Je secouai la tête.) Rappelle-moi de ne jamais travailler pour la CIA.

— Il est possible que l'accusation soit en partie vraie. Tisdale en avait conçu l'idée et l'avait appelée opération Milkshake. À l'évidence, à cause de ses compétences, c'est au Mexique qu'il a été chargé de cette opération, dans laquelle il était question d'appropriation de pétrole brut. (Il cessa de lire et regarda à travers le pare-brise noir.) Je me rappelle que, il y a un moment, le département de la Justice a découvert que des raffineries américaines achetaient des quantités colossales de pétrole volé au gouvernement mexicain. (Il se tourna vers moi.) Les bandits et gangs de la drogue prélevaient le pétrole directement sur les pipelines des régions isolées et certains d'entre eux construisaient même leurs propres pipelines pour siphonner l'équivalent de centaines de millions de dollars par an.

— Alors, l'opération Milkshake n'était pas une entreprise de petite envergure.

— Non, et il semblerait qu'une partie du gouvernement américain voulait entrer dans la combine. (Il baissa les yeux.) Par la suite, il y a eu un certain nombre d'enquêtes, de mises en accusation et d'arrestations – parmi elles, celle de Tisdale. (Il bougea sur son siège.) Opération Milkshake... Ça me paraît étrangement familier. D'où ça vient ?

— Albert Fall, le secrétaire à l'Intérieur sous Harding et ancien sénateur du Nouveau-Mexique, a été accusé d'accepter des pots-de-vin pour l'attribution de droits d'exploitation pétrolière sur les terres appartenant à l'État, en l'occurrence ceux des réserves de pétrole navales du Teapot Dome, un peu plus au sud d'ici. Lors d'une audition devant le Congrès, le sénateur du Nouveau-Mexique avait fait une déclaration restée dans les annales sur le processus de forage directionnel : "Si vous avez un milkshake et si j'ai un milkshake et que ma paille va jusqu'à l'autre bout de la pièce, je finirai par boire votre milkshake."

— Typique d'un Blanc.

J'ignorai sa remarque et continuai.

— Tisdale semble être un expert en histoire et il connaissait forcément cette déclaration.

— Qu'est-il arrivé à Fall ?

— Il est mort sans un sou à El Paso. (Je pris la rampe de sortie de Powder Junction.) Les documents indiquent-ils d'où vient tout ce bazar mormon ?

L'Ours fit un résumé.

— Après son accident malheureux avec un Beechcraft Bonanza, les autorités américaines ont nié son existence et l'ont fait passer pour mort. Le gouvernement mexicain, se retrouvant avec un prisonnier non identifié, l'a abandonné au Penal del Altiplano où il a partagé une cellule avec le mormon de fraîche date, Tomás Bidarte.

Je me tournai et le regardai.

— Tu plaisantes.

Henry haussa les épaules.

— Visiblement, Dale Tisdale s'est converti au point qu'il pense vraiment être Orrin Porter Rockwell. Pour un Blanc qui se retrouve entre les murs d'une prison de sécurité maximale au Mexique, ça relevait peut-être de l'instinct de survie, et la seule manière dont on puisse expliquer qu'il ait survécu.

— Alors Bidarte et lui étaient enfermés ensemble. Je me disais bien qu'il y avait quelque chose entre eux lorsqu'ils ont échangé une poignée de main à East Spring. (Je m'arrêtai au panneau à l'extrémité de la rampe de l'autoroute le long de l'aire de repos.) Comment est-il sorti de prison ?

La Nation cheyenne hocha la tête.

— Comme tu l'as supposé, avec l'aide de Bidarte. Ils ont acheté leur liberté en vendant les titres de propriété de Tisdale sur l'East Spring Ranch à Roy Lynear.

— Eh bien, ça alors.

Je pris à gauche par le tunnel sous la quatre-voies et m'arrêtai au panneau suivant, où la voie d'accès à Short Drop traversait l'ancienne autoroute 87. Un camion de la caserne des pompiers de Powder

River approcha venant du sud, sirènes hurlantes et gyrophares allumés, mais il tourna à gauche avant d'arriver à notre hauteur.

— Il s'est fait arrêter par la patrouille de l'autoroute dans l'Utah alors qu'il était agenouillé devant une croix au bord de la route. Il a été ensuite incarcéré dans un service psychiatrique en observation, mais une fois qu'il a admis avoir vécu dans le Wyoming, ils l'ont envoyé à Evanston.

— Pourquoi n'ont-ils pas contacté sa famille ?

— À ce moment-là, il prétendait n'avoir aucun parent et affirmait être Orrin Porter Rockwell en personne. Et avant que quiconque puisse déterminer qui il était vraiment, il s'est enfui.

— Il a vécu selon sa légende.

— On dirait.

Nous restâmes arrêtés dans le noir au carrefour à l'entrée de Powder Junction, Wyoming, le feu orange clignotant à intervalles réguliers – une métaphore parfaite, me semblait-il. Je tendis l'oreille tandis que la sirène du camion de pompiers s'arrêtait, apparemment pas si loin que ça.

— Alors pourquoi est-il ici maintenant, en train de protéger son petit-fils ? Qui l'a contacté ? Qui savait qu'il était encore vivant ? Bidarte ?

— La réponse à cette question ne semble pas se trouver dans le dossier. (Le grand Indien cheyenne me regarda avec un sourire triste.) Et la fille ?

Je ne bougeai pas, laissant tourner le moteur.

— Indisponible pour le moment, et pas très populaire auprès de ses parents.

Il hocha la tête, la lumière jaune réfléchissant son éclat chaud sur ses yeux noirs.

— Tout conduit au Mexique, à l'opération Milkshake et à l'Église apostolique de l'Agneau de Dieu.

— Effectivement.

Un autre camion arriva en face, de l'autre côté du carrefour et s'arrêta, attendant visiblement que je passe le premier, alors je tendis le bras et actionnai la commande des appels de phares pour qu'il sache qu'il pouvait passer.

— Double Tough prétend que les réserves du Teapot Dome sont épuisées et que le gouvernement fédéral a essayé de vendre le terrain à des entrepreneurs privés, sans succès.

— Alors, pourquoi sont-ils ici ?

Je fis un nouvel appel de phares au camion. Il avait manifestement remarqué les étoiles et la rampe lumineuse sur mon véhicule et il devait penser qu'il s'agissait d'une ruse.

— D'après Vic, c'est au milieu de nulle part, et peut-être qu'ils sont ce qu'ils prétendent être, des dévots très religieux qui cherchent un endroit où on les laissera en paix. Ce ne serait pas la première fois que ce genre de gens apparaît dans les hautes plaines.

L'Ours mit des mots sur ce qui me tarabustait.

— La tête de forage, les armes, et…

— Et quoi ?

— Il y a un élément qui ne colle pas avec le reste. Tom Lockhart, Tomás Bidarte, ledit Gloss – certains de ces individus n'ont pas l'air de coïncider avec le *modus operandi* religieux.

J'allumai très brièvement ma rampe lumineuse, juste pour donner officiellement au camion l'autorisation de passer.

— Tout ce que je veux, c'est savoir ce qui est arrivé à Sarah Tisdale.

— Alors, une fois à l'annexe du bureau, on poursuit vers Short Drop ?

— Tu lis dans mes pensées.

Je regardai le camion bondir, venir vers nous et se garer contre notre flanc. Le conducteur baissa sa vitre et je le reconnus – le maire de Powder Junction.

— Brian, qu'est-ce qui t'arrive ? Tu es ivre ?

Kinnison, qui était d'habitude souriant, paraissait très sérieux, pour une fois, et soucieux.

— Pardon ?

— Qu'est-ce que tu faisais, arrêté là ?

— Je me disais que tu voudrais passer… Walt, l'annexe du bureau du shérif est en train de brûler.

———•———

Le camion des pompiers de Powder River arrosait la construction en tôle avec quatre puissantes lances à eau, mais en voyant les flammes qui sortaient par les fenêtres aux carreaux brisés, j'avais bien l'impression que le bâtiment était parti pour fondre complètement.

Je me frayai un passage entre les pompiers volontaires – le Suburban de Double Tough était garé un peu plus loin sur le parking, et je me souvins qu'il avait dit qu'il dormait dans la pièce du fond pour laisser un peu d'intimité à Frymire et sa fiancée. Je me tournai vers le brasier.

— J'ai un homme à l'intérieur.

Le chef des pompiers, un type du nom de Gilbert, portant toute la panoplie dont la veste ignifugée et le casque en cuir avec la visière de protection, colla une main sur ma poitrine.

— Nous avons vérifié. Il n'y a personne, shérif.

— Et dans la pièce du fond ?

L'expression de son visage me dit qu'il n'était pas certain, et je commençai à le pousser pour passer. Le froid envahissait mon visage et mes mains étaient en train de se figer.

— L'un de mes adjoints dormait dans cette pièce-là.

Il m'attrapa par le bras.

— Walt, vous ne pouvez pas entrer.

Un autre homme le rejoignit, mais dans mon élan, je nous entraînais tous dans les flaques d'eau qui reflétaient les flammes à nos pieds. C'était comme si le monde était en feu, mais j'avais assisté à un incendie là-haut sur la montagne et je n'avais pas peur.

— Walt, s'il est là-dedans, il est mort.

Je me débarrassai d'eux et continuai à avancer vers la porte d'entrée, fermée.

— Pas lui.

Gilbert fit une dernière tentative, tirant sur ma veste dont la manche descendit à moitié.

— Walt, il y a des produits chimiques dans le hangar des bus contre lequel se trouve ce bâtiment. Toute la partie arrière va exploser d'un instant à l'autre. (Son dernier geste m'avait fait légèrement pivoter.) Vous ne pouvez pas entrer là-dedans !

Je le regardai fixement un instant, puis je libérai mon bras d'un mouvement brusque, en l'envoyant valser vers un groupe d'hommes qui tenait l'une des lances à eau.

Mes bottes glissèrent sur l'asphalte ponctué de flaques, mais je retrouvai mes appuis et, sentant l'intensité de la chaleur sur mon visage, je bondis vers la porte et sortis mes gants de mes poches. Tenant une de mes mains gantées devant mon visage pour le protéger, je flanquai un coup d'épaule dans la porte et la fis exploser vers l'intérieur ; la vitre portant le sceau du bureau du shérif du comté d'Absaroka éclata en mille morceaux lorsque mon poing heurta le milieu du panneau, et les éclats tombèrent comme une toile d'araignée brisée.

Les flammes se jetèrent sur moi tandis que je trébuchais, comme n'importe quel être vivant, à la poursuite de l'oxygène frais et neuf de la nuit. Il était heureux que je sois tombé, parce qu'un plafond de fumée noire descendait jusqu'à un mètre du sol. Des flammes léchaient la tôle ondulée des parois extérieures, et elles foncèrent toutes vers la porte au moment où je la franchis. Le bureau et les chaises sur ma gauche étaient en train de brûler, ainsi que les journaux qui m'avaient intéressé un peu plus tôt dans la journée. Sur ma droite le canapé décrépit était en feu, les bords de ce qui restait de la moquette brûlaient en se recroquevillant vers le haut, et la peinture se décollait des murs en bandes incandescentes qui glissaient vers le sol.

Soudain, quelque chose qui avait la puissance d'un bison me poussa en avant, écrasa mon visage contre le verre et me plaqua contre la porte, sur le sol. La chose en question ne faiblit pas, et je dus puiser au plus profond de mes forces pour me mettre à quatre pattes. C'est seulement lorsque mon chapeau tomba en avant et que je sentis l'eau ruisseler sur les côtés de mon visage que je compris que la pression provenait des lances que Gilbert et les pompiers volontaires dirigeaient sur moi pour m'empêcher d'être transformé en viande à barbecue.

L'eau fusait partout autour de moi, dessinant ma silhouette d'un jet iridescent dans une brume qui s'évaporait instantanément. Je réussis à me remettre péniblement debout et retombai immédiatement, anéanti par les centaines de litres d'eau qui me poussaient en avant. Ma main heurta la surface mouillée de la moquette trempée et je m'accroupis, décidant qu'entre le feu et l'eau projetée à forte pression, je ferais bien de faire profil bas.

Je regardai mon chapeau rouler jusqu'à la porte où j'avais vu le lit de camp de Double Tough et sentis la chaleur juste au-dessus de ma tête alors même que l'eau tentait de contenir les flammes carnivores. Poussant mes épaules en avant, je poussai sur mes jambes, ce qui me donna l'impression que j'étais de retour à l'USC pendant les entraînements contre des jougs de mêlée. Je tentai de respirer entre les doigts de mon gant, mais l'eau tombait autour de moi comme de tous les côtés et je me dis que je risquais de me noyer avant d'arriver à destination.

Les yeux écarquillés, j'essayais de garder mes repères ainsi que mon équilibre et je regardai droit devant moi. La porte était fermée et mon chapeau, coincé à la base de la porte, claquait en s'agitant d'avant en arrière comme un oiseau marin tentant de prendre son envol. Je tendis le bras et le récupérai, me disant qu'un peu de fourrure de castor détrempée pour protection valait mieux que pas de protection du tout.

J'entendis un chuintement au-dessus à droite et ma carte murale arriva flottant dans la fumée et atterrit sur moi. L'encre sur la carte avait noirci avec la chaleur et dessinait une ligne épaisse comme pour m'indiquer le chemin vers le salut.

En prenant appui sur mes deux mains, je m'arrachai de la moquette recouverte de trois centimètres d'eau et allai percuter le mur à côté de la porte de derrière. La plaque de contreplaqué sur laquelle la carte avait été montée glissa sur mon dos, déviant les deux puissants jets d'eau vers le plafond arrondi en tôle ondulée et repoussant la fumée assez haut pour que je puisse me mettre presque debout.

Une voix idiote au fond de ma tête me dit de tâter la porte avant de l'ouvrir, mais je lui répliquai, avalant une bonne rasade de fumée, de cendre et d'eau au passage : "Je sais qu'il y a un feu derrière cette fichue porte – il y a du feu partout."

Je tendis le bras au bout duquel ma main gantée dégouttait, et je regardai l'eau couler ; la poignée refusa de tourner. Allez savoir pourquoi – peut-être les planches étaient-elles déformées par la chaleur, ou Double Tough avait-il peur des monstres. Peu importait, rien n'importait à part franchir cette porte et le sortir de là.

Je savais ce qui allait se passer lorsque j'ouvrirais d'un coup d'épaule, alors je cognai un coup dans la porte mince à deux vantaux, juste pour me préparer, me disant que j'allais tomber sur le plancher en béton à l'instant où les flammes sortiraient.

Je mis toutes mes forces dans cette poussée digne d'une charge de bison et sentis mes pieds décoller du sol tandis que la pression de l'intérieur de la pièce surchauffée s'échappait, emportant les deux moitiés proprement découpées de la porte et mon corps recroquevillé jusque dans le bureau principal. Le bruit résonnait dans mes oreilles et il y demeura tandis que je restai allongé quelques instants sur la moquette trempée, essayant de retrouver mes esprits.

Mon chapeau s'agitait sur mon visage, et je l'attrapai d'une main avant qu'à nouveau il s'enfuie avec la force du jet d'eau. Je l'enfonçai sur mon crâne, me vidant cinq bons litres d'eau sur la tête du même coup, puis je rampai comme je pus vers la pièce du fond, le flot d'eau sous pression continuant à me frapper tandis que je progressai à quatre pattes sur le sol.

L'encadrement de la porte était en feu, et j'étais certain que les flammes étaient en train de se nourrir du vieux bois et de vomir les couches de peinture au plomb qui recouvraient le chambranle, sans parler des horreurs inconnues contenues dans les barils de deux cents litres stockés dans le hangar des bus, de l'autre côté du mur extérieur.

Personne ne pouvait être encore vivant là-dedans.

Personne. Pas même Double Tough.

Je me jetai en avant à nouveau, mais la fumée était comme un linceul et elle stagnait encore plus bas que tout à l'heure ; elle m'attaqua instantanément les yeux, le nez et la bouche. Je remis le gant mouillé devant mon visage et respirai aussi légèrement que possible, toussai, essayai de libérer une voie ou une autre, mais je ne réussis qu'à me déboucher les oreilles, les seuls organes sensoriels dont je n'avais pas particulièrement besoin.

Je me souvenais que le lit de camp était placé contre le milieu du mur du fond, et je commençai à progresser dans cette direction. Les jets d'eau continuaient à me pousser vers l'avant, me canardant les fesses, et ma seule pensée était que j'allais arracher ces fichues lances à eau des mains des pompiers volontaires quand je sortirais d'ici – si j'en sortais.

Je sentis le pied du lit de camp, et je fus étonné que l'aluminium n'ait pas fondu avec la chaleur. Je tâtai le dessus à la recherche du matelas et trouvai les couvertures trempées, ma main heurtant ce qui ressemblait à une épaule. Je l'attrapai mais je ne parvins pas à la tenir, alors je saisis toutes les couvertures, tirai d'un coup vers moi et sentis le tissu se déchirer.

Risquant le tout pour le tout, je passai les deux bras par-dessus et les accrochai au bord opposé du lit comme des grappins. Le lit de camp s'écroula et l'homme de quatre-vingt-dix kilos tomba sur ma poitrine. Je basculai en arrière.

— Putain de merde.

Je fermai la bouche et me contentai de tirer son corps inerte dans mon sillage en me dirigeant vers la porte. Nous n'avions parcouru que quelques mètres lorsque j'entendis un grand craquement et vis une partie du plafond s'écarteler puis s'effondrer, emportant un tiers des solives. Le soudain mouvement d'air attira brusquement les flammes et la fumée vers l'autre côté, et je vis à ce moment-là que les poutres de mon côté n'étaient pas en meilleur état.

Attrapant le paquet mouillé qu'était devenu Double Tough, je me préparai à foncer le plus vite possible vers la porte, droit vers les lances à eau et le parking. Cet espoir partit en fumée lorsque je vis la solive principale se détacher de l'arrière du bâtiment et s'écraser en diagonale devant moi dans une cascade d'étincelles, de flammes, de bois et de papier goudronné incandescent.

Je reculai péniblement jusqu'à ce que mes épaules touchent la surface surchauffée de la tôle ; j'étais piégé comme un rat et je hurlais comme un dément.

Double Tough était allongé en travers de mes jambes. Le côté de sa tête portait une sale brûlure et j'étais incapable de savoir si son œil était encore à sa place. Il ne respirait pas, et tout ce que je pouvais faire, c'était tirer son corps à côté de moi et essayer de réfléchir vite.

Je ne savais pas très bien ce qui se trouvait de l'autre côté, mais c'était forcément mieux que ce qu'il y avait ici.

Je nous hissai tous les deux, soulevant à nouveau le corps de Double Tough contre ma poitrine dans un porté pompier modifié, et je pris mon élan avant de me jeter vers le salut. Une seule chose occupait mes pensées : il ne fallait pas que je m'arrête – quoi qu'il arrive, ne pas s'arrêter.

J'avais mis des couvertures trempées sur moi pour me protéger un peu, mais je ne voyais rien parce qu'elles me recouvraient la tête. Soudain, j'eus l'impression que le mur derrière moi cédait. Je m'attendais plus ou moins à ce que le reste du plafond dégringole et je titubai vers l'avant en espérant toujours trouver un moyen de sortir. Ce fut à ce moment-là que deux énormes poids s'abattirent sur mes épaules, et j'eus l'impression que le toit avait fini par céder et que les poutres de quarante centimètres d'épaisseur étaient tombées de part et d'autre de ma tête.

Je luttai pour me libérer, mais je perdis l'équilibre et tombai en arrière, m'écrasant contre le mur extérieur. Le poids sur mes épaules s'alourdit encore – quelque chose m'entraînait. Je me cramponnai au corps de Double Tough tandis que je partais en arrière, mais la fumée envahissait les couvertures à cette hauteur, mon cerveau commençait à s'embrumer et ce qui s'enfonçait dans la chair de mes épaules ressemblait à d'énormes serres.

Voilà ce à quoi devait ressembler la mort – un messager géant venu du royaume des morts descendant en piqué et m'emportant sur cette Route suspendue jusqu'au Camp des Morts. Les serres devaient appartenir à un hibou géant, le seul oiseau dont les aigles se tenaient éloignés.

Les griffes s'enfoncèrent encore et je sentis la circulation s'arrêter dans mes bras. Je heurtai le sol dur et je restai là, immobile, sous le poids de la literie mouillée et du corps de Double Tough, essayant de rassembler assez d'énergie pour une nouvelle tentative. Pas encore mort.

Soudain, son corps disparut. Je levai les bras et essayai de l'attraper, mais il n'y avait plus rien. Je m'écroulai sur le flanc et essayai d'arracher les couvertures, mais c'était comme si j'étais collé à elles. Lentement, je pédalai en arrière et je finis par sortir la tête.

Je me roulai sur le dos et respirai, regardant le ciel nocturne rempli d'étoiles et sentant le froid commençant juste à mordre. Je tâtai autour de moi, mais je ne parvins pas à trouver son corps. Apparemment, le hibou géant avait renoncé à nous emporter tous les deux, m'avait lâché et continuait sur la route du Camp des Morts avec lui seul. Le chemin suspendu était là, l'épaisse bande de la Voie lactée accrochée comme un hamac d'un horizon à l'autre dans une clarté glaciale.

Je laissai ma tête retomber sur l'asphalte du parking et la tournai de l'autre côté, voyant enfin ce qui nous avait arrachés, mon adjoint et moi, du bâtiment en feu.

Le hibou géant cognait sur la poitrine de Double Tough. Je regardai sa tête rebondir sur le sol. Je tendis le bras mais ne pus l'atteindre. Je criai, je hurlai pour faire partir l'animal, claquai ma main par terre pour attirer son attention, mais il m'ignora et retourna au dépeçage de la poitrine de Double Tough dans une espèce de rite cérémoniel.

Je donnai de la voix mais ne parvins qu'à croasser un avertissement : si j'arrivais à attraper le cou du gros hibou, il allait regretter le jour où il avait décidé de nous mettre en charpie.

Finalement, le hibou tourna la tête, frissonna, et remarqua ma présence. J'essayai de me redresser, mais il me plaqua au sol. Je toussai et fis remonter un peu de suie coincée dans ma gorge, et crachai sur le côté, puis je revins vers lui pour l'attraper à mon tour.

Le grand oiseau tomba sur le côté, apparemment aussi épuisé que moi. Je me cramponnais toujours aux pattes de la créature, mais je me rendis compte lentement qu'il s'agissait de bras. Il me lâcha d'un coup et ôta la couverture mouillée qui lui protégeait la tête, d'où le visage sale et taché de Henry émergea.

Il resta là à me regarder tandis que je m'allongeais à nouveau sur le sol, mais seulement quelques instants, puis il se tourna pour contempler l'incendie, ses yeux noirs reflétant les flammes qui consumaient ce qui restait de l'annexe du bureau du shérif du comté d'Absaroka.

Je dis quelque chose, mais il refusait de me regarder.

Ma tête glissait sur le côté et je sentis un autre regard qui me scrutait, à quelques mètres de là.

Double Tough.

Je me traînai sur l'asphalte dans deux ou trois flaques et commençai à trembler de froid. Ma main toucha son visage, le gant brûlé effleura son menton, mais il ne réagit pas.

# 12

Je m'installai sur le hayon de mon pick-up, bus quelques gorgées de café dans le gobelet en polystyrène qu'on m'avait donné et serrai un peu plus la couverture sèche autour de moi, essayant de contenir les frissons qui ne cessaient de m'agiter.

Je regardai les pompiers volontaires de Powder River enrouler leurs lances et ranger leur matériel avant de rentrer, épuisés, à la caserne et de retrouver leur lit. Les ambulanciers avaient chargé Double Tough dans leur véhicule et ils étaient partis.

La voix de Henry me paraissait lointaine.

— L'un des voisins d'en face dit qu'il a vu une lumière à l'intérieur, mais il a cru que c'était le reflet d'un poêle à bois. Quand il a levé la tête quelques instants plus tard, tout le bâtiment était en feu.

Je posai le gobelet et regardai la flaque de lumière projetée par le lampadaire situé de l'autre côté du parking, les lueurs de l'halogène se déversant sur le Suburban d'un rouge passé lui donnaient une teinte rose presque surnaturelle. Le pick-up était là, tel une ingénue timide au milieu de la scène, garé en marche arrière contre un bosquet de jeunes trembles qui s'inclinaient comme un double rideau.

Je me rappelai soudain à quel point le véhicule roulait mieux depuis que Double Tough l'avait pris sous son aile mécanique ; le nombre de fois où, descendu jusqu'ici pour apporter les chèques des salaires, j'avais trouvé mon cul-terreux d'adjoint sous le capot de la voiture de patrouille qui avait trente ans d'âge, s'amusant à fourrager dans le gros bloc-moteur du monstre équipé d'une double sortie d'échappement.

— Il y avait d'autres individus tout autour, derrière les barrières. Je les ai interrogés, mais aucun d'entre eux ne semble avoir vu quoi que ce soit.

Je me souvins de Double Tough me disant qu'il venait de l'est du pays, d'un trou en plein milieu des Appalaches, et qu'il avait un diplôme en géologie ou en minéralogie, me semblait-il. Je regrettais de ne pas avoir écouté plus attentivement son histoire.

— Walter.

Je contemplai le pick-up en me disant que c'était un vrai dinosaure, et que je lui ressemblais beaucoup – rustique, honnête et résistant.

— Tu n'aurais rien pu faire de plus.

Je me levai, vidant le fond du café par terre avant de jeter le gobelet dans un seau qui servait de poubelle, et, remontant la couverture sur mes épaules, je m'approchai du gros 4 x 4 en pataugeant dans les flaques, la Nation cheyenne sur mes talons.

— Je t'ai entendu hurler, j'ai passé mes poings à travers la paroi, je t'ai attrapé par les épaules et je t'ai sorti de la fournaise. Il n'a probablement pas compris ce qui lui arrivait, Walt.

Le soleil se lèverait dans quelques heures – l'aube d'un jour nouveau. Montant au-dessus des plaines du pays de Powder River, une boule d'hydrogène gazeux chauffé à des milliards de degrés éclairerait les montagnes derrière moi. Je commencerais cette journée avec une température intérieure assez élevée, chauffé par une petite braise incandescente de moins en moins petite – elle finirait par prendre la taille d'un homme, ou de plusieurs même –, un feu que j'attiserais jusqu'à ce que je trouve exactement le bon carburant.

— Walter ?

Je fulminais comme la mèche sur un paquet de dynamite, et je me tournai vers mon meilleur ami au monde, celui qui venait encore une fois de me sauver la vie.

L'Ours me regarda droit dans les yeux et n'aima pas ce qu'il y vit, mais me connaissant comme il me connaissait, il ne dit rien et me suivit de près.

Je fis les derniers pas, m'arrêtai à côté du véhicule officiel du bureau du shérif du comté d'Absaroka – mon comté – et regardai à travers le pare-brise arrière du Suburban. Les vêtements de Double Tough étaient entassés à l'arrière, et apparemment, rien n'avait été touché.

Je tirai sur la vieille couverture de l'armée pour la remonter jusqu'à mon cou, me tournai, le mouvement soulevant les bords de ma cape improvisée, et je m'avançai vers la coquille vide et noircie qui avait été notre annexe, avec l'Ours dans mon sillage. Il se décala un peu sur la droite pour observer mon profil de ses yeux noirs, encore plus noirs qu'avant, semblait-il. Son regard s'obscurcissait, plus brillant encore, quand son âme absorbait l'émotion de ces moments cruciaux.

Devant ce qui était autrefois la porte d'entrée, je le regardai droit dans les yeux juste pour l'assurer que je n'avançais pas au hasard, je franchis le seuil et allai jusqu'au tableau à clés carbonisé. Je marchai sur quelque chose et me baissai pour ramasser un trousseau tombé dans cinq centimètres d'eau sale. Il était orné d'un porte-clés rigolo que je n'avais jamais remarqué, une breloque à l'effigie d'un parc d'attractions de deuxième, voire de troisième zone, sur lequel on voyait un géant qui ressemblait un peu à Bozo le clown appuyé sur un portique indiquant : CAMDEN PARK – EN COMPAGNIE DU CLOWN JOVIAL.

En me baissant, je remarquai autre chose aussi – une vague odeur de kérosène.

Je pivotai et repartis vers le Suburban. Je tentai d'enfoncer la clé dans le trou de la serrure qui fermait le hayon, mais mes mains tremblaient encore, et elles finirent par lâcher le fichu trousseau. Je n'eus pas le temps de me baisser que déjà la Nation cheyenne, toujours plus rapide, l'attrapait avant même qu'il touche le sol.

Il se redressa et se glissa devant moi, puis j'entendis le ronronnement de la vitre en train de descendre. Il passa le bras à l'intérieur, défit le verrou, abaissa le hayon et se tourna vers moi, toujours frémissant.

— Il faut que tu changes de vêtements.

Je tendis un index tremblotant vers le tas de linge sale et intimai à mon doigt l'ordre de cesser de bouger – s'il n'obéissait pas, me jurai-je en silence, j'allais l'arracher d'un coup de dents. Il dut m'entendre, car il s'immobilisa.

Henry soupira et éparpilla les vêtements imprégnés de l'odeur de mon adjoint jusqu'à ce que le plancher strié du Chevrolet apparaisse. Il se tourna vers moi, puis fit le tour du véhicule en déverrouillant systématiquement toutes les portières pour les ouvrir, inspecter l'intérieur, et les refermer.

Une fois qu'il eut fait le tour complet, il s'appuya contre l'aile, à côté de moi.

— Rien.

Je hochai la tête, les yeux toujours rivés sur l'arrière du pick-up.

— As-tu senti une odeur de kérosène dans le bâtiment ?

— Oui.

Lorsque je tendis la main, il avait déjà sorti son portable de sa poche de chemise et composé le numéro de Verne Selby. Je collai l'appareil contre mon oreille et attendit cinq sonneries avant que la femme de Verne, Rebecca, décroche.

Elle chuchota :

— Euh… oui ?

— Rebecca, ici Walt. Il faut que je parle à Verne.

J'entendis un bruit de draps froissés, et sa voix, sur un ton plus ferme :

— Walter, sais-tu quelle heure il est ?

— En fait, je ne sais pas, et je ne veux pas être grossier, mais passe-moi Verne.

Je l'entendis parler au juge, qui au bout d'un moment prit le combiné.

— Allô ?

— J'ai besoin d'un mandat.

Il s'éclaircit la voix.

— Maintenant ?

— Maintenant.

— Je peux mettre en route la paperasse dès demain matin…

— Maintenant. Je vais à l'East Spring Ranch à côté de Short Drop, avec ou sans mandat – soit tu me couvres en me fournissant le document officiel soit j'y vais sans ta caution. Là, je suis à Powder

Junction et, quoi qu'il arrive, je pars vers le sud dans quelques minutes.

Je le voyais presque hocher la tête dans le téléphone.

— Je le faxe tout de suite à l'annexe du bureau du shérif.

Je pris une grande inspiration, les yeux posés sur la peinture défraîchie de la voiture de patrouille de Double Tough, refusant de regarder le cadavre calciné du bâtiment de l'autre côté du parking.

— Envoie-le plutôt à l'hôtel de ville.

— On l'attend ?

— Non.

Nous étions dans le hall d'accueil de la mairie de Powder Junction avec Brian Kinnison, et nous attendions le mandat, quand l'Ours me coupa l'herbe sous le pied en me tendant à nouveau son téléphone portable.

Je le regardai, mais il me fit signe de parler et s'éloigna de quelques pas.

— Mais putain de merde, qu'est-ce que tu fous ?

Je soupirai.

— Je vais là-bas et je ne suis pas de bonne humeur.

— Et après ?

— Je vais découvrir ce qui se passe et je vais choper celui qui a fait ça.

Je l'entendais s'agiter pour mettre ses bottes.

— Tu as besoin d'aide.

— J'en ai.

— Je serai là dans vingt minutes.

— Je serai parti dans cinq. (Je rejoignis Henry et lui rendis le téléphone.) Tiens.

Vic était encore en train de hurler à l'autre bout. Je retournai au comptoir juste au moment où Brian sortait les feuilles du fax. Il les posa et me regarda.

— Tu es sûr que ce sont eux qui ont fait ça ?

— Ouaip.

— Tu veux que je prévienne la milice ?

Je souris vaguement, malgré moi.

— Je ne savais pas que tu avais une milice.

Il jeta un coup d'œil à la pendule accrochée au mur et sourit à son tour.

— Le moment est assez bien choisi pour en créer une, non ?

Je fourrai le mandat dans la poche intérieure de ma veste, qui dégageait des relents de feu de camp éteint, ajustai mon chapeau ravagé par l'eau et m'en allai vers la porte. Henry m'attendait sur le trottoir en bois de Powder Junction, et je vis qu'il réfléchissait. Je lui demandai :

— Pourquoi l'annexe du bureau ? Pourquoi ne pas se contenter de prendre la tête de forage ? Ils devaient savoir que ça allait déclencher une guerre.

— Oui.

— Et pourquoi lui ? C'était moi qui leur mettais la pression. C'est très probablement moi qui vais essayer de les coincer. (Je tapotai les papiers qui se trouvaient dans ma poche.) J'ai tout ce qu'il faut maintenant.

— Oui.

— Ils pensaient qu'ils pouvaient nous écrabouiller, ici, au milieu de nulle part, et s'en tirer ? (Je pointai un index vers lui.) Ne dis pas oui.

Il grogna.

— J'espère que ce n'est pas le cas.

Je montrai la minuscule rue.

— Parce qu'il était plus près ?

L'Ours haussa les épaules.

— Nous ne sommes qu'à quarante minutes d'ici.

— Vingt, d'après Vic.

Il hocha la tête.

— Nous devrions nous mettre en route. Je crois que je peux t'empêcher de tuer des gens, mais je ne suis pas certain que j'arriverai à la retenir, elle.

Je montai à la place du conducteur et claquai la portière tandis que l'Ours grimpait à côté de moi. Je le regardai tendre le bras, sortir le Remington Wingmaster du râtelier qui le maintenait contre le tableau de bord et la console centrale, et ouvrir la culasse de calibre 12 comme un second couteau dans une série télé merdique où ils faisaient ça une douzaine de fois par épisode. La balle neuve s'envola vers l'arrière, contrairement à ce qui se passait à la télévision, et je le regardai.

— On va peut-être en avoir besoin de cette balle.

Il sourit, et une ligne se dessina au-dessus du coin de sa bouche tandis qu'il ouvrait le couvercle du vide-poches central – il connaissait toutes mes cachettes, tous mes clichés – et sortait une boîte de balles supplémentaires.

— Quelles autres armes avons-nous ?

Je démarrai le Bullet et plaçai le sélecteur sur DRIVE.

— *Indestructibles*. (Je me tournai et le regardai ; je me doutais qu'il ne choisirait pas cette option, mais il fallait que je le dise.) Si tu veux laisser tomber, c'est maintenant.

Il éclata de rire en mettant une cartouche dans le magasin.

— J'essaie de ne jamais manquer un épisode d'*Indestructibles* – c'est mon émission préférée.


La Nation cheyenne fut le premier à remarquer que les lumières étaient allumées au Short Drop Merc.

Je passai de la vitesse du son à presque zéro et me rangeai sur le bas-côté juste après avoir dépassé la sortie qui permettait d'accéder à la petite agglomération. Je me penchai en avant ; on aurait dit que presque toutes les lampes étaient allumées, en particulier celles du bar, et quelques véhicules étaient garés devant, y compris un pick-up Ford King Ranch aménagé.

L'Ours secoua la tête.

— Tu ne penses pas que… ?

— Si.

Je passai la marche arrière, brûlant la terre rouge de la Route 192 avec deux bandes noires de caoutchouc Michelin d'environ trente mètres de long. Je bloquai les roues et tournai le volant, pour faire monter le trois quarts de tonne sur le trottoir, avant de descendre la légère pente qui menait en ville, passant devant la célèbre corde en chanvre qui se balançait sur le peuplier.

Je gardai mes pleins phares allumés tandis que je me collais au poteau de soutènement à côté des autres véhicules, les faisceaux dirigés en plein sur les baies vitrées ; un épais nuage de poussière sèche de couleur ocre flotta à côté de nous puis alla se disperser contre la façade comme une puanteur tenace.

— Si je comprends bien, on ne compte pas sur l'effet de surprise ?

J'ouvris ma portière.

— Non.

Sa main attrapa la mienne au moment où je descendais.

— Ça ne tient pas debout, n'oublie pas.

Je le regardai, ne dis rien, puis hochai la tête.

Nous montâmes les marches, et je ne pris pas la peine d'utiliser la poignée de la porte, j'entrai le pied d'abord. Le vantail rebondit contre le mur et revint, mais je l'attrapai d'une main et m'immobilisai là, sans le lâcher.

Je remarquai que mes mains avaient cessé de trembler pour de bon.

La seule personne présente dans la pièce que je ne voulais pas abattre se trouvait derrière le bar, les poings sur les hanches, maintenant une distance de sécurité suffisante entre elle et ceux qui étaient, semblait-il, des clients indésirables – Eleanor Tisdale était futée.

Il y avait trois hommes au bar et deux autres jouaient au billard sur ma gauche.

Je sentis la Nation cheyenne se glisser derrière moi comme une mort silencieuse, le fusil dissimulé le long de sa jambe, totalement invisible.

— Hé, salut shérif. On dirait qu'un verre vous ferait pas de mal.

Je regardai les trois hommes, en particulier celui qui venait de parler ; je le reconnus, c'était Ronald, le fils aîné de Roy Lynear, qui venait du Dakota du Sud. Derrière lui se trouvaient Lockhart et l'homme de main plus jeune dont j'avais fait la connaissance de loin dans le comté de Butte.

Gloss et Bidarte étaient à la table de billard, et l'Ours avait déjà fait quelques pas dans cette direction. Après avoir inspecté la pièce et pris mes marques, je m'avançai vers Ronald et Lockhart et observai le gros bras qui se glissait devant eux. Ils devaient penser qu'ils avaient l'avantage du nombre, mais peut-être qu'ils n'avaient jamais vu d'épisode d'*Indestructibles*, sans parler du dernier de la saison.

Lockhart était le leader tacite, j'en étais certain, mais il resta où il était, sans un geste d'hostilité. Je balançai un puissant crochet sur le côté de la tête du plus jeune, qui fut projeté contre le bar. Il commit l'erreur d'essayer de se rattraper et j'en profitai pour lui infliger un uppercut qui le renvoya d'où il venait : il s'écroula, entraînant dans sa chute quelques verres et un bon nombre de bouteilles de bière.

Le fils préféré et Lockhart ne bronchèrent pas, ne levèrent pas le petit doigt. Ronald Lynear écarquilla les yeux tandis que je m'approchai tout près de lui, mon nez à cinq centimètres du sommet de sa tête.

Il leva la tête vers moi tandis que j'inhalai avec ostentation son odeur. Il semblait paralysé, mais il finit par parler d'une voix plus calme que je ne l'aurais cru capable dans une telle situation.

— Ça vous ennuierait que je vous demande ce qui vous prend, shérif ?

J'inspirai profondément.

— On dit que la culpabilité a une odeur particulière, qu'on décèle à plus d'un kilomètre.

Il attendit un moment puis demanda :

— Et de quoi serions-nous coupables ?

Reniflant toujours comme un limier, je me penchai un peu sur le côté.

— La destruction volontaire d'une propriété du comté.

— Carrément ?

J'approchai mon visage du sien.

— Carrément.

L'abandonnant, je passai par-dessus l'homme à terre et jetai un coup d'œil rapide à Lockhart.

— Il s'agit du poste annexe du bureau du shérif… (Je regardai du côté de Lynear puis revins à Lockhart.) La propriété du comté en question a été incendiée avec un accélérant chimique, probablement du kérosène.

Je me penchai sur le type à la mâchoire amochée, sortis un Wilson Combat Tactical calibre 40 du holster qu'il portait dans son pantalon, et le lançai à l'autre bout de la pièce sur le plancher gris où il s'arrêta, avec un bruit sourd, sous le pied à demi-levé de Henry.

Personne ne bougea.

Je reniflai la tête du jeune homme puis levai un bras, attachant une extrémité de mes menottes à son poignet.

— La culpabilité, ça ressemble beaucoup au kérosène. L'odeur reste plus longtemps que ce qu'on pourrait croire.

Je traînai l'individu menotté par le bras comme une arrière-pensée, me tournai du côté de Gloss et Bidarte et fis quelques pas vers le centre de la pièce.

Gloss posa sa queue de billard par terre, sa main droite serrée sur le manche, il jeta un coup d'œil à Henry puis à moi.

— Je vous interdis de vous approcher.

L'Ours et moi échangeâmes un regard, et il fut le premier à parler.

— Cela ressemblait beaucoup à un aveu.

— Ouaip, c'est sûr. (Je penchai la tête sur le côté.) Vous ne seriez pas de nouveau armé monsieur Gloss ? (J'agitai le bras de l'homme inconscient.) Je veux dire, pas comme votre ami ici, dont je parie qu'il va passer quelques semaines dans ma prison pour violation des lois sur le port d'arme de l'État du Wyoming.

Je m'avançai vers un côté de la table, et ils réagirent en se dirigeant vers l'autre côté.

— Auriez-vous par hasard une autre arme sur vous ? J'ai pris la dernière que vous aviez, ce qui signifie que, si vous n'en avez pas acheté une autre, vous êtes obligé de trouver un autre moyen de faire votre sale boulot. Un accélérant par exemple… au hasard, du kérosène ?

Il jeta un coup d'œil à Henry puis à moi et au .45 rangé dans son holster sur ma hanche.

Son regard revint croiser le mien, et j'y lus l'idée que la panique lui suggérait. Je baissai la main, repoussai ma veste et défis la lanière de sécurité de mon Colt.

— Ce n'est pas très difficile de porter un de ces trucs – un bon kilo d'acier laminé et huit balles. (Je pointai vers son pan de chemise, qui était sorti de son pantalon.) Peu importe le modèle que vous cachez là, il y a des chances qu'il soit plus performant que le mien, mais le calibre et la cadence de tir n'ont pas vraiment d'importance – n'en ont aucune, en fait. Ce qui importe, c'est d'être décidé – décidé à appuyer, à tirer, à tuer.

Je fis un pas supplémentaire, traînant toujours l'homme à demi-inconscient derrière moi.

— C'est une chose que de mettre le feu à un bâtiment avec un homme endormi à l'intérieur, mais c'est en est une autre quand l'homme se tient juste en face de vous, prêt et décidé.

Bidarte se déplaça légèrement sur le côté gauche, mais il leva prudemment les mains, de manière que Henry comme moi puissions les voir.

— Je ne sais pas de quoi il s'agit, shérif, nous avons passé la soirée ici, à jouer au billard. (Il fit un geste en direction d'Eleanor et continua à s'écarter.) La dame, elle peut vous le dire…

— Ce n'est pas la peine de vous écarter davantage, je ne suis pas si mauvais tireur que ça.

Il sourit et s'immobilisa.

Je jetai un coup d'œil à la propriétaire des lieux et elle haussa les épaules dans un mouvement triste et résigné.

— Ils sont arrivés vers six heures, tous. (Elle détourna le regard.) J'aurais bien aimé vous dire autre chose, mais je ne peux pas.

Je lançai un coup d'œil à Henry et me rappelai ce qu'il avait dit avant que nous entrions – ça ne tient pas debout, n'oublie pas. Lorsque je me tournai à nouveau vers eux, je vis que Gloss avait baissé son bras et commençait à approcher la main de son pan de chemise. Environ deux mètres nous séparaient, autrement dit, la distance la plus meurtrière dans les situations où des armes à feu entrent en jeu.

— Vous ne devriez pas me rater à cette distance, mais je le répète, moi non plus.

Gloss eut l'air de se mettre en position :

— Je ne sais pas de quoi vous parlez…

CRAIG JOHNSON

Il jeta un coup d'œil vers ma droite, où se tenait Lockhart qui le fixait.

J'entendis un bruit derrière moi – la Nation cheyenne avait dû se pencher pour ramasser le pistolet –, mais j'étais presque sûr que c'était le fusil qu'il pointait dans la direction de Gloss.

Je m'éclaircis la voix.

— Bon. Dans ce genre de situation, si vous êtes correctement formés, vous devriez distraire l'assaillant juste assez longtemps pour que la cible primaire sorte son arme, mais j'ai compromis cette possibilité en amenant des renforts, c'est bien ça, Henry ?

— Tu l'as dit, Homme blanc.

Je désignai la taille de Gloss.

— Vous savez, si vous voulez sortir ce truc de votre pantalon et appuyer sur la détente, je n'y vois pas d'inconvénient.

Ses lèvres bougèrent, mais il lui fallut quelques secondes pour trouver une réponse.

— Heu… est-ce que c'est une blague ?

Mon tour de ne rien dire.

Il secoua la tête, regarda le rectangle de feutre vert puis le plafond.

— Je veux un avocat.

— Posez votre arme sur la table, avec le pouce et l'index seulement.

D'un geste ostentatoire, il fit exactement ce que je lui avais demandé et déposa doucement sur la surface plane un autre .45 très cher en acier au carbone à la finition travaillée.

Je tendis le bras et le ramassai.

— Vous voulez me renifler maintenant ?

C'était exactement la chose à ne pas dire, et au plus mauvais moment ; je le lui signifiai en lui flanquant un coup en plein dans le nez avec la crosse du semi-automatique. Du sang coula de ses narines et il enfouit son visage dans ses mains. Bidarte rit, jusqu'à ce que je le regarde ; alors, il posa doucement ses mains sur la table de billard dans une position qui lui semblait plutôt familière.

Je jetai un coup d'œil aux autres.

— Quelqu'un d'autre souhaite se joindre à la conversation ?

Il n'y avait pas d'amateurs, alors je me libérai de la menotte, contournai la table, et écartai d'un geste brusque la main du visage de Gloss pour pouvoir le menotter à l'autre probable criminel.

Il saignait abondamment et tentait de contenir l'hémorragie avec son autre main, mais le sang giclait sur le devant de sa chemise. D'une voix nasillarde et étouffée, il dit :

— Nous n'avons rien fait.

Je gesticulai avec le pistolet confisqué.

— Oh, vous avez fait toutes sortes de choses – il reste juste à savoir si vous avez fait *cette* chose précise, et si c'est le cas, vous allez le regretter.

Vic, qui n'était pas du genre à manquer la fête, arriva quelques minutes plus tard, et nous embarquâmes Gloss et son pote à l'arrière de sa voiture de patrouille. Mon adjointe jeta un coup d'œil dans la cage avec un sourire, remarquant le nez du passager, qui saignait toujours après avoir imbibé le torchon qu'Eleanor avait fourni.

— Grands dieux, avec quoi tu l'as frappé, un madrier ?

Je lui tendis l'autre pistolet de Gloss.

— Tiens, pour la collection.

Elle examina l'arme.

— Un autre Wilson. Tu es sûr que ce gars s'appelle Gloss ?

— Non, mais j'imagine que tu pourras me confirmer ça d'ici demain matin.

Elle siffla tout en détaillant l'arme.

— Un Wilson .38 Super, Combat Carry Competition – trois mille dollars, au bas mot.

— Ouaip, on dirait que ces gars ont les moyens.

— Peut-être que ça rapporte, la vente de gâteaux.

— Ha-ha.

Elle le regarda à nouveau.

— Est-ce qu'on peut garder leurs armes ?

— Bien sûr, on organisera une petite vente, nous aussi.

Elle hocha la tête.

— Alors, Double Tough est dans quel état ?

Je la regardai fixement.

Elle me rendit mon regard.

Bien sûr, Henry ne lui avait pas dit au téléphone. Je pris une inspiration, juste pour nettoyer les tuyaux avant d'asséner les mots.

— Il est mort.

Ses lèvres s'entrouvrirent un tout petit peu et elle resta bouche bée. Nous ne perdions pas beaucoup de monde au bureau. En fait, ce serait notre seule perte, et pendant mon mandat.

Elle encaissa sans broncher, tout entraînée qu'elle était par son expérience au sein de la police de Philadelphie à museler ses émotions, mais en ce qui me concernait, j'avais dû faire face à des feux inextinguibles ces derniers temps. Les yeux vieil or étaient aussi affûtés qu'une lame de rasoir lorsqu'elle se retourna vers ses deux passagers.

— Oh, les salopards.

— Coffre-les, passe-les au crible… Je veux tout savoir.

Elle les fusilla à nouveau du regard puis hocha la tête, face au tableau de bord. Elle prit une grande inspiration, tendit le bras et démarra.

— Tu sauras tout.

Je regardai le petit groupe.

— Appelle Ferg pour qu'il vienne t'aider.

Sa jolie mâchoire se raidit.

— L'aide, ça pose un problème.

— Lequel ?

— Ça fait des témoins.

Je reculai tandis qu'elle laissait sa propre marque sur Main Street, traversant à fond de train l'intersection de la 192, l'arrière de son véhicule dérapant légèrement avec la vitesse, avant de monter sur l'autoroute aussi rapidement que le lui permettait sa vieille voiture.

Je commençai à monter les marches et faillis percuter la propriétaire-gérante du Noose.

— Ils ont passé toute la soirée ici, Walt.

Je m'immobilisai là, trois marches plus bas, et la regardai droit dans les yeux.

— À quelle heure sont-ils arrivés ?

— Tôt, six heures, peut-être six heures et demie.

Je soupirai.

— Ce n'est pas ce que vous aviez envie d'entendre.

— Non.

Je regardai dans son dos les lumières qui éclairaient l'établissement.

— On dirait que vous vous êtes débarrassée de la plupart de vos livres.

Elle ajusta ses lunettes sur son nez et sourit.

— Pour l'essentiel, ils sont partis à la bibliothèque, mais j'ai gardé une pile pour vous, derrière.

Je ne bougeai pas.

— Je trouve étrange que vous ayez soudain décidé de tout arrêter et fermer boutique.

Elle ne dit rien pendant quelques instants, mais je vis l'incrédulité grandir dans son regard.

— Vous ne me croyez pas ?

Je me frottai les yeux avec les paumes de mes mains.

— Je ne sais plus qui croire.

La forçant à reculer, je commençai à monter les dernières marches. Elle s'écarta, mais à peine, pour m'obliger à la frôler. Sa voix était tendue par l'indignation de se voir mise en cause.

— Alors nous ne sommes plus amis.

Je m'arrêtai.

— C'est dangereux, d'être mon amie. Je ne suis pas sûre que le job vous plaise.


HENRY se trouvait derrière le bar, le fusil posé devant lui. Il buvait ce qui ressemblait à du jus d'orange.

— Tu as peur d'un jour sans soleil ?

Il lança un regard du côté de Ronald Lynear et Tom Lockhart de l'autre côté du bar.

— Ça combat les microbes.

Lynear fut le premier à parler.

— Nous allons les sortir de là dès que vous aurez fixé la caution.

Je hochai la tête.

— D'ici quelques semaines, probablement.

— Alors, je porte plainte contre votre bureau pour arrestation abusive et harcèlement.

Lockhart posa une main sur son bras puis glissa un bout de papier vers moi.

— Jetez un coup d'œil à ça.

C'était un ticket provenant de la petite agence bancaire en face, qui datait de la veille, et indiquait un retrait de deux cents dollars, à 6 h 32.

— Ça ressemble à quoi, d'après vous ?

— À un ticket de retrait pour une somme qui ressemble à deux cents dollars, mais comme j'ai une longue carrière dans la police derrière moi, je ne sais pas bien compter le nombre de zéros.

Il tenta de se contrôler.

— Vous avez vu l'heure ?

— Ouais, ils nous apprennent à lire l'heure, à l'académie. Ils disent que c'est important.

— Nous avons retiré de l'argent liquide quand nous sommes arrivés en ville, avant de venir directement ici pour boire et jouer au billard.

Il fit un geste en direction d'Eleanor qui se tenait près de la porte.

— Et voici un témoin fiable qui vous dit la même chose.

Il secoua la tête en me regardant comme si j'étais un enfant qu'il fallait réprimander.

— Vous n'avez vraiment rien.

Lançant un regard rapide du côté de Ronald, je tendis le bras et volai le jus de fruit de l'Ours.

— Je suis curieux, dites-moi, révérend, que faites-vous donc dans un lieu de perdition comme celui-ci ?

Il sourit.

— Je ne bois pas, mais je me suis dit que je me joindrais à la fête.

— Et que fêtez-vous donc ?

Il fit la grimace, comme si la réponse était évidente :

— Notre nouveau puits.

Je les regardai.

— Et comment avez-vous réussi à forer ce puits sans l'aide de votre tête de forage en diamant polycristallin Hughes ?

Il m'opposa un regard aussi vide que les déserts infinis de sable de la Bible.

— Notre quoi ?

— La tête de forage à cent soixante-dix mille dollars que nous avons trouvée à l'arrière du break de Big Wanda qu'elle a fait sortir de la route pour que nous ne la trouvions pas.

Les sables restèrent immobiles.

— Nous avons utilisé celle qui était fixée au Peterbilt que vous avez vu l'autre soir. Tomás l'a réparée. Je suis sûr de ne pas savoir de quelle autre foreuse vous parlez

— Peut-être que vous n'en savez rien.

Je posai le verre et me préparai à affronter Lockhart.

— Mais je parie que lui, il sait.

Un long moment s'écoula, et Lockhart posa une main sur l'épaule de Lynear avant de s'adresser à l'homme déconcerté.

— Ronald, tu devrais rentrer au ranch. Je suis sûr que ton père se demande ce qui se passe. (Il lui donna une petite tape.) Vas-y, file, nous n'allons pas tarder.

L'homme de foi nous regarda tous rapidement, puis partit sans faire d'histoire, s'excusant lorsqu'il passa devant Eleanor, qui était toujours à côté de la porte.

Lockhart resta là encore quelques instants avant de s'avancer vers la sortie.

— Puis-je vous demander de m'accompagner dehors quelques instants, shérif ?

Je le regardai fixement, puis Eleanor, puis Henry. Je m'écartai du comptoir et le suivis.

Il faisait frais mais les rayons du soleil commençaient juste à poindre au-dessus des plaines, répandant une lueur diffuse, d'un gris jaunâtre. Je me tournai vers Lockhart, appuyé contre l'un des poteaux de soutènement.

Lynear était en train de faire marche arrière dans une vieille Buick au pare-chocs cabossé dont la peinture du côté passager avait été retouchée avec une sous-couche grise. Nous l'observâmes manœuvrer et s'en aller.

— Je suis un professionnel, il faut que vous le sachiez.

Je me tournai pour le regarder, croisant les bras sur ma poitrine.

— Je le sais. Mais professionnel de *quoi*, c'est ce que j'essaie de comprendre.

— Shérif, combien gagnez-vous par an ? Quarante, cinquante mille dollars ?

— Je ne sais pas. Comme je vous l'ai dit, ils ne font plus de remise à niveau en maths à l'académie.

Il hocha la tête.

— Mais vous pouvez me dire l'heure qu'il est, n'est-ce pas ?

Il se tourna pour contempler le soleil levant, et je le vis frissonner.

— Eh bien, si je vous disais quelle heure il est vraiment ? (Il me fit face.) Il est l'heure de regarder ailleurs.

Je ne dis rien.

— Quel âge avez-vous, shérif ? Bientôt à la retraite, une maison à moitié finie, je dirais, des enfants, une fille, peut-être ? Qui vient de se marier, et attend votre premier petit-enfant ? Une profession-nelle, elle aussi, peut-être avocate dans une grande ville de l'Est, qui espère devenir une associée dans son cabinet...

Je l'interrompis.

— D'accord, vous savez tout sur moi. J'espère bien qu'il y a une autre raison à cette conversation.

— Je l'espère aussi, shérif, je l'espère aussi. (Il frissonna de plus belle, et je dus admettre que je savourais son inconfort.) Et si je vous disais que j'aimerais bien faire une donation pour la campagne de Walt Longmire ?

— J'ai déjà été réélu.

— Oh, cet argent serait déconnecté de toute responsabilité politique. Vous pourriez l'utiliser comme bon vous semble, pour terminer votre maison, faire un cadeau à votre fille, payer les études de son enfant. Ce que vous voulez, peu importe. Beaucoup d'argent, shérif. Comme le disait le sénateur Everett McKinley Dirksen : un milliard par ici, un milliard par-là, et on se retrouve vite avec des sommes importantes.

Je baissai la tête et parlai à mes bras croisés.

— Alors, nous parlons de sommes importantes.

— Très importantes.

Je levai la tête lentement pour le regarder.

— Monsieur Lockhart, seriez-vous en train d'essayer de me corrompre ?

Il sourit.

— Personne n'a jamais essayé ?

— Non, généralement, les gens sont plus malins que ça. (Je penchai la tête et le regardai.) Ils ne savent pas, c'est ça ?

— Qui ne sait pas quoi ?

Je fis un geste en direction de la voiture qui venait de partir et de l'East Spring Ranch.

— Vos amis religieux, ils ne sont pas au courant de ce que vous fabriquez qui va générer des bénéfices conséquents.

— Ce n'est pas vraiment le sujet de notre conversation. (Il frissonna encore et regarda vers le bar, regrettant la chaleur de l'intérieur.) Alors, dois-je comprendre votre réponse à mon offre comme un refus ?

— Il s'agissait donc d'une offre ?

— Oui, et elle est toujours valable. Juste pour que vous regardiez ailleurs. Personne ne sera blessé.

— Personne ne sera blessé. (J'explorai la surface des planches du bout de ma botte.) Et c'est la raison pour laquelle vous avez tué Double Tough, parce qu'il avait une certaine connaissance du domaine dans lequel vous trempez ?

Une expression exaspérée passa sur son visage.

— Mais pourquoi on voudrait tuer votre adjoint ?

— Pour une tête de forage en diamant polycrystallin Hughes.

Sa réponse fut rapide et un peu fâchée.

— Shérif, si je voulais, je pourrais me faire livrer tout un camion de tricônes en moins de vingt-quatre heures. (Il se décolla du poteau et se planta devant moi.) Je n'ai pas tué votre adjoint – ça ne tient pas debout. Je ne vous connaissais pas auparavant, mais maintenant je dois admettre que vous faites un adversaire formidable. (Il prit une inspiration.) Je suis un homme d'affaires, indépendamment de tout ce que vous pouvez penser concernant ma personne ou mes agissements, je fais des affaires. Maintenant, dites-moi, est-ce que je ferais une bonne affaire en m'opposant à vous ?

Je ne répondis rien.

— Pourquoi voudrait-on entrer en guerre avec vous ?

Je restai silencieux.

— Eh bien, voilà votre réponse. (Il fit un geste désignant le bar.) Cela vous ennuie si je vais récupérer Tomás ? La soirée a été longue.

Je lui fis un signe de la tête et le regardai marcher vers la porte, l'ouvrir et appeler. Puis il se dirigea vers son pick-up, et quelques instants plus tard, Bidarte et la Nation cheyenne apparurent.

Au moment où Bidarte passa, je tendis le bras et l'arrêtai, me penchai et reniflai. Il me regarda fixement quelques secondes, puis descendit sur le gravier et, debout à côté de la portière du pick-up, il m'observa tandis que Henry et moi prenions appui de part et d'autre du même poteau.

Lockhart sortit ses clés de son pantalon bien repassé et appuya sur le bouton de la télécommande pour déverrouiller le demi-tonne noir, puis il descendit du trottoir en bois et ouvrit la portière côté conducteur. Une pensée lui traversa l'esprit.

— Au fait, il faut que je vous demande. Avez-vous senti l'odeur du kérosène sur Gloss ?

Je scrutai l'horizon, où la première lueur frémissait sous le ciel strié.

— Non.

Je vis un mouvement très rapide sur ma gauche, mais avant que l'Ours ou moi puissions réagir, un puissant *tchac* résonna dans le poteau qui se trouvait entre nous. Je tournai la tête lentement et vis la lame de Bidarte insérée profondément dans le grain rugueux du bois juste à hauteur de notre tête, vibrant encore après l'impact.

Henry et moi échangeâmes un regard. La Nation cheyenne tendit la main et arracha le couteau du poteau, repoussa le tenon d'un geste expert et replia la lame avant de le lancer au grand Basque.

— Si vous visiez le poteau, c'était un bon lancer.

Bidarte rangea le couteau dans la poche arrière de son pantalon.

— Oh oui, *señor*.

Je l'ignorai et scrutai l'horizon.

Lockhart suivit mon regard et tapota le toit de l'habitacle comme s'il se ravisait.

— Concernant monsieur Gloss et le kérosène, il aurait été plus facile de mentir.

Je gardai les yeux rivés sur le soleil levant tandis qu'ils montaient tous les deux dans le pick-up et reculaient dans une courbe arrondie qui les mena directement sur le remblai, puis plein sud sur la 192.

— Non, cela n'aurait pas été plus facile.

# 13

— Je crois que le chien couche avec toi plus souvent que moi.

Elle avait renoncé à sa place habituelle sur le fauteuil et s'était assise par terre à côté de moi.

J'avais, une fois de plus, dormi dans mon bureau parce qu'il n'y avait pas de place ailleurs. Le plancher, recouvert d'une fine thibaude et d'une moquette usée jusqu'à la corde, me tuait le dos, mais au moins, j'avais eu de la compagnie. Je tendis la main et grattai le ventre du molosse qui par hasard dormait les pattes en l'air, une position dévoilant ses attributs très personnels.

— Il est très fidèle.

Elle avait l'air beaucoup moins fatiguée que je ne l'étais. Elle cala son dos contre la bibliothèque.

— Moi aussi, et vois ce que ça me rapporte.

— Tu n'as pas fermé l'œil de la nuit ?

Elle remit de l'ordre dans les papiers qu'elle avait sur les genoux.

— Non.

Je repoussai les couvertures et commençai à m'étirer ; mon dos me faisait mal, mais pas autant que mon genou gauche, qui m'inquiétait depuis mes aventures dans la montagne en mai dernier. Je me mis sur le côté et la regardai ; depuis la veille, elle n'avait pas quitté la casquette cachant sa chevelure indomptable.

— Tu t'en tires bien mieux que moi.

Elle me jeta un coup d'œil puis tendit le bras, et m'adressant une critique non verbale sur l'état de mes cheveux, me donna mon chapeau.

— Pendant que j'enquêtais sur les pourritures que j'avais coffrées, tu étais en plein règlement de comptes à OK Corral, si je comprends bien. (Elle continua à me regarder et sourit.) En tant qu'adjointe, il est de mon devoir de t'informer que tu es de plus en plus défait.

Je me calai sur un coude et posai mon chapeau couvert de suie et taché d'eau sur ma tête.

— C'est mieux ?

— Ni fait ni à faire.

Je bâillai.

— Bon.

— En même temps, comme on fait son lit on se couche.

— J'ai compris.

Elle hocha la tête, signe qu'elle avait terminé son rapport.

— J'ai du nouveau.

Je désignai la pile de papiers.

— On dirait, oui.

— Plus important que ces conneries.

Je me débattis avec les couvertures pour me mettre en position assise, ce qui dérangea le chien ; il se leva, me lécha le visage, puis passa avec précaution par-dessus Vic, et disparut par la porte, probablement à la recherche d'un deuxième ou troisième petit déjeuner.

— Qu'est-ce qui pourrait être plus important que ça ?

— Comme Lazare sortant de sa tombe… Double Tough est vivant.

Je la regardai, ahuri. Je n'avais pensé à rien d'autre de la matinée, tandis que je somnolais, me répétant que tout ce qui était arrivé la veille au soir n'était pas arrivé, mais sans y parvenir.

— Si c'est une plaisanterie, elle n'est pas drôle.

Elle secoua la tête.

— Ils lui ont mis un coup de défibrillateur dans l'ambulance, et ce connard est revenu à la vie – je te jure. (Elle bougea et s'assit en tailleur, à l'indienne.) Ils ont dit que c'était probablement grâce au bouche à bouche prolongé de Henry qu'il a pu revenir avec un coup de deux ou trois mille volts. Je lui ai dit qu'il avait probablement choppé une maladie, vu tous les endroits où la bouche de Henry avait traîné.

Je sentis la chaleur monter derrière mes yeux et un gonflement dans ma poitrine – comme si je revenais d'entre les morts moi aussi.

— Il peut parler ?

— Non, enfin, pas pour l'instant.

L'émotion était sur le point de la submerger, elle aussi, mais elle rit et essuya le coin d'un œil un peu humide – j'avais l'impression qu'elle ne me disait pas tout.

— Bon, il est à moitié brûlé au deuxième et troisième degré, et il va perdre un œil, mais il est vivant.

Je sentis une larme glisser sur ma joue et regardai Vic étouffer un autre sanglot avec un rire.

— Oh, on dirait que le lit à eau a une fuite.

Elle posa la main sur mon visage et continua à sourire, alors même que ses larmes coulaient.

— Il m'a serré la main quand je lui ai dit qu'il allait récupérer des germes de Henry. Bon, il est vachement abîmé : personne ne survit à un truc pareil sans avoir des séquelles cérébrales, et avec lui, c'est difficile à dire, mais il m'a serré la main quand j'ai déconné avec lui.

— Il est à Billings ?

Elle regarda sa montre.

— Ils l'emmènent à Denver d'ici une demi-heure, si tu veux aller à l'aéroport lui dire au revoir.

— Bien sûr. (J'enlevai les couvertures et me relevai lentement.) Ça en fait deux, sur les neuf vies de Double Tough.

Elle jeta un coup d'œil du côté du hall d'accueil.

— Tout le monde voulait te réveiller pour te mettre au courant, mais Ruby ne nous a pas laissés. Alors, j'ai attendu que tu bouges.

— Je ne crois pas avoir bougé.

— Je m'en fous.

Elle sourit de toutes ses dents, plissant les yeux et découvrant sa canine jusqu'à la garde, essuya les larmes de ses joues avec le dos de sa main et prit son siège habituel.

— Tu as eu les bonnes nouvelles. Tu veux les mauvaises maintenant, ou pendant le trajet vers l'aéroport ?

— Maintenant. (Je désignai à nouveau le tas de papiers.) C'est ça ?
Elle secoua la tête.

— L'insaisissable Orrin le mormon a une fois de plus pris le large.

— Junior ou Senior ? Je t'en prie, ne dis pas les deux.

— Le Cousin Itt.

Je m'avachis dans mon fauteuil.

— Ça commence à devenir gênant.

L'affirmation suivante était une accusation en bonne et due forme.

— À cause de toi, on circule ici comme dans un moulin. Le gamin entre et sort pour aller travailler, et les deux regardent en boucle *Mon amie Flicka*. On a à peine de dos tourné qu'il prend la poudre d'escampette.

— Je suis désolé.

Elle soupira.

— Il est relativement inoffensif, ou disons, aussi inoffensif qu'on peut l'être en étant armé jusqu'aux dents, mais la crédibilité et le professionnalisme du bureau vont finir par en prendre un coup. Ce n'est pas bon pour notre image qu'un clodo schizophrène en état d'arrestation entre et sorte de la prison comme si c'était le Kum & Go.

Je souris.

— D'accord.

— Nous l'avons cherché sur le plateau de tous les pick-up.

— Bonne idée.

Elle leva la tête et le sourire était revenu.

— Double Tough est vivant.

Je ris.

— Ouaip.

Elle contourna le bureau et se percha devant moi, mais cette fois, je gardai une main accrochée au bord, déterminé à ne pas refaire un numéro à la Flying Wallendas. Elle se pencha en avant et passa ses bras autour de mes épaules pour m'attirer contre elle. Défiant tout sens commun, je sentis mes bras se lever et l'enlacer à mon tour ; je pensai aux conséquences de ces gestes si nous avions été chez moi. Ses lèvres chatouillèrent mon oreille quand elle chuchota :

— Je n'arrive pas à déterminer ce qui me fait le plus plaisir : qu'il soit vivant, ou que je n'aie pas à te voir te flageller.

Je m'écartai un peu et posai mon front contre le sien.

— Merci.

Elle me donna un petit coup de tête puis recula pour se trouver à une distance respectable, posant les mains sur le tas de papiers qu'elle avait mis sur le bureau.

— En parlant de gens qui essayent de sortir de prison…

— Ils ne se sont pas évadés, eux aussi ?

— Non, ils le font à l'ancienne, avec des avocats – en comparaison la technique d'Orrin le mormon paraît honnête et directe. (Elle se leva.) Tu veux du café ? Parce que moi, oui.

Je hochai la tête tandis qu'elle sortait, et lui criai :

— De grands avocats ?

Sa réponse rebondit en ricochets sur les murs du hall.

— Shephard, Baldwin, Coveny et Spencer de Jackson.

— Gary Spencer ?

Elle revint avec deux mugs.

— Le grand Gary en personne.

— Eh ben…

Elle posa les tasses sur mon bureau et feuilleta les papiers.

— Ils poursuivent le comté, le bureau du shérif, et surtout toi, pour arrestation abusive, utilisation excessive de la force, harcèlement… le tout illustré par tes actes dans le Dakota du Sud et dans le bar hier soir.

Elle prit sa nouvelle tasse des Philadelphia Flyers – la saison de hockey venait de commencer – et but quelques gorgées.

— Il faut que tu arrêtes de cogner les gens.

Je bus moi aussi et pensai à mes derniers agissements.

— Il n'y en a eu qu'un ou deux…

— Trois, en comptant le relooking que tu as infligé au nez de Gloss – deux fois.

J'essayai de ne pas la regarder dans les yeux.

— La seconde fois, c'était un accident.

— T'as qu'à le dire au juge. (Elle posa sa tasse et continua à fouiller dans les papiers.) Ils te traitent d'à peu près tous les noms, sauf de baptiste, et ils disent que tu couches avec ton chien – ce que je n'aurais pas cru si je n'avais pas vu de mes propres yeux ce que j'ai vu ce matin.

— On a combien de temps ?

— On pourra peut-être les garder jusqu'à ce soir, mais ensuite, ils seront libres comme l'air.

Je bus une bonne gorgée de café.

— Est-ce que Verne peut essayer de gagner du temps en ne fixant pas la caution tout de suite ?

Elle secoua la tête.

— Non, quand il a entendu le nom de Gary Spencer, il s'est ratatiné comme une table pliante un jour de kermesse par grand vent.

— Ils ont beaucoup d'argent.

— Je sais, j'ai vu leur armement.

— Non, je veux dire beaucoup d'argent.

— Plus que ce qu'on peut gagner en vendant des gâteaux ?

— Assez pour essayer de m'acheter hier soir.

— Je t'ai déjà acheté, moi.

Elle haussa les épaules et reprit sa tasse, m'adressant un petit clin d'œil.

— Et pour pas cher. (Elle continua à m'observer.) Beaucoup beaucoup ?

— Ouaip.

— Quoi, ils impriment des billets de cent à l'East Spring Ranch ?

— Peut-être. (Je soupirai et bus encore ; apparemment, ça aidait.) Ils semblent aussi en savoir vraiment long sur moi.

— Qui ?

— Lockhart.

Elle leva un sourcil.

— Le silencieux ?

— Jusqu'à hier soir. Il est devenu vraiment bavard sur le porche devant le Noose.

— Il a dû penser que tu allais le pendre.

Je sortis le ticket du distributeur automatique de ma poche de chemise et le lui tendis.

— Il a fourni un argument convaincant selon lequel lui et son groupe n'avaient rien à voir avec l'incendie du poste annexe du bureau.

— Ça ? Ça prouve seulement que l'un d'eux y était.

— Non, Eleanor prétend qu'ils ont passé toute la soirée là-bas.

— Alors, il s'agit d'un autre membre du groupe. D'ailleurs, ils sont combien dans cette tribu ?

— C'est une bonne question.

J'attrapai ma veste, l'enfilai et sortis le mandat de la poche intérieure.

— Je vais le découvrir.

Elle continua à boire son café et nous cogitâmes de concert.

— À quoi tu penses ?

— À ce que tu as dit, sur le nombre de gens qui habitent là-bas. (Je déroulai le fax comme un rouleau biblique.) Tu as aperçu des femmes ou des enfants dans la communauté à East Spring ?

— Personnellement, je n'ai jamais réussi à approcher plus près que le bolide mexicain au niveau du portail. (Elle réfléchit.)

— Dans le comté de Butte, il y avait le commando du désert et la fillette qui vendait des gâteaux. Mais pas ici. (Elle réfléchit encore et conclut :) Jusqu'ici, la seule, c'est Big Wanda.

Je hochai la tête et contournai le bureau, Vic sur mes talons.

— Il y avait des vêtements accrochés à la corde à linge et des jouets dispersés dans la cour, mais je n'ai vu ni femmes ni enfants.

— C'était en pleine nuit, quand tu y es allé.

— Tu as peut-être raison.

Attendant devant la porte de son bureau qu'elle attrape sa veste, je roulai le mandat et le rangeai dans ma veste.

— Ou pas.

— Il y a autre chose.

Je m'interrompis pour la regarder.

— Quoi ?

— Ils sont en train d'agrandir leur exploitation. J'ai lancé une recherche et j'ai été contactée par les bureaux du shérif du comté de Garden, dans le Nebraska, et du comté de Hodgeman dans le Kansas.

Je réfléchis.

— Pourquoi diable auraient-ils besoin de toutes ces terres dispersées dans les Rocheuses jusqu'à l'Oklahoma ?

Elle haussa les épaules et franchit la porte devant moi.

— J'imagine que la vente de gâteaux marche du feu de Dieu.


Saizarbitoria et Henry buvaient un café dans le hall d'accueil tandis que Ruby parlait au téléphone. L'Ours avait l'air un peu fatigué, et je le lui fis remarquer.

— Pas autant que toi.

Je hochai la tête.

— Apparemment, tu as maintenu mon adjoint en vie suffisamment longtemps pour qu'ils puissent le réanimer avec un coup de palettes.

La Nation cheyenne sourit.

— Oui.

— On monte à l'aéroport pour lui dire au revoir, tu veux venir ?

— Il faut que j'appelle au Red Pony pour m'assurer que quelqu'un peut prendre ma place.

J'oubliai parfois l'établissement de l'Ours, son bar, à côté de la Réserve.

— On lui dira que tu l'embrasses.

Il continua à sourire et secoua la tête avec une fausse expression de tristesse.

— Dis à Double Tough que je ne pense pas que ça va marcher entre nous, mais qu'on aura toujours ce souvenir de Powder Junction.

— On déjeune au Busy Bee pour organiser la suite ?

— Oui.

Je commençai à descendre les marches.

— Je vous vois tous les deux d'ici une demi-heure.

— Walt ?

La voix de Ruby m'obligea à m'arrêter deux marches plus loin.

— Ouaip ?

— Dottie au tribunal dit qu'un bataillon d'avocats vient de débarquer dans le bureau de Verne, conduit par Gary Spencer en personne.

Vic leva les yeux vers moi.

— Changement de programme ?

Je jetai un coup d'œil au Basque et à l'Ours.

— Changement de programme. Retrouvez-nous à Powder Junction dans une heure.

Le téléphone se mit à sonner et Ruby le regarda, avant de se tourner vers moi.

— Et si je devais me retrouver seule face à la clique d'avocats et au second plus grand juriste de notre époque ?

Je haussai les épaules.

— Demande-lui un autographe. Mais seulement s'il ne se trouve pas au bas d'une citation à comparaître.


Il était vraiment amoché. Il était tellement recouvert de bandages qu'il était presque méconnaissable, mais l'œil unique me regarda franchement tandis qu'ils le roulaient sur un brancard jusqu'à l'hélicoptère dont les pales tournaient déjà lentement.

— Comment ça va, troupier ?

Les bandages s'étirèrent d'un côté.

— Alors, tu veux que je te trouve un co-adjoint pour Powder River, une blonde, d'environ un mètre soixante-cinq ?

Il hocha la tête. Pour de vrai.

— Je ferai passer les entretiens moi-même.

Vic me donna un coup dans le bras tandis que le moteur vrombissait ; ils le chargèrent dans les entrailles sophistiquées de l'hélicoptère médical et fixèrent le brancard au plancher. Nous restâmes avec lui jusqu'à ce qu'ils soient prêts à décoller, souriant niaisement comme des opossums. J'approchai mon visage tout près du sien.

— Je sais que tu souffres, mais il faut que je sache. Est-ce que tu as vu ou entendu quelque chose hier soir ?

Sa voix était éraillée, à peine un chuchotement.

— Calme.

Peut-être que je ne faisais rien d'autre que m'assurer qu'il pouvait encore parler, mais ses paroles devinrent plus distinctes.

— Arrêté quelques camions de lait qui cherchaient à éviter la pesée, et quelques gamins, plus tôt. Un avertissement, un excès de vitesse, ramené un soûlard chez lui, lu un peu, me suis couché, neuf heures… (Il essaya de bouger un bras, mais ils l'avaient bien saucissonné.) Me suis réveillé dans l'ambulance.

Je souris et, collant ma bouche contre son oreille à nouveau, je parlai assez fort pour couvrir le rugissement de l'hélicoptère.

— Tant mieux. Si tu t'étais réveillé avec la bouche de Henry collée à la tienne, tu aurais pu souffrir de lésions psychologiques irréparables.

Les secouristes nous firent descendre, et je pris Vic par le bras tandis que nous nous dirigions vers mon pick-up, garé un peu plus loin, à l'abri. Je me cramponnai à mon chapeau alors que la puissance du moteur propulsait l'engin vers le ciel, et il plana quelques instants au-dessus de nous avant de pivoter et de monter en ligne droite vers les montagnes, en direction du sud.

Elle plaça sa main en visière au bord de sa casquette pour se protéger les yeux et regarda l'engin s'élever à une cinquantaine de mètres.

— Qu'est-ce qu'il a dit ?

— Rien de spécial. Quelques arrestations de camions de lait, des jeunes, un soûlard, puis à la maison et au lit à neuf heures.

— Tu t'attendais à quoi ? Ils sont de la CIA, c'est comme ça qu'ils font.

Je me tournai vers elle.

— Ils sont de la CIA ?

Elle contourna mon pick-up par l'avant.

— Allez, si tu as un *quarter*, je te fais la version audio sur la route vers Powder Junction.

Je pris la bretelle de contournement et bondis sur l'autoroute pour essayer d'éviter le tribunal du comté et les risques judiciaires qui s'y trouvaient tapis. La voix de Ruby résonna dans ma radio.

Parasites.

— Walt?

Vic s'apprêta à prendre le micro, mais je levai la main et l'arrêtai.

— Attends.

Parasites.

— Walt, c'est Ruby.

Vic m'observa.

— Quoi?

— Attends.

Parasites.

— Walt?

J'appuyai sur l'accélérateur pour atteindre cent soixante et allumai la rampe sur le toit.

— Tu as déjà entendu Ruby communiquer sans utiliser parfaitement la procédure radio?

Vic regarda la radio.

— Ils sont là-bas.

— Ouaip.

Parasites.

— Walt, si tu m'entends, arrête-toi quelque part et appelle. (On entendit des voix dans le fond puis Ruby à nouveau, cette fois un peu sèche.) Il n'a pas de portable.

La radio se tut et Vic s'installa, ses papiers toujours posés sur ses genoux, tandis que je déboîtai derrière un énorme camion-citerne et le doublai à toute allure, avant de me rabattre sur la voie de droite.

— Est-ce que tu vas mettre en route la sirène?

— Ils vont l'entendre, au tribunal.

— Eh bien, t'es vraiment rusé.

— Qu'est-ce que tu as?

Elle sortit son rouge à lèvres de la poche de sa chemise.

— La poudre que nous avons ramassée sur la crête dans le Dakota du Sud était bien de la chaux vive.

— Alors, s'ils l'ont tuée et enterrée là, ils l'ont déplacée?

Elle contempla la liasse posée sur ses genoux.

— Ouais, puisque ce truc était en surface… Mais où?

Je tendis la main et tapotai les feuilles.

— Qu'est-ce que tu as d'autre?

— Rien.

Je la regardai.

— Rien ?

— Ouais, mais c'est le schéma du rien qui est intéressant. Tous ces gars ont des connections au niveau de l'État ou au niveau fédéral, ont eu un boulot avec le département d'État, ou différents think tanks…

— Je refuse de croire que Gloss ait travaillé pour un groupe de réflexion.

— Dans le domaine de l'énergie. Il était dans l'industrie pétrolière en Oklahoma, puis en Iraq, en Iran… Il avait même quelques accointances au Venezuela, en Bolivie et bien sûr, au Mexique.

— Et Lockhart ?

— C'est lui qui était au département d'État, et il a même fait partie de quelques panels d'experts au Pentagone, du lourd, mais ensuite il a démissionné et a commencé à travailler pour une agence de renseignements privée, basée au Texas : le Boggs Institute qui se présente comme une CIA fantôme. À mon avis, CIA mon cul. Ils l'ont engagé comme stratégiste géopolitique en chef, et apparemment, il représentait un sacré atout pour eux, avec ses petits clients chéris comme le département de la Justice, la Sécurité intérieure et les marines.

— *Mes* marines ?

— *Tes* marines. Je savais que tu aimerais. Bref, tout se passait bien dans le meilleur des mondes jusqu'à ces fuites il y a quelques années, quand le Boggs Institute a été épinglé comme un ramassis de trous-duc' corrompus. (Elle lut une de ses feuilles.) "En maniant un déterminisme géographique que beaucoup prirent, à tort, pour de puissantes intuitions."

— Ce que Henry Kissinger appelait la géopolitique ?

Elle hocha la tête et poursuivit sa lecture.

— "L'intérêt supposé amoral et dépassionné pour les intérêts nationaux comme l'accès aux ressources minières et énergétiques."

— Qu'est-il arrivé à ce mariage signé en enfer ?

— Certains e-mails de Lockhart ont fuité, révélant ses connexions avec un paquet de P-DG de très grosses boîtes.

Je réfléchis.

— Ça aurait dû le rendre encore plus précieux, non ?

— Pas ces e-mails destinés aux voyageurs d'affaires nantis à la recherche de bordels dont la spécialité était la prostitution enfantine en Europe de l'Est et en Asie.

Elle me lança un coup d'œil mais je ne dis rien.

— Le Boggs Institute l'a laissé tomber comme une patate chaude, mais il s'est fait récupérer par un consortium d'entreprises d'import-export qui s'occupait de biens de consommation.

Mes mains se serrèrent sur le volant.

— Ça paraît tout ce qu'il y a de plus légal.

— Jusqu'à ce qu'ils commencent à s'intéresser aux pétroliers et au brut. Il y a eu un certain nombre d'irrégularités dans les livraisons, et Lockhart a été convoqué devant la Securities and Exchange Commission* et mis en garde. On dit qu'il a pris sa retraite peu de temps après.

— Libre de poursuivre d'autres intérêts sordides ?

Elle soupira.

— J'ai trouvé aussi quelques éléments supplémentaires sur Gloss, mais ça ne fait pas assez.

— Comme quoi ?

— La seule activité criminelle concernant ce gars, c'est une interdiction d'exercer émise par le département du Pétrole et du gaz de la Commission des chemins de fer au sujet d'un boulot qu'il faisait au Mexique. J'imagine qu'il a été cité à comparaître et qu'il a produit un témoignage sous scellé devant les Texans avant qu'ils le dégagent en lui disant qu'il ne pourrait plus jamais faire de business dans leur État.

— Ça devait être un truc vraiment pas bien.

— Pour que les Texans ne veuillent plus faire de business avec lui ? Tu m'étonnes.

Elle fouilla dans la pile puis jeta la liasse sur le plancher à l'arrière du pick-up – elle ne tenait plus qu'une feuille.

---

* Organisme fédéral américain chargé de la réglementation et du contrôle des marchés financiers.

— Il y a des infos sur ces gars, mais juste assez, jamais trop. Je veux dire, un connard comme Gloss, sans casier ? C'est juste impossible.

Elle cala un coude sur sa vitre et leva une botte jusqu'à mon tableau de bord, ce qu'elle faisait toujours lorsqu'elle se triturait les méninges.

— Les points qui relient tout ça sont le gouvernement et l'industrie pétrolière. Tous ont des connexions avec l'un ou l'autre ou les deux.

Je secouai la tête.

— Mais pourquoi ici ? Tu peux me dire qu'ils ont leur religion, mais…

— C'est forcément le pétrole, Walt.

— Double Tough dit qu'il n'y a pas de pétrole par ici, tout au moins rien qui vaille la peine de forer.

— As-tu vérifié cette info auprès de quelqu'un d'autre ?

— Bon sang, il dit qu'ils n'arrivent pas à se débarrasser du Teapot Dome.

Je la regardai et une petite boule de tristesse commença à se nouer dans mon estomac ; le ronronnement des pneus sur l'asphalte et le grondement incessant du moteur étaient les seuls bruits ambiants.

— Qu'est-ce que tu essayes de me dire, exactement ?

— Juste que…

— Double Tough était contremaître dans une entreprise de gaz de houille là-bas, alors je suppose qu'il connaît la géologie de toute la région.

— Ou alors…

Je lui jetai un coup d'œil puis reportai mon regard sur la route.

— Écoute, je sais que notre boulot est de soupçonner les gens, mais…

— Tu as dit beaucoup d'argent, Walt. Beaucoup d'argent. (Elle regarda le papier posé sur ses genoux.) Il était dans l'industrie énergétique.

— Alors, nous allons arrêter tous les gens dans le sud du comté d'Absaroka qui ont travaillé dans le secteur de l'énergie ? On ferait bien d'agrandir la prison.

— Il a aussi été militaire, autrefois. (Elle lut son papier.) Il avait même quelques connexions au Venezuela et en Bolivie. Ça te dit quelque chose ? (Elle étudia mon profil.) Il n'a jamais mentionné ça dans son dossier de candidature, ni dans son CV.

— Tu es en train de dire qu'il est dans le coup ? Alors, quoi, il s'est incendié lui-même ?

— Je savais que tu allais réagir comme ça, et je n'étais même pas sûre que j'allais t'en parler avant d'avoir du solide.

Elle tourna son regard vers le sud et nous écoutâmes les dix cylindres, qui nous faisaient avancer à cent soixante kilomètres à l'heure.

— Quand as-tu entendu parler de Frymire pour la dernière fois ?

J'observai l'arrière de sa tête, un peu troublé par le tour que prenait la conversation.

— La dernière fois que j'ai déposé les chèques, il y a environ deux semaines.

— Rien depuis ?

— Non.

— Tu ne trouves pas bizarre que personne n'ait entendu parler de lui à part Double Tough, qui nous raconte que Chuck s'est barré avec la fiancée que personne n'a jamais rencontrée ? Qu'il parte comme ça tout à coup s'installer dans un lieu inconnu au fond du Colorado ?

Je pris une grande inspiration puis grognai en y pensant.

— Écoute, on manque de sommeil tous les deux, mais c'est délirant.

— Peut-être.

Elle ôta sa botte du tableau de bord et pivota sur la banquette pour me faire face.

— J'espère que j'ai tort. Je l'espère du fond du cœur, mais je me sentirais beaucoup mieux si on passait par la maison qu'ils louent pour parler à Frymire. Qu'est-ce que t'en penses ?

Je ne dis rien et continuai à conduire.

———•———

La voiture de patrouille de Saizarbitoria était garée sur le parking à côté du Suburban, et Henry et lui, chacun un gobelet à la main à l'effigie de la station Sinclair à côté de l'autoroute, examinaient les débris à l'intérieur de la coquille vide carbonisée du poste annexe du bureau.

Lorsque nous nous garâmes, le Basque s'approcha de ma portière.

— Hé, patron, est-ce que Ruby a essayé de vous joindre ?

— Ouaip. Toi aussi ?

— Ouais, j'ai répondu, et une espèce de gros connard s'est mis à parler. Il voulait savoir où vous étiez.

— Qu'est-ce que tu as dit ?

— Je me suis mis à taper le micro sur le tableau de bord et je leur ai dit que la réception était mauvaise et que je rappellerais quand j'aurais du réseau.

— Maintenant je connais tous tes secrets.

— Eh oui.

Il regarda l'étendue des dégâts, et dans un geste instinctif, posa la main sur la crosse de son Beretta.

— Quelqu'un a mis le feu, c'est certain. On le voit aux traces de suie, c'est au départ de l'incendie que c'était le plus chaud.

Je pris son café et bus une gorgée.

— Où as-tu appris ces choses-là ?

— Par Frymire, vous vous souvenez, c'était le responsable des enquêtes incendies à Sheridan.

Je sentais le regard de mon adjointe me perforer l'arrière de la tête.

La Nation cheyenne parla à mi-voix :

— Quel est le plan, si tant est qu'on en ait un ?

— Ces gars-là n'aiment pas que ça brûle, alors ils vont rameuter les avocats et pisser sur le feu. Je ne peux pas accepter ça.

Ils hochèrent tous deux la tête et je vis Victoria Moretti, qui nous observait, sa chaussure à nouveau calée sur mon tableau de bord.

— Mais d'abord, il faut que j'aille vérifier quelque chose rapidement.

Aucun d'entre nous ne savait où se trouvait la maison et nous ne pouvions pas appeler le bureau sans alerter la clique d'avocats sur l'endroit où nous nous trouvions, alors la Nation cheyenne se creusa la tête et consulta l'annuaire.

La maison était située près de la fourche médiane de la Powder River, un peu en retrait dans un bosquet d'oliviers de Bohême et de cornouillers. Un étage, plutôt grande pour la région, elle avait dû être bâtie pour servir de bâtiment principal à un ranch soixante-quinze ans auparavant, mais la ville s'était étendue et le ranch avait disparu. Les bardeaux étaient couverts d'une couche de moisissure noire là où les arbres qui n'avaient pas été taillés depuis un moment touchaient la surface. Dans l'ensemble, l'endroit dégageait une impression de délabrement, exactement le genre de logement où pouvaient vivre deux célibataires.

— C'est la Maison d'Usher.

Un Chevrolet récent était garé dans l'allée avec des plaques marquées FRY, il n'y avait donc aucune raison de ne pas sonner à la porte d'abord. Le seul détail troublant était que la portière du conducteur était ouverte. Je me garai devant le pont au bord de l'étendue d'herbe haute.

— Ils ont besoin d'une tondeuse.

Nous sortîmes et remontâmes l'allée. Vic alla à la boîte aux lettres pleine à craquer et sortit une poignée de lettres.

— Ce qu'il leur faut, c'est une boule de démolition.

Henry regarda la façade, ornée du drapeau des Confédérés. Toutes les fenêtres étaient nues. Tenant toujours son fusil, il fit quelques pas en avant et se plaça au bout de l'allée.

Vic parcourut les enveloppes, les séparant en deux tas. Je la rejoignis.

— Quelque chose d'intéressant ?

— Les conneries habituelles, mais il y a des lettres manuscrites adressées à Chuck provenant d'une adresse à Sheridan, d'une écriture tout arrondie avec des petits cœurs sur les i.

— Alors, la fiancée existe ?

— On dirait.

— Autre chose ?

Elle remit le tout dans la boîte aux lettres.

— Je te jure, il n'y a que les mecs qui reçoivent le catalogue de Victoria's Secret.

Saizarbitoria vint nous rejoindre.

— Est-ce que quelqu'un voudrait bien m'expliquer ce que nous sommes venus faire ici ?

Vic grogna.

— Visite de courtoisie.

Le Basque regarda la Nation cheyenne toujours posté au bout de l'allée, armé de son fusil.

— Bien sûr.

Nous entourâmes l'Ours comme la Nouvelle Équipe version Bighorn Mountains.

— Entrée à la mode Réserve ?

Henry voulait parler de l'ancienne méthode consistant à planter quelqu'un à l'arrière du bâtiment pour hurler "Entrez" quand on frappait devant.

— Non, on frappe, et si personne n'ouvre, on entre.

Mon adjointe fronça les sourcils en vérifiant son Glock.

— Impensable. Si on trouve un corps là-dedans, il faut qu'on fasse les choses dans les règles.

Sancho nous interrompit.

— Un corps ?

Je jetai un coup d'œil à Henry, connaissant bien l'habitude qu'il avait de mettre de côté des munitions.

— Est-ce que tu as encore quelques-unes des balles que tu as prises dans ma voiture ?

— Oui.

Saizarbitoria n'allait pas lâcher le morceau aussi facilement.

— Quel corps ?

— Est-ce que Frymire n'a pas dit qu'il avait besoin de munitions de calibre 12 ?

L'Ours approuva d'un signe de tête.

— Je crois bien que si.

— Le corps de qui ?

Henry se tourna vers le jeune homme.

— Quel corps, le corps de qui, la vie vaut-elle autant de questions ? Entrons donc, et tirons ou soyons pris pour cibles.

Nous le regardâmes poser avec insouciance le fusil sur son épaule comme s'il s'agissait d'une ombrelle au beau milieu d'un concours de costumes, et parader dans ses mocassins usés sur la bande de gazon entre les deux lignes de graviers comme s'il s'agissait d'une allée dans un jardin, *Un après-midi au parc avec Henry.*

Le Basque me lança un coup d'œil et sortit son arme tandis que nous emboîtions le pas à la Nation cheyenne.

— Comment avons-nous fait pour gagner ?

Je secouai la tête.

— Je ne suis pas sûr qu'on ait gagné.

Arrivé au Chevrolet, je marquai une pause et regardai à l'intérieur, mais il n'y avait rien qui sortît de l'ordinaire. Pas de sang, pas même des clés.

Je refermai la portière et regardai la maison. La porte anti-tempête dont la vitre avait éclaté était entrouverte, ainsi que la porte principale – encore plus troublant.

Le porche de devant était un peu branlant, et plusieurs planches ployèrent lorsque j'avançai. Je suivis mon plan et frappai à la porte, bien fort. J'attendis, mais rien ne se passa. Henry tendit le bras et la poussa un peu plus, elle s'ouvrit sur un salon.

Un grand téléviseur à écran plat trônait sur un pied devant la fenêtre cachée par un rideau. Un certain nombre d'appareils y étaient reliés avec des câbles et ce qui ressemblait à des pistolets en plastique. Vic s'avança et s'accroupit pour regarder la pile de boîtes.

— On dirait que les garçons aiment les jeux vidéo.

Henry se déploya jusqu'à la porte qui apparemment conduisait à une toute petite salle à manger tandis que Saizarbitoria et son Beretta entraient dans la cuisine.

Je commençai à penser que je devrais moi aussi sortir mon arme.

Vic se remit debout et contempla les œuvres d'art, fixées par des punaises, qui ornaient les murs. Quelques posters d'animaux sauvages, des affiches de films que je n'avais jamais vus, et une cible de tir en papier dont la zone de 10 était complètement trouée. Elle secoua la tête.

— Ah les hommes !

Je repartis vers l'entrée et suivis l'Ours qui avait levé la tête vers le haut de l'escalier conduisant à ce que je supposais être les chambres. Je parlai à voix basse.

— Quelque chose ?

Il secoua la tête tandis que Vic s'approchait. Elle parla elle aussi à voix basse.

— Si, et je répète si, il n'y a personne ici, pourquoi Double Tough dormait-il à l'annexe ?

— Peut-être que Frymire est parti à Sheridan sans le lui dire. Je ne sais pas.

Sancho avait pris le sous-sol et Henry hocha la tête vers l'escalier. Il commença à monter, et nous lui emboîtâmes le pas. À l'étage se trouvait une trappe qu'on tire pour accéder au grenier, et de chaque côté du palier, une porte fermée. En face de nous, une fenêtre donnait sur le jardin à l'arrière. Nous nous séparâmes. L'Ours prit une porte, Vic et moi, l'autre. Le vantail était coincé sur l'encadrement par la vieille peinture, mais j'y flanquai un coup d'épaule pour l'ouvrir et découvris un matelas et un sommier posés à même le sol, avec draps et oreillers en bataille. Les rares efforts de décoration intérieure consistaient en quelques posters du Wyoming Game & Fish au mur, et un grand tapis persan sur le sol – il avait l'air bien incongru. La porte du placard était ouverte : des vêtements et tout un assortiment de chaussures de marche et de chasse étaient étalés sur le sol.

Preuve de la présence d'une femme, une culotte rouge était accrochée à l'abat-jour d'une lampe posée sur une commode en carton. Elle était encore allumée et projetait une lueur rosée sur le mur fissuré. Vic entra dans la pièce et s'arrêta pour lire l'étiquette sur le sous-vêtement.

— Victoria's Secret. Bien sûr.

Je me tournai pour regarder l'Ours, dont le corps obstruait presque toute l'embrasure de l'autre porte. Il avait le visage tourné vers le plafond. Vic et moi nous rejoignîmes sur le palier derrière lui et je me plaçai à ses côtés quand il entra dans la pièce. Il leva lentement la main, puis un index, pour toucher l'une des fissures tachées dans le plafond. Il tripota la fissure jusqu'à ce qu'un éclat tombe, et quelque chose coula du plâtre.

Il retira sa main et frotta l'épaisse substance entre son pouce et son index. Le mouvement de sa chevelure de jais dévoila les traits saillants de son visage lorsqu'il tendit les doigts pour que je les renifle.

Pas d'erreur possible.

Je regardai une goutte tomber sur le plancher en pin aux lames étroites, le bruit résonnant comme le début d'une douce pluie.

Cette pièce-ci était également déserte, elle ne contenait que deux chaises pliantes, un sac de couchage et ce qui semblait être une radio cassée.

Contournant Vic pour rejoindre le palier, je levai le bras et tirai sur le cordon pour faire descendre l'escalier télescopique, dépliai les marches inférieures en calant les rampes sur le plancher usé et éraflé. Je posai un pied sur la première marche pour voir si elle résisterait à mon poids, puis je saisis la rampe et commençai à monter.

Il faisait noir dans le grenier, mais une ficelle pendait à ma portée, alors, je la tirai, éclairant immédiatement les poutres dépourvues d'isolation.

Je redescendis l'escalier et les regardai tous les deux.

— Un cadavre de raton laveur.

Vic sourit.

— Mort naturelle ?

Je jetai un coup d'œil à Henry, mais il ne prêtait plus attention.

— Je me laverais les mains si j'étais toi.

Vic commença à descendre et je m'adressai à elle à voix basse.

— J'espère que tu as honte de toi.

Elle s'arrêta et se tourna vers moi tandis que Henry continuait à descendre.

— C'était une piste parfaitement raisonnable, non ?

— Je plaisantais.

Elle pivota et repartit.

— C'était pas drôle.

Un cri monta d'en bas, et j'étais presque sûr que ce n'était pas la Nation cheyenne. Vic dégringola les marches en brandissant son

Glock et je surpris ma main qui se posait sur mon arme tandis que je bondissais, ou trébuchais, dans son sillage. Une jeune femme se tenait dans l'entrée, un carton de pizza à ses pieds et l'Ours face à elle, la main tendue dans un geste d'apaisement. Elle hurla à nouveau en nous voyant puis plaqua sa main sur sa poitrine et s'appuya contre le mur en essayant de retrouver sa respiration.

Vic rangea son arme et me regarda.

— La fiancée.

Me disant que, par défaut, cette petite réunion était de ma responsabilité, et que c'était à moi de l'accueillir comme il convenait, je m'avançai et tendis la main :

— Je suis vraiment désolé, je suis Walt Longmire, le chef de Chuck.

Sa main resta sur sa poitrine, et elle respira profondément, avant d'écarter enfin quelques mèches de cheveux châtain clair qui étaient retombées sur son visage.

— Grace Salinas.

Je souris.

— Enchanté, Grace.

Je baissai les yeux vers la boîte d'où s'échappaient des rondelles de saucisse et du fromage fondu.

— Désolé pour la pizza.

— Oh, c'était soi-disant une promo à la station Sinclair. Ils ont appelé en disant qu'on avait gagné une pizza gratuite et qu'on pouvait venir la chercher, mais quand je suis arrivée là-bas, j'ai dû la payer. Super, la promo. (Elle me rendit mon sourire puis tout à coup, prit une expression inquiète.) Vous êtes là au sujet des coups de feu ?

Vic et l'Ours me regardèrent, et je continuai à la regarder, elle.

— Quels coups de feu ?

— Ce matin, le raton laveur…

— Celui qui est mort, dans le grenier ?

— Je lui ai dit de ne pas le tuer, mais il nous réveillait la nuit. Il l'a abattu ce matin. Je croyais que vous étiez là à cause de ça.

— Pas exactement, mais est-ce que Chuck est dans le coin ?

Elle jeta un coup d'œil dans le salon comme s'il avait dû s'y trouver.

— Il est là, quelque part. Je suis juste partie chercher la pizza. (Elle se pencha et commença à remettre les morceaux dans le carton.) S'il est retourné au lit…

— Je ne crois pas, nous sommes montés.

Elle ramassa le carton et se dirigea vers la cuisine.

— Il est forcément par ici, quelque part.

Saizarbitoria se trouvait devant la porte donnant sur le jardin, à côté d'une table et d'une chaise. Il était appuyé contre le chambranle et arborait un sourire un peu crispé. La jeune femme le regarda puis se tourna vers moi.

— Eh ben, dites donc, toute la bande est là. Il se passe quelque chose ?

Sancho écarquilla les yeux pendant le bref instant où il le put avant qu'elle ne se retourne vers lui. À mon tour, je lançai un regard lourd de sous-entendus à Vic.

— S'il vous plaît, Grace ?

Elle se tourna vers moi.

— Oui ?

— Si vous accompagniez mon adjointe devant la maison quelques instants ? J'ai quelques petites choses à discuter avec Sancho.

— Bien sûr.

Elle m'observa un instant, puis sortit de la cuisine, Vic sur ses talons.

— Je n'arrive pas à comprendre où il est passé.

Le Basque attendit qu'elle se soit éloignée, puis il recula d'un pas et ouvrit la porte juste assez pour que je voie Frymire, en bottes et peignoir, étendu dans le jardin, sa pelle encore dans les mains.

# 14

J'ENVOYAI Saizarbitoria, le dernier-né de notre grande famille, attendre avec Grace dans sa voiture jusqu'à ce qu'arrivent Ferg et les ambulanciers de Powder River. Ferg reconduirait la jeune femme en état de choc chez elle à Sheridan, et Sancho resterait avec Frymire.

Nous autres étions accroupis autour du corps de mon adjoint et essayions de reconstituer ce qui s'était passé.

— Il a tiré sur le raton laveur, est descendu creuser un trou dans le jardin, et quelqu'un l'a surpris ici ?

La Nation cheyenne souleva avec précaution le peignoir en flanelle, saturé de sang.

— Avec un couteau, un très grand couteau, dans les mains de quelqu'un qui sait s'en servir. (Il lâcha le peignoir, et nous regardâmes le tissu retomber sur le corps de l'homme mort.) Entre la deuxième et la troisième côte, vers le haut et en biais. Du travail de professionnel.

Je repensai à la conversation que j'avais eue avec Lockhart sur les planches devant le Noose, à la question du professionnalisme, mais surtout, je pensai à Bidarte et au couteau qu'il avait planté dans le poteau entre Henry et moi.

L'Ours regarda vers la rivière, où l'agresseur avait dû s'embusquer pour guetter sa victime.

— Il s'est posté là pour observer la maison, il a passé le coup de téléphone, et quand elle est sortie pour aller chercher la pizza, il a fait le tour et il est entré.

Vic enchaîna.

— Il a constaté que Frymire n'était pas dans la maison, il l'a trouvé dans le jardin en train de creuser un trou. Mais pourquoi la portière de son pick-up était-elle ouverte, la porte d'entrée aussi, et la porte de derrière… et pourquoi prendre le risque de laisser la vie sauve à la fille ?

Je désignai la maison d'un mouvement de la tête.

— Elle était censée le trouver.

Henry soupira.

— Et t'appeler.

Je regardai la mâchoire de Vic se crisper, comme toujours avant la tempête.

— Une tactique pour nous retarder ?

Je me levai.

— Ils comptent là-dessus pour nous ralentir suffisamment de façon à avoir le temps de nettoyer et ficher le camp, ou au moins, de mettre les avocats entre eux et nous.

— Ils n'avaient aucune raison de tuer Double Tough, mais ils en avaient une de tuer Frymire ? (Elle se leva.) Qu'est-ce qui te fait penser qu'ils ne sont pas déjà partis ?

Je pointai un doigt vers le corps de Frymire.

— Ça.

— Et maintenant, on fait quoi ?

La Nation cheyenne se remit, lui aussi, debout.

— On se lance à leur poursuite.

La longue canine coinça une partie de sa lèvre inférieure tandis qu'elle nous adressait à tous les deux un sourire.

— Ça me plaît.

Nous nous entassâmes dans mon pick-up et Vic replia l'accoudoir central pour s'asseoir au milieu et permettre à l'Ours d'occuper sa place préférée, celle du mort. Elle fixa du regard le tableau de bord tandis que Henry refermait la portière derrière lui, calant la crosse du fusil entre ses pieds.

— Il y a quelque chose ?

Elle hocha la tête.

— Ouais.

— Tu ne soupçonnes pas l'un d'entre nous, si ?

Elle gardait les yeux rivés droit devant elle, toujours distraite. J'attendis quelques instants, puis je démarrai le pick-up et fis demi-tour de l'autre côté du pont. J'allumai la rampe lumineuse sur le toit et enclenchai la sirène tandis que sa main commençait à s'agiter.

— Pourquoi essayer de tuer Double Tough ?

Je descendis en trombe la rue principale de Powder Junction où quelques voitures s'écartèrent précipitamment pour me laisser passer.

— Tu ne vas pas remettre ça, si ?

Elle fit un bruit et me menaça d'un geste tandis que j'attendais ses précisions, jetant un coup d'œil en coin à Henry. Nous étions tous les deux perplexes.

— C'est quelque chose qu'il a dit.

— Qui ?

— Double Tough. Qu'est-ce qu'il a dit à propos d'hier soir ?

Je montai sur la 192 et pris la direction du sud-est.

— Rien d'important, il a dit qu'il n'avait rien vu et rien entendu.

— Avant ça, il a dit qu'il avait arrêté un automobiliste.

Nous étions en train de passer devant la carcasse carbonisée quand elle me mit une claque sur la poitrine.

— Arrête-toi !

J'écrasai le frein.

— Quoi ?

Elle désigna notre ancienne annexe.

— Gare-toi là. Là !

J'obéis et la regardai grimper par-dessus Henry, ouvrir brusquement la portière et courir vers ce qui restait du bâtiment.

L'Ours se tourna vers moi.

— Qu'est-ce qu'elle fait ?

Nous la vîmes passer devant les ruines calcinées et continuer son chemin vers le Suburban, toujours garé là où on l'avait laissé. Henry se cramponna à la portière ouverte tandis que je tournai le volant et traversai le parking pour la rejoindre. Lorsque nous arrivâmes au 4 x 4, elle avait disparu tête la première dans le véhicule, les jambes tendues dépassant du côté passager.

La Nation cheyenne me lança un coup d'œil avant de descendre.

— Ça doit être important.

Nous attendîmes là tandis qu'elle s'extrayait du Suburban avec le bloc-notes de Double-Tough. Elle arracha les souches de la pince et les jeta dans l'habitacle.

— Vic ?

Elle m'ignora et ouvrit la chemise dans laquelle les contraventions étaient généralement rangées avant d'être classées. Elle s'immobilisa, les yeux rivés sur la première du tas, et finit par la tourner et me la tendre.

Il s'agissait d'une contravention standard, l'avertissement que Double Tough avait rédigé à l'encontre de l'un des jeunes qu'il avait dit avoir arrêté la veille au soir, au volant d'un pick-up Chevrolet C-10 du début des années 1970 portant des plaques du Dakota du Sud. Son nom était Edmond Lynear.

Je levai les yeux vers elle.

— Eddy Lynear, qu'on a vu dernièrement dans le comté de Butte, dans le Dakota du Sud ? (Je réfléchis.) Les gamins. (J'examinai la contravention.) Mais qu'est-ce qu'ils fichaient ici hier soir ?

Elle secoua la tête.

— Je ne sais pas, mais ils étaient ici dans leur pick-up couleur diarrhée et quelqu'un est entré dans le camion et a pris la pièce de forage. Soit tu avais tort sur le fait que Lockhart n'y attachait pas d'importance, soit quelqu'un d'autre s'y intéressait.

LORSQUE nous arrivâmes à l'entrée de l'East Spring Ranch, nous vîmes le pick-up couleur diarrhée de l'autre côté du portail avec une troupe d'adolescents lourdement réarmés sur le plateau, sur le capot et dans la cabine.

Je rangeai mon pick-up sur le bas-côté, à une certaine distance du portail, le moteur en marche. Je coupai les sirènes mais laissai les gyrophares bleus balayer le véhicule qui obstruait l'entrée. Une façon de les accuser.

Eddy Lynear fut bien entendu le premier à parler.

— Vous n'irez pas plus loin.

Je descendis et Henry me rejoignit, laissant le fusil derrière lui. Vic, qui, à l'évidence, avait décidé de temporiser jusqu'à ce que ce groupe si particulier de jeunes Américains fasse le premier pas, resta dans le Bullet et nous observa.

Nous avançâmes vers le portail. Je sortis le papier de ma poche et le brandis pour qu'ils le voient tous.

— Voici un mandat pour entrer dans cette propriété. Je vais vous demander de déplacer ce véhicule et de déverrouiller ce portail pour nous laisser passer.

Eddy, qui tenait une espèce de fusil de précision avec une crosse pliable et une lampe-torche intégrée, s'écria du haut de l'habitacle.

— On nous a donné l'ordre de vous tuer si vous essayez d'entrer.

Je regardai le gamin.

— Hé, Eddy, pourquoi tu ne descends pas nous parler ?

Les quatre autres manipulaient énergiquement leurs fusils pour nous intimider, comme s'ils jouaient dans un épisode d'*Indestructibles* ; en passant, ces armes automatiques modernes n'avaient plus besoin d'être armées depuis bien longtemps avant leur naissance à tous.

Je roulai le mandat, qui manifestement ne me servait à rien, et le rangeai. La lumière émise par le fusil était intense, et je levai la main pour me protéger les yeux.

— Et si on parlait, avant que tu ne fasses une grosse bêtise ?

À ce stade, ma seule préoccupation était que l'un ou l'autre ne tire accidentellement avec l'un de ces jouets exotiques, et je savais par expérience que mourir accidentellement, c'était mourir quand même.

— Je parie que je peux deviner qui vous a donné ces armes.

Il ne dit rien.

— Je parie que c'est ce Tom Lockhart, n'est-ce pas ?

Il ne dit toujours rien.

— Je parie qu'il vous a aussi farci la tête avec tout un fatras d'inepties sur le fait qu'il est haut placé dans la CIA, je me trompe ?

On voyait que le doute commençait à entamer les certitudes des autres, mais Eddy gardait toujours la tête haute et ne cédait pas un pouce de terrain.

— Il dit que vous êtes corrompu.

— Quoi ?

— Il dit que vous cherchez à vous débarrasser de nous, que c'est l'Armageddon. (Il agita le canon de son arme.) Je ne plaisante pas, shérif. Si vous essayez de passer, je vous tuerai.

Je secouai la tête.

— D'accord. Pour commencer, je suis là pour vous dire que Tom Lockhart n'appartient pas à la CIA, ni au FBI, ni à la Sécurité intérieure, ni au FEMA, ni à la NASA, ni au service de la fourrière du comté d'Absaroka, ni à aucune autre organisation qu'il aurait citée. C'est juste une grande gueule avec un passé plus ou moins louche. Quelqu'un qui n'a jamais été personne, en gros. Maintenant, je ne sais pas si c'est lui qui vous a demandé de vous en prendre à mon adjoint Double Tough et de récupérer la tête de forage dans le Suburban. Je ne sais pas si c'est vous qui avez mis le feu au poste annexe du bureau du shérif pour faire diversion, mais sachez que mon adjoint est toujours vivant. J'aimerais penser que vous n'aviez pas l'intention de lui faire du mal ou que vous ne saviez même pas qu'il était endormi dans la pièce du fond.

Le gamin pointa le fusil vers nous avec un peu plus de vivacité.

— La ferme.

— L'important est que vous n'avez rien fait qui pourrait vous condamner à passer le reste de votre vie dans une cellule de trois mètres sur trois, contrairement à votre pote Tom Lockhart et à ses amis.

Le visage d'Eddy était rouge pivoine quand il hurla :

— Fermez-la !

— Il vous a donné les armes et vous a dit que ce n'était que le début, hein ? Il vous a promis une part du gâteau ? Eh bien, je suis au regret de vous informer que ce n'est qu'un voyou obsédé par l'argent qui s'est arrangé pour que vous fassiez le sale boulot à sa place.

Eddy actionna la culasse du fusil.

Henry et moi vîmes tous deux la balle éjectée rebondir sur la carrosserie du pick-up et atterrir à nos pieds. L'Ours me lança un regard en coin, mais Eddy Lynear ne nous préoccupait pas plus que ça, ni l'un ni l'autre.

À ce moment-là, j'entendis un vrombissement derrière nous et pensai que Vic avait dû accidentellement enfoncer la pédale de l'accélérateur en essayant de sortir du pick-up. J'aurais dû me douter que ce n'était pas ça. Le hurlement du moteur était un avertissement, comme lorsqu'un taureau souffle par les narines, gratte le sol et mugit. Lorsque nous nous retournâmes, elle avait déjà pris le volant et mis le sélecteur de vitesses sur DRIVE.

La Nation cheyenne, qui savait bien plus rapidement que moi faire la différence entre une menace potentielle et une menace absolue, me poussa sur le côté de toutes ses forces puis bondit en arrière tandis que le trois quarts de tonne chargeait et défonçait le portail géant. Le Bullet aplatit le grillage sur le sol puis fonça dans le pick-up arrêté de l'autre côté.

Les jeunes hommes, qui commençaient à avoir l'habitude des agressions de ce genre, bondirent du véhicule, laissant Eddy seul. Vic poussa le vieux Chevrolet en travers de la route, Eddy lâcha le fusil en essayant de se cramponner au toit du camion, et Henry et moi restâmes plantés au milieu du chemin tandis que Vic continuait à pousser dans le tas comme un brise-glace.

— Elle va s'arrêter quand à ton avis ?

— Quand elle aura trouvé une falaise d'où elle pourra le faire tomber.

Je me baissai et attrapai le fusil, remarquant qu'il s'agissait, là encore, d'un Wilson.

— Joli. Ils doivent avoir une concession.

Après avoir amoché le Chevy comme un char de parade déglingué pendant la Parade de Thanksgiving de Macy's, Vic finit par lever son pied de l'accélérateur

Un des gamins se rapprocha de moi à grandes enjambées, les autres l'imitèrent, et rapidement, nous ressemblâmes à un bataillon égaré à la recherche d'un moyen de transport. Je tendis la main et lui pris son arme, un engin allongé.

— Ça t'ennuie que je jette un œil à ça, Edgar ?

Il sourit.

— Non. Je ne sais même pas où se trouve la sécurité, et il pèse une tonne.

— Il n'y a pas de sécurité.

— Oh. (Il reprit :) C'était le dernier et personne n'en voulait C'est un mécanisme à verrou, c'est pour ça.

— Hmm.

Tandis que nous nous approchions des deux pick-up encastrés, j'examinai le canon de l'arme exotique.

— Du .50 BMG.

Nous arrivâmes près du Bullet, dont la vitre était déjà baissée. Il eut l'air étonné.

— Qu'est-ce que ça veut dire, BMG ?

Vic ouvrit la portière, sortit de mon véhicule endommagé, claqua la portière d'un geste qui ne présageait rien de bon et redressa sa casquette.

— *Big Mother-fucking Gun.*

Je clarifiai pour le gamin.

— Browning Machine Gun.

Lynear regarda l'arme avec un respect accru.

— C'est une mitrailleuse ?

J'examinai le corps de l'arme, noir, dangereux.

— C'est un fusil de sniper antimatériel.

— De sniper ?

— Ouaip.

— Qu'est-ce que ça veut dire, antimatériel ?

Tout en contournant le Chevy par l'autre côté, la Nation cheyenne lui fournit la réponse

— Ça tire à travers les murs.

— Ouah.

Eddy Lynear essayait de sortir du plateau du pick-up Chevrolet où il avait basculé quand le véhicule était tombé dans le fossé. Henry abaissa le hayon pour lui faciliter la tâche, pendant que je faisais l'inventaire des dégâts causés au Bullet, qui s'était mis à fumer et à déverser des fluides sur la route.

Eddy tenait sa tête. Une coupure importante saignait sous ses doigts.

— Vous avez encore bousillé mon pick-up.

Je constatai les dommages sur les véhicules et sur Lynear.

— On dirait que ça n'a pas arrangé le mien non plus.

Je tapotai le hayon pour le faire asseoir, posant le fusil et le gros calibre 50 dans le plateau. Ils allaient rejoindre les mallettes et autres munitions que Lockhart avait dû y laisser.

Vic avait entrepris de récolter toutes les autres armes pendant que Henry se postait à mes côtés avec un ArmaLite confisqué et la trousse de premier secours, récupérée dans le Bullet.

Je tentai d'enlever la main d'Eddy de son front. Les autres adolescents nous entourèrent, incapables de résister à la vue du sang.

— Laisse-moi jeter un œil.

Vic, qui était en train de ranger toutes les autres armes automatiques dans le plateau du Bullet, attira l'attention d'Eddy, qui était un mâle. C'est probablement la vantardise et la présence d'un public plutôt que le bon sens qui motiva sa demande.

— Je préférerais qu'elle s'en occupe.

— Oh, ce n'est pas une bonne idée. (J'épongeai un peu du sang et replaçai le morceau de peau bien à plat sur son front.) Elle risque d'en profiter pour mettre définitivement fin à tes tourments.

— Ou aux nôtres.

Mon adjointe observait les soins que je prodiguais au jeune homme.

— Tu vas avoir une sacrée cicatrice.

Je refermai la plaie avec de la gaze et du sparadrap.

— Alors, c'est vous qui avez mis le feu au poste annexe du bureau ?

Il ne dit rien jusqu'à ce que Vic tende le bras et lui administre une tape derrière la tête.

— Hé, ça fait mal.

— Parle, petit con.

Il soupira.

— On a surpris une conversation et on s'est dit que si on récupérait la tête de forage, Lockhart nous intégrerait dans l'affaire. On ne savait pas qu'il y avait quelqu'un à l'intérieur. Sérieux.

— Quelle affaire ?

Il haussa les épaules et son visage reprit une expression boudeuse tandis qu'il contemplait ses mains.

— On ne sait pas.

— Eddy, on arrête de jouer. (Je m'appuyai sur l'aile du Chevy à côté de la Nation cheyenne.) Et j'ai besoin d'informations.

Il se tourna à nouveau vers ses potes.

— On vous dira rien.

— Très bien, alors je vous mets en état d'arrestation.

Edgar Lynear fut le premier à parler depuis l'autre côté du plateau du pick-up.

— On n'est pas déjà arrêtés ?

— Pas encore, mais si je vous arrête, ce sera inscrit dans votre casier.

— C'est quoi, un casier ?

Je me tournai et regardai Henry.

— Apparemment, ça ne fait pas le même effet qu'autrefois.

Il soupira.

— On dirait que non.

Je revins au jeune homme blessé.

— Quel âge as-tu, Eddy ?

— Dix-sept ans.

Vic réagit avec un soupir.

— Bon Dieu…

Eddy l'observa.

— Vous savez, vous ne devriez pas blasphémer comme ça.

— Va te faire foutre, nabot.

Les autres s'esclaffèrent tandis que j'agitai une main devant son visage pour capter à nouveau son attention.

— J'ai besoin de réponses, sinon il y a des gens qui vont souffrir.

Il désigna sa blessure d'une main couverte de sang.

— Je souffre déjà.

Vic tendit le bras et lui flanqua une gifle sur le côté de la tête.

— Pas assez.

— Aïe.

— Je veux dire souffrir vraiment. (Je me redressai et me tournai vers la gauche.) Je sais que le bâtiment principal du ranch est plus loin sur cette route, mais ce n'est pas là que Lockhart et ses gars travaillent, n'est-ce pas ?

Il garda le silence jusqu'à ce que Vic le gifle à nouveau.

— Aïe…

Je la regardai et elle haussa les épaules.

— Je suis italienne et j'ai des frères. Je sais comment ça marche.

— Il faut prendre la route qui part vers la droite, ici ?

Vic leva la main à nouveau et le gamin grimaça.

— Ouais, à droite. Je ne sais pas ce qu'il y a là-bas. Ils ne nous laissent jamais y aller.

Je hochai la tête, regardai le chemin qui partait de la route principale à environ quatre cents mètres de là, puis reportai mon attention sur les armes que j'avais confisquées. J'approchai une des caisses en plastique, l'ouvris et regardai les munitions à l'intérieur. Elles étaient aussi longues que des cigares.

Edgar se trouvait à nouveau à côté de moi.

— Ça veut dire quoi, les extrémités bleues ?

J'en sortis une et examinai la pastille d'une couleur trompeuse au bout de la balle de calibre 50.

— Incendiaire.

— Ça veut dire quoi ?

La voix de la Nation cheyenne s'éleva à côté de moi.

— Elle fait exploser la cible.


— Tu crois qu'enfermer leurs chaussures avec les armes les empêchera de bouger de là ?

— Je l'espère. En tous cas, je me suis dit que tu ne voudrais pas jouer les baby-sitters.

Nous avions calculé qu'en nous baladant à travers les fourrés de sauge sur le terrain accidenté tout en obliquant vers la droite, nous finirions par tomber sur la route.

— Y a des serpents par ici ?

— Nous sommes dans le Wyoming, il y a des serpents partout. Si tu en vois un, descends-le avec ton pistolet à rayon laser. (Vic avait pris un fusil d'assaut de couleur beige et visait l'horizon.) Et si tu ne regardes pas où tu mets les pieds, tu vas marcher sur un serpent.

Elle se retourna vers moi.

— Tu es juste jaloux parce que le mien pèse moins qu'une enclume. Pourquoi t'as choisi ce truc ?

Chargé du McMillan TAC-50 et de trente balles que j'avais jetées dans un sac en toile, je fermais la marche.

— Si ces types sont aussi bien armés que je le crois, j'aime autant les combattre à une distance équivalente à deux ou trois terrains de foot.

Henry lança un coup d'œil en arrière, mon fusil habituel accroché à l'épaule et l'ArmaLite A4 avec deux chargeurs de trente balles dans la main.

— Plutôt trois ou quatre kilomètres.

Je le taquinai.

— Et s'ils avaient eu un fusil à silex, tu l'aurais pris ?

Il poursuivit sa marche.

— J'aime bien cette arme. Elle et moi avons passé beaucoup de moments de grande qualité ensemble.

— Grande qualité de vie ?

— Pour moi, mais peut-être pas pour d'autres.

Il faisait froid, mais peut-être était-ce la fraîcheur de la nuit.

Je pensai à l'idiotie de mon entreprise : nous confronter tous les trois à je ne savais combien d'adversaires. La décision raisonnable aurait été d'appeler la patrouille de l'autoroute et de rameuter dans les comtés voisins autant de shérifs et d'adjoints que possible dans un délai si bref, mais j'étais là à traîner "Ma Deuce" sur les hautes plaines dans un remake de *Ceux de Cordura*.

Un délai si bref, c'était encore trop long, et ces gens étaient trop nuisibles pour qu'on prenne le risque de les laisser filer. Après ce qui était arrivé à Double Tough, je m'étais dit que je ne pourrais l'accepter, mais après Frymire, je savais que c'était carrément impossible.

Lockhart et les autres avaient peut-être déjà migré vers des pâturages plus gras, mais à mon avis, ils tenaient à faire disparaître tout ce qui pourrait les incriminer. Si j'étendais le conflit à une zone plus vaste, ils auraient plus de chances de nous filer entre les doigts. Mais peut-être voulais-je juste les faire payer – pouvoir les cogner avant que quiconque se pointe.

Gloss, les autres, les avocats et même la garde nationale ne devaient pas être très loin derrière, mais je voulais m'assurer qu'aucun des très méchants ne s'en tirerait, et certainement pas sans être inquiété.

Je trébuchai sur un monticule de terre meuble et remarquai que nous étions arrivés à la route.

Henry était accroupi, et passait ses mains sur la terre tassée.

— Des équipements lourds, et en grand nombre.

Je hochai la tête, posai la crosse du TAC-50 sur la route et déposai le sac en toile plein de munitions.

— Si seulement on avait un pick-up.

— En enfer, les gens veulent de l'eau glacée. (Vic cala le fusil d'assaut sur sa hanche et regarda autour d'elle.) Moi, j'aimerais bien un soutien aérien.

La Nation cheyenne continua à examiner le ruban de terre, qui décrivait un virage dans la plaine et disparaissait dans les ténèbres d'un petit vallon. Son visage se tourna vers les montagnes et l'étoile du Berger. Il devait penser la même chose que moi, à savoir que se retrouver là dans la plaine sans nourriture, ni eau, sans rien d'autre que des armes à feu, n'était pas la meilleure chose. Il désigna le gros fusil que je transportais, et, plus important, la lunette télescopique Nightforce NXS 8-32X56 Mil-Dot.

— Tu vois quelque chose ?

Il approuva d'un signe de tête et montra un point sur la route poussiéreuse, qui s'étirait comme l'hypoténuse d'un triangle gigantesque dont la pointe disparaissait à l'horizon.

J'épaulai la lourde arme et ajustai la lunette jusqu'à ce qu'un homme se découpe, un paquet de muscles sans graisse, des cheveux noirs, assis dans un transat avec un parasol planté à côté et une glacière derrière une Jeep Rubicon, un fusil automatique posé sur les genoux.

Abaissant mon fusil, je le tendis à Henry et le regardai faire la mise au point sur l'homme qui se trouvait à presque un kilomètre et demi de nous.

— Mais comment as-tu fait pour le voir ?

Il soupira et me rendit l'arme.

317

— Radar cheyenne.

Puis il leva les jumelles que je n'avais pas vues et qui étaient suspendues autour de son cou. Il les tendit à Vic.

— Et ça.

— Voilà leur sentinelle.

— Oui.

Je jetai un coup d'œil à l'espace infini qui nous entourait, couvert de sauge, parsemé des silhouettes de quelques gros rochers baignés du clair de lune.

— Ce serait trop long de le contourner. Des idées ?

L'Ours hocha la tête.

— Oui. On le descend.

— Peut-être qu'il ne s'agit que d'un ouvrier du coin qui travaille pour eux.

— Ça se justifie d'autant plus.

Je jetai un coup d'œil au mortier que je tenais entre mes mains.

— Trop de bruit.

Vic me tendit le fusil d'assaut avant de retirer son ceinturon et sa chemise d'uniforme. En dessous, elle portait un débardeur blanc qui mettait en valeur certaines parties de son anatomie. Elle déchira l'encolure pour agrandir son décolleté, et ajustant ses attributs, elle me lança sa casquette. Elle secoua la tête et son joli visage se trouva auréolé de sa chevelure – la voilà transformée illico presto en top model.

Elle glissa le Glock dans son dos, dans la ceinture de son jean, et partit en bombant le torse.

— Observez et apprenez, mes grands.

J'avais la ferme intention d'obéir.

Quelques mètres plus loin, elle mit un poing sur sa hanche et se tourna pour nous regarder, en prenant la pose.

— Ce n'est pas que je sois mauvaise perdante, mais s'il me descend, arrachez-lui la tête.

Elle poursuivit sa descente au milieu de la route, d'une démarche altière et bouleversante.

Je me tournai vers Henry, qui s'était rapproché de moi.

— Pourquoi n'y avais-je pas pensé ?

— Tu n'as pas les jambes de l'emploi.

Nous nous avançâmes un peu, puis installâmes le TAC-50 sur une pierre plate de la taille d'un réfrigérateur couché. J'ouvris la culasse, remplaçai la balle incendiaire par une balle normale et tendis celle qui avait une pastille bleue à la Nation cheyenne.

— Ne la perds pas, je n'en ai que douze comme ça.

Il leva un sourcil et mit la balle de calibre 50 dans sa poche de chemise.

Je refermai la culasse pour engager la balle, me baissai au niveau de la lunette tandis qu'il s'asseyait au bord de la dalle de pierre couleur rouille couverte de lichen et collait les jumelles de vision nocturne contre ses yeux.

— Vingt dollars qu'elle le chope sans tirer un seul coup.

Il ricana.

— Ce n'est pas la peine de parier.

Dans la mire, je vis la sentinelle improvisée se lever à l'approche de Vic, sans lâcher son fusil qui ressemblait beaucoup à celui de Vic sauf qu'il était gris-vert. Je remarquai aussi qu'il avait un automatique avec un silencieux, fourré dans un holster.

— Six cent trente mètres ?

— Six cent vingt-cinq.

J'ajustai la lunette et regardai le vent soulever la poussière de la route dans différentes directions selon les distances.

— Fort vent latitudinal à environ quatre cents mètres.

— Je vois.

Vic leva les bras pour montrer qu'elle se rendait tandis que l'homme gardait le fusil d'assaut entre ses mains. Elle s'arrêta à une distance respectable, et je pouvais même voir les muscles de sa mâchoire dans le viseur tandis qu'elle parlait. Il lui répondit quelque chose, et elle prit une pose provocante, une jambe en avant, les mains sur les hanches. Il lui fit un grand sourire, repoussa sa casquette sur sa nuque, se tourna et posa le fusil sur la roue de secours de la Jeep. Entrouvrant la glacière, il en sortit une bouteille d'eau pour la lui donner. Son sourire était encore là lorsqu'il se retourna, mais il s'effaça instantanément quand il se retrouva avec le 9 mm pointé sur le visage.

— Ça marche à tous les coups ?

Elle rentra les pans de chemise d'uniforme dans son jean.

— Pas avec les homos.

J'avais menotté le gars à la chaise et à la roue de secours de la Jeep après l'avoir démontée. Il regardait toujours Vic avec un intérêt non dissimulé.

— S'il vous plaît, dites-moi qu'elle est vraiment adjointe du shérif.

Je me retournai vers la Venus-au-badge-de-Botticelli qui était en train de boucler son ceinturon, ranger son Glock et fourrer le pistolet avec son silencieux dans la ceinture de son jean.

— Elle l'est.

— J'étais juste assis là, en train de me dire que ce boulot n'était pas si mal, et que la seule chose qui me manquait était…

Je regardai les plaques du Minnesota sur la Jeep.

— Qui êtes-vous ?

— Chet Carlson.

Il allait me tendre la main pour me saluer, quand il se souvint dans quelle situation il se trouvait.

— J'ai été amené par un pote. Il m'a dit qu'il y avait un job de soudage dans le Wyoming. Quand je suis arrivé, ils avaient assez de soudeurs, alors j'ai pris ça.

— Vous saviez que c'était illégal ?

— Non. (Il réfléchit.) Ça change quelque chose ?

— Probablement pas. (Je parcourus des yeux la route déserte.) Est-ce qu'ils vous ont dit de tuer toute personne qui approcherait ?

Il haussa les épaules.

— Ils ont dit d'arrêter tout le monde, sans préciser comment j'étais censé le faire.

Je jetai un coup d'œil du côté de Henry Standing Bear qui tenait le TAC-50.

— Je crois que je suis heureux de ne pas en arriver là. Je ne pense pas que ma carabine ni mon .40 auraient fait le poids face à cette arme antiaérienne.

— Vous étiez militaire ?

— Afghanistan, deux missions.

— C'est Lockhart qui vous a embauché ?

— Oui. Il a dit que c'était un boulot gouvernemental, genre supersecret, mais quand je suis arrivé ici, j'ai bien vu que c'était n'importe quoi. Mais je suis resté. Faut bien bouffer.

Mon regard retourna vers la route.

— Qu'est-ce qu'ils fabriquent en bas ?

Il fit la grimace puis regarda Henry et Vic, qui s'étaient approchés tous les deux.

— Pétrole. Or noir. Naphte. Ils ont ce Mexicain avec eux qui est un putain de détecteur de pétrole. S'il le trouve pas, c'est qu'y en a pas.

— Je croyais que la région était à sec.

Il secoua la tête.

— Pas avec les nouvelles technologies, le forage horizontal et la fracturation hydraulique. À cent dollars le baril, ils se font pas mal d'argent, mais c'est juste une activité secondaire. J'ai entendu l'un d'entre eux, le fameux Lockhart, dire que c'était la partie visible de l'iceberg et que quelque chose de gros se préparait.

— Ah bon ? Quoi ?

— Il n'a pas dit.

Je soupirai.

— Nous avons besoin des clés de votre Jeep.

De son bras libre, il fouilla sa poche de jean, puis il me les lança.

— Tenez.

— On prend de l'eau. Gardez-en deux ou trois.

— Prenez tout ce que vous voulez, n'oubliez pas de leur dire où vous m'avez laissé, c'est tout.

Je souris.

— Ne vous inquiétez pas, on ne vous oubliera pas.

— Ce n'est pas ça qui m'inquiète. (Il se tourna vers la route.) Si vous descendez par-là, ils vont vous tirer comme des lapins.

Je jouai avec les clés dans une main tandis que je saisissais le .50 de celles de Henry.

— Je suis plus difficile à tirer qu'un lapin, mais merci pour le vote de confiance.

La bâche était mise sur la Jeep – seul un type du Minnesota pouvait penser que c'était un temps à mettre la capote – et nous n'essayâmes même pas de l'enlever. Je savais d'expérience qu'il fallait douze hommes, un enfant et une semaine pour le faire. La lune nous éclairait juste assez pour rouler sans feux, et je ne les allumai pas.

Henry était debout à l'arrière et scrutait l'horizon à intervalles réguliers avec les jumelles, les bras appuyés sur la barre du toit.

— Tu vois quelque chose?

— Rien d'autre que la beauté pastorale du Wyoming qui se déploie.

Je jetai un coup d'œil à Vic.

— L'Ouest Forever?

— Putain, j'y crois pas!

La pente menait progressivement à une vallée peu profonde orientée au sud, alors je suivis le large chemin de terre et essayai de ne pas regarder le bord qui devait finir dans un affluent de Salt Creek.

En dépit de ce que pouvait en dire Vic, la région était magnifique, et même la forte odeur qui émanait de la terre là où elle avait été retournée pour tracer la route ne pouvait pas gâcher les environs. Devant nous, comme des sentinelles dans une mer d'autrefois, se dressaient des piliers rocheux et ce qui ressemblait à un autre canyon s'enfonçant plus profondément dans l'étroite ouverture vers l'ouest – un endroit d'où l'humidité était partie pour toujours. La lune était en train de se coucher, soulevant des marées qui n'existaient plus, mais on sentait l'allégresse de sa lumière qui tombait sur les rochers.

Je remarquai un bosquet de sauge et de virevoltants sur ma droite et je ralentis. On aurait dit l'entrée d'un chemin qu'ils avaient ouvert puis abandonné, mais il valait la peine qu'on creuse un peu. Je m'arrêtai sur l'intersection un peu cachée. Henry sortit, armé de l'ArmaLite, et examina la sauge au bord de la route. Lentement, il baissa le bras et saisit une des branches pour la tirer. Le reste de la végétation suivit le mouvement et pivota avec ses petits camarades, à l'évidence tous attachés ensemble.

Il se retourna et me fit signe d'avancer, ce que je fis, puis je me garai sur le côté. Il nous rejoignit et passa son pouce en travers de sa gorge ; je coupai le moteur.

Sa tête était penchée sur le côté comme s'il tendait l'oreille. Je jetai un coup d'œil à Vic, puis nous sortîmes tous les deux et suivîmes l'Ours sur la route, en direction du bruit produit par de grosses machines. Le son résonnait sur les parois rocheuses du canyon escarpé. Ils avaient dû peiner pour creuser la route, mais à l'évidence, ils avaient pensé que le jeu en valait la chandelle.

Nous prîmes un virage serré et soudain, loin devant nous, nous découvrîmes une ville en contrebas.

Les éclairages puissants qui accompagnaient généralement un site de forage étaient absents, et tout le chantier et les bâtiments environnants étaient peints d'une couleur brune sableuse. C'était une installation complète, importante, et, malgré le camouflage, j'étais quand même très surpris que personne n'ait jamais remarqué sa présence.

— Putain, mais comment est-ce qu'on arrive à cacher un truc pareil ?

La Nation cheyenne était sur le point de répondre, mais il leva les yeux.

Je suivis son regard – il n'y avait pas d'étoiles, pas de lune en train de se coucher. Je laissai à mes yeux le temps de s'accoutumer à l'obscurité et je vis ce qui cachait le ciel : tout un réseau de câbles métalliques tendus sur la largeur du canyon soutenant d'immenses bâches de camouflage – un bon kilomètre et demi.

— Putain de merde. (Vic fit un pas en avant, contempla le gigantesque dais.) Je suis impressionnée.

Je grognai.

— Mais comment est-ce qu'on sort le pétrole d'ici ?

La main de l'Ours alla désigner des formes en aluminium garées près de la base de la plateforme de forage et qui paraissaient incongrues au milieu de ce paysage aux couleurs typiquement militaires.

Je pris ses jumelles et vis les camions de lait dont on remplissait les citernes avec du pétrole.

— Alors ça !

Je passai les jumelles à Vic et restai là, à contempler l'immensité de l'installation, sans trop savoir que faire ensuite.

Elle balaya l'ensemble du regard.

— Il y a un truc que je ne pige pas. C'est impossible qu'ils fassent assez d'argent pour financer tout ça sur le long terme. C'est quoi leur plan ?

— Je ne sais pas.

La voix de Henry résonna dans la pénombre.

— On dirait qu'ils sont en train de tout démonter et de remplir juste quelques citernes supplémentaires. Je parie qu'ils auront décampé d'ici demain matin en laissant seulement quelques hommes pour dynamiter le canyon et personne d'autre que nous n'en aura rien su.

Vic hocha la tête.

— Malin.

Je hochai la tête.

— Très malin.

L'Ours resta silencieux un moment puis secoua la tête.

— Pas si malin que ça.

Nous nous tournâmes vers lui tandis qu'il désignait la route sur laquelle nous nous trouvions.

— Il n'y a qu'un seul moyen de partir.

# 15

Le chauffeur du camion de lait ne savait pas trop quoi penser de la jolie femme qui se tenait debout devant la Jeep au capot ouvert, à l'endroit où la première sentinelle avait été placée, mais il sut ce qu'il devait penser du Colt .45 que je passai par la vitre de la portière côté conducteur et que j'enfonçai dans son oreille gauche.

Je le menottai avec Carlson à la roue de secours de la Jeep, et il me vint à l'esprit que nous devrions peut-être trouver un objet plus gros auquel les attacher. Je me tournai vers Henry.

— Avons-nous encore besoin de la Jeep ?

— Peut-être, dans le cas où on devrait partir en vitesse.

— Si j'attache ces deux gars à la roue de secours, ils pourraient la ramasser et s'enfuir en la portant.

Vic regarda autour d'elle en refermant le capot de la Jeep.

— Et ils iraient où ?

Elle n'avait pas tort.

Je me tournai vers les deux prisonniers, l'un du Minnesota, l'autre originaire de Louisiane.

— Vous n'êtes pas idiots à ce point ?

Ils échangèrent un regard avant de se tourner tous les deux vers moi, le visage totalement inexpressif, ce qui ne me rassura pas le moins du monde.

— Écoutez, il n'y a pas grand-chose dans le coin qui pourrait vous bouffer, hormis les distances, OK ? Si vous partez à pied dans la nuit, vous risquez fort de vous blesser, ou plus grave, de vous perdre, et il ne restera plus de vous que deux cadavres menottés à une roue de secours – un nouveau grand mystère des hautes plaines. Pigé ?

Ils regardèrent de nouveau autour d'eux.

Je n'étais toujours pas rassuré.

Je balançai un pouce pour désigner mon adjointe.

— Ou alors, je la laisse vous descendre.

Là, ils semblèrent comprendre.

Je rejoignis les autres sur la route, soupirai profondément, et me dis que c'était une jolie fin de nuit fraîche, si on n'avait pas la perspective du programme qui nous attendait.

— Je crois bien que je suis le seul à savoir conduire cet engin.

J'examinai la longueur du camion de lait et fis quelques calculs. L'Ours se raidit et secoua la tête.

— Tu es aussi le meilleur tireur.

Je lançai un coup d'œil au semi-remorque.

— C'est un camion-citerne, je ne vois pas comment tu pourrais le rater.

De mauvaise grâce, il baissa la tête.

— Bon, qu'est-ce qui va se passer ?

— Sur la Highway 1 au Vietnam, j'ai vu une balle traçante toucher un camion de carburant.

Vic voulut savoir la suite.

— Et… ?

— Eh bien, c'était du carburant avion, pas du brut… (Ils me regardèrent tous deux avec de grands yeux.) Et c'était plus qu'une balle, probablement un nombre considérable. (Ils continuèrent à me dévisager.) Mais ça a été un véritable feu d'artifice.

La voix de l'Ours gronda.

— Combien de Claymores ?

Depuis le Vietnam et notre rencontre avec les mines direction-nelles Claymore, Henry et moi avions défini notre propre échelle de démolition.

— Huit.

Ses yeux filaient de Vic à moi.

— Huit ?

— Peut-être sept, mais c'était du carburant à indice d'octane élevé, avec beaucoup de balles traçantes.

Il leva un sourcil, la mimique la plus proche d'un éclat de rire bruyant dont la Nation cheyenne était capable.

— Le canyon va s'écrouler sous l'effet de la secousse.

— C'est du brut, ce sera beaucoup moins fort.

Vic tendit le bras et posa sa main sur ma manche.

— Et si on mettait le camion en portefeuille sur la route, tout simplement ?

— On tomberait dans la rivière. Je préférerais qu'on le fasse exploser et qu'on les oblige à éteindre l'incendie, et je veux beaucoup de fumée et de bruit. (Je tapotai le long canon du TAC-50.) Une balle bleue là-dedans devrait faire l'affaire. (Henry avait toujours l'air préoccupé.) Je ne veux la mort de personne. Je veux juste fermer le goulot jusqu'à ce que la loi soit passée de notre côté.

Notre attention fut attirée par deux individus qui portaient entre eux une roue de secours. Apparemment, ils étaient idiots à ce point-là.

— Hé, vous croyez que vous allez où, espèces de crétins ?

Le Cajun fut le premier à parler.

— Je voulais voir s'il y avait un autre transat dans la Jeep.

L'homme du Minnesota enchaîna avec un ton un peu indigné en pointant un index vers la glacière.

— On n'avait plus d'eau et on s'est dit qu'on allait prendre un truc à boire. C'est bon ?

Mon adjointe émit un son exaspéré, dégaina le Smith & Wesson avec silencieux qu'elle avait piqué à Carlson et tira une balle dans la glacière. Les deux hommes se transformèrent instantanément en statues : nature morte, ouvriers avec roue de secours.

— Non, c'est pas bon. Vous êtes en état d'arrestation, et vous allez vous asseoir. Maintenant.

Ils obéirent. Prestement.

La Nation cheyenne continua de me regarder.

— Tire une balle dans le pied d'un des deux.

— Ne l'encourage pas.

Il jeta un coup d'œil au gros Kenworth, qui tournait toujours au ralenti au milieu de la route, le nez dans la mauvaise direction.

— Pourquoi toi ?

— Je te l'ai dit...

— Dis-le-moi.

Vic se joignit à Henry, les yeux aussi furieux que ces serpents qu'elle détestait tant.

— Hein, pourquoi toi ?

Je réfléchis.

— C'est mon idée idiote, et si quelqu'un doit se faire descendre en la mettant à exécution, je préférerais que ce ne soit aucun d'entre vous. (Je serrai la mâchoire avant d'ajouter :) Et je veux Lockhart.

La Nation cheyenne secoua la tête.

— Ça, je peux le faire mieux que toi.

— Je le veux vivant.

— Pourquoi ?

— Parce que nous sommes meilleurs qu'eux.

Il ricana.

— Nous allons bientôt découvrir si c'est vrai.

Vic ne paraissait toujours pas convaincue.

— Mais s'ils commencent à tirer, on riposte, hein ?

— Je ne crois pas qu'ils soient si stupides.

— Eh bien, tu ne pensais pas que ces abrutis étaient idiots à ce point, et pourtant… Mettons les choses au clair. (Elle se mit à compter sur ses doigts.) Désespérés + armés = stupides.

— Je parie que la majorité des gars là-bas ne sont que des recrues ponctuelles qu'on a amenées ici en leur disant de la fermer.

Elle pinça les lèvres.

— Peut-être, mais il y a Frymire.

J'ajoutai.

— Et puis, il y a Bidarte.

En fait, le Kenworth était équipé d'une boule de volant et d'une transmission automatique, mais je ne voyais pas de raison de partager ces informations avec le reste de l'équipe. Il fallait que je conduise le camion-citerne plein à ras bord jusqu'au T sur la route avant de pouvoir faire demi-tour, mais je me rassurai en voyant les jeunes que nous avions déchaussés toujours regroupés autour des véhicules endommagés.

Je tirai sur la chaîne pour klaxonner tout en manœuvrant. Ils agitèrent la main.

Je commençai à redescendre la route et m'arrêtai pour prendre Henry au passage. Il sauta sur le marchepied et cria pour que je l'entende malgré le bruit du gros moteur Diesel :

— Il est encore temps d'appeler la patrouille de l'autoroute et le bureau du shérif du comté de Natrona.

J'approuvai d'un signe de tête.

— Nous le ferons, mais je veux d'abord coincer ces frelons dans leur nid.

— Tu seras à l'avant du camion quand il va exploser. Tu vas te retrouver piégé avec eux dans le nid en question.

— J'espère bien avoir quitté le navire et m'être un peu éloigné quand il explosera.

— Quel sera le signal ?

Je souris.

— Quand je fuirai à toutes jambes ce satané camion.

— Peut-être que tu pourrais trouver quelque chose de plus précis ?

Je réfléchis et je repensai au conseil d'un colonel des Forces spéciales : dans ce genre de situation, un signal en deux temps était conseillé, de manière à ne pas déclencher le coup sans vraiment le vouloir.

— Je repousserai mon chapeau en arrière et je me gratterai la nuque.

Il hocha la tête.

— Ils vont te voir arriver et se demander pourquoi le camion a fait demi-tour.

— J'y compte bien.

— Ils vont te tirer dessus.

— Pas avant de comprendre ce qui se passe.

Le sourcil arqué, une fois de plus.

— Peut-être, mon frère, peut-être.

— Lockhart va vouloir parlementer.

— Et Bidarte ?

Prêt à partir, je haussai les épaules et posai mes deux mains sur le volant.

— S'il s'approche de moi avec son couteau, tu as ma permission de lui dégommer le bras.

Vic fit monter la Jeep sur la route et s'arrêta devant le camion. La Nation cheyenne finit par émettre un grognement qui ressemblait à un rire.

— Ça marche.

Le profil de statue romaine de mon adjointe se tourna vers nous.

— Garde un œil sur elle, Henry. (Il pivota la tête vers Vic.) Tu ne trouves pas qu'elle est un peu à vif, ces derniers temps ?

— Elle s'inquiète pour toi.

Je battis des cils en le regardant.

— Et toi, tu n'es pas inquiet pour moi ?

Cette fois, un rire franc.

— Non. J'ai un McMillan TAC-50. (Il tendit la main et attendit que je la serre.) *Pax ?*

Les yeux dans les yeux, j'approuvai d'un signe de tête, certain que si tout foirait, le fiasco serait de mon fait, pas celui de la Nation cheyenne.

— *Pax.*

LE Kenworth était un modèle un peu ancien, mais il roulait bien sur le terrain rocailleux et, en un rien de temps, nous arrivâmes à l'embranchement de la route du canyon. Henry sauta pour déplacer les broussailles. J'éteignis les phares de manière que la lumière ne se reflète pas sur les parois du canyon, sans me préoccuper du bruit du moteur parce qu'il serait couvert par celui des engins qui tournaient sur le forage clandestin jusqu'à la dernière minute.

Il était fort possible que je n'aie pas à faire exploser le camion, qu'il suffirait de l'arrêter au milieu de la route, et de fourrer les clés dans ma poche ou de les balancer dans Sulphur Creek, en contrebas. J'espérais que ce serait le cas, mais il était également possible que Lockhart, Bidarte et quelques autres aient tellement envie d'éviter la prison qu'ils préféreraient tuer un shérif lambda plutôt que de risquer une peine de prison, ou pire. Lockhart, j'en étais sûr, essaierait de négocier, mais Bidarte, qui encourait au moins une peine de prison à perpétuité à Rawlins, était une autre affaire.

Je trouvai un certain réconfort à regarder dans mon rétroviseur la Jeep faire demi-tour. Henry me rejoignit et monta sur le marchepied avec le .50 dans la main. Je descendis lentement la pente vers le seul virage important de la route et un ensemble de rochers aux arêtes saillantes qui fournirait un abri efficace et une position de tir magnifique.

Je me rangeai le long des rochers, et il descendit avec le McMillan et le sac en toile plein de munitions. Il choisit l'endroit exact que j'aurais choisi, un rocher comme les autres, sauf que celui-ci ressemblait plus à un congélateur bahut, un peu penché vers le bas et protégé par un éboulis de pierres. Il installa le bipode qui soutiendrait le gros fusil de précision, puis entreprit de charger l'arme avec les balles incendiaires au bout bleu. Il devait penser qu'une balle incendiaire arracherait le bras à Bidarte aussi efficacement qu'une balle normale.

Vic apparut à la vitre avec les jumelles autour du cou, visiblement remontée comme une pendule. Je l'observai et remarquai que ses cheveux étaient plus longs et comportaient même quelques mèches caramel, vestiges de l'été.

— Est-ce que tu te teins les cheveux ?

Elle secoua la tête.

— C'est à ça que tu penses, là, tout de suite ?

— Faut croire, oui.

Elle croisa les bras sur le rebord de ma vitre et détourna le regard.

— Oui, je me teins les cheveux dans l'espoir que tu le remarqueras un jour.

— Je remarque tes cheveux et le reste de ta personne jusqu'à en perdre la raison.

Le regard vieil or revint se poser sur moi et y resta.

— Alors, où en sommes-nous ?

— Hein ?

— Toi et moi, on en est où ?

J'attendis quelques instants avant d'énoncer la question suivante.

— Tu veux qu'on parle de ça maintenant ?

— C'est toi qui as commencé.

Je souris et me mis à tripoter la boule sur le volant.

— J'essaie, ma grande. Un jour tu as dit que tu ne voulais pas d'un foyer, qu'il fallait que je fasse comme toi et que je prenne les choses au jour le jour. J'essaie de m'adapter, mais un vieux chien a du mal à apprendre de nouveaux tours.

— Ouais, bon, ça a peut-être changé, en fait. (Elle soupira.) Je suis en train de me dire que je t'aime et que je ne veux pas te partager avec le reste du peuple.

Je la dévisageai, et ce fut comme si la terre avait cessé de tourner.

— Est-ce que tu serais en train de me demander en mariage ?

— Non, crétin. J'essaie de faire en sorte que toi, tu me demandes en mariage.

Elle laissa son regard se perdre au bout du capot, dans la direction de la corniche rocheuse et du bout visible de la route.

— Éloigne-toi autant que tu peux de cet engin avant de jouer avec ton chapeau et ta nuque, OK ?

— Je fais toujours attention quand je joue avec ma nuque.

— À d'autres.

Elle regarda Henry qui faisait les derniers réglages sur le McMillan et disposait les balles à sa portée comme des soldats pas si petits que ça plantés au garde-à-vous. Il se coucha sur le flanc, sur le rocher, pour nous regarder, et nous fit signe, la paume tournée vers le sol puis le poing serré.

Je m'adressai à mon adjointe, repensant à ce qu'elle venait de dire.

— Tu maintiens un visuel ?

— Oui. Ça te pose un problème ?

— Ne tire pas avant que je te l'aie dit.

Elle fit la moue et examina la boule sur le volant du Kenworth.

— S'ils te tirent dessus, je dis à l'Ours de vider son chargeur sur tous les éléments inflammables de leur installation, et ensuite, je descends chacun des salopards de merde qui essaie de se faire la malle.

Ses yeux se posèrent à nouveau sur moi et je sentis la chaleur de son souffle sur mon oreille.

— Alors, pour le bien de la densité de la population de cet État et notre relation future, ne te fais pas descendre.

— Je promets d'être le plus raisonnable possible.

Elle se pencha et m'attrapa par le menton, attirant ma bouche vers la sienne.

— Tu n'as jamais été raisonnable de toute ta vie.

Elle avait un goût d'eau minérale, de sueur et une saveur légèrement métallique, peut-être celle de l'incertitude qui planait sur nous à cet instant précis ; un délice. Elle me griffa la joue en me relâchant et j'étais sûr que ma chair portait des traces rouges.

— Ne prends pas ça pour un baiser d'adieu.

Elle descendit du marchepied et je la regardai passer, le fusil automatique couleur sable sur son épaule. Elle m'envoya un baiser qu'elle termina par un sourire.

— *Hit the road, Jack.*

Je débloquai les freins à air et démarrai tout doucement, à tâtons sur la route étroite, m'assurant que je ne touchais pas les rochers sur lesquels mon équipe était installée, pour éviter de provoquer une avalanche. Le Kenworth se trouvait maintenant dans le champ de vision des hommes présents sur le site de forage en contrebas, mais l'activité battait son plein et il leur faudrait probablement un petit moment avant de remarquer ma présence.

Je repensai aux paroles de Vic et je devais bien admettre qu'elles étaient pleines de bon sens. Demeurait la différence d'âge entre nous, mais à l'évidence, elle ne lui posait pas de problème. Les gens parleraient, mais les gens parlent toujours dans une petite ville. Je commençais juste à m'habituer aux termes de notre relation, et voilà que tout à coup elle les changeait. La perversité du comportement humain. Bon sang.

Je pris le virage puis commençai à descendre les quelque deux cents mètres de ligne droite. Roulant toujours aussi lentement, je jetai un coup d'œil dans le ravin au fond duquel coulait Sulphur Creek, conscient que, si je commettais une erreur de trajectoire, je risquais fort de passer par-dessus bord et de boire la tasse.

Visiblement, j'allais devoir réévaluer ma relation avec Vic et revenir à mes anciens schémas de pensée. J'allais vraiment devoir finir ma maison. C'était dommage qu'elle en ait acheté une récemment, mais même dans la conjoncture actuelle, elle pouvait la vendre, ou alors nous pourrions peut-être en faire un petit pied-à-terre en ville pour Cady lorsqu'elle viendrait. De ce côté-là, tout changeait aussi maintenant qu'elle était mariée et qu'elle allait mettre au monde mon premier petit-enfant. Et que penserait Cady ? Elle avait eu l'audace de m'interroger sur ma relation avec Vic l'été dernier, mais je lui avais dit d'une manière polie que cela ne la regardait pas. Apparemment, ce n'était plus le cas.

La petite rivière était très loin, en bas, et je me dis que je ferais bien de commencer à prêter attention à ce que j'étais en train de faire, lorsque, tout à coup, je sentis un regard fixé sur moi. L'adrénaline afflua dans mon système nerveux tel un direct en pleine poitrine, et mes mains comme mon corps furent pris d'un soubresaut sous l'effet de la surprise, lorsque la silhouette hirsute qui se tenait sur le marchepied côté passager tapota sur la vitre.

Orrin Porter Rockwell.

J'écrasai le frein et le regardai se rattraper in extremis avant de retrouver son équilibre et m'adresser un sourire horrible, auquel il manquait une dent. Il avait connu des jours meilleurs – son front était couvert de sang séché et ses cheveux étaient collés sur une moitié de son visage et de sa barbe. Je repris mon souffle, ralentis et appuyai sur le bouton qui faisait descendre la vitre. Il n'y avait pas assez de place de son côté pour ouvrir la portière.

— Mais qu'est-ce que vous fichez ici ?

Il escalada et finit par réussir à s'asseoir sur la banquette à côté de moi.

— Ouf.

— D'où sortez-vous, bon sang ?

Il rit.

— Je vous prie d'excuser mon apparence, mais je crains d'avoir perdu connaissance lorsque votre amie a eu son accident.

— Vous étiez à nouveau à l'arrière de mon pick-up ?

— Oui.

Il avait du mal à respirer après ses efforts physiques, et il ferma tout à coup la bouche comme si sa dent manquante le faisait souffrir.

— J'ai dit aux jeunes gens de rester avec les voitures et je suis parti dans la direction qu'ils m'ont indiquée. Heureusement, vous êtes arrivé dans ce véhicule majestueux, et je n'ai pas pu résister à la tentation de monter à bord.

Je jetai un coup d'œil devant moi. Ce n'était plus qu'une question de minutes avant que les hommes qui travaillaient sur le site de forage ne remarquent la présence d'un semi-remorque en acier arrêté au milieu de la route. Je pensai aussi à la mire de la lunette Nightforce NXS 8-32X56 Mil-Dot qui était maintenant rivée sur le cul du camion dans lequel nous étions assis.

— Il faut que vous partiez.

Il regarda autour de nous, puis demanda avec une curiosité non-feinte.

— Pour aller où ?

Il n'avait pas tort. Les endroits sûrs étaient trop loin derrière nous, et il y avait des chances qu'il ne soit pas mieux accueilli que moi si je l'envoyais en éclaireur.

— Laissez tomber.

Je lâchai le frein et repris ma lente descente sur la route étroite, mon esprit égrenant des pensées comme des petits graviers tandis que j'essayais de décider ce que j'allais faire de lui.

L'activité sur le site de forage s'était intensifiée et il tournait à plein régime. Apparemment, ils avaient fini de remplir le camion-citerne suivant, qui s'apprêtait à partir. Je passai une vitesse supérieure, espérant arriver en bas avant qu'il n'atteigne la route, sinon, on aboutirait – involontairement – à une impasse mexicaine au sens plein du terme.

— Eh bien, monsieur Rockwell, on dirait que vous allez être de la partie.

Il lança un regard lourd mais déterminé à travers le pare-brise.

— Je n'aurais pas accepté qu'il en soit autrement, shérif.

Le conducteur de l'autre camion fut le premier à remarquer ma présence et il actionna son klaxon avec une inquiétude mêlée d'incrédulité. À mon tour, j'appuyai sur le mien pour annoncer mon arrivée à tous d'un puissant coup que je fis durer et dont les échos résonnèrent sur les parois du canyon.

Il devait y avoir entre quarante et cinquante hommes sur la plate-forme et autour, mais il y en avait peut-être plus dans les bâtiments en tôle qui se trouvaient sur ma droite. Tous les visages étaient tournés vers nous tandis que j'infligeai une pression continue sur la pédale du frein et m'arrêtai au milieu de la route, à l'entrée du canyon, bloquant complètement le passage. Une fois que les freins se furent verrouillés avec un bruit de coffre-fort, je coupai le moteur et lançai les clés par-dessus mon épaule.

Je me tournai vers Rockwell et lui parlai d'une voix douce et rassurante, tout en me disant qu'il aurait été nettement préférable de faire ça à un autre moment. Mais je devais m'assurer que cet homme était capable d'une certaine stabilité mentale dans les instants qui allaient suivre.

— Nous n'avons pas beaucoup de temps, et il faut que vous m'écoutiez. (Il hocha la tête.) Ces hommes, là-bas, sont des vrais criminels et je vais aller leur parler. Je pourrais vous dire de rester dans le camion, mais ce n'est pas possible. Maintenant, écoutez-moi attentivement. Je crois que vous savez que vous aviez une vie avant celle-ci, avant que vous ne soyez déclaré disparu au combat, avant la prison. Vous aviez un nom : Tisdale, Dale Tisdale, Dale "Airdale" Tisdale. (Il parut réfléchir à ce que je venais de dire.) Vous aviez une femme appelée Eleanor, que vous avez toujours, d'ailleurs.

Il me regarda fixement puis il pencha la tête, un tout petit peu.

— Je crois que je me rappelle quelque chose à ce sujet.

Je l'observai, espérant avoir fait le bon choix en révélant ces informations maintenant. Je ne savais pas bien comment il allait réagir, mais je préférais qu'il ait la révélation ici dans le camion, plutôt que dehors, avec toutes les armes pointées sur nous.

— Ce n'est pas tout. Vous avez une fille, la jeune femme que j'essaie de retrouver. Elle s'appelle Sarah.

Il ne bougea pas.

— Hmm.

Sa main finit par se poser sur le tableau de bord comme pour l'empêcher de vaciller.

— Ma fille.

— Ouaip.

Il retourna l'information dans sa tête, et je jetai un coup d'œil à travers le pare-brise. Un imposant groupe d'hommes nous fixait et commençait à avancer vers nous.

— Quand j'étais en prison dans le Missouri…

— Ce n'était pas le Missouri, Dale. C'était au Mexique.

Il approuva d'un mouvement de tête.

— L'homme que j'ai connu là-bas… il est ici.

Je regardai la foule approcher et en conclus que nous n'avions presque plus de temps devant nous.

— Bidarte, c'est avec lui que vous étiez en prison toutes ces années.

— Il a dit qu'il m'aiderait à trouver ma fille.

— Et le garçon, Cord. C'est votre petit-fils.

— Je vois.

Il me scruta quelques instants, tout en grattant sa barbe constellée de sang séché.

— Shérif ?

— Ouaip.

Ses yeux d'opale restèrent fixés sur moi.

— Vous vous comportez d'une manière très étrange.

Je hochai la tête et ouvris ma portière. Voilà ce que je récoltais pour avoir tenté d'être la seule personne saine d'esprit au monde.

Les hommes s'étaient précipités vers le bas de la pente, mais ils s'écartèrent quand d'autres, que j'avais déjà vus, sortirent du petit bâtiment qui se trouvait sur ma droite, armés de fusils.

Je sautai du marchepied et passai devant le Kenworth, assez loin devant, je l'espérai, pour que la Nation cheyenne et Vic puissent me voir et, surtout, voient mon chapeau et ma nuque.

Je me trouvai face à un demi-cercle d'hommes qui me fixaient et fixaient mon uniforme. J'étudiai leurs visages, essayant de repérer quelqu'un de ma connaissance, quelqu'un du comté, mais en vain. Au loin, quelqu'un éteignit le générateur qui était responsable de presque tout le bruit, et l'autre camion coupa lui aussi son moteur. On était loin du silence, mais en quelques minutes, le volume sonore ambiant avait bien diminué.

Ma voix résonna très fort, même à mes oreilles.

— Je cherche Tom Lockhart.

Personne ne dit rien. Rockwell-Tisdale apparut à côté de moi, mais ils continuèrent à pointer leurs armes automatiques sur nous.

— Ceci est une opération de forage illégale, et je suis ici pour vous dire à tous que vous êtes en état d'arrestation.

— Oh, j'en doute.

Lockhart apparut derrière la foule et s'approcha, Bidarte sur les talons. Le faux agent de la CIA portait une veste tactique à capuche, un uniforme et des chaussures militaires, le tout de couleur noire – la panoplie complète du rôle de sa vie.

— Je ne suis même pas certain que nous soyons dans votre comté.

— Au-dessus de 43'30" de latitude nord. Oui, vous êtes dans mon comté.

Il s'avança pour ne plus être qu'à quelques mètres.

— Eh bien, si c'est le cas, nous sommes certainement au-delà de votre domaine de compétences.

Il se retourna pour s'adresser au groupe d'hommes, parmi lesquels certains échangèrent des regards avant de revenir à moi et mon étoile.

— Vous pouvez vous remettre au travail. Nous n'avons plus beaucoup de temps…

— Vous n'en avez plus du tout.

Je pris ce que mon père appelait ma "voix de plein champ" de manière qu'ils puissent tous m'entendre.

— Vous sentez bien qu'il y a quelque chose de pas net dans cette opération, mais peut-être que monsieur Lockhart vous a raconté des bobards, par exemple, qu'il travaillait pour le gouvernement. Eh bien, il n'en est rien, et lui et son ami, monsieur Bidarte, sont responsables de la mort d'un adjoint du shérif du comté d'Absaroka.

Lockhart rit.

— N'importe quoi.

Je désignai la montagne derrière moi d'un mouvement du pouce.

— En haut de ce canyon, j'ai des détachements du bureau du shérif du comté d'Absaroka…

Je fus interrompu par Lockhart qui criait, maintenant.

— Ceci est un projet du gouvernement américain, totalement approuvé par le département de la Sécurité intérieure et un certain nombre d'autres agences…

Je montai d'un ton pour parler plus fort que lui.

— Cet homme n'a pas de lien avec le gouvernement fédéral ni aucune instance gouvernementale autre que quelques polos avec des écussons brodés dessus. Lorsque tous les représentants de la loi, les vrais, vont descendre par cette route, ils vont embarquer ce monsieur et ses acolytes et les enfermer. Il est possible qu'aucun d'entre vous ne soit poursuivi, mais lui et ses copains armés le seront. C'est à vous de décider comment vous voulez la jouer, mais je vous conseille vivement de poser vos outils par terre, de lever les mains en l'air et de vous ranger sur le côté en dehors de la ligne de tir.

Les ouvriers parlaient entre eux maintenant, et on voyait que le doute commençait à s'insinuer.

Lockhart parla fort à nouveau, gesticulant en direction de Rockwell.

— Et lui, est-il un de vos adjoints, shérif, ou un clochard ?

La voix de Rockwell, indignée, couvrit la mienne.

— Je m'appelle Orrin Porter Rockwell !

Lockhart sourit.

— Le fameux Orrin Porter Rockwell, l'ange de la destruction, le Danite, Homme de Dieu, fils du Tonnerre ? (Lockhart continua, en se tournant vers les hommes assemblés.) Le garde du corps de Joseph Smith et Brigham Young, la légende de l'époque de la Frontière, le tireur d'élite et l'homme aux nerfs d'acier ?

Rockwell l'observait maintenant, conscient qu'il faisait peut-être bien l'objet d'une plaisanterie.

— C'est ce que certains diraient.

Super. Je tendis la main pour faire taire le fou.

— Orrin, il vaut mieux que vous me laissiez parler.

— Mais j'ai cru comprendre que vous étiez mort en 1878, monsieur Rockwell.

La foule le fixa comme un ours à qui on tendrait un appât.

— J'ai eu la chance de recevoir la bénédiction du prophète Joseph Smith, selon laquelle tant que je ne couperais pas mes cheveux, je ne serais vulnérable ni aux balles ni aux lames.

— Ce qui voudrait dire que vous avez deux cents ans ?

Les yeux de Rockwell se plissèrent, et son regard devint perçant comme une flèche.

— Quand le Prophète m'a touché, j'ai été imprégné d'une force spirituelle différente de celle de tout autre homme, une force qui ralentit le vieillissement et grâce à laquelle je me trouve devant vous aujourd'hui.

Certains ouvriers commençaient à s'éloigner pour retourner à leur poste, rassurés : le shérif et le barjo ne constituaient pas une véritable menace pour leur activité. Lockhart s'approcha de quelques pas, avec Bidarte et plusieurs hommes armés à ses côtés.

— Merci, monsieur Rockwell, vous nous avez été extrêmement précieux.

Je suivis le regard de Rockwell qui se posait sur Bidarte. Il y eut un changement dans son expression, une douceur nouvelle, très déstabilisante.

— Tomas, tu peux leur dire.

Bidarte baissa un peu la tête puis la releva pour fixer l'homme avec qui il avait partagé une cellule pendant toutes ces années.

— Orrin.

Rockwell parut déçu, ses yeux passant de lui à Lockhart.

— Mais pourquoi est-ce que tu travailles pour cet homme ?

— C'est un boulot, mon ami. Juste un boulot.

Lockhart s'adressa à moi tandis que les derniers ouvriers s'en allaient et entreprenaient le démontage de la station de forage.

— Shérif, et si votre ami et vous veniez avec moi dans mon bureau pour que nous discutions de la suite ?

Je secouai la tête.

— Et si vous posiez vos armes et que nous arrêtions de jouer ?

Rockwell nous interrompit à nouveau.

— Je ne comprends pas, Tomas.

— C'est juste un boulot, Orrin, comme chercher ta fille. Je t'expliquerai plus tard. Je te le promets.

— Ma fille ? (Rockwell s'avança vers lui alors que je tendais la main pour le retenir.) Tu sais où elle se trouve ?

— Oui.

Bidarte passa un bras sur les épaules de Rockwell et l'attira tout près de lui.

— Je vais t'emmener auprès d'elle.

Je bondis en avant, mais les canons de trois fusils automatiques me poussèrent, et je dus m'immobiliser.

Je vis les épaules d'Orrin s'affaisser et son corps se raidir dans un mouvement convulsif tandis que Tomas Bidarte plantait sa lame mortelle jusqu'à la garde. Rockwell s'écroula, et je regardai l'homme le soutenir et enfoncer le couteau vers le haut et sur le côté, un mouvement qui me rappela ce qu'il avait fait à Frymire. Tisdale monta sur la pointe des pieds pour tenter de soulager la pression, se tourna à demi dans les bras de Bidarte, ses yeux d'opale se vidant de leur éclat comme une paire de lunes tournées vers moi, la bouche ouverte pour essayer de parler.

Nous restâmes là, sans bouger, les hommes en armes formant un paravent qui cachait le meurtre.

J'avais été interrompu dans mon élan, et mon visage se trouvait maintenant à quelques centimètres de celui de Lockhart. Je vis son sourire s'épanouir avant qu'il ne prenne le ton plein d'aisance du négociateur habitué aux gros enjeux.

— Vous et moi savons qu'il n'y a pas d'armée de shérifs et d'adjoints là-haut. (Il s'avança encore.) Cette opération, c'est trois fois rien, en comparaison de ce que nous allons nous faire...

— Avec le Bakken pipeline.

Il me regarda fixement.

— La raison pour laquelle vous installez d'autres fausses communautés religieuses dans le comté de Garden, dans le Nebraska, et dans le comté de Hodgeman, au Kansas. Vous prévoyez de faire exactement la même chose qu'au Mexique autrefois, siphonner un pourcentage des deux cent mille barils de brut par jour qui vont descendre du champ pétrolifère de la formation de Bakken dans le Dakota du Nord quand ils passeront par vos quatre communautés. Sauf que, cette fois-ci, ce sera du pétrole américain.

Il ne dit rien pendant quelques instants, puis, rapidement, passa en mode limitons-la-casse.

— Shérif, soyons raisonnables, allons dans mon bureau pour discuter entre hommes de bon sens.

Je regardai fixement Dale Tisdale et, sous lui, la terre sombre, gorgée de sang.

— Des hommes raisonnables et de bon sens.

D'un coup d'œil, Lockhart fit l'inventaire des armes à sa disposition, et s'arrêtant plus particulièrement sur Bidarte, toujours planté à côté de lui, il chuchota :

— Nous pouvons résoudre le problème par la méthode douce, ou alors, par la méthode forte.

— Eh bien…

Je levai le bras, repoussant l'air de rien mon chapeau en arrière.

— Je crois bien qu'on va employer la méthode forte.

Puis, j'essayai de me détendre en me grattant la nuque.

# 16

Ce fut comme si l'univers prenait une inspiration.

On le sentit avant de l'entendre, le flot d'oxygène qui nous aspira tous vers la montagne en direction du camion-citerne. J'avais les yeux baissés vers la poussière qui tournoyait à contre-courant autour de mes pieds, au ras du sol, quand éclatèrent le bruit et la fureur produits par des milliers de litres de pétrole brut qui explosaient avec la force de plus de Claymores que je ne l'avais imaginé.

Sachant pertinemment ce qui se préparait, je m'étais bouché les oreilles pour qu'il me reste un semblant d'audition après l'explosion. Puis, nous avions tous dégringolé la pente, poussés par la chaleur comprimée de l'explosion qui roussissait nos vêtements et notre peau.

Les trois malheureux, dont Lockhart, qui se trouvaient face au camion lorsqu'il avait sauté, étaient allongés sur le dos, et moi, j'étais couché sur eux.

La citerne avait éclaté à l'arrière, à l'endroit où était entrée la balle incendiaire, provoquant une éventration du camion par le haut, et d'énormes nuages d'une épaisse fumée noire remplirent le canyon avec une efficacité à faire pleurer.

Je roulai sur le côté et fis bouger ma mâchoire pour tenter d'équilibrer la pression dans ma tête, mais je regrettai immédiatement mon geste – le goût du pétrole me remplit la bouche. Il y en avait partout, flottant dans l'air comme des gouttelettes de mort liquide.

Me relevant à demi en appui sur un coude, je vis que l'avant du camion était encore intact, mais l'arrière était tordu et ouvert comme une canette de bière, crachant de grasses volutes de fumée noire et des flammes de couleur orange.

Une deuxième explosion se fit entendre au moment où une nouvelle bouffée d'oxygène parvint au brasier qui, bien que le pire soit passé, continuerait probablement à vomir du feu et de la fumée dans le canyon encaissé où l'air se raréfiait. Je levai les yeux et vis que le dais de camouflage commençait à descendre lentement et empêchait la nappe de fumée de se disperser. Dans peu de temps, personne ne pourrait plus rien voir ni respirer si ces bâches ne brûlaient pas.

Comme si on avait lu dans mes pensées, quelques pans prirent feu et s'envolèrent dans l'espace, pareils à des débris, et je me réjouis d'avoir mon chapeau de cow-boy sur la tête, qui me protégeait un peu plus que les casquettes que portaient tous les autres.

L'un des hommes armés se mettait debout péniblement et se frottait les yeux, le fusil semi-automatique retenu sur sa poitrine par un harnais militaire. Je tendis le bras et défis les courroies tandis que ses mains s'accrochaient aux miennes. Je lui flanquai un rapide coup de coude dans le nez et le regardai s'écrouler à mes pieds.

Je progressai d'un pas un peu chancelant, attrapant tous les fusils au fur et à mesure avant de les balancer sans hésiter dans la rivière.

L'un des mercenaires commença à discuter et serra son arme contre lui, mais je fis les présentations entre lui et le bout de sa crosse, puis envoyai l'arme rejoindre ses petits camarades dans l'eau.

Rockwell était toujours par terre et essayait de ramper, mais Lockhart et Bidarte avaient disparu.

Je regardai en direction de la plateforme de forage, où des hommes couraient en tous sens, certains tentant de protéger les objets inflammables, d'autres de mettre en route une pompe et des lances à eau pour éteindre l'incendie du camion-citerne.

Je finis par apercevoir le blouson en cuir de Bidarte qui se frayait un chemin entre les ouvriers et se dirigeait vers le goulet au fond du canyon. Il ne marqua qu'une très brève pause pour me regarder. Je ne savais pas s'il me disait au revoir ou s'il cherchait à mémoriser mon visage de ses yeux d'homme mort. Nous nous figeâmes tous les deux l'espace d'un instant, et je suis certain qu'il comprit le sens du regard que je lui adressai.

Mon attention fut attirée par Rockwell qui tendait une main et me touchait la jambe. Lorsque je relevai les yeux, Tomas Bidarte avait disparu.

Je m'accroupis à côté de Tisdale, soulevai un peu sa tête vers moi et descendis mon visage tout près du sien, étonné qu'il ait encore l'énergie de bouger.

— Cramponnez-vous, on va vous sortir d'ici.

Sa main bougea à nouveau et se posa sur mon bras.

— Ma fille.

Je hochai la tête.

— Je vais la trouver, Orrin. Tenez bon…

Il secoua la tête tristement, de petites bulles d'air s'échappant de ses poumons comme du chewing-gum.

— Non.

Il sourit, à peine, et sa dent manquante dessina comme un trou de serrure au milieu de son visage.

— Dale… je m'appelle Dale.

Rien ne changea dans ses yeux mais sa tête tomba sur le côté, et je sus qu'il n'était plus là. Je repensai à cet homme qui avait été oublié, oublié par sa femme, son enfant et son pays. Cet homme qui avait été tellement d'hommes qu'il ne savait plus lequel d'entre eux il était vraiment. Peut-être s'était-il redécouvert ici, à la fin. D'une certaine façon, dans une flaque de sang, Dale Tisdale était remonté des profondeurs de sa mémoire pour se retrouver. Du moins, c'était ce que je voulais croire.

Le poids dans ma poitrine était assez lourd pour me paralyser, alors je le déposai sur le sol et restai accroupi là à penser à Bidarte et à l'expression de son visage lorsqu'il avait vu que je l'avais vu.

Je continuai à chercher des yeux Lockhart, mais il ne se trouvait nulle part.

Mon regard se porta derrière la plateforme de forage, derrière la foule d'ouvriers qui faisaient des allers-retours au pas de course entre le site et la pénombre au fond du canyon.

—·—

À l'endroit où Sulphur Creek avait creusé son lit dans les roches élevées des Bighorn Mountains, les parois rocheuses se rapprochaient l'une de l'autre, à une bonne trentaine de mètres de haut. Il faisait noir dans la gorge profonde, où seule la lumière des étoiles que l'on pouvait apercevoir sur les pourtours du dais pénétrait.

Les étoiles ponctuaient le ciel noir, formant l'arche de la Route suspendue, la partie la plus dense de la Voie lactée qui représentait pour les Cheyennes du Nord et les Crow le chemin menant au Camp des morts. Il était possible que les Vénérables soient avec moi, dans les constellations réfléchies par l'eau obscure. La lumière des étoiles là-haut, la lumière des étoiles en bas.

Une courte saillie se dessina sur ma droite, mais elle finissait en un tas d'éboulis qui disparaissait dans l'eau noire.

Examinant soigneusement les ridules dans le reflet de l'univers, j'entrai doucement dans le torrent et cherchai le fond à tâtons, l'eau à mi-cuisse.

J'eus un instant le souffle coupé, heureux que l'eau n'arrive pas plus haut. Je sortis le .45 de mon holster et le tins suffisamment haut pour ne pas risquer de submerger mon unique arme si je posais le pied dans un trou.

Le fond était sableux, et le courant, quoique lent, était constant. Je me penchai en avant et progressai dans le chenal de plus en plus étroit, les falaises devenant plus abruptes. À ma droite, une anfractuosité dans la roche offrait une cachette formidable pour surprendre quelqu'un à qui on voudrait trancher la gorge.

Je ralentis et orientai un peu ma trajectoire vers la gauche, tout en gardant le Colt pointé dans les ténèbres de l'alcôve. J'attendis quelques instants que mes yeux s'habituent à l'obscurité et je parvins presque à distinguer une silhouette. J'attendis une seconde puis je conclus que c'était probablement une ombre, avant d'orienter le canon de mon arme vers le cours de la rivière.

C'est à ce moment-là qu'il surgit du creux du rocher et me percuta, son élan décuplé par la hauteur relative de sa position initiale. J'avais l'impression que quelqu'un essayait de me tabasser à mort avec une pierre, martelant le côté de ma tête et mon épaule.

J'encaissai les deux premiers coups puis ripostai en poussant violemment l'homme contre la paroi rocheuse tandis que des débris tombaient sur nous depuis les formations triangulaires qui s'élevaient vers le ciel comme des pyramides miniatures.

Je sentis ses poumons se vider de leur air et décidai que, puisque je ne pouvais pas lui faire éclater la cervelle, je pouvais le fracasser contre l'autre paroi. Ce que je fis.

Le peu d'air qui lui restait après le premier choc partit très certainement sous l'effet du second, mais un heureux mouvement du bras lui permit de m'asséner un coup plus efficace avec la pierre, et je sentis les muscles de mon cou céder en même temps que mes genoux ; je tombai en avant.

M'attendant à ce que le couteau se mette à découper mes entrailles d'une seconde à l'autre, je me relevai, balançant le bras qui tenait le .45, mais il se baissa et je le manquai. Je partis en arrière, et mon assaillant continua à me rouer de coups avec la pierre tandis que je tentais d'esquiver en essayant de protéger ma tête et de lever mon arme.

Je sentis ma main lâcher le gros Colt 1911, un engin qui, en plus de cent ans, n'avait rien perdu de son efficacité, à l'instant où l'arme la plus primitive du monde me touchait au bras. J'essayai de rattraper mon pistolet, mais la pierre m'érafla le visage et je décidai qu'il valait mieux que je commence par le commencement.

Au moment où il levait sa main armée de la pierre pour m'asséner un ultime coup et me fracasser le crâne, je repliai sous moi mes jambes alourdies par l'eau et repensai à une phrase d'un entraîneur de football au lycée : "On s'en fout qu'ils soient balaises. Si vous les faites décoller du sol, ils sont impuissants." Je le poussai en travers de l'étroit goulet et le sortis de l'eau en le projetant contre les rochers avec toute la force que je pus rassembler, sentant non seulement l'air sortir de ses poumons mais aussi la structure de sa cage thoracique céder.

J'entendis la pierre de la taille d'une balle de softball tomber dans l'eau tandis que je le maintenais, immobile ; sous le poids de nos deux corps, mes bottes s'enfonçaient dans le sable qui recouvrait la rive du torrent. Respirant avec peine, j'essuyai un peu du sang qui couvrait mon visage, reculai et regardai mon assaillant toujours collé à la paroi, légèrement au-dessus de moi.

Lockhart.

Sa respiration était rythmée par des petits bruits secs dans sa poitrine et un léger gargouillis à l'expiration.

Je m'enfonçai encore un peu. Je ne savais pas trop quoi faire de lui avant que nous disparaissions tous les deux dans l'eau trouble. Je fouillai dans son dos et déroulai la capuche de sa veste tactique, la retournai et l'accrochai à un piton rocheux. Il était suspendu comme un quartier de bœuf à son crochet.

Je fermai bien les boutons de son blouson de manière à ce qu'il ne risque pas de glisser, de tomber et de se noyer dans le mètre d'eau à ses pieds.

— Cette fois-ci…, dis-je entre deux halètements, essayant de retrouver un peu de souffle, tu ne t'en tireras pas.

Je commençai à extraire une de mes bottes de la boue, perdis l'équilibre et tendis le bras pour m'accrocher à l'autre paroi, me donnant au moins une petite chance de récupérer ma chaussure. Dans cette position bancale, je sentis mon pied gauche se dégager et une résistance gluante. Je remis mon pied dans la chaussure et essayai de recommencer, me cramponnant à la botte avec mes orteils. Si Bidarte était sorti du canyon à l'autre bout, il serait à pied, et je ne pourrais suivre sa piste que si j'étais chaussé.

La botte se dégagea lentement, et je la sortis de l'eau avant d'avancer d'un pas dans la rivière jusqu'à l'endroit où mon 45 était tombé. En prenant toutes les précautions, je fouillai le fond avec mes mains, les promenant sur la surface lisse du sable, mais je ne trouvai rien. J'avançai encore, mon visage à quelques centimètres de la surface de l'eau et je me mis à claquer des dents. Je serrai fort la mâchoire, conscient que j'avais encore du chemin à faire et que l'arme la plus proche, en dehors des pierres, était mon Colt.

Ma main effleura quelque chose, et je tirai l'objet de la boue.

Une chaussure de Lockhart.

Au moins, je n'étais pas le seul.

Je la lançai derrière moi, fis un nouveau pas en avant et me rendis compte que devant moi la surface de l'eau était plus éclairée. Je levai la tête et, essuyant encore du sang, je vis que le canyon débouchait sur un petit bassin rectangulaire.

Et quelqu'un se tenait au milieu de cette mare d'eau et de lumière.

Comme il était à contrejour, je distinguai le contour de son chapeau et le mouvement fluide de sa veste en cuir lorsqu'il se tourna un peu sur le côté, comme un serpent, détendu mais prêt à frapper. Son bras gauche descendit le long de son flanc, arqué comme un long croc.

Dans le miroir de l'eau se réfléchissait comme un univers parallèle, et je le regardai avancer une jambe. Il se trouvait à peut-être sept mètres de moi : la distance parfaite pour lancer un couteau.

— Shérif.

Baissé, le menton à quelques centimètres de l'eau, j'observai les gouttes qui tombaient du bord de mon chapeau. J'essayai de penser à une position plus compromettante, mais je ne pus en trouver.

Il ne bougea pas.

— Vous cherchez quelque chose ?

Je mentis, c'était ma seule option.

— Je crois que je l'ai trouvé.

Il pencha un peu la tête, et j'étais certain qu'il regardait Lockhart, toujours accroché à son rocher mais qui émettait maintenant quelques sons.

— J'ai entendu le bruit de la bagarre et je me suis dit que j'allais faire demi-tour, voir qui avait gagné.

— Et dégommer le vainqueur ?

— *Señor* Lockhart détient certaines informations que je préférerais ne pas voir rendues publiques.

Je continuai à haleter.

— Comme la mort de Dale Tisdale ?

Il attendit quelques instants, puis bougea la jambe pour indiquer l'eau. Les ondes provoquées par son mouvement vinrent s'échouer contre moi.

— Si je me souviens bien, votre arme est un vieux .45.

Essayant de ne pas bouger les mains, mais cherchant désespérément à repérer de l'acier quelque part, j'écartai les doigts sous la surface.

— Ouaip.

— Mon expérience des armes anciennes est limitée, mais je crois qu'elles tirent toujours, même si elles sont submergées.

J'écartai les doigts encore plus et crus sentir quelque chose à l'extrémité du majeur de ma main droite.

— J'ai entendu dire la même chose.

— Mais elles peuvent aussi vous exploser au visage.

J'agitai un peu les doigts et sentis le pontet. Je tirai doucement vers moi.

— Ça arrive.

— Ou vous pourriez manquer votre tir.

Je tournai le Colt doucement et pris la crosse entre mes doigts.

— Je pourrais.

— Et votre arme va très certainement s'enrayer, donc, vous n'aurez qu'une seule occasion.

Il eut un mouvement presque imperceptible du bras gauche et j'entendis le cliquetis funeste signalant l'ouverture de la lame de trente centimètres.

— Alors que je suis armé et prêt.

Lentement, je posai mon doigt sur la détente de l'arme chargée qui avait encore son cran de sécurité.

— Je m'en doutais.

— Parfois, le couteau convient mieux.

— Peut-être. (Je défis la sécurité avec mon pouce, sous l'eau.) Mais vous pourriez manquer votre coup.

Il rit doucement.

— Je pourrais, et vous ne seriez pas le premier à parier sa vie là-dessus.

Il ne bougea pas, et n'était-ce pour sa voix, il aurait aussi bien pu se dissoudre comme un reflet et disparaître dans la nuit.

— Je ne veux pas vous tuer, shérif, mais je ne retournerai pas en prison.

— Nos prisons sont bien plus agréables que les vôtres.

Il rit à nouveau.

— Télé couleur et tables de ping-pong. Avec votre coordination regard-main, vous pourriez être champion en un rien de temps.

— Si séduisant que cela puisse paraître, je crois que je vais passer mon tour.

J'avais mon Colt dans la main, maintenant, le cran de sécurité était défait et j'étais prêt à tirer – mais tirerait-il ? Lorsque je le sortirais de la rivière, il serait plein d'eau ou engorgé de boue et, très probablement, il pulvériserait ma main au lieu de la sienne. J'avais le choix entre tirer et m'accommoder de ce qui se passerait, ou lui jeter le Colt en espérant l'empêcher de viser correctement. J'étais amoché et en sang, mais j'avais encore mes chances au corps à corps, surtout s'il avait déjà lancé le couteau.

Les yeux. La gorge. Vu l'épaisseur de ma veste en cuir de cheval, je me disais que ses cibles étaient réduites mais…

Comme s'il lisait dans mes pensées, il parla.

— Pourquoi prendre le risque, shérif ?

Je contractai mes muscles, ignorant le froid engourdissant de l'eau, mais je laissai la fraîcheur envahir mon visage et mes mains se figer, je pensai à un jeune homme couché dans le jardin d'une maison de location à Powder Junction.

— Frymire.

Il hocha la tête et son chapeau noir se réfléchit dans l'eau avec le mouvement.

— C'était son nom ?

— Oui.

— Malheureux. (Son calme était saisissant.) Je ne voulais pas vraiment le tuer mais *señor* Lockhart a dit que ça vous ralentirait.

— Ça a marché.

— Mais pas assez.

— Non.

— Dommage. J'apprécie l'attention que vous avez portée à ma mère, je vous serai toujours redevable de cela. Je lui ai déjà fait quitter votre ville et j'ai pris des dispositions pour son transport, dans le plus grand confort. (Il secoua la tête, le chapeau sautilla à nouveau sur l'eau.) Tout ceci va disparaître, nous disparaîtrons tous, vous disparaîtrez.

— Je suppose que vous n'allez pas vous montrer fair-play et me laisser me mettre debout, démonter mon arme, en faire sortir l'eau, la remonter et la recharger ?

— Non.

Je pris une grande inspiration, comme je le faisais toujours avant d'expirer pour accompagner un tir et lui garantir de la stabilité.

— Je m'en doutais.

J'avançai d'un pas et visai avec mon Colt et une quarantaine de litres d'eau en sus. Je vis son bras se tendre vers moi, anticipant la morsure de la lame quelque part dans une gerbe d'eau, mais, en tirant, l'effort me fit pencher sur le côté, le coup partit de l'arme que je tenais à la main ; j'avais un tel niveau d'adrénaline dans le sang que je ne sentis même pas la balle partir.

Tout au moins, l'espace d'une fraction de seconde, c'est ce que je crus percevoir des événements.

Les explosions qui retentirent furent plus nombreuses que ce que mon .45 pouvait fournir, et tandis que je trébuchais contre les rochers, j'entendis le couteau passer à côté de moi comme un colibri meurtrier. Je tombai en avant au moment où Bidarte était soulevé en arrière, le corps traversé de nombreuses balles, agitant ses bras et ses jambes comme un danseur de tango écartelé et terrifiant.

Je le regardai tomber dans une gerbe d'éclaboussures, semblable à une grenade sous-marine, puis flotter dans le silence.

Tout en me repoussant du sol, je regardai fixement la culasse du Colt, tirée en arrière et enrayée, comme je l'avais envisagé. Je m'apprêtais à me retourner pour voir qui se trouvait dans mon dos lorsqu'une autre balle perfora le silence du canyon, rebondissant sur les parois rocheuses et heurtant la surface de l'eau avec un violent *spak*.

Je me baissai et une autre balle suivit la première, passa à côté de moi et rebondit sur l'eau, puis une autre.

Elle était debout dans la rivière, en position de tir à deux mains, le canon de son Glock toujours tendu vers le corps de Bidarte allongé sur l'eau. D'une voix rauque et cinglante, elle dit :

— Crève, salopard.

Je la regardai baisser son semi-automatique, et son bras cogna dans quelque chose. Elle interrompit son geste et baissa les yeux. Le manche de quinze centimètres sortait de son ventre, nettement en dessous de la cage thoracique, du côté gauche.

— Oh merde…

Je la rejoignis avant qu'elle ne tombe, pris le Glock et le rangeai dans la poche de ma veste. Je la penchai en arrière, en prenant garde à ne pas toucher la poignée noire qui sortait de son corps, et je soutins sa tête avec mon épaule.

Son regarda vacillait un peu, mais il trouva le mien.

— Il est mort ?

Je ne me donnai même pas la peine de jeter un œil.

— Au moins sept fois, d'après mes comptes, et peut-être trois fois de plus, pour être sûr.

— Ce salopard, c'est Dracula. Il a de la chance que je n'aie pas planté un pieu dans son cœur.

J'examinai le couteau enfoncé dans son ventre et grimaçai en voyant le sang commencer à maculer sa chemise d'uniforme.

— En parlant de ça, comment tu te sens ?

— Tu devrais recevoir l'Oscar de la question la plus débile. Je me sens comme quelqu'un qu'on a poignardé, espèce de crétin…

Sa tête roula sur mon épaule et elle regarda la poignée du couteau, qui montait et descendait avec sa respiration.

— C'est près de l'endroit où j'ai pris une balle à Philly ?

— Un peu plus vers le milieu.

Sa tête vint se reposer contre mon épaule.

— Putain de merde. Il n'aurait pas pu viser le nichon, plutôt ?

— Je ne comprends pas comment il a pu rater à ce point.

Elle rit un peu puis laissa échapper un soupir lent et rauque.

— Au risque de donner dans le mélo, j'ai un peu froid.

Je sentis l'inquiétude grandissante se transformer en panique totale tandis que je regardai le couteau qui sortait de son corps comme la poignée d'une pompe.

— Je ferais mieux de ne pas l'enlever, je ne sais pas quels organes il a touché et je crains que ça te fasse saigner davantage.

Ses yeux s'écarquillèrent un tout petit peu.

— Ne le touche pas.

Henry apparut dans les ombres du canyon, et ses mouvements troublèrent le silence qui soudain régnait dans le goulet.

— OK, mais il faut qu'on te sorte d'ici.

CRAIG JOHNSON

L'Ours se pencha, et posa deux doigts sous la mâchoire de Vic.
— En état de choc ?
— Je crois, oui.
Les yeux vieil or étincelèrent entre nous deux, mais son débit était lent.
— Elle va bien et arrêtez de parler de moi comme si j'étais déjà morte.
Henry laissa ses doigts contre sa gorge puis leva la tête vers moi.
Je commençai à la soulever.
Vic esquissa un mouvement.
— Attends.
— Faut qu'on se mette en route.
L'Ours regardait en silence tandis que ma panique grandissait de manière exponentielle en voyant Vic déglutir avec difficulté, puis chercher sa respiration.
— Juste une seconde.
Sa main se leva, effleurant la poignée du couteau au passage, puis se posa sur mon visage. Elle fit la grimace et sourit avec la moitié de sa bouche – ce petit coin remonté qui me rendait dingue.
— Je veux te regarder.
— Tu pourras me regarder sur le trajet vers l'hôpital.
Sa main resta sur mon visage et ses doigts étaient froids, et j'espérais de tout mon cœur que c'était la fraîcheur de l'eau qui refroidissait ainsi ses extrémités, l'eau, seulement l'eau.
— Tu penses à ma proposition ?
Je fixai mon regard sur ses yeux, voulant de toutes mes forces qu'elle reste avec moi. Rien d'autre au monde n'avait d'importance que mon esprit et le sien, ensemble, dans l'effort pour tenir bon.
— Je n'ai pensé qu'à ça, et ça a failli me faire tuer.
Elle garda son demi-sourire, mais il s'effaçait.
— C'est moi qui t'ai sauvé.
— Oui, c'est vrai.
Les yeux vieil or avec les petites taches en losange semblèrent danser dans leurs orbites.
— Y en a pas deux comme moi, hein ?

354

Je hochai la tête et commençai à la soulever comme si je remontais un trésor perdu au fond des mers, avant que les larmes ne m'enlèvent toute ma force.

— Bon sang.

# Épilogue

Je déteste les enterrements, et apparemment, il y en avait toute une série auxquels je devais assister aujourd'hui. La seule bonne chose était que j'avais de la compagnie à l'intérieur du périmètre délimité par le ruban jaune POLICE – ZONE INTERDITE qui nous entourait.

Henry m'observait tandis que je conduisais la voiture de patrouille déglinguée de Vic. Une grande enveloppe en papier kraft et une petite boîte blanche étaient posées sur la console centrale entre nous.

— Des nouvelles du Dakota du Sud ?

J'acquiesçai d'un signe de tête.

— Tim Berg dit qu'ils ont fait une descente dans la communauté du comté de Butte. Ils ont emmené les femmes et les enfants qui se trouvaient là pour les placer sous protection, confisqué le matériel et saisi la propriété après constat des arriérés d'impôts, qu'ils n'ont finalement pas pu payer.

— Même histoire dans le Nebraska et le Kansas ?

Je me garai et Henry et moi sortîmes de la voiture. Contournant le panneau de limitation de vitesse, je me dirigeai vers la surface asphaltée et le mémorial au bord de la route.

— Tous les actifs ont été gelés, et sans argent, toute l'opération est arrêtée.

— Et la famille Lynear ?

Je contemplai la minuscule croix avec les chrysanthèmes blancs et marron, les marguerites et les lis bleus en plastique. Le vent toujours présent du Wyoming cognait sur la barre horizontale de la croix en bois de fortune, la faisant bouger comme si elle avait une volonté propre.

— La justice a de quoi mettre toute la bande sous les verrous, mais il y a des chances qu'ils se retrouvent tous au Texas, là où tout a commencé. Sans l'argent des arnaques pétrolières, je parie qu'ils ne tiendront pas longtemps.

— Mais ça, c'est le problème du shérif Crutchley.

Je mordis l'intérieur de ma lèvre et regardai le vent s'emparer d'une des fleurs en plastique et l'envoyer rouler vers nous.

— Je le crains.

— Et les garçons adoptés ?

Je m'accroupis et ramassai le lis bleu entre mes doigts.

— Ils vont être confiés à des familles d'accueil.

Il se rapprocha de moi et resta immobile, ses bottes en peau à côté de mon genou.

— Une sacrée pagaille, hein ?

Henry Standing Bear et moi regardâmes les techniciens de la division des Enquêtes Criminelles extraire avec précaution le corps de Sarah Tisdale de sous le mémorial érigé à l'entrée de l'East Spring Ranch, où sa dépouille avait été déplacée. Edgar Lynear avait essayé de me faire passer le message du mieux qu'il avait pu lors de notre conversation dans le comté de Butte, et le petit numéro de Wanda Bidarte Lynear au bord de la route m'avait mis la puce à l'oreille, mais c'était la remarque de Dale Tisdale sur le fait qu'on ne laissait jamais un corps reposer en paix dans l'Église apostolique de l'Agneau de Dieu qui m'avait finalement ouvert les yeux.

Il m'avait fallu un temps infini pour retrouver cette enfant ingrate, mais j'avais fini par réussir.

Je répondis d'une voix un peu sèche.

— Oui, c'est la pagaille, mais je ne peux rien y faire.

Il ne dit rien pendant quelques instants, puis reprit doucement.

— Il n'y a pas d'autres corps ?

Je contemplai la fleur en plastique que je tenais et fis tourner la tige entre mes doigts.

— Bonté divine… non.

La Nation cheyenne resta là à côté de moi, ses cheveux agités par la brise, et nous écoutâmes le bruit des pelles.

— Je crois que la bonté n'avait pas grand-chose à voir avec tout ça.

J'emportai la fleur vers les gens massés le long du ruban jaune, cherchant des yeux parmi la demi-douzaine de personnes qui observaient avec curiosité le travail des techniciens, et repérai enfin la femme un peu âgée qui avait passé son bras autour de l'épaule du jeune homme. Ils étaient tous deux assis sur le hayon d'un pick-up International.

Saizarbitoria attrapa le ruban et le souleva, pour que nous puissions nous éloigner de cette scène terrible.

— Ruby a appelé, elle veut savoir si on peut rendre les effets personnels de Frymire à sa famille.

Je hochai la tête.

— Bien sûr.

— Ils prévoient la cérémonie pour jeudi prochain.

— D'accord.

Nous restâmes là sans parler. Nous avions tant à dire et si peu de mots pour le faire. Je finis par trouver un sujet que nous pouvions aborder.

— Des nouvelles de Double Tough ?

— Il a perdu son œil.

Je hochai la tête à nouveau et fourrai la fleur en plastique dans ma poche.

— A priori, ils veulent le renvoyer au Durant Memorial lundi.

— Ça t'ennuierait d'aller le chercher ?

Il fit la grimace puis sourit.

— Vous ne pensez pas qu'ils vont envoyer une ambulance ?

— Si. Mais je connais Double Tough, je suis sûr qu'il préférerait faire le voyage avec l'un d'entre nous.

Je m'avançai vers Eleanor et Cord, toujours assis sur le hayon un peu à l'écart du petit groupe de badauds. Lorsque j'arrivai, ils parlaient ensemble à voix basse et j'attendis à quelques pas que la propriétaire et gérante du Short Drop Mercantile lève les yeux.

— Shérif.

— Bonjour.

Le garçon finit par lever la tête pour me regarder. Ses yeux étaient cernés de rouge.

— Comment ça va, jeune homme ?

CRAIG JOHNSON

Il ne dit rien et baissa les yeux vers mes pieds.

Eleanor l'attira contre elle.

— Je lui disais ce que vous m'avez raconté à propos de son grand-père, de son courage quand il avait affronté ces hommes.

— Je n'aurais jamais réussi sans lui.

J'ajustai mon chapeau de manière à ce qu'il me protège les yeux du soleil.

— Vous fermez toujours le Mercantile ?

Elle contempla longuement le jeune homme puis se tourna vers moi.

— Maintenant que j'ai de l'aide, je pense peut-être continuer.

Je souris.

— Puis-je vous parler quelques instants seul à seule, madame Tisdale ?

Elle jeta un coup d'œil à son petit-fils et regarda Henry s'installer sur le hayon à côté de lui.

— Hé, Cord, est-ce que je t'ai raconté la fois où j'ai mis un coup de poing au shérif ici présent à l'école primaire, et qu'il a failli perdre une dent ?

Il jeta un œil vers l'Ours tandis que j'entraînais Eleanor à l'écart, dans le sens du vent, pour que la brise emporte nos paroles vers le Nebraska, où tout le monde se fichait de ce qu'on racontait. Elle ralentit et s'arrêta, ramenant les pans de sa veste en toile plus serrés autour de ses épaules, le fil de perles qui tenait ses lunettes glissant sur son cou dénudé.

Je pris une grande inspiration – ce n'était peut-être pas le meilleur moment pour aborder le sujet, mais je n'aurais peut-être plus l'occasion de le faire. Je posai doucement une main sur son bras et l'emmenai un peu plus loin encore, m'arrêtant à l'endroit où le chemin conduisait au ranch rétrécissait avant de devenir un fossé.

— C'est vous qui l'avez envoyé.

Elle se tourna et me regarda.

— Quoi ?

— Dale Tisdale… Orrin Porter Rockwell, votre mari. Vous l'avez envoyé rechercher votre fille et c'est ainsi qu'il a fortuitement découvert l'existence de votre petit-fils.

360

Ses lèvres se serrèrent et nous restâmes là, à regarder les techniciens de la division des Enquêtes Criminelles apporter des sacs sur le site pour y ranger les indices. Elle fit un autre pas en avant puis se tourna légèrement sur le côté, et je vis à nouveau son visage.

— Nous ne savions même pas qu'il existait, mais après que Dale a vendu East Spring à ces gens, je me suis dit que le moins qu'il pouvait faire, c'était retrouver sa fille.

— Il a fait plus que cela.

— Oui, c'est vrai. (Elle joignit les mains et colla ses poings contre sa bouche.) Je ne savais pas qui d'autre appeler. Je savais que Dale avait des liens avec eux, et je me suis dit qu'il était le seul à pouvoir découvrir ce qui était arrivé à Sarah. (Elle se tourna complètement et me parla face à face.) Vous savez ce que c'est, d'avoir quelqu'un comme ça dans sa famille ?

— Non, je ne sais pas.

— C'est un enfer permanent. On ne sait jamais s'il est vivant ou mort, s'il dit la vérité ou pas. Pour finir, j'ai laissé tomber et décidé de vivre ma vie de la manière qui me convenait. (Elle recula d'un pas, et son regard s'embrasa.) Qui êtes-vous pour me juger ?

— Je ne vous juge pas. J'essaie juste de comprendre ce qui s'est passé et pourquoi.

La lueur dans son regard étincela puis devint humide lorsqu'elle jeta un coup d'œil vers le pick-up, où la Nation cheyenne poursuivait son récit animé en tapant son poing dans sa paume ouverte.

— C'est moi qui l'ai tué.

Je la contournai et descendis un peu la pente pour que nos regards soient au même niveau, comme cela semblait arriver chaque fois que nous nous rencontrions.

— Il a fait des choix. Parfois ces choix étaient bons, et d'autres fois ils étaient mauvais, mais c'étaient ses choix. Il était peut-être l'individu le plus insaisissable que j'aie jamais rencontré, mais il était engagé.

En passant une main sur mon visage, je sentis la résistance de ma barbe de deux ou trois jours.

CRAIG JOHNSON

— Je me dis parfois que, dans la vie, ce ne sont pas à nos enne-mis que nous en voulons, mais plutôt à nos amis qui sont restés silencieux, sans rien faire. Je ne dirais pas cela de Dale. Il s'est jeté dans la mêlée d'innombrables fois. (Elle baissa la tête, et je tendis un bras pour relever son menton.) Je crois que c'était la dernière grande aventure de sa vie, une occasion de se racheter… (Je regardai moi aussi derrière elle, vers le pick-up, puis revins à elle.) Et il a eu la chance de rencontrer son petit-fils.

Je laissai mon regard se perdre dans les étendues qui se déployaient au-delà du grillage couché.

— Une de mes amies appelait ce genre de personnages, ceux qu'incarnait Dale, des Légendes… Je crois qu'il s'est retrouvé telle-ment piégé dans la sienne qu'il ne se suffisait pas à lui-même, mais à la fin, il s'est dépassé, et il est devenu plus grand que toutes ses personnalités imaginaires, plus grand qu'Orrin Porter Rockwell. Dale Tisdale a fini par devenir légendaire – assez grand pour pou-voir mourir en étant lui-même.

Elle s'essuya les yeux avec le dos de sa main puis m'observa.

— C'est une bonne chose que vous occupiez un poste politique.

Je lui rendis son sourire.

— Je ne cherchais pas à faire un discours.

— J'en suis ravie. (Elle me tendit la main.) On est de nouveau amis ?

Je pris sa main et y déposai le lis bleu en plastique.

— Je garde le vingt-cinquième volume des *Œuvres* de Bancroft, mais je devrais peut-être vous rappeler que le Livre de Mormon de Rockwell est entre les mains de l'évêque Goodman.

— Je le récupérerai.

Je la fis pivoter et posai ma main sur son épaule, la guidant dans le vent pour qu'elle aille retrouver Cord.

Je conduisais la voiture de patrouille de Vic sous le regard scrutateur de Henry, qui, à intervalles réguliers, jetait un œil du côté de la grande enveloppe en papier kraft posée entre nous, ainsi qu'à la petite boîte blanche.

— Et Lockhart, Gloss, et les autres gars ?

J'enclenchai le régulateur de vitesse en prenant la rampe d'accès à l'I-25, découvris qu'il ne fonctionnait pas, et gardai mon pied sur la pédale de l'accélérateur.

— Leur cas relève de la juridiction inter-États, donc c'est l'antenne du FBI à Casper qui prend le relais.

Il continua à m'observer.

— Le département de la Justice.

— Ouaip.

— Le département de la Justice, client du Boggs Institute qui employait monsieur Lockhart ?

— Celui-là même.

Je jetai un coup d'œil au désordre qui régnait dans le véhicule de Vic et me dis qu'il ressemblait plus à une porcherie roulante qu'à une voiture de patrouille.

— Une sacrée pagaille, hein ?

Je répondis d'une voix un peu sèche.

— Oui, c'est la pagaille, mais je ne peux rien y faire non plus.

Il ne dit plus un mot pendant le trajet de soixante kilomètres qui nous ramena à Durant, mais me regarda d'un air interrogateur lorsque je quittai la route juste avant notre sortie habituelle, pour prendre la vieille autoroute 87 en direction du sud. Au bout de quelques kilomètres, je me garai sur le bas-côté à l'entrée du Lazy D-W.

J'attrapai l'épaisse enveloppe posée sur le tas d'ordures qui ornait la console et la lui tendis, lui faisant signe de la glisser dans la grande boîte aux lettres au bord de la route.

Il regarda le nom écrit sur l'enveloppe puis leva les yeux vers moi.

— Qu'est-ce que c'est ?

— Quelle importance ?

— C'est juste que je ne veux pas être complice d'une fraude postale.

Je regardai au loin.

— Oh, cela n'a rien de frauduleux.

Il soupesa le dossier.

— Serait-ce le dossier concernant Lockhart et Gloss ?

— Peut-être.

Il sourit de ce sourire à peine esquissé qui était sa signature, celui qui ne comportait aucune chaleur.

— Tu les offres en sacrifice à Donna Johnson ?

Je haussai les épaules.

— Ceux qui vivent par le trench-coat périront par le trench-coat. (Je soupirai, ajustai mon chapeau et posai mon menton dans le creux de ma main.) Donna Johnson peut leur pourrir la vie. (Je tournai la tête pour le regarder.) Je crois qu'ils le méritent.

Il tendit le bras, ouvrit la boîte aux lettres et déposa l'enveloppe à l'intérieur. Il la referma et alla jusqu'à relever le petit drapeau.

Je déposai Henry au bureau où il pourrait récupérer sa Thunderbird de 1959 pour son dernier voyage de la saison. Il aurait bien voulu m'accompagner au Durant Memorial, m'avait-il dit, mais le Red Pony était le théâtre d'un soulèvement indien et s'il n'y allait pas pour relever le barman, il retrouverait probablement son bar réduit en cendres.

— S'il te plaît, évite de parler de bâtiments réduits en cendres.

Il s'appuya contre la portière du cabriolet bleu azur qu'il appelait Lola et dont les ailes rutilantes reflétaient la faible lumière de la soirée.

— Désolé. (Son visage se durcit un peu pour prononcer la question suivante.) Est-ce que ça t'ennuie que Big Wanda ait disparu ?

Je réfléchis.

— Pas vraiment. Tomas m'a dit qu'il avait organisé son départ.

— Et le corps de Tomas ?

Je fixai le paysage à travers le pare-brise, vers le sud, au-delà des contreforts des Bighorn Mountains, vers les plaines du pays de Powder River, laissant mon regard filer au ras du sol, au niveau des armoises et des herbes à bisons, jusqu'à ce que par la pensée, je voie l'homme de grande taille et son sang se déverser dans Sulphur Creek comme une offrande.

— Tu veux dire, son absence ?

— Oui.

La division des Enquêtes Criminelles avait passé la zone au peigne fin, mais ils ne la connaissaient pas aussi bien que moi – et ils n'avaient pas d'éclaireur indien.

— J'envisage d'aller me promener vers Sulphur Creek demain matin et de chercher un indice.

— À quelle heure ?

— Tôt.

Je me penchai un peu par la portière de la voiture et tournai la tête, tendant l'oreille vers la clameur provoquée par le match de football du lycée, au loin, à la frontière sud de la ville. Lorsque je regardai à nouveau Henry, je me rendis compte que son attention aussi avait été attirée par l'événement.

— Worland… (Il réfléchit un instant.) Warriors ?

Je hochai la tête.

— Allez, les Dogs.

Il murmura à son tour.

— Allez, les Dogs.

— Ils retirent nos numéros à la mi-temps.

Une expression perplexe s'inscrivit sur le visage de la Nation cheyenne.

— Je ne me rappelle même pas mon numéro.

— Eh bien, il ne te manquera pas.

— J'imagine que non.

— C'était le 32.

Il acquiesça et sourit.

— Aah… Oui.

Nous écoutâmes la fanfare jouer le chant de guerre des Durant Dogies, puis d'autres cris s'élevèrent.

— Est-ce que tu penses que les choses étaient plus simples, en ce temps-là ?

L'Ours baissa les yeux vers le macadam du parking.

— Non.

— Vraiment ?

— Vraiment.

Il prit ses clés dans la poche de son jean et ouvrit la portière de la voiture de collection. Il s'installa au volant et démarra le moteur de la grosse Thunderbird.

Il ajouta quelque chose et le reste de sa phrase resta suspendu dans la brise légère. Je regardai dans le rétroviseur les deux êtres majestueux prendre à droite sur Fort puis à gauche sur Main Street pour se diriger vers la Réserve. En écoutant les cris qui me parvenaient de Hepp Field, je repensai à cette époque où la seule chose qui me préoccupait était de m'assurer que notre quarterback star, Jerry Pilch, ne se fasse pas aplatir.

Henry Standing Bear avait raison.

Je redémarrai la vieille voiture de patrouille et me dirigeai vers Durant Memorial. Isaac Bloomfield buvait du café et feuilletait, apathique, un exemplaire de *Wyoming Wildlife* vieux de cinq mois.

— Comment se fait-il que vous ne soyez pas au match, Doc ?

— Ce n'est pas le genre de sport que j'aime. De toute façon, je serai ici quand débarqueront les fractures, entorses, élongations et autres contusions.

Il m'observa, moi et la petite boîte blanche que je tenais dans mes mains.

— Je veux te dire à quel point je suis désolé.

Je hochai la tête sans rien dire.

— Je suppose que c'est le risque du métier, mais on déteste voir ce genre de choses arriver.

Ma tête branla de son propre chef.

— Tu veux le voir avant qu'ils emportent son corps ?

Je hochai la tête à nouveau, le regardai refermer le magazine froissé et prendre le gobelet de polystyrène. Nous franchîmes les portes battantes conduisant au saint des saints du service des urgences et nous dirigeâmes vers la chambre 31, la morgue improvisée.

Isaac ouvrit la porte et me fit signe d'entrer, puis ferma derrière moi. Il connaissait ma façon de faire.

On pourrait penser qu'on s'y habitue, mais ce n'est pas vrai. On ne s'habitue pas à se trouver face à la forme sans vie d'un animal qui vous ressemble. Il y a chez les morts, et cela n'a rien de surprenant, une immobilité surnaturelle, en particulier quand ils sont jeunes.

Je posai une main sur l'épaule nue, sentant la fraîcheur de la chair, un autre rappel du fait que l'esprit qui se trouvait là était parti. J'avais embauché le jeune homme qui venait d'une bonne famille de Sheridan et il avait été un bon adjoint. Jeudi prochain, ils mettraient son corps dans une tombe, une autre victime dans la guerre que j'avais menée presque toute ma vie.

Tout ça pour quelques centaines de litres de pétrole brut.

Comme le dit le proverbe, le cynique est l'homme qui connaît le prix de tout et la valeur de rien. Les soldats de pacotille comme Gloss et Lockhart ne comprendraient jamais la valeur d'une vie humaine comparée à leurs croyances démesurées dans le positionnement géostratégique. Ils n'avaient jamais été formés dans le feu de la guerre, où on apprend que la seule chose qui demeure dans ces moments extrêmes, effrayants, et la raison même pour laquelle on se bat, depuis le début, c'est l'homme à côté de soi, son frère d'armes.

J'aurais voulu pouvoir emmener Gloss et Lockhart avec moi, quand je ferais ce qui me paraîtrait un long trajet jusqu'au comté voisin jeudi prochain, et leur présenter la famille de Chuck Frymire, pour qu'ils puissent contempler le visage endeuillé de sa mère, de son père et de sa fiancée, pour qu'ils voient pour une fois où réside cette valeur.

Lorsque je sortis, Isaac était en train de parcourir des feuilles attachées à un sous-main. Il leva les yeux vers moi, cherchant les craquelures, les fissures, les failles, dans mon visage défait.

— Tu as toujours l'air fatigué.

— Tu veux dire, depuis trente ans ?

Un sourire triste se dessina sur ses lèvres.

— Est-ce que tu voudrais lire le rapport ?

— Je vous donne un *quarter* si vous me le lisez.

Il me lança un regard incertain.

— Pardon ?

— Désolé, vous ne pouvez pas comprendre.

Il baissa les yeux et se mit à lire.

— "Une seule plaie pénétrante par arme blanche avec point d'entrée effilé, suivant les lignes d'élasticité cutanée, avec traces d'abrasion périphériques…"

Il marqua une pause, et ses sourcils se rejoignirent au-dessus de ses yeux.

— C'était un très long couteau.

— Vous l'avez gardé ?

— Oui.

Je m'avançai en direction de la chambre qui se trouvait de l'autre côté du couloir.

— Je vais en avoir besoin.

Les yeux qui en avaient déjà tellement vu se posèrent à nouveau sur la feuille, puis il la retourna et reprit sa lecture :

— "Des muscles et des tissus ont été sectionnés obliquement créant une plaie avec rétractation des muscles et boursouflure des berges. Atteinte majeure des viscères abdominaux résultant en une hémorragie massive." (Il glissa la liasse sous son bras et ramassa son gobelet tandis que je le regardais.) "Complications septiques avec une péritonite, en plus des lésions à l'utérus."

Je me retins de commenter.

Il but un peu de café.

— Elle s'en sort remarquablement bien, surtout si on tient compte de son état.

Ma main se figea sur la poignée de la porte.

— Vous venez de dire qu'elle s'en sortait remarquablement bien.

— C'est le cas. (Il but une nouvelle gorgée de café.) Pour une femme qui était enceinte de sept semaines.

Je restai là, à le regarder.

— Était ?

— Oui. (Il éloigna son gobelet de son visage et m'observa.) Je croyais que tu savais.

— Heu… (Je sentis la sécheresse dans ma bouche au moment où j'essayais de parler.) Un peu.

Il attendit quelques instants puis reformula sa phrase.

— Tu ne savais pas.

Je pris une inspiration, espérant ne pas perdre connaissance.

— Non.

Il jeta un coup d'œil vers la porte que je m'apprêtais à franchir.

— Je suppose qu'il est inutile de te demander de retrouver l'état d'ignorance béate dans laquelle tu te trouvais il y a une minute ?

Je m'appuyai contre le chambranle, me sentant encore tout mou dans les genoux.

— Pour qu'elle puisse me le dire elle-même.

Doc hocha la tête.

— Oui.

— Et si elle ne me le dit pas ?

— Il est très possible qu'elle n'en ait rien su, auquel cas je devrai l'en informer. Mais d'une manière ou d'une autre, c'est entre vous deux, et je sors de l'équation, ce qui est mon désir le plus sincère.

Je rassemblai mes forces et lui souris tandis que j'ouvrais la porte doucement, me rappelant enfin que je devais marmonner une réponse.

— Sans blague.

Il faisait sombre, à l'exception de la lumière provenant des lampadaires du parking à l'extérieur. Pour éviter que l'atmosphère dans la chambre devienne trop étouffante, Isaac avait dû ouvrir la fenêtre de quelques centimètres afin de laisser entrer un peu d'air frais, une pratique qui rendait les infirmières dingues.

Elle était endormie et respirait régulièrement, la perfusion à son chevet réglée sur un goutte-à-goutte constant.

Je restai planté au milieu de la chambre et écoutai les vagues sons provenant du match de football qui entraient par la fente au bas de la fenêtre.

Je la regardai et me passai la main sur le visage. Je finis par saisir la chaise accolée au mur pour la poser tout doucement à côté du lit. Mes jambes me portèrent et m'assirent avant que je ne m'écroule.

Sa joue fit un petit mouvement et elle déglutit.

J'étais aussi silencieux que je l'avais été dans la jungle vietnamienne.

Elle bougea la tête sur l'oreiller et je la regardai de près.

Mon Dieu, ce qu'elle était belle.

Je ne sais pas combien de temps je restai à la regarder. Je me sentais consoler par moments, et j'allai jusqu'à poser mon coude sur le lit pour appuyer mon menton dans ma main, et la regarder encore.

Le bruit du match monta en crescendo au loin puis diminua – les Dogies devaient être en train de mettre une dérouillée aux Warriors. Je pensai à la réponse de Henry Standing Bear quand je lui avais demandé s'il trouvait qu'à cette époque, pendant notre jeunesse, la vie était plus simple. Il avait dit non, mais il avait ajouté ensuite que nous, nous étions plus simples.

La foule rugit à nouveau et j'ouvris la petite boîte en carton blanc. Je sortis avec précaution les chrysanthèmes teints attachés par un ruban. Je respirai son parfum qui se mêlait à celui du petit bouquet orange et noir que je posai tout doucement sur l'oreiller à côté de sa tête.

# Remerciements

I<small>L</small> arrive de temps en temps qu'on soit obligé de s'engager dans l'épopée, même si cela implique de se salir un peu les bottes. Je ne sais pas grand-chose de la religion, du gaz, du pétrole et des têtes de forage Hughes qu'on peut équiper de diamant polycristallin, mais j'ai eu la chance de bénéficier de l'aide des gars du bureau de la Wyoming Oil & Gas Conservation Commission à Casper, qui m'ont donné les bonnes indications pour que je ne me noie pas dans le Teapot Dome.

Je dois également beaucoup à Drew Goodman, qui m'a éclairé sur les implications religieuses de la manipulation des serpents, à David Nickerson, qui m'a fourni la trousse médicale, et à Benj Horack pour la flûte calibre 410.

Le site du Teapot Dome est périlleux, il vaut mieux être équipé de guêtres antiserpent sur ses chaussures et d'une bonne pelle. Mais il est encore plus sûr d'avoir des guides comme ma chère Gail Hochman le Serpent Corail et Marianne Merola le Crotale Diamantin. Serpentant le long des pages du manuscrit, il y a eu Kathryn Court le Cobra royal et Tara Singh le Serpent Tigre, Barbara Campo le Mamba noir, et Scott Cohen la Vipère cornue du désert. Les grandes routes peuvent aussi être dangereuses, mais tout va bien lorsqu'on est accompagné d'une équipe de charmeurs comme Carolyne Coleburn la Vipère cuivrée, Maureen Donnelly le Bongare rayé, Ben Petrone la Vipère heurtante et Angie Messina l'Anaconda.

Et comme toujours, le petit Aspic que je serre toujours contre moi, Judy.

James McBride, *Mets le feu et tire-toi*
Craig Johnson, *La Dent du serpent*
Joe Flanagan, *Un moindre mal*
Jennifer Haigh, *Ce qui gît dans ses entrailles*
Todd Robinson, *Une affaire d'hommes*
Lance Weller, *Les Marches de l'Amérique*
James Crumley, *Le Dernier Baiser*
Henry Bromell, *Little America*
Matthew McBride, *Soleil rouge*
Jean Hegland, *Dans la forêt*
Steve Weddle, *Le Bon Fils*
Thomas McGuane, *Le Long Silence*
David Vann, *Aquarium*
Bruce Holbert, *L'Heure de plomb*
Alex Taylor, *Le Verger de marbre*
Katherine Dunn, *Amour monstre*
Larry McMurtry, *La Marche du mort*
Christa Faust, *Money Shot*
Craig Johnson, *À vol d'oiseau*
Pete Fromm, *Le Nom des étoiles*
James Crumley, *Fausse piste*
Jake Hinkson, *L'Homme posthume*
Ellen Urbani, *Landfall*
Ned Crabb, *Meurtres à Willow Pond*
Ron Carlson, *Retour à Oakpine*
Pete Fromm, *Indian Creek*
John Haines, *Vingt-cinq ans de solitude*
Jon Bassoff, *Corrosion*
Bob Shacochis, *La Femme qui avait perdu son âme*
Craig Johnson, *Steamboat*
John Gierach, *Danse avec les truites*
Peter Farris, *Dernier appel pour les vivants*
Larry McMurtry, *Le Saloon des derniers mots doux*
Aaron Gwyn, *La Quête de Wynne*

Retrouvez l'ensemble de notre catalogue sur
www.gallmeister.fr

*Cet ouvrage a été imprimé sur du papier*
*dont les fibres de bois proviennent*
*de forêts durablement gérées*

**IMPRIM'VERT®**

CET OUVRAGE A ÉTÉ COMPOSÉ PAR
ATLANT'COMMUNICATION
AU BERNARD (VENDÉE).

ACHEVÉ D'IMPRIMER SUR ROTO-PAGE
PAR L'IMPRIMERIE FLOCH À MAYENNE
EN MARS 2017
POUR LE COMPTE DES ÉDITIONS GALLMEISTER
30, RUE DE FLEURUS
75006 PARIS

DÉPÔT LÉGAL : MAI 2017
1re ÉDITION
N° D'IMPRESSION : 90896
IMPRIMÉ EN FRANCE